目录

第三十七章 有仇当报 ★ 154
第三十八章 因陋就简 ★ 158
第三十九章 火燎烟熏 ★ 162
第四十章 再踏征途 ★ 166
第四十一章 鸡毛蒜皮（上） ★ 170
第四十二章 鸡毛蒜皮（下） ★ 174
第四十三章 布置罗网 ★ 178
第四十四章 此消彼长 ★ 182
第四十五章 马不停蹄 ★ 187
第四十六章 大旗虎皮 ★ 191
第四十七章 新奇计划 ★ 196
第四十八章 借酒传讯 ★ 200
第四十九章 配合无间 ★ 205
第五十章 浩荡潮流 ★ 209
第五十一章 欣欣向荣 ★ 213
第五十二章 恶浪汹涌 ★ 217
第五十三章 请缨赴死 ★ 221
第五十四章 临阵点兵 ★ 226

第五十五章　故布疑阵　★ 230
第五十六章　天公作美　★ 234
第五十七章　应变之道　★ 238
第五十八章　加速备战　★ 242
第五十九章　阵前立威　★ 246
第六十章　仗势欺人　★ 250
第六十一章　急中生智　★ 254
第六十二章　破腹掏心　★ 258
第六十三章　抗命分兵　★ 262
第六十四章　金刚涅槃　★ 266
第六十五章　抬棺而战　★ 271
第六十六章　漫卷红旗　★ 275
后记　★ 281

★ 第一章 政工干部（上）

大雪飞扬，又是一夜。当天色渐渐明亮起来时，何家大集外的阵地，已经被大雪覆盖起来。哪怕是端着望远镜仔细观察，也只能看出来些大致的沟壑轮廓。就连那些用粗笨家具装上土石构筑的低矮地堡，瞧上去也都像是一个个被大雪覆盖的土堆子，压根看不出那地堡中藏着枕戈待旦的八路军战士。

披着一条白绸子的披风、趴在阵地最前沿壕沟中的栗子群端着望远镜，看着大路上逐渐稀疏起来的逃难乡亲，哆嗦着朝趴在自己身边的李家顺低声说道："李司令，瞧着这架势，怕是要不了几个时辰，就能见着殿后的宫南县武工队了吧？打接应的人马够不够啊？要不……还是我带人上去吧。反正支援严大河的人马，原本也是我清乐县武工队的同志。我去接应，应当应分啊！"

同样抓着个望远镜看着大路上渐渐稀疏的逃难乡亲，冻得面色青紫的李家顺也是颤抖着嗓门应道："离了你个老栗子，老子这冀南军分区独立团就打不成仗、开不了张了？打接应的人马昨天半夜就派出去了，带队的也是老部队里排得上号的人物！"

"老部队里排得上号的人物？是敌工科的那几个老油子，还是你警卫排的那几头下山虎？"

"都不是！我这还没来得及跟你说呢——上级给咱们敌后作战的各个部队都派了一批政工干部过来，个顶个的可都是好手啊！"

"政工干部？那不是做思想宣传工作的吗？打仗也能成？"

"还真叫你说着了！上级派下来的这批政工干部，差不多都是各地自动奔赴延安的学生训练出来的，不但有学问、有见识，打仗的本事也都是磨炼过的！我没见过的且不说，就咱们冀南军分区派过来的这几个，拼刺刀能跟我警卫排里的好手斗个旗鼓相当，枪法也不比敌工科那几个老油子差！"

“有这样的宝贝人物？那你还舍得派出去带队打接应？咱们老部队里会打仗的人不缺，可识文断字有学问的是真少啊！这样的宝贝……我说李司令，等打完了这一仗，你给我清乐县武工队也派几个过来吧？帮着我调教调教手底下那些皮猴子。”

“做梦娶媳妇——你尽想好事！上级一共就给咱们冀南军分区派了五个政工干部，你倒好，张嘴就要几个？还说要调教你手底下那些个皮猴子……就你手底下那花样折腾得最多的莫天留，那不就是你生生惯出来的？把天捅个窟窿，你都拿着黏土帮忙遮补。怎么着？这时候想起来要调教了？早干吗去了？”

“也不能老让天留由着性子来啊！现在他就是一个人，最多领着个沙邦粹东一榔头、西一棒槌瞎胡闹。可往后他要是到了挑大梁的时候，再这么着可不成了啊！李司令，甭管怎么说，这一仗打完了，你得给我清乐县武工队派个政工干部来！莫天留是一匹好马，野性、斗性也都被发掘出来了，是该到了给这匹好马上笼头的时候了……”

话说半截，从远处的大路方向，已经隐隐约约地传来了凌乱的枪声。眼看着大路上逃难的乡亲跌撞着加快了奔跑的步伐，李家顺翻手抽出了挎在腰间的德造二十响手枪，用力掰开了冻得有些滞涩的击锤，亮开了嗓门吆喝起来：“鬼子来了，准备战斗！接应组的赶紧上，帮着大路上的乡亲尽快撤进何家大集！”

伴随着李家顺一声令下，穿着各色棉袍，却都在脑袋上绑了个红布条的二三百名壮棒汉子，从被积雪覆盖的壕沟中一跃而出，如同离弦之箭般冲到了大路上，几乎是连背带扛地帮衬着那些跑得精疲力竭的逃难乡亲朝着何家大集方向跑去，口中兀自胡乱叫嚷着：“都甭害怕！我们是牛角村的，帮着八路打鬼子呢！”

“进了何家大集，找小豆岭主事的贵老叔，他会领着你们去领粮食、衣裳、铺盖！”

“进了何家大集就踏实了，前头有八路军帮咱们挡着鬼子呢——好几千八路军！小鬼子把咱乡亲祸害到这儿，也就算是到了头儿啦……”

眼瞅着大路上逃难的乡亲几乎是在眨眼间便被扶持着送进了何家大集，李家顺再次扬声叫道：“掩蔽组，上啊！”

依旧是伴随着李家顺的一声号令，同样是在脑袋上绑了个红布条的百十名壮棒汉子从被积雪覆盖的壕沟中一跃而起，手中或是端着装满了松散积雪的大簸箕，或是舞动着枝丫横生的树杈子，倒退着将方才那些接应组的壮棒汉子在阵地附近留下的脚印遮掩起来，这才顺着大路退回了何家大集。

满意地看着看不出一点脚印痕迹的雪地，李家顺笑着朝栗子群点了点头：“还是你个老栗子有办法！昨天好几千壮棒汉子都不乐意走，非得留下来跟咱们一块儿打鬼子。要不是你想出来的这分组甄选、各司其职、各负其责的路数，怕是这好几千乡亲就能把咱们的阵地给暴露个精光！”

同样从腰间抽出了一直捂在衣裳里的德造二十响手枪，栗子群一边使劲掰开了击锤，一边低声朝李家顺应道：“乡亲们是叫鬼子给祸害苦了，实在是咽不下这口恶气，这才豁出去了要跟咱们一块儿打鬼子！这股心气咱们不能叫乡亲们泄了，可也不能叫这些个没打过仗的乡亲刚一上手就跟鬼子硬碰硬！能用这种法子让乡亲参与战斗，又能尽量保证乡亲的安全……这路数，当年可是在老根据地的培训班里学来的，你当年不也学过吗？咋，忘了？”

很有些戏谑地看着栗子群，李家顺低声笑道：“忘啥呀？这还不是你老栗子在清乐县地面上名声大、威望高，连宫南、遂平两县的乡亲，都知道清乐县有个栗队长火烧鬼子粮库、大战泉子沟口，手底下有莫天留、沙邦粹这哼哈二将，还有钟有田、孟满仓这俩护法金刚……当时那场面，你吆喝一声，比我管用！”

还没等栗子群再次开口说话，远处传来的枪声骤然密集起来，间或夹杂着几乎听不出停顿的机枪扫射声。侧耳聆听着那骤然变得密集的枪声，尤其是在几声手榴弹爆炸的动静之后，李家顺顿时变了脸色：“怕是严大河叫鬼子的追兵给黏上了！这撤退时候的三板斧打得这么凶，怕是……”

话没说完，方才还响成一片的枪声骤然稀疏起来。侧耳细听之下，几乎全都是三八大盖在不紧不慢地射击，还夹杂着日式掷弹筒发射的手榴弹爆炸声，像是定音锤般地响起。

猛地一拍身前冻得铁硬的雪壳子，栗子群急声低叫起来：“坏了！怕是严大河压根都没子弹了，连苟大却和万一响的机枪也都打空膛了！要是方才严大河那撤退之前的三板斧没能给韦正光争取到埋地雷和炸药的时间，就算他们能撤下来，怕是也得伤筋动骨！李司令，我带几个人去接应……”

李家顺一把抓住了想要跃出战壕的栗子群，伸手用枪管朝着大路尽头一指：“不用了！严大河他们撤下来了……”

忙不迭地将望远镜举到了眼前，栗子群看着顺着大路亡命狂奔的十几名武工队员，难以置信地惊叫起来：“就剩下这十几个人了？我看见严大河了……怕是挂彩了，苟大却正背着他跑呢！万一响还在……他娘的，宫南县武工队啊……我就看见三个宫南县武工队的同志！宫南县武工队，这一把算是拼光了！连我派出去接应的人马，都只剩下一半了啊……”

几乎是紧随着那些顺着大路亡命狂奔的武工队员，背上背着个竹筐的韦正光却是一副闲庭信步、不急不缓的从容模样。左手中握着的一支短柄铁铲，更是时不时地在大路上胡乱挖几下，再用脚将刚刚挖好的雪坑胡乱填上，叫人一眼就能看出雪地上留下的挖掘痕迹，显然是作为疑兵之用。

而在一些被狂奔着的武工队员重重踩下脚印的地方，韦正光却是小心翼翼地蹲下了身子，用手中短柄铁铲横着在脚印旁掏出个小洞，再从竹筐里取出一枚地雷，小心翼翼地塞进了那个刚挖好的坑洞中。

虽说韦正光埋雷的手艺熟练，动作也飞快，但毕竟耽误了些时间。几乎就在韦正光在大路上埋下了三枚地雷之后，大路的尽头就出现了几名列成了倒三角阵势的日军士兵，端枪直朝着韦正光猛打起来。

看也不看自己身边被子弹打得四处飞溅的冰雪碎屑，韦正光佝偻着朝前跨了一大步，堪堪让开了自己刚刚埋好的一枚地雷，这才继续猫着腰顺着大路小跑起来。而在韦正光前方的大路上，肩膀上扛着两挺机枪的万一响猛地朝路边一块巨石后一蹿，劈手从一名抓着步枪跑得精疲力竭的武工队员手中夺过了一支三八大盖，端枪与那几名几乎快要追上了韦正光的日军尖兵对射起来！

尖厉的枪声之中，一名冲在了最前方的日军尖兵仰天便倒，而另外的两名日军士兵则是忙不迭地朝着路边一闪，依托着路边能够遮掩身形的掩蔽物，半跪着端枪扣动了扳机。

也许是知道藏在路边石块后的万一响难以被击中，两名蹲踞在路边隐蔽物后的日军士兵，几乎全都在第一时间，将枪口对准了在大路上佝偻着小跑的韦正光……

★ 第二章 政工干部（下）

仿佛是身后也多了双眼睛，韦正光几乎是在两名瞄准了自己的日军尖兵扣动扳机的瞬间，猛地朝着侧前方一个虎扑，就势干脆利落地滚到了路边的一处凹地中。

压根都没站起身子，韦正光趴在地上用短柄铁铲飞快地挖掘着，不一会儿便在那临近大路的凹地中刨出了个鸡窝大的窟窿。摇晃着肩膀，韦正光从背上背着的竹筐中倒出了一个只有两块豆腐大小的炸药包，小心翼翼地将那个炸药包放进了刚刚挖好的窟窿里、仔细地盖上了刚挖出来的碎石与浮土，这才将一根长长的引线捏在了手中，猛地翻身蹿出了藏身的凹地，横穿过宽阔的大路，再次蹿到了路基下一棵冻得枯死的小树旁……

接连开了三枪，端枪为韦正光提供掩护火力的万一响显然是打光了最后一发子弹，急得连连朝着离自己不远的韦正光吼叫起来。

依旧是一副不急不慢的架势，韦正光仔细地将手中紧握着的引线拴在了身边的小树上，这才解下了背在背后的竹筐，将竹筐中垫底搁着的一个粗布口袋摸了出来，划了根洋火点燃之后，顺手将那明显抹过了火药粉末的粗布口袋扔到了大路上。

虽然风狂雪骤，但那冒着暗黄色火苗的粗布口袋上却始终执拗地翻卷着火焰。不过是一锅烟的工夫过后，被烧得散开了的粗布口袋里冒出了一股股焦黄色的浓烟，让凛冽的寒风吹着，直朝着那两名日军尖兵隐藏着的方向卷了过去。

不知道韦正光最后扔出去的那粗布口袋里包着的到底是什么玩意儿，虽然那焦黄色的烟雾被凛冽的寒风吹得极其稀薄，但那两名身处下风位置上的日军尖兵才刚一闻到那股焦黄颜色的烟雾，顿时便撕心裂肺地咳嗽起来，忙不迭地用袖子掩住了口鼻，直朝着来路狂奔而去。

伸手提起了空荡荡的竹筐，韦正光小跑着凑到了万一响的身边，帮着万一响扛起了一挺机枪，默不作声地跟在万一响身后，顺着大路朝何家大集方向跑去。

长长地舒了口气，栗子群无力地松开了举在眼前的望远镜，近乎呻吟地朝同样一脸紧张神色的李家顺叹道："好悬哪……韦正光连最后那点保命的黄皮子烟都扔出去了。这要是再撤不下来，怕是他就得交待在那儿了……"

心有戚戚地点了点头，李家顺涩声应道："韦正光手里三样宝贝，地雷、炸药、黄皮子烟，以往撤退殿后，撑死了把他用炸药布置的天女散花拿出来，也就能挡住鬼子追兵了，今天……压箱底的玩意儿都豁出去了，估摸着他们身后追过来的鬼子应该是不少吧？"

几乎就在李家顺话音刚落时，从大路尽头的方向，一大群戴上了防毒面具的日军士兵，犹如被捅开了马蜂窝的马蜂一般，猛地涌了出来。冲在最前面的七八名日军士兵一边用小碎步朝前奔跑着，一边端枪朝着正在亡命狂奔的韦正光与万一响打了个排子枪。伴随着那尖锐的枪声响起，与万一响跑了个并肩的韦正光猛地打了个趔趄，狠狠地摔在了地上，连扛在肩头的机枪都甩出去老远！

急匆匆地刹住了脚步，背着一支步枪、肩头还扛着一挺机枪的万一响忙不迭地弯腰搀扶起了韦正光，想要扶着韦正光继续朝前奔跑，但韦正光身上显然不止挨了一发子弹，刚被万一响搀扶着勉强站直了身子，却又再次瘫软到了地上……

万一响急得连连跳脚，一边半跪在地上躲避着雨点般飞来的子弹，一边玩命地拖曳着韦正光朝路边一处洼地方向挪了过去。

从望远镜中看着这令人心急如焚的一幕，李家顺急得连声厉吼："这他娘的……都到了家门口了，还他娘的要伤我一员大将！司号员，给老子吹冲锋号，全体上刺刀，把鬼子给我压下去！"

栗子群一把按住了紧随在李家顺身边的司号员抬起的胳膊，急声朝李家顺吼道："司令员，大部队不能动！你仔细看看那些鬼子后边！"

只是挪动着望远镜看了一眼，李家顺顿时一拳砸在了堑壕前冻得很是结实的冰壳子上："操他娘的小鬼子！我说严大河怎么被打得这么惨……小鬼子都他娘的用上装甲车了！"

从望远镜里看着两辆并排行驶，几乎要将整个路面都遮盖住的轮式装甲车，栗子群也是急得两眼冒火："打接应的人马呢？在什么位置？这时候可千万不能再撞出去打接应了！要不然那两辆装甲车上的机枪一响，有多少人冲上去都是白白送死啊！"

话音刚落，距离万一响与韦正光足有四五百米的路边荒地之中，却是猛地蹿出了一个人，抱着一挺机枪直冲着大路上狂奔而去。人离着万一响与韦正光还有老远，手中的机枪却已经响起了那能叫老兵听了都腿软的长点射声音！

从望远镜里看着那边跑边抱着机枪、接连不断地打着长点射的人影，李家顺急声大叫起来："是新来的政工干部！这他娘的……瞧着他是那几个政工干部里性子最沉稳的一个，咋听见枪响就玩命啊？这他娘的还是学生出身？"

同样用望远镜观察着大路上的动静，栗子群眼看着那名抱着机枪的政工干部用长点射打翻了好几个鬼子，也是讶然惊叫起来："这还是个耍弄机枪的积年好手？抱着歪把子机枪边跑边打，还能有这样的准头？你看他这几个长点射出去，鬼子趴下四五个……这他娘的真是政工干部？"

透过望远镜的镜片，李家顺紧盯着已经冲到了万一响身边的那个人影，大声回应着栗子群的问话："没错！这政工干部还是正经的北平燕京大学出身，叫……杨超！"

在李家顺与栗子群惊异的目光注视之下，抱着一挺机枪的杨超已经冲到了万一响与韦正光身边。猛地朝着路边一趴，杨超从身上挎着的挎包里摸出了几个弹匣扔给了万一响，再回手朝着何家大集的方向一指，这才稳稳地将枪托顶在了肩膀上，瞄准大路上冲过来的那些日军士兵扣动了扳机。

在无依托跑动射击中都能有一定的准头，改换成了卧姿射击之后，杨超手中的那挺歪把子机枪打得更是有如神助。伴随着一个又一个短点射，七八个戴着防毒面具、挺着步枪冲在最前面的日军士兵顿时被打得人仰马翻。其他那些原本聚集在大路上，压根都没想过要进行战术规避的日军士兵，也全都飞快地散了开来，为身后两辆并排行驶在大路上的轮式装甲车让开了道路。

杨超压根儿也不恋战，在打完了一个弹匣之后，抱着枪管还在冒烟的歪把子机枪扭头就跑。而在杨超身后，已经拖曳着韦正光挪出了一段距离的万一响也停下了脚步，咬着牙架起了原本扛在肩头的歪把子机枪，瞄准大路上缓缓驶来的日军轮式装甲车上圆形的机枪塔，狠狠地扣动了扳机。

虽说杨超递给万一响的弹匣中装着的并不是机枪专用的重弹，但在万一响操控着机枪、几乎让弹着点集中在巴掌大的一块地方之后，日军轮式装甲车上的圆弧形机枪塔顿时被打得凹陷了一大块，被弹开的跳弹更是将一名依傍着轮式装甲车前进的日军士兵打得脑浆迸裂。

狠狠地喘了口粗气，万一响一边换上了另一个弹匣，一边看着迂回包抄着钻到了自己身边的杨超叫道："兄弟，你是老部队里的吧？赶紧帮忙把正光哥拖回去，他身上挨了好几枪、血都快流干了，可再耽误不得了！”

只一看趴在地上、几乎连呼吸都变得细不可察的韦正光，生得眉清目秀、看上去颇有些白面书生模样的杨超顿时变了脸色。一把撩起了韦正光腰后的衣服，杨超只是看了一眼韦正光腰背上的几个窟窿，顿时便涩声低叫起来：“怕是麻烦了！子弹从肝部打进去的，就算是立刻手术，怕也是……”

像是压根儿没听见杨超在说些什么，万一响深深吸了口气，稳稳当当地扣动了扳机，再次将另一辆日军轮式装甲车的圆弧形机枪塔打得火花四溅。几乎就在同时，两辆并排行驶的日军轮式装甲车也都加快了前进的速度，原本就指向了大路方向的机枪塔微微转动了些方向，两挺车载机枪顿时喷射出了两道长长的火舌。

一把抓住了万一响的腰带，杨超玩命地将咬着牙与日军机枪对射的万一响拽进了路边的凹地中，瞪圆了眼睛朝兀自要翻身继续与日军机枪对射的万一响吼道：“别犯傻！咱们手里没机枪专用的重弹，拿鬼子的轮式装甲车压根儿没办法！我看见你们方才在路上埋地雷了，一会儿地雷一响，咱们赶紧交替掩护着撤退！”

倔强地摇了摇头，已经杀得红了眼的万一响嘶哑着嗓子怒吼道：“要走你走！你把正光哥也带走，我跟鬼子拼了！”

“你一个人能拼几个鬼子？白白送死谁不会！你就是不可惜你自己这条命，也可惜下咱们好不容易才得着的机枪吧？听我的命令，地雷一响，你和我带上伤员、机枪，一起朝何家大集里边撤！”

话音刚落，并排行驶在大路上的日军轮式装甲车，已经轧上了一枚韦正光埋下的地雷。虽说日式反步兵地雷对机械装备的杀伤力并不算太大，但日军原本就极其脆弱、只能在没有远程反装甲武器的中国耀武扬威的轮式装甲车，顿时便被炸爆了两个轮胎，一头扎进了路边的洼地中。

借助着地雷爆炸时升腾而起的烟雾作为掩护，杨超一把将已经全然没了声息的韦正光扛在了肩膀上，再用力一拽万一响的衣裳：“别傻愣着了，跟着我，赶紧撤！”

★　第三章　敌前论战

赤红着眼睛，回到了栗子群身边的老武工队员猴子哑着嗓门，几乎是从喉咙眼里挤压出了一番话：“宫南县武工队叫打散花了！严队长身上挨了三枪，又叫鬼子的掷弹筒给狠狠震了一下。在何家大集里寻了个大夫包扎了一下，已经朝着涂家村送过去了，就看韩老先生能不能保住严队长一条命！”

“咱们清乐县武工队过去支援的同志也牺牲了好几个，两个抢回来的老武工队员都被炸成重伤，炕上躺半年，能不能下地还两说。韦正光……没抢救过来，进了何家大集没多久就断了气。何家大集里的大夫给他灌了几口参汤吊住命，让他能留下几句话，可老韦说……”

同样赤红着眼睛，栗子群低声应道：“老韦留下啥话？”

“没说旁的！就说茶碗寨里给他单独安顿的小库房里，还存了他自己琢磨出来的一些炸药和打仗用得上的玩意儿。从大武村里加入咱们武工队的新同志里，有个姓韩的后生，家里原本就是造爆竹的，算是得了他几分真传，让咱们以后多照应着点……”

“就没有……没有说说他自个儿还有啥事？”

“我也问了，老韦……就说家里人都死了，没啥要惦记的了，就琢磨着咱们武工队往后打仗那点事……”

狠狠地咬了咬牙，栗子群伸手拍了拍猴子那消瘦的肩膀：“寻个地方去闭会儿眼睛。鬼子叫咱们迎头抽打了一下，这就缩起来不动弹了，估摸着是想等大队人马到齐了，狠狠一家伙拿下了咱们。往后的几天，怕是咱们压根都得不着休息的时候了！”

左右看了看战壕中的情形，猴子也不再多说什么，只是裹紧了身上那件脏兮兮的棉袄，一头钻进了紧邻着战壕的地堡中。不过是眨眼的工夫，沉重的鼾声就从那被白雪掩盖起来的地堡中传来……

扭脸看了看满脸憔悴的栗子群，李家顺伸手从衣兜里摸出了一块麦麸饼子，撕了一半朝栗子群递了过去："也甭光顾着说别人。这几天工夫，你也都没咋正经吃东西，更没睡过个囫囵觉！眼瞅着就要打大仗了，你这时候可得给我扛住了，甭想着半道儿上撤下去吃病号饭！"

接过李家顺递过来的那块麦麸饼子，栗子群顺手在堑壕前抓了把积雪，一口积雪、一口饼子地将那不大的半块麦麸饼子硬吞了下去，这才艰难地涩声应道："都打了这好些年的仗了，你啥时候见过我在节骨眼上拉过稀？我就是有点担心……"

同样就着积雪吞咽着粗糙的麦麸饼子，李家顺活像是一只想要打鸣的公鸡一般，使劲伸着脖子："你……担心个啥？"

扭头看了看何家大集方向，栗子群涩声应道："涂家村里的涂扣儿从清乐县城冒死闯出来，把山里骆驼行秘道的歌诀告诉了咱们。可咱们派出去照着那歌诀探路的小分队，到现在也都没传回消息来。这骆驼行秘道的歌诀到底对不对……我这心里是当真没底！"

用力吞咽着粗糙的麦麸饼子，李家顺思忖片刻，方才应声答道："没消息就是好消息！真要是探路的小分队走不通山里的骆驼行秘道，恐怕是老早就回来传信了。到现在还没传信回来，那肯定是还没把秘道走到头儿！"

"还有天留和棒槌，也叫鬼子封城给堵在清乐县城里出不来。这要是有个万一……"

"这你就更不用担心了！就莫天留那机灵鬼投胎似的人物，你就是把他扔进太上老君的炼丹炉里，他也能给你寻个空儿钻出来。再加上他身边还带着个立地金刚似的沙邦粹，真要是有个危急的时候，硬闯也该能闯出来一条路！再者说了，城里不还有百味鲜饭馆那位余锁柱吗？上回你们大闹清乐县城，不也是亏得余锁柱帮着你们藏了好几天？"

"话说到这儿……我倒是还琢磨出个事儿来，你说这清乐县城里的鬼子到底打的是个什么主意？眼下咱们得到的情报，都只说临近几个县的鬼子，把各县的乡亲朝清乐县里逼，反倒是清乐县的鬼子没有啥动静。要说最后鬼子打的主意就是一勺烩了咱们……那清乐县的鬼子也早该有动静了吧？"

"你说的是啥动静？"

"最少也得封锁清乐县里的大小路径，把咱们八路军和逃难乡亲能活动的空间压到最小。"

话音刚落，从蜿蜒的战壕一端，抱着一支三八大盖的杨超却是猛地钻了过来，迎着李家顺低声道："李司令，何家大集寨墙上的防御工事，已经全部完成了，火力配置也都是按照计划安顿的。可方才在寨墙上转悠了半天……我倒是还有些其他的想法，这就跑过来，想跟你商量商量。”

朝着一副白面书生模样的杨超点了点头，李家顺低声朝趴在了自己身边的杨超说道：“方才我和栗队长说的话，你都听见了？”

杨超利落地点了点头，低声应道：“都听见了！我倒是觉着，这才是鬼子狠毒的地方！这古兵法上有围三阙一的说法，说白了就是要让被围住的对手觉着自己还有机可乘、有路可走，抵抗的时候也就不会拼死扛到底！眼下鬼子还不知道咱们有进山撤离的路径，这就是指望着被围困的乡亲人心惶惶，顺着他们留出来的路径四处乱逃呢！等乡亲们都扎堆顺着路径跑出去一段路程，清乐县的鬼子再兜头一堵，又能利用乡亲们冲垮咱们设置的防线！”

赞许地点了点头，李家顺不无炫耀地看向了趴在自己另外一边的栗子群：“瞧见没有？这喝过墨水的后生就是不一样！咱们打了多少年的仗才攒下的一点经验，人家早从书本里边学着了！”

都还没等栗子群开口说话，趴在战壕上的杨超已经朝着栗子群点头笑道：“栗队长，我可早听李司令提过您——这在前沿阵地上，我就不给您敬礼了，也免得叫小鬼子瞧明白了谁是咱们的指挥官，偷偷朝着咱们指挥官打黑枪！”

朝下缩了缩身子，栗子群饶有兴趣地看向了抱着三八大盖的杨超：“瞧着你耍弄机枪的架势，也该是拿子弹喂出来的本事？你一个学生娃出身的人物，哪儿学来的这身本事？”

同样朝下一缩身子，杨超抱着怀中那支三八大盖蹲坐到了战壕里：“我也不知道是怎么回事，从小就练过家里长辈传下来的强身健体的功夫，身子骨倒是比寻常人稍微强点。等到了延安之后，手朝着枪上面一摸，也不知道怎么的……心里、眼里就能有准儿。”

“那你拼刺的功夫呢？也是因为你家传的本事？”

“听家里长辈说过，家传的功夫带着几分岳家大枪的意思。拼刺的时候，自然而然也就用上了……”

很是满意地点了点头，栗子群伸手一拍同样蹲在战壕里的李家顺：“等这一仗打完了，把这后生派去我清乐县武工队吧？”

毫不迟疑地摇了摇头，李家顺应声答道：“做什么好梦呢？能动脑子打仗、还识文断字的主儿，我留在身边当参谋不成？”

“不白要你手里的好角儿——拿机枪跟你换！”

“机枪老子也不是没有，这样的人才可是紧缺着哪……”

“你个忘恩负义的东西！老部队里那点机枪、迫击炮和弹药，还不是我清乐县武工队一点点攒下来接济去的？你咋吃饱了就打骂厨子、洞房了就不理媒人呢？你这可也太……”

话还没说完，天空中已经骤然响起了炮弹撕裂空气时的尖啸声。两人几乎同时变了脸色，李家顺与栗子群异口同声地大吼起来：“鬼子打炮了！防炮啊……留下两个观察哨，其他人防炮啊……”

敏捷地一个翻滚，李家顺等人喊声未落，已经飞快地蹿到了堑壕胸墙上挖掘出来的单兵防炮洞中。伸着双手捂住了耳朵，蹲在了防炮洞中的栗子群兀自不死心地朝蹲在自己斜侧方防炮洞中的李家顺大叫道：“那就这么说定了！等这一仗打完了，这人我清乐县武工队要了！”

尽管压根都听不清栗子群在说些什么，但看着栗子群脸上的神色，李家顺却是毫不犹豫地摇了摇头，扯开了嗓门大吼道：“门儿都没有！你清乐县武工队的架子已经搭起来了，这些政工干部，可都得紧着那些斗争情况复杂的地方派……”

同样捂着耳朵、大张着嘴巴蹲在胸墙上挖出来的防炮洞中，杨超却是微闭着眼睛，像是自言自语般地嚷嚷起来：“九四式九十毫米迫击炮……九六式一百五十毫米中迫击炮……明治四十一年式七十五毫米山炮……九一式一百零五毫米野炮……小鬼子这是要疯了啊……家底子全都搬出来了！”

如同狂风暴雨般的炮击之中，几乎所有身处战壕中的八路军战士，都觉得像是身处惊涛骇浪之中的小船上一般，根本就没法稳住身形。有不少躲进了防炮洞中的八路军战士迫不得已之下，只能手脚并用地趴在了地上，靠着双膝与双手撑住了身子不去接触地面。更有不少八路军战士，生生叫炮弹爆炸的威力震得从防炮洞中跳了出来……

不知这疯狂的炮击进行了多久，当所有被震得两耳嗡嗡作响的八路军战士好不容易觉得地面不再颤抖时，阵地上的观察哨哨兵已经吹响了刺耳的铜号！

跌撞着从防炮洞中钻了出来，被震得头晕眼花的李家顺一边猛地扑到了堑壕胸墙上，一边扯开了嗓门大吼起来：“做好战斗准备，鬼子要上来了！”

★ 第四章　书中道理

寒风凛冽，几乎是在一眨眼间便将炮击引起的硝烟吹得朝日军发起冲击的方向翻卷而去。几乎没有发出任何声音，在宽阔的阵地前沿，一百多名日军士兵端着三八大盖，猫着腰列成了散兵线，像是鬼魅般地从黑漆漆的硝烟中钻了出来，朝着八路军预设的阵地方向发起了第一波冲击。

摇晃着脑袋，李家顺一边尽量让自己从头昏眼花的状态中恢复过来，一边扯开了嗓门吆喝起来："都别开枪！机枪一挺都不许动，全给我撤后边去！神枪手……神枪手做好准备，听我指挥！"

伴随着李家顺那粗门大嗓的吼叫声，趴在战壕中的八路军战士，顿时一个接一个地将李家顺的命令传了下去。几十个在冀南军分区独立团中算得上神枪手的八路军战士，更是端稳了手中至少有八成新的三八大盖，飞快地拉动着枪栓、退出了步枪里由冀南军分区军械处二次装填后制造的子弹，换上了从日军手中缴获的三八大盖子弹！

扭头看了看身边战壕中抱着机枪快速后撤的机枪射手，李家顺满意地喘了口粗气，再次扯开了嗓门大吼起来："土机枪……土机枪做好准备！预备……放！"

几乎就是在李家顺话音落地时，战壕里的至少几十个预设机枪工事中，几乎同时响起了机枪的轰鸣声。尽管那机枪射击的声音很有些不伦不类，而且根本听不出有任何的射击间隙，但在机枪响起的瞬间，阵地前猫着腰发起冲击的日军士兵，却全都飞快地趴在了地上，纷纷端枪瞄准了枪声爆响的机枪巢位置，直打得那些预设的机枪阵地雪泥四溅。

枪声起处，日军发起冲击时的预设阵地位置，也猛地传来了一连串隐约可闻的叫嚷声。伴随着那叫嚷声纷乱响起，天空中也再次响起了迫击炮炮弹撕裂空气时的尖啸。一颗颗黑老鸹似的迫击炮弹就像是长了眼睛一般，准确地砸到了那些发出枪声的预设机枪阵地上，一眨眼工夫便将二十几个预设机枪工事炸得坍塌下去……

缩着脖子，李家顺一边盯着那些趴在雪地上交替掩护着匍匐前进的日军士兵，一边狠狠地吐了口唾沫："呸！小鬼子打仗的路数是万年不变——先派步兵朝前佯攻，吸引着防御阵地上的机枪暴露了位置，立马就是拿炮砸过来……"

同样借着吐唾沫清理口中飞溅进去的泥沙，栗子群也是赞同地说道："鬼子也就是欺负咱们没炮！要是咱们也能有那么多炮，鬼子哪儿还敢拿着炮火来压咱们？"

心有戚戚地点了点头，用胳膊肘撑着身子趴在战壕里的杨超应声答道："都不说咱们八路军，就算是国民党的嫡系部队，在炮火上也没优势！我在延安培训的时候听过一些战例，都说国民党部队有实在气不过的，跟日本人打开了炮战，可最后也都吃了亏……李司令，幸亏你战场经验丰富，拿着爆竹扔铁皮筒子里折腾出来这么个土机枪的动静，要不然……"

很是不以为然地朝着杨超摆了摆手，李家顺随口说道："这都是吃亏吃多了，才琢磨出来的路数！咱们八路军家底子薄，我手底下这独立团，名头听着倒是响亮，可一共才几挺机枪、几门小炮，这都还是老栗子从牙缝里挤出来送过来的。跟小鬼子硬拼家当……老子没那么傻！神枪手准备，听我枪响为号，一起动手！一定要一枪一个，不许放空枪！"

摘下了腰间挎着的木制枪匣，李家顺一边将手中的德造二十响手枪接驳到了枪匣上，一边扭头朝着趴在自己身边的栗子群与杨超笑道："怎么着？比试比试？"

同样将自己的德造二十响手枪接驳到了木制枪匣上，栗子群一边将枪匣顶在了自己肩窝上，一边瞄准了个正在慢慢朝前爬行的日军士兵："差不多五十米的远近，瞪眼打都能一枪一个准，这还比较个什么？我打那个学王八爬的……"

微微吸了口气，杨超只是据枪略微瞄准了一下，顿时便低笑起来："我这三八大盖，打近处的没意思，一百米外有俩小鬼子正在扎堆，估摸着是想架掷弹筒了吧？这俩交给我。"

同样瞄准了个正趴在地上据枪乱瞄的日军士兵，李家顺偷空朝着杨超瞄准的方向看了看，顿时便好奇地开口说道："心急吃不了热豆腐，一口吃不成个大胖子！那俩想要架掷弹筒的鬼子身边都有能藏人的地方，你干掉一个，等你蜕壳上膛的工夫，另一个鬼子肯定就藏起来了，你还怎么打？"

缓缓地呼吸了几口冰冷的空气，再抬头看了看天空中几乎是倾斜成了夹角飘落的雪花，杨超再次据枪瞄准了那两个几乎要爬到一块儿的日军士兵："我试试……

叫鬼子帮着我打！司令员，我等你命令！”

好奇地看了看一本正经据枪瞄准了日军士兵的杨超，李家顺毫不迟疑地将枪匣抵在了肩窝上，稳稳当当地朝早已经看准的那名日军士兵扣动了扳机。

德造二十响手枪那独有的脆亮枪声响起处，隐蔽在战壕中的几十名八路军神枪手几乎在同一时刻扣动了扳机。而趴在李家顺身边的栗子群更是不甘人后，接二连三地扣动着扳机，将三四名日军士兵打得脑浆迸裂！

几乎是在骤然而起的枪声迅速平息的瞬间，已经据枪瞄准了好一会儿的杨超手指轻轻一扣，端在了手中的三八大盖微微一个上跳，被杨超瞄准了的那两名日军士兵身前，顿时炸起了一大片血红的火光！伴随着那片鲜红的火光升腾而起，接二连三的爆炸声，更是将那两名日军士兵身侧周遭炸成了一片火海。

讶然看着百米开外那明显就是弹药殉爆引起的连环爆炸，再瞧瞧几个被弹药殉爆波及的日军士兵被炸得惨叫着在雪地里翻滚，李家顺不禁惊喜地叫道：“杨超，你这打的是啥玩意儿？三八大盖的子弹……你打的是那俩鬼子身上背着的榴弹？鬼子的榴弹都背在身后啊，你咋算计出来那些榴弹的位置的？”

飞快地拉动着枪栓蜕壳上膛，杨超稳稳当当地瞄准了另一名从雪地上跳起来、扭头逃走的日军士兵：“我打的是那鬼子拿在手里的榴弹……估摸着也是凑巧了……那鬼子身上还带着……纵火手榴弹！”

一语三停，杨超几乎是在每次话音停顿的瞬间扣动扳机。一句话说完，雪地上已经倒下了四名日军士兵，而杨超也抱着打空了弹仓的三八大盖蹲在了战壕里，从腰间的牛皮子弹盒里摸出了个桥夹，重新装填起了子弹。

微微伸头看了看倒在雪地上挣扎呼号的几名日军士兵，栗子群若有所思地蹲下了身子，上下打量着正在重新装填子弹的杨超说道：“小杨，你方才打的这几枪……你是怎么寻思的？”

同样伸头看了看在雪地上哀号呻吟，并且被同伴拖曳着撤离了战场前沿的日军士兵，李家顺也是猛地蹲到了战壕里，朝着杨超挑了挑眉毛：“小杨，我方才大概瞧着……你这几枪打的可全是那些小鬼子的后腰和大腿根啊？照着你的枪法算计，你不该有这走空枪、漏活口的事儿！给我和老栗子说说看，你这又是琢磨的啥主意？”

麻利地推弹上膛，蹲在战壕中的杨超紧握着手中的三八大盖，朝着李家顺与栗子群应道：“这也是我瞎琢磨出来的路数，可也不知道对不对……司令员、栗队长，你说咱们要是打死了一个鬼子，那鬼子会是咋样？我是说——鬼子要怎么对待那个被咱们打死的鬼子？”

二人满面疑惑地对望一眼，李家顺应声说道：“那还能怎么着啊？我见过的鬼子路数，也就是把被打死的鬼子尸首带回去，架在柴火上一把火烧了，然后把烧完了的骨头搁在一块儿，攒多了再运回日本鬼子那地界去！哦……有时候还会找几个日本和尚给念念经，估摸着就是个超度的意思。”

“那要是叫咱们打伤了的鬼子呢？”

眼睛骤然一亮，栗子群若有所思地沉声应道：“被咱们打伤了的鬼子，那就得拉去鬼子的医院里诊治。有伤好了之后又来祸害中国人的——就像是叫咱们收拾了的那个歪脖子鬼子岛前半兵卫！还有一些……小杨，你是故意把那几个鬼子给打成了重伤，叫他们再也没法祸害咱中国人？”

利落地点了点头，杨超低声说道：“我就是自个儿看书瞎琢磨啊……这打仗主要打的就是后勤，也就是打的粮食、弹药。虽说勇猛顽强也是很重要的决定因素，可是再勇猛顽强，咱们也不能赤手空拳去闯鬼子的机枪阵地吧？

“而鬼子自己的地盘是个岛国，是个几乎什么都缺的地方，还常年闹地震、海啸什么的。鬼子侵略咱们中国，主要就是看中了咱们中国地大物博，几乎是要啥有啥，打的就是用咱们中国出产的各样物资支撑他们侵略作战的主意，也就是以战养战！

“可即使是以战养战，鬼子的物资也因为长期作战变得比较匮乏！咱们每制造一个鬼子伤兵，鬼子的负担也就更重一点！这治疗伤病的药物，后续的生计安抚，都得鬼子掏了家底子来应付。假以时日，鬼子肯定就扛不住这沉重的负担，鬼子自个儿都能把自个儿拖垮……”

“话是这么说……可是小杨，我可是见过鬼子逼着重伤的伤兵自杀的呀！就是拿着刺刀，在肚子上横着来那么一下，还有让几个伤兵扎堆，脑袋顶着脑袋拉手榴弹的……”

“鬼子这么干，肯定就是因为负担不起救治重伤员的代价了啊！越是逼着伤兵自杀，他们的士气也就越低落，对咱们可只有好处，没有坏处啊……”

彼此对望一眼，李家顺与栗子群几乎是异口同声地低叫起来：“这他娘的……读过书的人，脑子就是好使！可这读过书的人……心思还真毒！”

★　第五章　短兵相接

顶多隔了有一碗茶的工夫，天空中便再次响起了炮弹撕裂空气时的尖啸声。一边熟门熟路地钻进了战壕中的防炮洞中躲避着炮弹，李家顺一边扯开了嗓门吆喝起来："观察哨顶上去！可千万盯死了小鬼子……"

话音刚落，离李家顺并不算太远的一处观察哨哨位上，已经传来了哨兵那撕裂了喉咙的叫喊声："鬼子踩着炸点朝上冲哪……最少有二百鬼子，全都……"

喊声未落，伴随着一声剧烈的爆炸声，方才还在声嘶力竭叫喊的观察哨顿时没了动静。而在另一处稍远些的观察哨哨位上，急促的小喇叭声也骤然响了起来。

抹了一把脑袋上被炮弹震落下来的雪泥，李家顺蹲在防炮洞中大吼起来："谁都别露头！通信员……通信员……"

顶着密集的炮火，两名通信员飞快地钻出了各自藏身的防炮洞，几乎是异口同声地朝着近在咫尺的李家顺叫道："司令员，啥命令？"

伸出双手将两名通信员拽进了自己藏身的防炮洞中，李家顺几乎是贴着两名通信员的耳朵叫道："叫大家伙儿谁都别露头，千万别上小鬼子的当！拿着步枪的全都上好刺刀，让二道防线上机枪准备，等鬼子扑到第一道防线前边的时候，先给鬼子劈头盖脸来上一家伙，然后咱们反冲锋！只要跟鬼子搅和到一块儿，鬼子的炮就没用了！记住了，号响七遍再冲锋，冲之前先来一排手榴弹！重复一遍！"

飞快地重复了一遍李家顺的命令，两名通信员敏捷地蹿出了李家顺藏身的那个狭窄的防炮洞，分头顺着战壕两边手脚并用地爬了过去。每当经过一个藏着八路军班长、排长的防炮洞时，通信员都会挤进狭窄的防炮洞中，向那些躲避着炮火的八路军班长、排长传达着命令，再由那些八路军班长、排长将命令扩散着传播开去……

从防炮洞中伸头看了看已经消失在战壕两端的两名通信员，李家顺刚要给打了个半空的德造二十响手枪弹匣补充子弹，却是猛地发现杨超蹿出了离自己不远的防炮洞，佝偻着飞快地朝着两道战壕之前的闪电形交通壕冲了过去。

大张着嘴巴，李家顺很是难以置信地低声自语起来：“这他娘的……方才还打得好好的，怎么这一眨眼的工夫就……㞞了？”

同样看见了杨超钻进了两道战壕之间的闪电形交通壕，栗子群也是莫名其妙地瞪大了眼睛，一边往打空的弹匣内装填着子弹，一边扯开了嗓门朝离自己不远的李家顺吆喝起来：“这是闹的啥花样？刚开始打得有板有眼，这会儿怎么扭头就跑啊？”

狠狠地将装满了子弹的弹匣塞进了德造二十响手枪的装弹口，李家顺破口叫道：“我他娘的哪儿知道……头回上战场的时候㞞了的不稀奇，可刚还打得挺勇猛、眨眼过后就㞞了的……真不多见！行了，这时候也顾不得他了，老栗子，准备好了吗？”

翻手从腰后抽出了一把雪亮的长匕首，栗子群朝着李家顺亮了亮双手抓着的家伙什，信心满满地应道：“干了多年的活儿了，还准备个啥呀？到时候了就铆着劲儿上吧！”

同样从腰后摸出了一把带着牛皮护手的宽刃短刀，李家顺一边将那带着牛皮护手的宽刃短刀绑在了左手上，一边侧耳聆听着炮弹落点的远近。当炮弹落点渐渐开始朝着第二道战壕方向延伸时，李家顺猛地从防炮洞里钻了出来，翻身趴到了身侧的战壕上：“司号员，吹冲锋号！”

嘹亮的冲锋号声，几乎像是闪电穿透乌云般地撕裂开隆隆炮声，在宽阔的战线上响了起来。伴随着冲锋号那嘹亮的铜质号音响起，从第二道战壕上预设的一些机枪阵位中，猛地响起了一连串机枪长点射的枪声。或许是知道日军炮兵会在第一时间里对暴露的机枪阵位发起袭击，几乎每个机枪阵位中都只会响起两三次长点射的枪声，而后便换成了土机枪那听起来没完没了的炸响。

几乎是踩着炮弹的炸点朝八路军的阵地发起冲击，猫着腰不断跃进的日军士兵起初还防备着越来越接近的战壕中会出现反击火力，行动之间很有些小心翼翼的模样。但一直等到炮火开始延伸，八路军设置的第一道战壕里却依旧没有丝毫的动静，这自然让不少日军士兵稍稍放松了警惕，连冲击的步伐也逐渐加快起来。

可说来也是奇怪，明明地面上覆盖着厚厚一层积雪，积雪下却总能踩上些冻得铁硬的冰面。尤其是日军配发的翻毛皮鞋，在防滑方面更是乏善可陈。越是靠近八路军预设的阵地，想要朝前冲击的日军就越是一步一滑。当近在咫尺的战壕中骤然响起了冲锋号、第二道战壕也响起了机枪的长点射枪声时，压根都站不稳的日军士兵猝不及防之下，根本都来不及做出准确的战术规避动作便被打倒了一大片，剩下的日军士兵也都重重地摔在了雪地上，顿时一片人仰马翻的景象。

都还没等摔倒的日军士兵站起身子，天空中已经像是倦鸟归巢般地飞来了一大片手榴弹。虽然大部分的手榴弹都是晋造货色，甚至有急就章做出来的马尾手榴弹，但那些投弹的八路军士兵显然都是饱经战阵的老手，几乎每颗手榴弹出手的时间都拿捏得恰到好处，所有的手榴弹都是在半空中炸响！

半空中骤然爆响的手榴弹洒下的弹片，让卧倒在地的日军士兵口中发出的惨叫、哀号响成了一片。几乎在半空中手榴弹炸出来的硝烟还没被风吹散时，原本看上去已经空无一人的战壕之中，一群八路军战士已经挺着刺刀跳出了战壕，吼叫着朝冲到了战壕前沿的日军士兵冲了过来。

在脚上穿着的布鞋上绑了稻草，甚至干脆就穿上了一双用新麦草打好的草鞋，每一个跳出了战壕的八路军战士在光溜溜的冰面上跑得飞快，却没有一个人脚下打滑。才刚一个照面的工夫，好几个勉强端着枪站起了身子、压根都站不稳身形、更摆不出标准拼刺架势的日军士兵，已经被急冲而至的八路军战士捅翻在地。

乍然间吃了个大亏，至少被干掉了三分之一的日军士兵倒也并不慌乱，在几个日军老兵的吼叫声中，侥幸没有受伤的日军士兵迅速在雪地上翻滚着聚拢起来，形成了一个个三五成群的拼刺阵势，吼叫着朝靠近的八路军战士发起了攻击。

显然是受过专门的联合拼刺训练，处于拼刺阵形中正对着八路军战士的一名日军士兵猛地发出了一声怪叫，手中加装了刺刀的三八大盖几乎全然不留丝毫余力，不管不顾地朝着自己正前方的八路军战士捅了过去。

下意识地一个拨挡，面对着被自己尽力格挡开来的刺刀，那名八路军战士甚至都没来得及再次将自己手中加装了刺刀的步枪重新对准目标，另外两名日军士兵已经猛地一个箭步前冲，两把刺刀闪电般地捅进了那名八路军战士的两肋。

狞笑着转动手中的三八大盖、扩大着刺刀攻击造成的创口面积，两名一击得手的日军士兵残忍地看着那名紧咬牙关、颓然倒下的八路军士兵痛苦地蜷曲了身子在雪地上挣扎，这才猛地拔出了刺刀，转而朝着另一名红着眼大吼着冲过来的八路军战士扑了过去……

只是短短一碗茶的工夫，原本打了日军个冷不防、多少还算是占了些便宜的八路军战士，接二连三地被日军士兵刺翻在地。有几伙接连刺杀得手的日军士兵，更是相互招呼着连成了个松散的网兜阵势，慢慢地将一些还没来得及看清战场情形的八路军战士兜在了阵势当中，亮出了一副结阵绞杀的模样！

抬手一枪打翻了一名号叫着朝自己冲过来的日军士兵，李家顺心惊胆战地看着从那名日军士兵身后穿透而出的流弹飞得不知去向，这才重重地喘了口气，转身急冲几步，挥动左手上戴着的宽刃短刀，狠狠劈开了一名想要在背后偷袭栗子群的日军士兵的后颈。

也顾不得擦擦喷了自己一脸的黑血，李家顺眯着眼睛看着栗子群让开了正对着的一名日军士兵捅过来的刺刀，一头撞到了那名日军士兵身侧，顺势将长匕首从那名日军士兵的腰侧捅了进去，这才朝着栗子群急声叫道："这么打怕是不成啊……这批小鬼子拼刺刀都是硬茬，再这么拼下去，咱们可得吃亏啊！"

抬手一枪打得远处一名日军脑浆迸裂，栗子群也是急声应道："这他娘的是不对劲哪……咱们老部队里都是打老了仗的人物，一般的鬼子不说轻松应付，可只要仔细点，也不至于……躲开！"

猛地一脚把李家顺踹得摔到了一旁，栗子群抬手横过了手中的德造二十响手枪，直朝着四五个闷声不吭朝自己扑过来的日军士兵扫出了个扇面。眼见着那几名日军士兵仰天便倒，栗子群都还没来得及松口气，眼角余光却已经看见了有一名八路军战士被自己打出去的、穿透了日军士兵身体的流弹击中了肩膀，顿时急得连连跳脚："这他娘的没法打了……好容易折腾这么大个场面，叫鬼子一个照面就拿下来了……他娘的丢人丢到祖宗牌位前面了哇……"

狠狠一咬牙，李家顺厉声吼道："共产党员、共青团员跟我上，拼死也要挡住鬼子！老栗子，你带其他同志撤，把伤员拖回去……"

眼睛一瞪，栗子群毫不客气地朝着李家顺吼了回去："老子也他娘的是共产党员！"

★ 第六章 幻不厌深

战阵之中，几乎容不得片刻迟疑犹豫。只是在栗子群与李家顺说了短短几句话的工夫，又有几名八路军战士惨叫着被结成了拼刺阵势的日军士兵捅翻在地。尤其是那几十名结成了稀疏网状阵势绞杀八路军战士的日军士兵，更是连连得手，此起彼伏地吆喝着慢慢收紧了绞杀阵形！

眼瞅着那些组成了绞杀阵形的日军士兵连连得手，一名身上已经被捅了一刀、刚刚被战友从日军刺刀下抢了回来的八路军战士瞪圆了眼睛，猛地松开了捂在肚子伤口处的巴掌，翻手从腰后摸出了两枚晋造手榴弹，狠狠地用牙咬着拽开了拉火绳，一口川音喊得惊天动地："龟儿子的，老子整死你！"

赤红着眼睛，也都不顾肚子上被日军刺刀捅开的伤口处涌出了花花绿绿的肠子，那名身形很是瘦小的八路军士兵高举着两枚冒烟的晋造手榴弹，跌跌撞撞地朝着身前左边日军士兵扎堆的地方撞了过去。而在那名身形矮小的八路军战士身后，刚刚把他从日军刺刀下抢了出来的两名八路军战士，痛苦地吼叫着朝后一个纵跃翻滚，趴在了一处勉强可以藏身的雪堆后……

轰然而起的爆炸声中，两名刚刚藏在了雪堆后的八路军战士摇晃着脑袋，努力驱散着近距离爆炸给自己带来的晕眩感觉，几乎是异口同声地吼出了一口川音："格老子的……二娃子哟……他屋头算是死绝咯……"

虽然从彼此颤抖的话音里能明显感觉到对方心头的哀痛，但两名川籍的八路军战士却丝毫都没犹豫地跳起了身子，借助着战友用生命为他们打开的一条通道，迅速地与其他几名被日军绞杀阵势分隔开来的八路军战士靠拢到了一起。

同时从腰间拔出了一枚晋造手榴弹，另外两名川籍八路军战士重重地喘着粗气，赤红着眼睛将另一只手中握着的步枪交给了身边其他的八路军战士，瞪着再次组成了绞杀阵势的日军士兵嘶吼道："格老子的，刺刀拼不过日本鬼子，老子死也不吃亏——袍哥人家雄得起，老子一个换他先人板板的一堆！”

同样沉重地喘着粗气，一个身上也带了伤的八路军战士也伸手将手中的步枪递给了身边的战友，一边大口大口地咳着鲜血，一边把一口晦涩难懂的湘音吼得如同砺铁磨铜：“猪嬲的日本鬼子……老子被捅穿了肺子了，活不得好久了……老子先来！”

抢过了一名川籍八路军战士抓在手中的手榴弹，那名肋骨部位不断涌出鲜血的八路军战士将手榴弹拉火绳紧握在了另一只手中，一边剧烈地咳嗽着，一边断断续续地叫骂着朝几名日军士兵扑了过去：“我嬲你的娘……我嬲你一屋……”

再次响起的手榴弹爆炸声中，一些身上带了伤的八路军战士也全都有样学样地将手中的步枪交给了身边战友，抓着手榴弹朝离自己最近的日军士兵扑了过去，山南海北口音的诅咒喝骂声与手榴弹爆响的声音融成了一片……

虽说作为第一冲击波朝八路军阵地进攻的日军士兵颇为凶悍，在战场技术方面也的确有过人之处，甚至也的确有几个日军士兵敢于迎着冒烟的手榴弹冲撞上来，与高举着手榴弹的八路军战士同归于尽。但在接二连三的爆炸声中，日军的进攻势头却是不可避免地被遏制下来。尤其是那张由日军士兵组成的绞杀网，更是被撕扯个七零八落！

瞪圆了眼睛，李家顺与栗子群眼睁睁看着那些受伤的八路军战士以命搏命地高举着冒烟的手榴弹冲向了日军士兵，几乎是异口同声地哑着嗓门嘶吼起来：“压下去啊……把鬼子压下去……”

嘶哑着嗓门的吼叫声中，或许是日军指挥官不甘眼睁睁看着即将成功的冲击势头被八路军战士用那亡命的打法遏制，几乎在李家顺与栗子群吼叫出声之时，同时派出了第二冲击梯队。

面对着已经打成了一锅粥的阵地前沿，日军派出的第二梯队几乎都没有列成足够疏松的散兵线来规避八路军阵地上的机枪火力压制，只是像一群恶狼般地号叫着冲了上来。

大口喘息着，跃出了战壕的八路军战士面对着日军迎面扑过来的第二冲击波，已经来不及返回战壕中，依托着战壕进行抵抗。狠狠地朝地上吐了口带血的唾沫，一个站到了栗子群与李家顺身边，脸上从嘴角到腮边被豁开了条大口子的八路军战士含混不清地叫道：“司令员，栗队长，你们回去……我们顶住，你们回去……”

横了那脸上挂彩的八路军战士一眼，李家顺狠狠地紧了紧绑在左手上的宽刃短刀：“我姓李的身上几十道伤，就没一块在背后的！拿屁股打鬼子的活儿，老子还没学会！”

强忍着伤口钻心的疼痛，那名脸上挂彩的八路军战士含混不清地叫道：“可你……你是司令员！你要……要指挥……”

“老子现在不就是在指挥！老子从参加革命到现在，从当班长那天起，从来都是站在最前边指挥的！通信员……通信员？”

伸着胳膊肘轻轻在李家顺身侧一撞，栗子群低声应道：“老李，别叫了……”

微微一个愣怔，李家顺朝着栗子群目光望去的方向一看，顿时便黯淡了脸色：“他娘的……一个十四、一个十六……毛都没长齐全的人芽子……司号员，司号员呢？”

黯然摇了摇头，另一名站在李家顺身后的八路军战士低声应道：“也没了……咱们冲上来的时候……他们三个没白死，也豁出去弄死了个小鬼子……”

蓦地转过了身子，李家顺几乎要挣裂了眼眶地瞪着站在自己身后的那名八路军战士：“三个换一个？值吗？老子手底下人都死光了吗？要这三个毛都没长齐全的人芽子上来拼命？”

耷拉着脑袋，站在李家顺身后的那名八路军战士根本都不敢去看李家顺那充满了愤怒与哀伤的目光：“通信员必须在你身边三米之内，司号员也是……司令员，哪个部队都是这规矩……”

重重地喘了口粗气，李家顺一边瞪着重新组织起了攻击阵形、越冲越近的日军士兵，一边厉声大吼道：“回去一个传我的命令，不许派援兵！等老子们跟鬼子搅和到了一起，机枪全部开火！往后……不管他们怎么打，三天之内，不能叫鬼子踏进何家大集一步！”

眉头一皱，栗子群顿时低声叫道：“老李，你这不是撂挑子吗？你回去组织其他同志准备阻击鬼子，我带人留下先挡一阵……”

“老子是司令还是你老栗子是司令？行了，就是你了！你给老子回去传令……”

“老李，你怎么不讲道理呢？这时候了你还这么蛮横，这简直是军阀作风……”

“老子今天就蛮横、就军阀了！老栗子……栗子群同志，我以八路军冀南军分区司令员的名义命令你，返回阵地，组织其他同志阻击鬼子！执行吧！”

都没等栗子群再次开口说话，一名八路军战士却是猛地朝李家顺惊叫起来：“李司令，后边……咱们的援兵上来了！”

猛地转过了身子，李家顺眼睁睁地看着几百名八路军战士从极其狭窄的一段战壕中涌了出来，几乎是人挤人地扎堆朝自己这边冲了过来。

只是看了一眼那些大吼着朝自己这边冲了过来的八路军战士，李家顺顿时急得破口大骂：“这他娘的……谁他娘的发了疯了？把老子的预备队给拉出来了……”

眼瞅着那些从战壕中涌出来的八路军战士都已经扎了堆，站在李家顺身边的栗子群也是急得连连叫喊：“散开！都快点散开啊……别扎堆！”

似乎是听见了栗子群那焦急的叫喊声，从那段极其狭窄的战壕中涌出来的八路军战士，总算是在奔跑中渐渐散开了，每个人都平端着手中上好了刺刀的步枪，摆出了一副集群冲锋、打算与攻过来的日军拼刺刀的架势。

密集的拼刺突击阵形之中，也不知道是谁，亮开了嗓门用日语大吼起来：“瘪病者たちは、必死に銃剣よ！”

吼声起处，已经列成了冲锋阵势的八路军战士之中，也有人逐渐加入了用日语发出吼叫的行列。虽然那吼叫声，连栗子群与李家顺都能听出来明显的荒腔走板，但对面那些同样挺着刺刀冲过来的日军士兵，听见那吼声之后，却像是见了红布的公牛一般，怪叫着加快了冲击的速度！

瞠目结舌地看着从战壕中涌出来的八路军战士从自己身边狂风一般冲过，李家顺暴跳如雷地大吼起来：“这他娘的是去送死不是？哪个王八蛋下的命令啊……”

话音刚落，已经冲得极其靠近日军进攻人马的八路军士兵当中，猛地响起了一声嘹亮的铜号声，虽然号音极其短促，甚至都完全不符合号令指挥中的任何一种标准，但冲在了第一排的八路军战士却是随着号音猛地扑到了地上，端着手中的步枪不管不顾地抬高枪口扣动了扳机！

打成了一片炸响的排子枪枪声之中，冲得有些忘乎所以的日军士兵顿时被打翻了一大片。都还没等那些根本停不下脚步的日军士兵反应过来，伴随着两声连续不断的短促铜号，已经放缓了脚步的八路军战士之中，齐刷刷地单膝跪下了一大片，端在手中的步枪只是略一瞄准，又是一片排子枪的炸响轰然而起。

号音三响，再次响起的排子枪枪声未落，一片手榴弹已经黑压压地朝着那些已经完全被打蒙了的日军士兵飞了过去。不等那片在半空中哧哧冒烟的手榴弹落地，投掷出手榴弹的八路军士兵当中，已经响起了杨超那几乎扯裂了嗓子的吼叫声：“撤退！带上伤员撤退！”

★ 第七章 进退有度

目送着最后一个被简单包扎过伤口的伤员被抬着去了阵地后方，累得连喘气都带着一股血腥气的李家顺总算是逮了个空当，一把拽住了在自己身边、同样忙得车轱辘般转悠不休的杨超，狠狠把杨超按在了战壕胸墙上：“你……你懂鬼子话？”

下意识地点了点头，杨超同样大口喘着粗气，断断续续地朝李家顺应道：“在学校的时候，学过……英语和德语，日语也……大概能懂点！”

“那你方才喊了个啥？怎么小鬼子一听你那吆喝，就跟发了疯似的要跟咱们拼刺刀？”

“我就是喊了一句……胆小鬼们，拼刺刀吧！”

“就凭你吆喝这么一句话，小鬼子还就真上当了？你……刚才打起来的时候，我可瞧见你扭头朝阵地后面溜了，你那时候就能猜出来咱们跟鬼子拼刺刀要吃亏？”

“敌工科的同志们不是侦察出来说附近好几个县的鬼子都已经换防，换上了一些从南边前线抽调回来的老鬼子吗？在延安的时候，我就听跟那些老鬼子打过仗的老同志说过，这些老鬼子都是从东北一路打到南边去的，战场经验非常丰富，战斗技能也很说得过去。尤其是拼刺刀……那就是拿着咱们中国人的命练出来的，真不好对付啊！”

“不好对付？那还能因为你吼了一嗓子日本话就上当？”

“这些老鬼子都在战场上打得很是骄狂，尤其是在炮火压制之后，挺着刺刀集群冲锋，几乎每回都能把国民党正规军的阵地给抢下来。所以……这些鬼子，一直都拿着咱们八路军当了土匪，压根都不把咱们八路军瞧在眼里。乍然间听见咱们用日语骂他们胆小鬼，还要跟他们在拼刺刀上见个高低，他们自然会上当！”

“这道理倒是……也说得过去。可谁他娘的给你的权力，让你跑阵地后边调预备队上来的？都像是你这么瞎胡闹，这战场纪律还要不要了？”

“司令员，咱们眼瞅着吃了大亏，不少同志都已经牺牲了，要是再把带头打冲锋的领导干部也全都折进去……后边这仗还怎么打？我承认我擅自调动预备队是严重违反战场纪律的行为！我接受组织处分，等打完了这一仗，我……检讨，我接受组织处理！”

很有些悻悻地松开了揪住杨超衣领的手，李家顺冷声哼道：“这回……这回就算了！好歹你收拾鬼子的法子还管用，干掉了不少鬼子，还让大家伙护着伤员全撤回来了，就当是……功过相抵了！下回再敢这么瞎胡闹，老子可当真要执行战场纪律了！”

一把拉住了转身要走的李家顺，杨超左右看了看并没人注意到自己这边的动静，这才朝着李家顺低声说道：“司令员，我还有几个想法……”

很是意外地看了杨超一眼，李家顺索性一屁股坐到了战壕里，伸手从自己衣兜里摸出了一盒几乎要被汗水浸透的日本烟卷儿：“还有想法？你这念过书的，脑袋瓜子里的弯弯就是多！老栗子……栗子群，过来一下……”

看着栗子群一路小跑到了自己身边，李家顺一边把烟盒中勉强还能抽的香烟分给了栗子群一支，这才仰头看了看背靠着战壕胸墙站在自己面前的杨超：“说说看，啥想法？”

扭头看了看勉强算是平静下来的战壕前沿，杨超也背靠着战壕胸墙蹲了下来：“李司令，栗队长，我是觉得……咱们这么跟鬼子打，实在是吃亏呀！这阵地战原本拼的就是火力强度和密度，这两样咱们都不如鬼子，原本就吃了三分亏。再加上咱们拼刺刀的功夫，也都不如这些老鬼子熟练，这又亏了三分。如果我们真要依托着现有的阵地跟鬼子硬拼，别说是顶住鬼子三天，就是……”

再次左右看了看战壕两端并没人注意到自己，杨超这才压低了嗓门接着说道：“这才一个照面的工夫，咱们至少就牺牲了百十号同志，还都是老部队里从长征时期一路打下来的老同志。都不说李司令和栗队长你们心里有多难受，那就是我心里……都心疼得厉害啊！”

哆嗦着划着一根洋火，栗子群用手拢着那微弱的火苗点燃了皱巴巴的烟卷，狠狠地抽了一大口：“干革命，那就不能怕流血牺牲！眼下咱们身后就是那些还没来得及撤退的乡亲，不在阵地上死死顶住鬼子，乡亲们咋办？扔给鬼子祸害去？”

杨超用力摇了摇头答道：“这肯定不行！不过……我是觉着咱们不能就这么硬戳在阵地上跟鬼子厮拼，咱们得活动着打！”

眼睛一瞪，同样点着了香烟猛抽的李家顺应声说道：“活动着打？除了咱们背后的何家大集，其他能活动开的道路都叫鬼子给封死了，想要活动着打，哪儿来的能叫咱们活动的地盘哪？”

朝着战壕后方一指，杨超低声应道：“咱们进何家大集，再跟鬼子打！”

险些被一口浓厚的烟雾呛到，李家顺瞪圆了眼睛低叫起来：“放着好不容易挖出来的工事不用，退回何家大集跟鬼子厮拼？这都不说旁的——咱们朝着何家大集一退，在何家大集里还没走的乡亲们怎么办？”

“没说现在就掉头扎进何家大集！我是想着……咱们白天一步步朝后退，晚上再想法子朝前拱！让鬼子觉着咱们已经越来越顶不住了，同时让乡亲们加快后撤的速度。等咱们退进了何家大集，那可就是鬼子倒霉的时候到了！”

“啥意思？为啥鬼子进了何家大集就得倒霉？”

伸手朝着李家顺膝头一拍，栗子群倒是抢在杨超开口之前说道：“老李，我倒是大概琢磨出小杨话里的意思了！”

乜斜着眼睛看了看若有所思的栗子群，李家顺只是稍稍一个愣怔，顿时也讶然低叫起来：“好像还真是这么个道理。大白天的摆开兵马跟鬼子厮拼，老子是吃亏。倒还不如白天慢慢朝后缩，到了晚上再朝前拱！老子手底下的独立团里，一多半都是打夜战的好手，我就还真不信了！”

飞快地点了点头，栗子群接口说道：“鬼子的家伙什也就是火炮和机枪厉害，可步枪在打夜战、近战的时候，肯定拼不过咱们手里的短枪！老李，到时候咱们精挑细选找出来些擅长打夜战、打近战的，清一色配备大刀、短枪，尤其是德造二十响！我还就不信了……”

看着李家顺与栗子群那眉飞色舞的模样，杨超再次接口说道：“除了短枪和大刀，我觉着咱们是不是还能……尽量多地给参加夜间突袭的同志们配备些手榴弹和炸药包？”

赞同地朝着杨超比画了个大拇指，李家顺低笑着应道：“好主意！黑灯瞎火的，鬼子根本就看不清楚咱们到底有多少人马在跟他们厮拼。到时候手榴弹、炸药包四处乱响，都不必咱们费太大的劲儿，鬼子自个儿就能乱了套！白天扔给鬼子的阵地，晚上咱就能再夺回来！照着这样的打法，别说是三天，只要弹药充足，我看打个六七天都没大问题！”

略一犹豫，杨超却是微微地摇了摇头：“司令员，我倒是觉着……咱们不能把白天扔给鬼子的阵地抢回来，至少……不能全部抢回来。”

疑惑地皱起了眉头，李家顺再次从口袋里摸出了一支香烟：“不把阵地抢回来？还抢一半留一半？这又是个啥路数？”

“阵地全都抢回来的话，先不说咱们有没有时间修复被鬼子占领后破坏甚至是改造过的阵地，至少咱们得防备着已经摸清了咱们阵地情况的鬼子，有针对性地朝咱们阵地的薄弱点发起攻击。要是这样的话，晚上咱们好不容易占了点便宜，白天可又得吃亏！

“我的建议是咱们只抢回来一部分阵地，比如说相对独立、比较坚固的半环形火力支撑点，一些没有被鬼子破坏的地堡，在鬼子的身边钉上一些钉子。一来可以叫鬼子没法放心利用咱们的阵地作为攻击前的准备阵位，二来……咱们都跟鬼子搅和到了贴身的地步，鬼子的刺刀在工事前面也派不上用场，火炮更不能发挥威力，也不能调集火炮前移，对咱们的第二道防线进行火力压制……”

狠狠一拍大腿，李家顺兴奋地叫嚷起来：“老虎啃刺猬，没法下口！他娘的……老子倒看鬼子这回怎么跟老子斗！传我的命令，等鬼子再攻上来的时候，大家……”

不等李家顺把话说完，杨超却又再次摇了摇头：“司令员，咱们朝后撤离，也得讲究个时间上的拿捏吧？我觉着……最好是趁着天色擦黑之前，鬼子进攻的时候，咱们虚晃一枪之后再朝后撤。这样的话，就算是鬼子占领了咱们第一道防线的阵地，一来天黑了，鬼子瞧不清楚阵地上的具体情况，二来也没时间对阵地进行改造和破坏。”

“道理是不错，可咱们这一个白天怎么熬下来呀？鬼子现在是缩回去了，可要不了多久又得朝上冲，咱们火力不如鬼子强，拼刺刀也差点火候。方才你用过的那法子，下回再用肯定就不灵了……”

“司令员，这也是我想要向你请示的事情——咱们能不能把所有的机枪，包括在茶碗寨寨墙上藏着的那两挺重机枪，全部调到最前面来？”

“重火力全都搬到一防？那后边的二防、三防，还有寨墙上的制高点火力压制，全都不要了？鬼子一排炮弹下来，咱们这点家底子不就……”

“勤换射击阵位、等鬼子抵近了再开火，打了就走，应该能尽量避免咱们的重火力遭受损失！要不然，咱们怕是真熬不到天黑……”

“咱们熬到了天黑，那占了咱们工事的鬼子，就不能点上篝火，干那些改建、破坏工事的活儿？”

“鬼子点篝火，那咱们就照着篝火的位置打呀！咱们手里的迫击炮和掷弹筒是比较少，尤其是弹药，更是异常金贵。可只要咱们炸灭了鬼子几堆火……我就不信鬼子还有那胆子再点火招咱们的炮弹。而且……我还有个主意，肯定能叫鬼子狠狠吃个大亏！只是……风险挺大的……”

“咱们八路军打鬼子，命都不要了，还怕个啥风险？说，啥法子？”

★　第八章　凶残暴戾

举着望远镜，站在日军出发准备阵地上的雪隐太郎盯着再一次溃退下来的日军士兵，喃喃自语：“第五次攻击，又是这样被击溃了啊……这些八路军究竟拥有多少重火力呢？”

同样举着望远镜观察着战场情况，一名脑袋上挂了彩的日军尉官很是凶狠地一把撕下了脑袋上包着的绷带，任凭从伤口涌出的鲜血糊了半边面孔，很是不甘心地吼叫起来：“实在是太丢脸了！即使是面对支那人的正规军，这样的攻击也足以达到作战目的！可是现在……阁下，请允许我再率领我的部队，进行下一波突击吧！”

扭头看了看那名半边脸都被鲜血糊满的日军尉官，浑身上下收拾得干脆利索、甚至连靴子都擦得锃亮的雪隐太郎微笑着摇了摇头：“寅次郎，还是那样的倔脾气吗？卫生兵刚刚为你包扎好的伤口，就这样被你撕扯开来，即使是不担心自己的身体，也要珍惜得来不易的药品和绷带啊……卫生兵！”

耳听着雪隐太郎的召唤，守候在日军出发阵地上、正在照料着日军伤兵的卫生兵立刻冲到了半边脸都糊满了鲜血的寅次郎身边，抓着一卷绷带便朝寅次郎头部的伤口包裹起来。

狠狠一脚将卫生兵踢了个趔趄，脑袋上的伤口不断冒出鲜血的寅次郎暴跳如雷地叫道：“已经把这些支那人围堵到了一起，难道就因为进攻不力，眼睁睁地看着那些支那人钻进深山里逃遁吗？如果是这样的话，皇军的勇士们岂不是白白牺牲！”

轻轻叹了口气，雪隐太郎伸手将从地上刚刚爬起来的卫生兵手中那卷纱布接过，亲手为站在自己身边的寅次郎包扎起来：“即使是能消灭掉一百个支那人的性命，也不值得付出一名皇军勇士的牺牲啊！寅次郎君，你有没有仔细考虑过，将近两万名支那平民，再加上一两千人的武装人员，他们每天要喝掉多少水？吃掉多少粮食？睡觉的时候，需要多少房屋来安置？又需要多少衣物和被子来御寒？”

尽管依旧狂躁不安，但面对着雪隐太郎慢条斯理、亲自为自己包扎伤口的动作，寅次郎也只能从鼻孔里喷出了一股闷气：“这些……那些像是蟑螂一样的支那人，哪怕是吃泥土，也是可以活下去的！只有皇军的武士刀，才能真正消灭他们……”

微笑着点了点头，雪隐太郎低声应道：“除了皇军的武士刀，就连这样寒冷的天气，也会帮助皇军消灭支那人呢！寅次郎君，皇军的作战目的，并不只是占领支那的一城、一县、一地，而是要占领整个支那，整个大东亚，这才能够真正实现建立大东亚共荣圈的战略目标啊！为了要实现这样的目标，作为一名真正的武士，请您务必要忍耐啊！”

焦躁地握紧了拳头，寅次郎低声闷吼道：“即使是为了占领整个支那而奋斗，也必须把每一次作战都完成得干脆利落吧？！费了这么大的力气，才把这么多支那人和武装人员挤压到何家大集一带，却在面临最后一击的时刻松懈下来，这简直是……”

嚅动了半天嘴唇，寅次郎总算还记得雪隐太郎是自己的上官，这才没把最后那个骂人的字眼从口中吐出，只是喘着粗气，任由雪隐太郎包扎好了自己头上的伤口。

小心地将剩下的一些纱布交还给了站在一旁的卫生兵，雪隐太郎轻轻拍了拍手上并不存在的纱布碎屑，这才朝着卫生兵低声说道：“辛苦了！去照顾刚刚撤退下来的伤员吧！这场战斗，恐怕还要持续一段时间。在这样严寒的环境中作战，一定要注意，不能让武士们因为冻伤而被迫退出战斗啊！”

重重地一点头，接过了那一小团纱布的卫生兵大声应道：“已经做好了一切防御冻伤的措施！即使是临时构建的宿营地，也都铺设了足够厚的毛毯和烘干的麦草！对于要在战壕中驻守的士兵，也都配发了双份的袜子！食物方面，也已经考虑到了寒冷天气中身体的需要，为士兵们准备足够的牛肉罐头和甜食……”

满意地点了点头，雪隐太郎挥手让一名日军士兵搬过来一个马扎，稳稳当当地坐在了日军出发准备阵地最前方，指点着再次沉寂下来的战场前沿说道：“寅次郎君，通过五次几乎接连不断的攻击，你发现了什么吗？”

微微一个愣怔，寅次郎下意识地摇了摇头：“阁下，只是发现那些支那武装人员在拼命抵抗，而且使用的手段极其卑劣！他们甚至在拼刺的时候开枪……这简直是……”

终于忍不住心头怒意，在第二次进攻时，被八路军骤然扔出的手榴弹炸伤了脑袋的寅次郎终于破口大骂起来……

压根都不去制止寅次郎歇斯底里的叫骂声，雪隐太郎只是眯着眼睛，看着远处战场前沿被手榴弹或是炮弹炸出来的弹坑，还有那些在八路军阵地上隐隐约约晃动着的人影，好半天方才轻轻地叹了口气：“第一波次和第二波次的进攻，那些家伙能够与皇军的精锐武士拼得两败俱伤，这已经很让人吃惊了……

“而在紧接着进行的第三次进攻时……他们的重武器骤然增多了三倍以上，甚至出现了重机枪和掷弹筒这样的压制火力！即使皇军士兵已经冲到了离他们战壕前沿不到三十米的位置，双方投掷的手榴弹都可以轻易杀伤对方，那些家伙也没有冲出战壕，反倒是靠着大量消耗手榴弹来击退了皇军的进攻。

“虽然在我军炮火的压制之下，对面的重武器不能肆无忌惮地发挥威力，但从总的数量和射击的密集程度上来观察，他们的重武器并没有遭受太大的损失！而第五次的进攻，更是证明了这一点……即使是那些连识字都无法做到的支那指挥官，也是在战场上不断地学习啊！”

懒洋洋地伸了个懒腰，雪隐太郎慢条斯理地从马扎上站起了身子，回头朝着站在自己身后的副官说道：“我们的炮弹，已经不多了吧？在刚刚进行的第五次攻击发起时，我已经明显地感觉到了炮火力量在减弱。”

重重地一点头，始终都紧随在雪隐太郎身边的副官立刻恭声应道：“重炮的炮弹本来就不多，大口径迫击炮的炮弹也消耗得很快。因为持续的大雪天气，补给的炮弹实在是没有办法及时跟上来，所以……”

微微皱起了眉头，雪隐太郎沉声问道：“也就是说，我们很快就要失去大口径火炮的支援了？在出发之前，不是一再叮嘱过你，一定要想尽办法，保证皇军士兵在进攻时能够得到足够的火力支援吗？”

下意识地一点头，副官的话音里明显带上了几分慌乱的意味：“阁下，这也实在是不得已，才会……为了维持追击支那人各部的步兵弹药补给和生活方面的后勤补给，不得已缩减了炮兵的需求！原本认为，即使皇军要进行攻坚作战，那么哪怕是半个基数的弹药，也足以……”

脸上还带着几分微笑的模样，雪隐太郎却是猛地一挥手，重重一耳光抽在了副官的脸上：“半个基数的弹药，就足以应付皇军将要进行的任何攻坚作战吗？保定驻军司令部里派出的参谋们，全都是像你这样的浑蛋吗？面对着你眼前这样坚固的防御工事，面对着你面前英勇玉碎的皇军武士们，你还能说得出这样的话吗？”

被雪隐太郎一个接一个的耳光抽得连连打着趔趄、已经完全被打蒙了的副官除了一个劲儿地勉强站稳了身子，口中大声答应着雪隐太郎的喝问，几乎再做不出其他的任何反应。

而在雪隐太郎身侧，其他日军军官看着雪隐太郎面带微笑地亡命抽着副官的耳光，心中却都泛起了一股不寒而栗的感觉……

在冀南地区实施治安战计划之初，被派驻到宫南县任职的雪隐太郎，见了谁都是一团和气的模样。即使是日军保定驻军司令部的那些办事人员在调拨物资、配送给养、兵员和弹药方面颇有掣肘，雪隐太郎也从来都是谦恭异常地将电话打到日军保定驻军司令部，几乎是卑躬屈膝地向那些职位和军衔远远不如他的日军办事人员恳求着，哪怕是被一再搪塞、拒绝，甚至是言辞上遭受羞辱，也从没人见过雪隐太郎发脾气。

或许也是因为雪隐太郎表现得太过谦恭顺从，原本对雪隐太郎执行冀南治安战计划申领物资颇有些吝啬的日军保定驻军司令部，总算是网开一面地调拨了足额物资发往宫南县。但作为一个说不出口的交换条件，几名保定驻军司令部中新来的参谋军官，也被派驻到了雪隐太郎麾下的部队中。名为战场观摩考察，实则为了镀金之后好早日升迁！

寻常日军基层军事主官，在自己麾下被塞进了这样一批参谋军官时，从来都是睁一只眼，闭一只眼，几乎是放任那些参谋军官胡作非为、厮混时日，最终送瘟神般地将那些混够了资历的参谋军官送走了事——毕竟日军军事架构之中，参谋军官从来都是个庞大的利益群体，成事不足，坏事有余，任谁也都得罪不起[1]！

而雪隐太郎却与那些不敢得罪参谋军官的日军指挥官相反，七八名参谋军官才刚刚到任，甚至没来得及放下行李，就被雪隐太郎塞进了各处步兵班中，任由他们被那些早就对参谋军官充满了怨气的二次征召老兵收拾。如果有外出清剿八路军武装的作战计划，更是让这些参谋军官充当马前卒。

---

[1] 比如说日军参与过卢沟桥事变的高级军官牟口田廉也，就是参谋军官出身。在后来指挥英帕尔会战时，对于日军弹药不足的解决方案，居然说出只要对空鸣枪三声，敌军就会投降的话来。而当日军在丛林中被中国远征军打得弹尽粮绝、恳求调拨食物补给时，他的回应更是奇葩——日本人自古以来就是食草的民族，你们身处丛林之中，怎么会缺乏食物？日军基层官兵几乎就没人不恨此人，甚至给这家伙取了个绰号，叫——鬼畜牟口田。死在他手里的日军士兵人数，几乎都超过了盟军轰炸的战果。

不过是短短一个多月的时间，被派驻到了宫南县的参谋军官，就只剩下了作为雪隐太郎副官的唯一一个人。而这名参谋军官能够充任雪隐太郎的副官，还是由于保定驻军司令部中的某位高级军官直接下达命令的缘故……

可就算是面带微笑地接受了这样的命令，从雪隐太郎对待这名副官的手段看来，恐怕这名副官也活不过今天了吧……

或许是为了证明在场的日军军官所料不差，在将那名副官打得满嘴鲜血、几乎站立不稳之后，像是发够了怨气的雪隐太郎总算是停下手来，微笑着朝那名摇摇晃晃站在自己面前的副官说道："既然是因为你的疏忽，造成了这么多的皇军将士无谓玉碎，那么下一波攻击，就由你亲自率领勇士们上阵吧！请务必攻下对面的阵地，否则的话……就玉碎了吧！"

也许是实在觉得心中不忍，又或许是觉得雪隐太郎不该将派驻到宫南县的参谋军官赶尽杀绝，一名日军尉官犹豫再三之后，方才小心翼翼地凑到了雪隐太郎的身边，低声在雪隐太郎耳边说道："阁下，虽然您的命令已经下达了，但是考虑到保定驻军司令部中上官的颜面，也许可以将命令稍作一些调整？而且现在天色也要黑了，这个时候进攻，即使疲惫的皇军将士依旧英勇、保持着高昂的斗志，恐怕在进攻时也难以做到快速有效。哪怕攻下了阵地，在巩固阵地时，也会有些力不从心的感觉吧？"

微笑着看向了那名在自己耳边低声劝诫的日军军官，雪隐太郎和声道："经历了一整天的作战，皇军的将士的确是非常疲惫了。可是对面那些支那军人，不是更加疲惫吗？战场上的胜负，往往就是取决于谁能在极端疲惫的时候再多坚持一会儿啊……这个道理，想来你也是能够明白的吧？"

"的确是这样！属下明白了！"

"既然你完全明白了，那么你也加入攻击梯队吧！不能达成作战目标的话，就像我对副官的要求那样——在阵前，玉碎吧！"

★ 第九章 借刀杀人

脱掉了身上沾染鲜血的军装，在脑门上绑了一条三指宽窄、中间还戳了个红日标记的白布条，被雪隐太郎打得鼻青脸肿的副官一手握着一把远超制式配备的、刀柄上镶嵌着银质樱花装饰的指挥刀，一手紧握着一把子弹已经上膛的南部式手枪，铁青着面孔站在了日军出发准备阵地最前沿。

而在满脸铁青的副官身边，同样脱掉了上身军装，在脑门上绑了个写着“必胜”字样布条的日军尉官一边将一个南部式手枪的备用弹匣插在了腰带上，一边低声朝着鼻青脸肿的副官说道：“阁下，请一定保护好自己！在这样不值一提的战斗中丧身，根本就是无谓的犬死啊！哪怕是有再大的愤怒之情，也请想一想远在保定驻军司令部的猿兵卫阁下！”

面无表情地点了点头，鼻青脸肿的副官低声应道：“十分感谢！在宫南县的这段日子，承蒙关照！如果能够在这次战斗中侥幸活下来，在叔父猿太郎面前，一定会郑重提到您对我的照顾的！”

微微扭头看了看重新坐在了马扎上、老是在举着望远镜观察八路军阵地的雪隐太郎，那名因为多嘴而被雪隐太郎派出参加第六次突击的日军尉官小心翼翼地压低了嗓门：“在发起进攻的时候，还请阁下不要太过英勇！这一次派出的进攻部队中，有一半是有幸参加了皇军的高丽人。统率这些高丽人的，是在下多年的部下了，会让这些高丽人冲在最前面的！”

眼中骤然闪过了一丝嫌恶的神色，鼻青脸肿的副官禁不住冷声哼道：“为什么不能早些让这些高丽人上阵呢？一定要将夺取敌军阵地的荣誉，让这些脏兮兮的高丽人取得吗？”

张了张嘴巴，站在副官身边的那名日军尉官却是一个字也没说出来……

原本以为可以一鼓而下的八路军防御阵地，却让一群几乎武装到牙齿的日军士兵足足啃了一天，师老兵疲之后，却还是只能望洋兴叹、徒呼奈何。早知道要面对的是这样的硬骨头，恐怕雪隐太郎老早就将那些高丽籍士兵派上了战场。

深深地吸了口冰冷的空气，再次检查过手中的南部式手枪已经上膛，而弹匣也像是紧紧地卡在了弹匣卡笋上（日军南部式手枪的设计存在重大缺陷，经常出现因为弹匣卡笋失灵而导致弹匣滑落的现象。再加上撞针容易断裂、子弹容易卡壳、容易走火等原因，被美军士兵称为‘连自杀都不能保证成功’的手枪），鼻青脸肿的副官猛地一挥手枪：“突击！”

喊声落处，紧握在副官手中的南部式手枪便不负众望地走了火，连弹匣都被震得脱出了卡笋，干脆利落地掉在了雪地上。

冷眼看着鼻青脸肿的副官手忙脚乱地捡起掉落的弹匣，重新塞进了手枪枪柄，坐在马扎上观察着战场的雪隐太郎禁不住冷笑着扬声叫道：“真是什么用场都派不上的家伙，也难怪只能当个参谋军官了啊……”

话音落处，一些站在雪隐太郎身后的日军基层军官，顿时毫不掩饰地大笑起来。就连几个二次征召入伍的日军老兵，也全都不加掩饰地放声笑着说道：“只会在假想的地图上和假想的敌人作战的家伙，在面临真正的战斗时，流露出来的这傻乎乎的模样，真是可笑啊……”

“不会是尿裤子了吧？发出了突击的命令之后，阵前指挥官不是要率先出击的吗？这么傻乎乎地站着不动，是想要违背上官的命令、擅自取消这次攻击吗？”

“天都要黑了呢……不管能不能攻下对面的阵地，拖到天黑之后，很多事情都不会再被人看见呢！我可是听说过，有些家伙趁着天黑的时候逃离战场的……”

狠狠地咬了咬牙，在所有人面前出尽了洋相的副官几乎像是狼嚎般地吼叫着，高举着手中的指挥刀朝八路军阵地方向冲了过去：“突击！决死突击！”

无奈地叹了口气，因为多嘴而被塞进了攻击阵营中的日军尉官也只能高高举起了手中的日军指挥刀，遥遥指向了一片寂静的八路军阵地方向：“帝国的勇士们，彰显你们的勇武吧！突击！”

一片轰然而起的号叫声中，上百名同样只穿着白色上衣、在脑门上绑着个布条的高丽籍日军士兵，端着上好了刺刀的三八大盖，刚刚踏出出发前准备阵地，就已经开始了全速冲击。

而在这些一开始就发起了全速冲击的日军士兵身后，一些看上去年龄略大些，眼神中也大多带着几分清明之色的日军老兵，也默不作声地加入了突击行列。

与那些豁出了全部气力发起冲击的高丽籍日军士兵不同，这些目光中始终都带着几分清明之色的日军老兵在刚刚加入突击行列时，奔跑的速度并不算快，还有些拖拖拉拉的犹豫模样。但在冲进了八路军战壕前二百米距离之内后，那些日军老兵便开始逐渐加快了步伐，甚至在全无枪声响起的时候，也都像是出自本能般地闪避着一些有可能冒出机枪拦阻射击的地段……

也许是因为一整天几乎没有太多休止的激战，已经让把守在战壕中的八路军战士疲惫不堪，甚至连派出的观察哨的哨兵警惕性也下降了许多，直到冲在最前面的几十名日军闯到了离战壕只有四五十米远近时，始终都保持着安静的战壕中，才猛地响起了一连串短促的铜号音，像是在催促着那些疲惫的八路军战士再次打起精神，来应对即将闯进战壕中的敌人！

几乎是有气无力地，几颗马尾手榴弹从战壕中扔了出来，摇摇摆摆地在半空中炸出了一团团硝烟，却并没有当真杀伤几名冲在前面的日军士兵。但随之而来的一个齐整的排子枪，却是让冲在最前面的那些高丽籍日军士兵趴下了十好几个。

下意识地做出了闪避的动作，冲在了最前面的那些高丽籍日军士兵几乎在同一时间朝身侧的掩蔽物后趴了过去。反倒是那些起初跑得拖拖拉拉、磨磨蹭蹭的日军老兵，在第一阵排子枪响过之后，猛地加快了冲击速度，一个个狂吼怒骂着朝八路军阵地方向冲击起来："不要迟疑，冲过去！"

"趴在这里等死吗？"

"该死的高丽人，简直是混账！"

吼叫喝骂声中，那些原本想要就地卧倒的高丽籍日军士兵也像是如梦初醒一般，全都跳起了身子，不管不顾地冲着八路军把守的堑壕方向冲了过去。有少数几个冲进了堑壕前方五十米距离内的高丽籍日军士兵，更是摸出了腰后挂着的手榴弹，在枪托上磕开引信后，直朝着堑壕方向投掷过去。

接二连三响起的手榴弹爆炸声中，堑壕中把守的八路军士兵倒像是压根都不为所动，只是自顾自地一个接一个地打着整齐的排子枪，将那些号叫着冲到离战壕只有二三十米的高丽籍日军士兵打翻在地。而在靠后些的二防工事之中，几个刚刚修复的机枪阵地上，也开始断断续续地响起了机枪长点射的枪声。

没了火炮支援，甚至连跟进支援、压制敌方火力的机枪射手都没有，冲在最前面的一百多名高丽籍日军士兵几乎在短短的时间之内，便被堑壕中不紧不慢射出的排子枪打翻了一大半。猛地一个纵身，好容易在战场上冲到了副官身边的日军尉官，使劲将身上已经挂彩的副官按在了地上，喘息着在已经打红了眼的副官耳边大吼起来："再也不能朝上冲了！没有炮火掩护，连跟进的机枪手都没有配备，雪隐太郎就是让我们来送死的！那些高丽人就是我们的殉葬品！雪隐太郎……是想要借支那人的手，来杀掉我们啊！”

同样大口喘着粗气，副官使劲摇了摇头：“不冲上去的话，回去也是会被勒令切腹的！身为武士家族的后代，哪怕是不名誉的犬死，也要在敌人的战刀下丧命才是啊！阁下，还请多多保重！”

眼看着副官还要起身继续冲击，将巴掌按在了副官身上的日军尉官猛地加了几分力气，使劲将一心求死的副官按在了地上：“即使是要英勇不屈地战死，那也要在该使用谋略的时候缜密地思考啊！天色已经黯淡下来了，我们只要等一等，再等一等！”

“等什么？难道我们还能等到雪隐太郎大发慈悲地给我们炮火支援吗？！”

“等天黑！天黑之后，集中兵力突击一点，用大量的手榴弹开路，冲进支那人的战壕中展开白刃战！阁下，我们已经冲到了支那人的战壕前不到五十米的位置！只要召集那些高丽人就地开挖单兵掩体，再加上后续的那些征战多年的老兵……阁下，我们有机会成功的！”

趴在冰冷的雪地上转动着脑袋环顾周遭情形，被一股怒气充塞了心头的副官总算是慢慢恢复了些神志，悻悻地点了点头：“阁下，还请命令那些高丽籍士兵就地开挖单兵掩体吧！我们……我们只有一次机会！”

★ 第十章 莫名侥幸

天色渐暗，寒风骤紧，不但天空中飘洒着的雪花叫寒风裹挟着打得人面孔生疼，就连已经落地的雪花，也都叫越来越紧的寒风席卷起来，在天地间张盖了一张银白色的大幕！

没有携带任何的挖掘工具，只是凭着手中的刺刀胡乱挖掘，散布在八路军阵地前的日军士兵总算是依托着一些弹坑和略有些起伏的地势，构筑起了一条弯弯曲曲还有着好几处断裂的浅浅壕沟。

为了在出发时彰显自己一往无前、不胜则死的决心，参与第六次攻击的日军士兵，全都是脱光了上衣、只穿着一件单薄衬衫上阵。在雪地里被迟滞了进攻步伐、又生生地在天寒地冻的环境下挖了差不多半个时辰的壕沟之后，挤进了壕沟中的所有日军士兵都冻得瑟瑟发抖。

在短暂的犹豫之后，第一个从战死的高丽籍日军士兵尸体上扒衣服的人，总算是在自己身上多裹了一层带着血冰的布片。而在有了第一个做出榜样的人物出现后，越来越多的日军士兵就像是在夜晚出现在墓地里的食尸鬼一般，趁着大风大雪的掩护，寻找着那些几乎要被大雪遮盖起来的高丽籍日军士兵尸体，再从那些尸体上扒拉下冻得硬邦邦的衣服披挂在自己身上……

蛮横地从一名高丽籍日军士兵身上扒拉下来一件带着血冰与弹孔的衬衣，日军尉官跌撞着摸索到了冻得牙齿咯咯作响的参谋军官身边，将那件带着血冰与弹孔的衬衣递给了参谋军官："尽管肮脏得不成样子，还是请您勉强披上，抵御一下寒冷吧。"

努力摇了摇头，已经冻得连手指都完全僵硬的参谋军官哆嗦着说道："没有这个必要了！士兵们已经无法忍受这样的严寒，如果再这样僵持下去的话，恐怕连发起突击的力气都没有了！阁下……下达突击的命令吧！"

抬头看了看漫天飞扬、正前方能见度不足五米的天空，日军尉官毫不迟疑地点了点头："也只能发起突击了！在战场安静了这么久之后，我们的身后已然没有一点动静……阁下，请允许我率领那些高丽人，进行第一波突击吧！"

艰难地苦笑着摇了摇头，参谋军官抬手指了指不远处趴在浅浅壕沟中的那些日军老兵："除了那些高丽人，帝国的武士也实在不能再继续等待下去了！没有波次、也不分先后了吧……请下达突击的命令吧！"

略一犹豫，日军尉官却是坚决地摇了摇头："这样的能见度，突击只会给那些同样看不了太远的支那人指出目标！阁下，我们悄悄地潜伏过去吧！哪怕是能多抵近战壕一步，都可以增加不少胜算呢！"

眼看着已经快被冻得昏厥的参谋军官再也无力提出异议，同样冻得浑身僵硬的日军尉官用力搓了搓冻僵的巴掌，一把抓过了趴在自己身边的一名日军士兵："静默突击！尽量隐秘地接近敌军战壕，在敌军没有开枪之前，不许主动开枪！"

只是片刻的工夫之后，已经冻得半死的日军士兵便在那名日军尉官的带领下，沉默着朝八路军战壕方向爬了过去。虽然在漫天风雪之中，有不少日军士兵迷失了方向，渐渐与大队人马分散开来，但大多数的日军士兵，却还是朝着一个大致准确的方向爬行着，就像是一条想在冻僵之前找到过冬巢穴的毒蛇一般。

或许是凑巧，又或许是运气使然，爬在最前面的几名日军士兵在肆虐的风雪之中，隐隐约约地听见了几声细微的咳嗽声音。侧耳聆听之下，还能隐约听见前方传来些在积雪中走动时踩踏积雪的声音。

强忍着雪地中的刺骨冰寒，几个爬在最前面的高丽籍日军士兵彼此打了几个手势之后，不约而同地轻轻取下了装在枪管下的刺刀，将步枪扔在了雪地中，加快了速度朝前方发出声音的方向爬了过去——在狭窄的堑壕中进行肉搏，三八大盖加上刺刀的长度，会因为活动范围的掣肘变得不那么灵活。

与其这样，倒还不如只用刺刀进行无声的刺杀！

如同闻到了鲜血味道的蚂蟥一般，虽然能见度极差，但在几名爬在最前面的高丽籍日军士兵发现了目标之后，后方不远处那些作战经验极其丰富的日军老兵也全都默不作声地尾随而至，全都朝着那隐约传来人声的堑壕方向扑了过去。

像是在无意中发现了堑壕外有异样的动静，守卫在堑壕中的八路军士兵有些慌乱地扣动了扳机，朝着堑壕前方打出了一发子弹，那明显带着几分惊慌的叫喊声，也从堑壕中骤然响了起来："鬼子没冻死啊……鬼子摸上来了啊……"

喊叫声起处，从八路军据守的堑壕之中，顿时响起了一大片杂乱的枪声。几颗制作粗劣的马尾手榴弹也胡乱扔了出来，在厚厚的积雪上炸出了好几声闷响，却连一名与爆炸点近在咫尺的日军士兵也没有伤到，反倒是为在风雪中摸索爬行的其他日军士兵指出了进攻的目标。

显然是慌乱的缘故，像是压根都没预料到日军会冒着大雪、只凭着阵地前沿被压得抬不起头来的这点兵力就发动夜袭，八路军二防阵地上的机枪也开始疯狂地响了起来，尽管在那密集的机枪扫射之下，连一个被机枪打倒的日军士兵都没有，但那在黑夜中爆响的机枪声却始终执拗地保持着扫射的模式，仿佛要将这连威吓都无法保证的扫射进行到地老天荒。

顶着那铺天盖地响起的机枪扫射声，几个冲在了最前面的高丽籍日军士兵几乎是一头摔进了根本看不清轮廓的堑壕中。都还没等几名高丽籍日军士兵重新站稳身形，几把锋利的大砍刀，已经狠狠地劈砍在了那些摔得人仰马翻的高丽籍士兵身上。

撕心裂肺的惨号声中，抡着大砍刀劈翻了一名高丽籍日军士兵的栗子群甩了甩刀身上瞬间便有些凝固模样的血迹，戴着厚厚棉手套的巴掌用力一拽，生生将刚刚劈翻了两名高丽籍日军士兵、正打算跃出战壕杀个痛快的孟满仓拖回了战壕中：“见血就红眼？边打边撤！”

紧握着手中锋利的两柄长刀，才刚刚让刀刃饮血的孟满仓很是不甘地看着被自己砍翻的目标，始终揣在怀里暖着的双手转动之下，两柄长刀几乎是贴着堑壕边缘的地皮一扫，又将一名冲到了堑壕前的高丽籍日军士兵双腿齐膝砍成了四截：“这才刚开始打，就撤了？”

抓起了一个搁在身边的扁圆型日式地雷，栗子群小心地拔下了地雷上的保险栓，再将那日式地雷塞到了一名日军士兵尸体下方：“再打就叫鬼子黏住了，好好的一仗就得打成夹生！撤！”

无奈地吐了口闷气，孟满仓不得不听从栗子群的号令，与几名手持大砍刀的八路军战士一起，顺着两道战线之间的闪电形交通壕，朝二防的方向撤去。也就在栗子群等人刚刚撤离后的片刻，一群群日军老兵已经先后跃进了被八路军放弃的战壕中。

双脚才刚在战壕中站稳，那些日军老兵便背靠背地组成了一个个在战壕中常用的近身搏斗组合。其中一些日军老兵看着还在交通壕方向晃动的八路军士兵背影，据枪瞄准了片刻之后，却又颓然垂下了枪口——即使是枪法再好，在这样的大风雪天气和如此低劣的能见度之下，谁也不敢保证一枪命中。对这些饱经战阵的日军老兵来说，更是不会盲目开枪去射击没有把握命中的目标。

伴随着越来越多的日军士兵或是跃进或是摔落在堑壕中，已经冻得全然迷糊了的参谋军官总算是在两名日军老兵的拉扯之下跳进了战壕。眼看着那些作战经验丰富的日军老兵，已经开始朝着战壕两头搜索，还有些日军士兵也已经开始摆出了建立防线、固守待遇的架势，在战壕中蜷曲着身子的参谋军官艰难地张嘴叫道："突……突击！继续……突击！杀光……那些支那人！"

跌跌撞撞地凑到了参谋军官身边，同样冻得脸色青紫的日军尉官毫不迟疑地拽住了参谋军官的胳膊："阁下，不能进行突击了！能够占领第一道战壕，已经是非常侥幸的事情！凭着仅存的兵力，如果不能稳固刚刚占领的防线，恐怕这次已经取胜的突击，都会要白白地丢弃掉战果啊！"

"难道……只能到这里了吗？"

重重地点了点头，日军尉官低声在冻得浑身僵直的参谋军官耳边说道："必须尽快返回本阵，让……本阵的指挥官调集增援人马，协助我们稳固住刚刚到手的防线，还要想办法运输一些衣物来给武士们御寒！"

"不能升起篝火吗？实在是……太寒冷了……即使是在家乡的冬天，也从没有感觉到……"

话说半截，参谋军官的脑袋已经猛地耷拉了下去。伸手在参谋军官冻得冰凉的心口处一摸，那名日军尉官禁不住无奈地叹了口气，这才朝着蹲在自己身边的一名日军老兵叫道："返回本阵，报告雪隐太郎阁下，我们已经占领了支那人的第一道防线，恳请即刻派出援军巩固防线！再……禀告雪隐太郎阁下，他的副官已经……玉碎了！"

★ 第十一章 各有谋划

不得不点燃了火把照明，从日军出发前准备的阵地上，向刚被占领的堑壕前行的日军士兵们，几乎全都是一副紧张的模样，眼神里也都带着几分难以置信的意味。

且不论那些日军中战斗经验丰富的基层军官与二次征召的老兵，就连这些日军士兵中为数不多的新兵，也都觉得不可思议——整整一个白天、付出数百人伤亡的代价都没拿下来的敌方阵地，居然就在临近傍晚时的一次近乎送死的攻击之中被拿下？

按照返回传讯的日军老兵所说，除了一些高丽籍日军士兵在冲击时被射杀，攻入堑壕时几乎就没有太大的伤亡。当然，那个倒霉的参谋军官被活活冻死，自然是可以被忽略不计的了……

但是这一切的确令人匪夷所思！

白天时还打得那么顽强，甚至能以命搏命的那支部队去哪儿了？

被拼光了吗？

为什么天一黑，敌方阵地上的那些武装人员，就变得那样不堪一击？

会不会是……陷阱？

在谨慎地派出了一支二十人的小部队，携带着两挺机枪与掷弹筒前往仔细侦搜过之后，再次传回的消息让不少日军士兵心中都有了些了然之后的松懈感觉……

严寒的天气，不仅仅对那些发起决死冲击的日军士兵造成了致命的威胁，对把守在堑壕中的那些家伙也同样严苛无情。点燃篝火取暖自然是不行的，在黑夜中亮起的火光，足以让日军炮兵准确地远距离射杀围拢在篝火边的任何人。

而那些物资匮乏的武装人员，显然也缺乏御寒的衣物——为了抵御寒冷，那些把守在堑壕中的家伙甚至掘松了泥土，像是老鼠一般地钻进土堆，借此保持体温。

这也就能说明为什么到了晚上，那些家伙的抵抗力显得如此孱弱。

从战壕中收拣来的子弹壳，也相对说明了一些问题——几乎所有的子弹底火部位都有二次组装的痕迹，而残留颇多的火药渣滓，更是说明这些二次装填后使用的子弹并不能保证足够的有效射程，但在近距离上对有生目标的杀伤力却有可能超过三八大盖射出的子弹！

由于有着不少的证据证明把守着堑壕的那些武装人员的确已经朝后溃退，而那名参谋军官也已经冻死在战场上，雪隐太郎倒也并没有迟疑太久，第二波次增援的人马立刻被派出。如果不是因为风雪实在太大，火炮几乎无法移动，雪隐太郎甚至都打算连夜将火炮射击阵位前移，一举摧垮那些反日武装的第二道防线！

眼看着第二波增援部队明目张胆地打着火把前行，被雪隐太郎新选中的副官寅次郎摸了摸脑袋上包着的纱布，很有些按捺不住地朝挺直了腰板站在风雪中的雪隐太郎说道："阁下，就这样毫不遮掩地点燃了火把在黑夜中行军，真的不怕会引来那些武装人员的袭击吗？"

毫不在意地看着在雪夜中蜿蜒蠕动着的火把长龙，雪隐太郎低声应道："寅次郎君，知道为什么你会成为我的副官吗？"

愣怔着摇了摇头，寅次郎莫名其妙地叫道："阁下，怎么会突然……属下也不明白……"

深吸了一口冰冷得刺骨的空气，雪隐太郎感慨地叹道："是因为服从啊……寅次郎君，你已经被好几位上官斥责过，并且被强制调离原有的职位了吧？"

尴尬地低下了头，寅次郎应声答道："实在是因为属下的无能，这才会让上官斥责……"

看也不看满脸尴尬神色的寅次郎，雪隐太郎低沉着嗓门轻笑起来："呵呵呵呵……是这样的吗？或许在其他的上官眼里，只看到你因为征集粮秣时焚烧支那人的村庄，引起的大火点燃了进攻路线上可以提供掩蔽的树丛；还有收集渡船时，让被杀掉的支那人尸体掉进了河里漂走，从而引起了河流下游支那军的警惕……

"可是我看到的，却是寅次郎你的服从啊！哪怕你并不喜欢做那些征集粮秣、渡船之类的杂活，可你还是不折不扣地执行了上官的指令。而我需要的，也就是这个……只是这个……"

很有些犹疑地看着雪隐太郎的背影，寅次郎低声应道："阁下，您说的是……"

"服从啊……一个对上官的命令永远忠实执行，而不会去多嘴多舌的副官，简直就是武士手中的一柄雷切宝刀啊！所以，不要对上官的命令提出任何问题，只需要忠实地去执行就好！”

“完全明白了！阁下，按照您下达的命令，第二波增援部队已经全部出发！”

“前方占领堑壕的部队，有没有传回新的消息？有线电话的铺设情况呢？”

“已经铺设了有线电话，并且成功地进行了通话！从前方占领堑壕的部队传回来的消息说，那些溃退到了第二防线的支那武装人员，一直不停地在用冷枪袭扰。在清理战壕的时候，还出现了被支那反日武装人员埋设的地雷炸死、炸伤的现象！”

“命令通信兵，向据守在堑壕中的我军指挥人员传达命令——待第二批次增援部队抵达他们占领的战壕之后，立刻熄灭火把。除了留下所有高丽籍士兵担任堑壕内据守、警戒任务之外，其他人全部返回本阵阵地。返回途中，务必保持静默，尤其是不许使用任何的照明工具！”

大张着嘴巴，寅次郎瞪圆了眼睛看着雪隐太郎的背影，老半天方才大声应道：“遵命！”

满意地点了点头，雪隐太郎微微扭脸看了看直奔通信兵而去的寅次郎，轻轻地闭上了眼睛……

从白天战斗的激烈程度来判断，这些挡在了何家大集前的武装力量不但有抵抗到底的决心，在战斗技能上也表现得可圈可点。虽然与日军老兵的战斗技术相比，还存在着明显的差距，但只要假以时日、多经历些战斗，甚至是让他们吃上几顿饱饭、好好休整训练一段时间，或许他们的战斗技能便会飞速地提高。

像是这样的一支部队，绝不会像是那些只能打顺风仗的土匪一样，稍微遇到点麻烦就溃不成军！让一些已经被打残了的部队毫不费力地占领了防线，更是天方夜谭！

唯一合理的解释，只能是这些人忌惮己方的炮火力量，所以才刻意放开了自己的第一道防线，想要尽量将双方的战斗人员搅在一起，让己方的炮火失去作用！

甚至是……

猛地连打了几个寒噤，雪隐太郎飞快地转过了身子，朝着还没来得及跑远的寅次郎叫道：“补充命令——在撤离人员全部离开被占领的战壕之前，一定要尽量在战壕内布雷、埋设绊发炸药！尤其是那些可能被用作屯兵处和重火力掩体的地方，更是要重点关注！”

再次愣怔之后，寅次郎大声答应着雪隐太郎补充的命令，直冲着通信兵蹲踞的位置狂奔而去……

几乎是在寅次郎狂奔着传令的同时，钟有田压根都不抬头，举着手中一杆晋造三八式步枪，朝着第一道堑壕方向放了一枪，很是心疼肉疼地拉动着枪栓退出了弹壳，再忙不迭地将在雪地上冒着微微热气的弹壳捡了起来，小心地揣进了怀里。

同样举枪朝着第一道堑壕的方向扣动了扳机，孟满仓一边看着钟有田将弹壳塞进自己怀里的举动，一边低声朝钟有田说道：“这弹壳还能用吗？都已经叫军械处拿去重新装过一回底火和火药了，再来第三回……怕是不保险了吧？”

伸手在揣了好几枚弹壳的胸口轻轻一拍，钟有田低声应道：“甭管能用不能用，先拿回去给军械处了再说！最近跟鬼子拼得实在是太凶，子弹肯定缺得厉害！甭管啥家什，能劈柴的就能当了斧子——我说，差不多火候了吧？加上从何家大集里搜罗来的，咱们那当土机枪使唤的鞭炮可都用得差不多了，有一枪、没一枪地逗引鬼子，也耗了怕有百八十发子弹了，下本下得算狠了……”

拉动枪栓退出了弹壳，孟满仓略一犹豫，同样将那已经经过了二次装填的弹壳捡起来揣进自己怀里，这才从腰间的牛皮子弹盒里摸出了个新的子弹桥夹，将五发崭新锃亮的子弹装进了弹仓：“怕是还没到时候？要不然……苟大却和万一响那一对抠门鬼，早就过来攥着咱们的手、求咱们少打几发子弹了。”

大概估摸着时辰，钟有田也在自己握着的步枪里装填上了五发崭新锃亮的子弹：“队长说了，今晚上咱们俩的任务，就是帮着苟大却和万一响抢下来那个被咱们伪装起来的地堡。我撤退之前看过了，那地堡的位置不错，开俩射口，一左一右就能封死好长一截战壕。再加上咱们俩防住后路想摸过来的鬼子……撑到明天天黑，应该没啥大事儿。”

抬手指了指堆在身边不远处的几个弹药箱，孟满仓低声应道：“那就得看能不能把这些子弹和手榴弹搬运到那地堡里边了！晚上都好说，大白天的时候，咱们能用机枪火力封死好长一截战壕，可鬼子也能用机枪挡住咱们撤退的后路！要是打一半没了子弹……”

眼瞅着孟满仓下意识地伸手摸着背后背着的两柄长刀，钟有田不禁打趣般地笑道：“这怕个啥？真要是打得没了子弹了，那咱们不还有秦凤路孟家刀客坐镇吗？到时候你就舞弄着你那两把长刀……”

都没等钟有田把揶揄孟满仓的笑话说完，披着一条白布披风的栗子群已经顺着蜿蜒的战壕摸了过来，迎着坐在战壕中的钟有田与孟满仓低声说道：“时候差不多了！苟大却和万一响都在做准备，你们俩准备好了没有？”

伸手从怀里摸出一把弹壳，钟有田珍而重之地将弹壳捧到了栗子群面前：“逗引了鬼子一晚上了，白白打了这好些子弹……队长，这子弹壳你可千万帮我收好了。等打完了这一仗，说不定能上军械处换来不少好子弹呢。”

同样伸手从怀中抓出了一把子弹壳递给了栗子群，孟满仓脸上全是一副郑重其事的模样：“队长，咱们用上这招黑虎掏心，倒是应该能把鬼子在何家大集黏住了。可何家大集里撤出去的乡亲，到底能不能有退路啊？咱们大部队派出去寻山里那条路径的人回来没有？咱们在这儿豁出命去跟鬼子厮拼，为的可就是能让乡亲们安全转移呀……”

微微点了点头，却又飞快地摇了摇头，栗子群皱着眉头，低声说道：“山里能让乡亲们撤退的路径倒是找着了，派出去找路的同志回来汇报，说那条骆驼帮的秘道倒是真能让乡亲们从山里钻出去，绕到遂平县与其他县交界的地方。那儿有好几个大集镇，鬼子的防备也比较松懈，能让乡亲们寻着吃食，然后再做其他打算。可是……骆驼帮的那条秘道根本就是条小路，窄的地方也就三五个人并肩能过，宽的地方也不过三丈。天气好的时候都不好走，这大雪天……根本走不快啊！”

讶然瞪大了眼睛，钟有田顿时急声低叫道：“那得走多少天，才能让这小两万乡亲全部撤完？”

紧锁着眉头，栗子群犹豫片刻，方才朝着钟有田与孟满仓比画了个手势：“朝着紧里面算计，也得八天朝上，闹不好还得折腾到第九、第十天！咱们怕是得做好跟鬼子死缠下去的准备！”

瞠目结舌地看着眉头紧锁的栗子群，孟满仓下意识地伸手摸了摸背在背后的两把长刀：“跟鬼子死缠十天？队长，咱们都不说手里的家伙什能不能撑住十天，就是咱们这点人马全都豁上去，怕也是……”

猛地一挥手，栗子群斩钉截铁般地低声喝道：“能救一个乡亲就算一个，其他的……顾不得那么多了！方才在后边，李司令召集了连以上干部会议，大家的意见也比较统一……”

眨巴着眼睛，孟满仓讶异地问道：“大家的意见……比较统一？那就是说有人提了别的意见？谁呀？”

“杨超！”

“白天自作主张调了预备队杀上去的那个政工干部？那人瞧着倒是个有心眼子的……他说啥了？”

“跟你琢磨的差不多，都是怕咱们就算是拼光了，也不能护着乡亲们安全转移。行了……先打完了今晚上这一仗再说，做好战斗准备之后，马上出发！”

抬眼看着苟大刧与万一响各自抱着一挺机枪顺着战壕钻了过来，身后还各自跟着两名弹药手，孟满仓利落地抽出了背后背着的两柄长刀，再朝着搁在自己身边的三八大盖一努嘴：“都交给你们了，我和有田先上！见着我们摸进了那地堡，数十个数没动静，你们再过来！”

从腰间抽出了一把长匕首，钟有田与孟满仓敏捷地翻身蹿出了战壕，猫着腰朝前方第一道战壕方向摸了过去。而在钟有田与孟满仓跃出战壕后的片刻工夫，抱着机枪的苟大刧与万一响也先后跳出了战壕，顺着钟有田与孟满仓留下的脚印痕迹，匍匐着朝前方爬去。

抓着两个用树枝编织出来的雪爬犁，四名弹药手飞快地将堆积在战壕中的弹药箱搬到了雪爬犁上，这才悄悄地跃出了战壕，将雪爬犁上的绳子套在肩头，四肢着地顺着雪地上钟有田等人留下的脚印挪动起来……

★ 第十二章 雪夜双雄（上）

风雪暗夜之中，哪怕是穿着寻常衣裳在雪地上爬行，不留神观察也都发现不了。披着两条白布披风的钟有田与孟满仓直到接近了被日军占领的第一道战壕后几十米的地方，方才隐约瞧见了一些在风雪中隐隐闪现的火光，瞧着像是有人在生火取暖的模样。

斜侧着眼睛看了看那微弱的火光映照出来的堑壕轮廓，钟有田凑在孟满仓身边低声说道："瞧着占了堑壕的鬼子是冻得急眼了，这大晚上的点着火烤火……一个手榴弹过去，一圈挤着烤火的估摸着就一个不剩下了。"

同样斜着眼睛观察着堑壕附近的情况，孟满仓却是微微朝钟有田摆了摆手："不对劲！这烤火的地方是个堑壕拐弯的夹角，压根就挤不下几个人！在这样的地方生火，真要是有人想钻过去撂手榴弹，那倒是……"

看了看那"八"字形走向的战壕，再瞧瞧堑壕后地平线上突兀隆起的几个不算太大的雪堆，钟有田心领神会地点了点头："鬼子给咱们下套呢！瞧见那几个雪堆子没？这地方的地形我记得，咱们修战壕的时候，战壕后边的土都是推平了的，压根就没有土堆子，可现在一家伙多了三四个，刚好能封住点着火的那夹角！怎么着？分头办了？"

看了看钟有田背上背着的弩弓，孟满仓活动着冻得有些僵硬的手指头，低声朝钟有田说道："你那家伙什还能使唤吗？"

小心地从背上取下了背着的弩弓，钟有田从怀里摸出了一直捂在怀里，用兽筋、人发绞成的弓弦，仔细地挂在了冻得有些发脆的弩弓弓臂上："估摸着有点玄乎。这天气实在是太冷了，弓臂都冻得有点发脆，不敢开十分力，最多用上七分的劲道！"

"那能成不能成？"

“再摸近点，该是能成！可就是不知道这些目标的真假。既然都能想着用火光来打咱们埋伏了，那估摸着弄俩假目标……”

“这个好办，你瞧我的——你先回头告诉苟大却和万一响他们，叫他们别靠得太近，捎带手地把咱们俩留下的脚印也给抹了去，我一会儿回去找你！”

点头答应了孟满仓，钟有田扭过了身子解下了披在身上的白布披风，稍稍捧了几把雪扔在披风里，把披风做成了个带有配重的大墩布模样，这才拖曳着那块白披风朝后方一路摸了过去，恰到好处地将雪地上留下的脚印抹了个干净。

眼瞅着天空中落下的雪花飞快地掩盖住了披风拂过雪地后留下的人为痕迹，自己身上也已经覆盖上了薄薄的一层雪花，孟满仓张大了嘴巴，从喉咙眼里憋出了一声凄厉的狼嗥。让凛冽的寒风一吹，那狼嗥声才刚出口，就已经被寒风吹得飘散开去，叫人听着就像是从远处传来的声音，甚至根本都听不清楚狼嗥声传来的方向。

狼嗥声刚起，赶忙伏下了身子、只在雪地上露出了一只眼睛的孟满仓已经看到了那几个可疑的雪堆中，有两个微微晃悠了一下，而另外的两个雪堆却是没有丝毫动静。

慢慢伸手把自己嘴巴面前的积雪拨开了个小洞，孟满仓张大嘴巴，又是一声惟妙惟肖的狼嗥声叫了出去，立时便眼瞅着那两个有过动作的雪堆子再次摇晃了一下，而几乎要被积雪完全覆盖起来的堑壕中，也传来了低微的说话声音。

虽然根本听不懂、也听不清那说话的声音，但在那被寒风吹得凌乱不堪的话语声响起之后，两个有些晃动的土堆便再没了丝毫的动静，反倒是那在战壕夹角位置被燃起的篝火，火光变得更大了些，哪怕再隔远些，也能叫人一眼瞧见。

慢慢地朝后倒退着爬行了十几米远，孟满仓这才轻轻蜷曲了身子蹲踞起来，扭头朝着方才来时的方向摸了过去。才走了不到二三十米，孟满仓已经看见了蹲踞在雪地中、看上去几乎就是几个雪人的钟有田等人。

大口喘着粗气，孟满仓朝着钟有田连连摆手：“这条路走不成了！鬼子有防备，不但在战壕外面搁了至少两个潜伏哨，就连战壕里头都有人盯着。哪怕咱们能悄悄地把潜伏哨给办了，战壕里头的鬼子也能瞧见咱们的动静，到时候鬼子一醒盹儿，咱们这偷袭就得打成攻坚战了！”

抱着一挺歪把子机枪，同样披着个白布披风的万一响很是纳闷地低声应道：“咋回事？鬼子怎么会一下子变得这么精了？里外两层哨？要不……咱们绕路？”

左右看了看满是积雪的地面，苟大却沉声说道：“绕不成！大白天看过的路径，现在走都有些不把稳。尤其是这大雪一下，闹得周遭全是一模一样的地势、形状。稍有个不留神，没准咱们就一头扎进鬼子怀里去了！”

像是骤然间想起了什么事情一般，钟有田猛地瞪大了眼睛：“坏了！趁夜摸回去的可不止咱们一路！咱们是瞧出来鬼子埋伏了暗哨，其他几路……”

话没说完，斜侧方已经猛地响起了剧烈的爆炸声。伴随着爆炸时腾空而起的火焰，孟满仓禁不住大惊失色：“是咱们藏起来的一处暗堡！这是咋回事？”

只是略一琢磨，钟有田便反应过来：“咱们给鬼子下套，鬼子也给咱们下套了！那些暗堡周遭肯定都被鬼子埋了炸药、地雷，要不就是埋伏了兵马，就等着咱们趁黑摸上去送死呢！咱们快撤，回去找队长想法子……”

抬手指着方才响起爆炸声的方位，万一响直愣愣地盯着那渐渐消失在夜色中的火光，低沉着嗓门说道：“那他们……咋办？”

扭头看了看爆炸声响起的地方，孟满仓痛苦地闭上了眼睛：“这么大的爆炸，那几个兄弟就是铁打的，怕也给……撤！”

才刚顺着来路摸回去十几米远，走在最前面的钟有田却是猛地站住了脚步，扭头狐疑地看向了紧随在自己身后的苟大却与万一响：“你们俩身后的弹药手呢？隔着你们有多远？”

微微一个愣怔，苟大却顿时变了脸色：“最多隔着我们五十米，是跟着我们脚步过来的！方才我们停了有一会儿工夫，再又回头走了这些路，早该遇见了！赶紧看看，雪地上有没有留下他们的脚印？他们拖着的雪爬犁痕迹也成……”

着急得狠狠一挥抓在手中的长刀，孟满仓急声应道：“这还看个屁！他们俩拖着雪爬犁走，原本在雪地上留下的脚印都叫雪爬犁给弄没了！这又下这么大的雪，雪爬犁留下的痕迹怕也……”

嘴里急声叫嚷，孟满仓动作倒也不慢，飞快地趴在了雪地上，将侧脸虚虚贴在了雪地上，仔细朝着雪地上看去。足足看了有一锅烟的工夫之后，孟满仓总算是抬起了头，再用手指头轻轻戳了戳满地松软的积雪，方才朝着满脸期待地看着自己的苟大却说道：“他们走岔了！这地上积雪冻出来的冰壳子都是匀称的，一层套着一层，压根都没叫人踩过……你们跟在我身后朝回走，我慢慢寻……”

依言跟在了孟满仓的身后，苟大却与万一响抱着机枪亦步亦趋，而钟有田则是端着已经上好了弓弦的弩弓，警惕地警戒着周遭……

早在孟满仓参加革命初期，在寻迹觅踪上的本事，已经让不少八路军中的老兵拍手叫绝——看一眼马蹄印就知道是什么马、走了多久，尝一口道心土就能知道是不是过了汽车、啥时候过的，从不出错。仔细问起孟满仓这手本事是从哪儿学会的，孟满仓却也说不出个所以然，只说是家里从小就有大人领着教，自然而然也就会了。当真要拿话交代清楚，却是万万说不明白。

眼瞅着孟满仓半跪在雪地中、边走边借助着雪地上反射的些微光线察看，时不时地还伸着手指头在雪地上戳个几下，紧随在孟满仓身后的苟大却与万一响大气都不敢出，甚至连脚下也只敢踩踏孟满仓走过的地方，生怕孟满仓一个不把稳、要回头再次查探时，自己踩坏了雪地上原有的些微痕迹。

足足在雪地上慢慢寻找了一壶茶的工夫，身后再次传来了一阵阵爆炸声和断断续续的枪声，在这支小小队伍后边走得一步三回头的钟有田禁不住急声朝着孟满仓叫道："满仓，你倒是找着没有？听身后的动静，怕是不少趁黑摸过去的兄弟都遭了埋伏了，咱们得赶紧回去寻队长拿个主意……"

话音落处，半跪在雪地中的孟满仓已经猛地伸手从雪地里拽起了一截冻得硬邦邦的树根，狠狠地将那截树根朝远处扔了过去："找着了！就是他娘的这截树根坏的事儿——他们肯定是走到这儿，雪爬犁被树根一挂，前边走着的人歪斜了一下子，这就一步错、步步错，越岔越远了！"

紧走几步蹿到了孟满仓身边，钟有田急声问道："那现在他们朝哪儿去了，你知道不？"

伸手在周遭雪地上戳了几下。孟满仓很是自信地朝着另一个方向指了指："去那边了！你领着大却和一响，带着机枪赶紧回去寻队长，把这边的情况跟队长说明白了，让队长赶紧拿个主意，我去寻他们！"

一晃手中的弩弓，钟有田毫不迟疑地应道："让大却和一响回去就成，我陪着你去寻那俩弹药手！"

"我一个人利索，你跟着反倒累赘了！"

"放屁！平日里你一个人也就罢了，这大雪天的，说不定还有鬼子在雪地里打着埋伏，我不跟着你，你叫人抄了后路咋办？就这么定了——咱们赶紧走，那俩弹药手带着的弹药，可够大却和一响打一夜硬仗的，咱们可赔不起这本儿！"

★ 第十三章 雪夜双雄（中）

依旧是孟满仓在前面寻觅两名弹药手在雪地上留下的踪迹，钟有田抱着装好了弩箭的弩弓紧随其后警戒，两人在漫天风雪中走了才有一眨眼的工夫，身后已然看不见急匆匆朝第二道防线冲回去的荀大却与万一响。

也顾不得手指头在雪地中冻得刺痛，孟满仓几乎是匍匐在雪地上，一边用脸贴着雪地观察着积雪上几乎细不可察的起伏，一边不断地用手指在积雪上轻轻戳着探查。凭借着手指头上传来的那一丝丝寻常人根本感觉不到的雪壳坚硬程度，孟满仓在雪地上爬行的速度也渐渐加快起来。但在接近一株在风雪中孤零零摇摆着的小槐树时，孟满仓却是猛地停下了动作，半蹲着身子将一双手揣进了自己怀中。

一双眼睛流星般扫视着风雪中的各样动静，抱着弩弓的钟有田看也不看半蹲在小槐树下休息的孟满仓，只是低声说道："咋了？这时候停下干啥？"

很是焦急地紧锁着眉头，孟满仓一边在相对温暖的怀中慢慢活动着冻僵的手指头，一边朝钟有田应道："手指头冻僵了，摸索不出雪壳子到底是啥时候冻上的。容我暖暖手，咱们再接着寻那俩弹药手！"

双手抱着弩弓，同样冻得一双手冰冷麻木的钟有田换着手甩了甩巴掌："这俩弹药手也真是……比沙邦粹还死心眼！瞎胡闹地朝前摸索了这么远，都还见不着前头的荀大却和万一响，那咋也该知道自己走错路了啊！咋还一个劲朝前拱呢？"

慢慢蜷曲、伸展着手指，孟满仓却是毫不迟疑地摇了摇头："我倒是觉着这俩弹药手挺机灵！这大风雪的天气，又是大晚上的，发觉走错了路之后冒冒失失回头，十有八九就得越错越远。左右是寻不着荀大却和万一响了，索性朝着前面战壕一个劲地拱，到时候听见哪儿响机枪就奔哪儿去！甭管那子弹是给谁预备的，好歹都是打鬼子，谁用不是用啊……"

话音未落，从远处的黑暗中，猛然传来了一阵激烈的机枪射击声。只是听那挺机枪打了几次相互交替的长、短点射之后，孟满仓顿时跳起了身子：“是老部队里的机枪排长老豆汤！他怎么也摸上去了……”

同样侧耳聆听着远处传来的枪声，钟有田也讶然叫道：“肯定是他！老部队里的机枪手，能把机枪的长、短点射打得跟锣鼓点似的有门有道，那就只有老豆汤和苟大却！大却回去寻队长去了……没错，就是老豆汤！”

几乎是异口同声地，孟满仓与钟有田齐齐叫道：“那俩弹药手也肯定朝那边摸过去了！”

撒开了脚步，孟满仓与钟有田毫不迟疑地朝着枪声响起的方向冲了过去。虽说齐膝深的积雪让寻常人根本就跑不快，但耳听着枪声一阵紧似一阵的孟满仓与钟有田急得跑发了性子，踢腾得地上积雪翻飞，速度倒也跟平日里在山路上狂奔时相差无几。

在黑暗中狂奔了一碗茶的工夫，就连平日里方向感极强的孟满仓都跑得有些迷糊——两道防线之间的直线距离并不算太远，可方才这一路狂奔，少说也冲出去二里地去，怎么还是看不到第一道战壕的踪影，甚至连机枪的枪口焰都看不到？

在心中大致估算着奔跑的速度与方向，孟满仓禁不住边跑边朝着钟有田叫道：“这是跑岔路了！咱们是在两道战壕之间横着跑，啥时候才是个头啊？”

同样脚下不停，钟有田大口喘息着断续应道：“估摸着差不离了……机枪声……越来越近了……”

话音落处，前方的风雪中已经出现了两团不断移动的影子。脚下加紧、弯着腰身，孟满仓在紧跑了几步之后，顿时便看着那两团不断移动的影子舒了口气：“是那俩弹药手！他们也是听着枪声去的……”

刚要张嘴吆喝那两名拖着雪爬犁玩命狂奔的弹药手停下脚步，钟有田却又猛地闭上了嘴巴！

机枪射击声已经近在咫尺，这也就说明自己和孟满仓还有那两名弹药手已经身处日军附近。这时候开口胡乱叫嚷，怕是前面两名弹药手才刚刚停下脚步，黑暗中已经飞来了日军射出的子弹。

玩命地挪动着已经快不能打弯的腿脚，钟有田一边追赶着那两名弹药手，一边朝着同样玩命提速奔跑的孟满仓低叫道：“追上之后就叫他俩回去，指个方向直走就成！咱们去接应老豆汤！”

狂奔之中，孟满仓手中长刀猛地朝着前方一指：“来不及了！老豆汤就在那儿……”

瞪圆了眼睛，钟有田看着一处被炸塌了半截的地堡中不断喷吐的火舌，顿时惊讶地低叫起来：“老豆汤这是……中了埋伏了？”

“估摸着就是！有田，你看……”

顺着孟满仓指点的方向看去，钟有田赫然瞧见十几名日军士兵呈环形朝那半塌的地堡围拢过去。而在那地堡当中，也不知是老豆汤已经打光了随身携带的所有子弹，抑或是负伤的缘故，方才还打得有板有眼的机枪声竟骤然停止下来！

眼见着方才打得有声有色的机枪骤然安静下来，渐渐朝着那半塌的地堡围拢的日军第一反应反倒是就地卧倒，顺势几个翻滚，脱离了原来所处的位置。

战场上的机变诡诈之术实在太多，有时候眼瞅着机枪射孔中不再喷出火舌，还以为机枪手已经被友军击毙。可刚刚才跳起来朝着那哑了火的机枪工事冲击，或是机枪工事前的诡雷，或是骤然间冒出来的侧射，甚至是倒打火力，总能叫那些冒冒失失的家伙用生命换来惨痛的教训！

而与那些忙不迭做出战术规避动作的日军士兵不同，眼见着老豆汤手里的机枪哑了火，两名弹药手几乎像是被鞭打着的老牛一般，玩命地拖着雪爬犁上的弹药朝半塌的暗堡冲去，甚至全然不遮掩自己的身形。其中一名弹药手一边朝前玩命地挪动腿脚，一边扯开了嗓门大吼起来：“老豆汤，我们来给你送子弹啦……”

仿佛是听到了那弹药手的叫喊声，从那半塌的地堡中，猛地钻出了个半老头子，一手拖着一挺枪管还在冒烟的歪把子机枪，一手还拽着个昏迷不醒的小伙子，沙哑着嗓门将一口川音吼得穿云裂帛：“机枪打坏咯……格老子的小鬼子有埋伏……走啊……”

耳听着老豆汤吆喝着机枪已经被打坏了的话语，两名豁出了性命朝那半塌地堡靠近的弹药手中，有一个当时便是一口鲜血喷在了雪地上……

雪夜跋涉，原本就极其消耗体力。尤其是在大雪天、连气都喘不过来的时候玩命狂奔，肺里早已经瘀了一口闷气。再听见老豆汤喊叫着机枪已经打坏了，哪怕是有再多的子弹也无用处，一口冷气倒抽下去，顿时便将肺里的鲜血呛出来了！

拖曳着那明显是受了伤的小伙子，自己也是满脸鲜血的老豆汤一边朝着另一个方向撞了过去，一边扯开了嗓门吼道：“鬼子有埋伏啊……你们走啊……拖着子弹走啊！”

如同一头眼见着自己族群中的同类被鬣狗侵害的雄狮，已经把奔跑速度提到了极限的孟满仓挥动着手中两柄长刀，脚下猛地一个寸劲、胸口顶着一股硬气，整个人旋风般怒吼着朝离自己最近的一名日军士兵扑了过去：“你们都走！这里我挡着！”

如影随形，钟有田也猛地转换了奔跑的方向，脚步疾奔之下，双手端着的弩弓却是平稳异常，一支漆黑的弩箭划破了漫天风雪，猛地钉在了一名日军士兵的大腿上，口中兀自大声叫道：“辨着风向走，左脸迎着风，就能摸回阵地上去！告诉队长和李司令，鬼子有埋伏，千万别派人给咱们俩打接应，咱们能拾掇得下……”

乍然间见着来了援军，原本已经抱定以身做饵、将包围过来的日军引开，好让两名弹药手撤离的老豆汤顿时大喜过望，猛地将机枪朝地上一扔，翻手便从腰后摸出了一柄匕首：“来得好啊！你们两个带伤员走，我再打一阵……”

飞快地边跑便给弩弓上弦，钟有田急声叫道：“老豆汤，你就别添乱了！你个机枪排的打个什么肉搏战啊？抱着机枪、带着伤员赶紧走，你不要命，机枪还值钱哪！”

敏捷地在风雪中奔跑着，凭着心头一股硬气顶着的孟满仓手中长刀过处，顿时便将那离他最近的日军士兵开了膛。看也不看那扔掉了枪、哀号着捂住肚子上的伤口、徒劳地想要将流出的肠子塞回肚子的日军士兵，孟满仓的吼叫声也坚硬如铁：“都走！机枪、弹药都拖回去，咱们今晚已经吃了亏了，再蚀不了这本钱！”

眼见着孟满仓与钟有田如同鬼魅般从风雪中冒了出来，一个照面便叫己方士兵一死一伤，原本围拢到了那半塌暗堡周围的日军士兵顿时转移了视线，全都将手中上好了刺刀的三八大盖，对准了孟满仓与钟有田……

★ 第十四章 雪夜双雄（下）

朝着另一名日军士兵再次射出了一支弩箭，钟有田眼看着那支弩箭被猛烈的风雪打得全没了准头，气得顺手便将弩弓背在了背后，翻手从腰后抽出了一柄长匕首，飞快地朝着一名离自己最近的日军士兵扑了过去。

眼睁睁看着手握长匕首的钟有田裹挟着风雪朝自己扑了过来，那名端着三八大盖的日军士兵下意识地摆出了个拼刺的架势，装好了刺刀的三八大盖微微一摆，脚下猛地一个跨步，使出了一个标准的突刺招式，大吼着朝几乎直撞过来的钟有田捅了过去！

就像是脚下打滑一般，眼瞅着就要收不住前冲的势头、一头撞到那名日军士兵刺刀上的钟有田身子骤然一歪，险而又险地避开了力道十足的一刀，手中紧握着的长匕首却是斜斜朝着侧上方迎了过去。

一枪刺空，更兼得脚下雪地根本叫人无法像是平日里练习刺杀时那样做到脚下扎稳、落地生根，骤然间失去了重心的日军士兵只能眼睁睁地看着钟有田手中的长匕首离自己的脖颈越来越近，顿时绝望地惨叫起来……

一刀划开了那名失去了重心的日军士兵的脖子，钟有田脚步硬生生在雪地里一顿，看也不看那名扔开步枪、双手紧紧捂住脖子上冒血伤口的日军士兵，只是飞快地弯腰从步枪上卸下了长长的日军制式刺刀，反手握在了另一只手中，直冲着下一个被自己看在眼中的日军士兵冲了上去！

与钟有田那近乎鬼魅般近身猎杀的模样全然不同，仗着心头顶着的一股硬气扑到了日军面前的孟满仓只是一个照面，手中两把长刀大开大合交错之下，已经将一名根本都没来得及反应过来的日军士兵的脑袋绞了下来。一脚踹开了兀自站立不倒、脖子上碗大的伤口还在不断喷血的日军士兵尸体，孟满仓如同炸雷般地怒吼道：“都冲我来啊！”

眼见着孟满仓如此张扬地挑衅，好几名日军士兵顿时怪叫着朝孟满仓冲了过来，其中两名日军士兵几乎是同时冲到了拼刺战斗的范围之内，两柄刺刀一左一右地直朝着孟满仓的两肋刺来。其中一名日军士兵更是大声吼道：“死吧……”

脚下落地生根，身子纹丝不动，孟满仓手中两柄已经凝上了血冰的长刀轻轻一摆，借着转动手腕时的那股子旋转之力，轻而易举地便将两柄力道十足刺来的锋利刺刀荡得没了准头。也不等那两名气势汹汹的日军士兵再有其他动作，孟满仓就像是在演武场上练习刀术时一般，双手灵巧地耍了个刀花，两柄长刀的刀尖如同掠过水面的蜻蜓一般，轻轻点在了那两名日军士兵的心口。

又朝前冲了半步，两名刺刀走空的日军士兵压根都没觉出来自己身上已经挨了孟满仓一刀，只是忙不迭地收回了加装了刺刀的步枪，正要再发力刺出时，却猛地觉得心口发冷，整个人也软绵绵地朝着雪地上瘫软下去。

冷哼一声，孟满仓双手长刀一晃，再次指向了其他几名朝着自己扑过来的日军士兵：“小鬼子，孟爷今天叫你们见识见识，啥才是当真能要人命的刀法！”

话音落处，孟满仓面对着几名面带杀气冲撞过来的日军士兵，身子不退反进，手中两柄长刀搅动风雪，在暗夜中耍出了一团斗大的刀花，劈头盖脸地朝着一名日军士兵卷了过去。清脆而又细微的金铁交鸣声中，那名日军士兵手中的刺刀顿时被荡了开去，脑袋上戴着的钢盔也叫劈砍得飞到了一旁，脸上和脖子上眨眼的工夫便多了七八条深可见骨的刀痕！

闪身避开了那名差点被自己剁成了饺子馅的日军士兵头脸、脖颈上喷溅而出的鲜血，孟满仓双手反撩，从下而上地格挡开了一柄几乎就要刺进自己腰肋的刺刀。借着双刀上扬的势头，孟满仓拧身跨步，口中吐气开声，双刀力劈之下，顿时便将那名想要抽冷子偷袭的日军士兵半边身子劈砍开来。

脚踩九宫步，手走连环式，孟满仓压根都不在乎自己已经身处几名日军士兵的包围当中，反倒是越战越勇。几个回合下来，围拢在孟满仓身边的日军士兵之中，又有两人被孟满仓手中长刀砍翻在地。其中一名日军士兵一时间还没死透，捂着胸前长长的刀口惨号不已，从伤口中涌出的鲜血，更是将被踩得一片狼藉的雪地染红了一大块。

用手中的长匕首再次捅翻了一名日军，钟有田喘息着将长匕首从那名日军士兵的心窝拔了出来，这才扭头朝着高呼酣斗、显得很是畅快淋漓的孟满仓叫道：“满仓，别见血就红眼！边打边撤……”

猛地连环砍出几刀，孟满仓再次将一名日军士兵砍翻在地，这才抽空答应着钟有田的吆喝：“一共就这几个鬼子了，全都砍翻了再走不迟……”

“鬼子肯定不止这几个人，要小心……”

话没说完，地上那名被砍翻后一时没死的鬼子挣扎着从腰后摸出了一颗手榴弹，磕开手榴弹引信之后，猛地朝着离自己不远的孟满仓扔了过去，口中兀自嘶声怪叫着：“炸死……炸死你！”

眼见着孟满仓的注意力全都在围拢在身侧周遭的那几名日军士兵身上，对几乎扔到了自己脚下的手榴弹一无所察，大惊失色的钟有田禁不住狂吼着朝孟满仓扑了过去：“满仓，脚下有手榴弹啊……”

喊声刚起，以容易提早爆炸闻名的日式手榴弹已经在孟满仓脚下轰然炸开。虽说孟满仓在听到了钟有田的警告声之后，已经下意识地脚下发力、纵跃开来，但日式手榴弹中的那些独有的凤梨状弹片，却还是伴随着剧烈的爆炸镶嵌到了孟满仓的小半个身子上。

也顾不得去查看那些同样被手榴弹炸伤、正倒在地上嘶号翻滚的日军士兵是不是还有力气反击，直朝着孟满仓扑了过去的钟有田看也不看自己身上骤然间觉得灼痛的几处伤口，只顾着扑到了翻倒在雪地中的孟满仓身边，半跪在地上一把拉起了孟满仓的身子：“满仓，你……你没事吧？”

满脸都是包裹着细碎血冰的伤痕，被钟有田半搂着躺在地上的孟满仓像是被炸蒙了一般，直到钟有田连着喊了好几嗓子，这才有些懵懂地闷着嗓子开了口：“他娘的……小鬼子耍阴招……连他娘的自己人都裹进去炸……”

又急又怒，钟有田看着满脸都是弹片溅射伤痕的孟满仓叫道：“赶紧活动活动手脚，看看都还能动弹不？”

很是听话地照着钟有田的吆喝活动着手脚，孟满仓很有些懊恼地闷声叫道：“手没事，脚不能动了……怕是伤着筋了……这天咋这么黑？我咋连你都看不见了……”

伸着巴掌在孟满仓眼前摇晃了几下，钟有田看着孟满仓一双眼睛丝毫都没动静，再看看孟满仓眼眶处的溅射伤痕，顿时心头一凉，强撑着朝孟满仓说道：“叫血给糊住了……满仓，鬼子也都趴窝了，我背你回去！”

下意识地伸手朝着自己脸上摸去，孟满仓低声叫道：“糊住了擦了不就……啊呀……”

伴随着一声凄厉的痛吼，孟满仓原本被血冰糊住的眼眶内，猛地涌出了一股晶状物，而孟满仓摸在眼眶处的一只手，也疼得死死地握成了拳头！

忙不迭地抓住了孟满仓的手腕，钟有田连声叫道：“满仓，你别乱动！你眼睛……眼睛怕是受伤了，我背你回去，咱们回涂家村，找韩老先生给你治去！韩老先生是治红伤的一把好手，肯定能……”

话说半截，钟有田猛地闭上了嘴巴，拖曳着孟满仓朝附近那半塌的地堡挪了过去。而在不远处的战壕中，被手榴弹爆炸声吸引而来的十几个鬼子，也飞快地朝着孟满仓与钟有田所在的位置扑了过来……

丝毫也不挣扎地任由钟有田将自己拖进了那半塌的地堡中，已经知道自己眼睛保不住了的孟满仓反倒显得异常平静。伸着还在痉挛的手掌四下摸了摸，孟满仓低声朝蹲在自己身边喘着粗气的钟有田强笑着说道：“有田，是不是……咱们叫鬼子给围了？你是把我拖到地堡里面了吧？我手摸不着雪花了……”

大口喘着粗气，钟有田伸手按着自己脖子上出血量越来越大的伤口，低声朝半躺在地上的孟满仓应道：“是叫鬼子给围了……满仓，咱们这回，怕是……就到这儿了！”

使劲摇了摇头，孟满仓低声叫道：“不是咱们，是我……估摸着就到这儿了，可你还得回去寻队长！咱们干革命还没干完呢……”

抓着孟满仓的巴掌，钟有田轻轻将孟满仓的巴掌按在了自己脖子上出血量越来越大的伤口上：“我也挨了一家伙……血流得停不下来！就是想走，怕是雪地里走不出二百步，就得……满仓，咱们就到这儿了！”

懊恼地将巴掌死死地按在了钟有田的伤口上，孟满仓的声音里充满了悔恨与不甘：“我为啥没早听你的……我要是……你也就不会……”

任由孟满仓按住了自己脖子上的伤口，钟有田伸手从自己腰后摸出了两枚晋造手榴弹：“不都是为了多杀几个鬼子？要不是小鬼子耍阴招、连他们自己人都朝着里边坑，谁能想到拼刺的时候，脚底下能扔过来个手榴弹哪？”

“他娘的……阴沟里翻船！多少大风大浪都闯过来了，倒是今天……这要是传出去，我秦凤路孟家的名头，可就叫我给丢尽了……”

“丢啥丢啊？秦凤路孟家的刀客，两把刀上从来都不输人！要不然，平日里我咋老喜欢跟你比较着来？那就是眼红你那两把刀的本事呢！”

“眼红个啥？你那弩弓上的准头也不差，隔着老远、悄没声地就能把鬼子给办了……比枪都好使！”

“满仓，你说咱们俩革命到底了，那队长以后身边用人的时候……可咋办呢？”

“不是有莫天留和沙邦粹他们吗？这清乐县的革命火头，已经叫咱们给点起来了，那就肯定有人不断参加革命！这些人里头，说不定就能有用刀、用弩弓的好手呢……可惜我家里头的壮丁都没了，要不然……家里头知道我革命到底了，肯定还能把家里壮丁派出来，继续参加革命！到那时候，家里一定要开祠堂、摆香案，祭告祖先，还要照着送家里男丁出门闯荡时候的老规矩，请了十里八乡有名唱秦腔的师傅来，唱一段《侠客行》[1]呢！”

“你出门的时候，你家也请了师傅来唱过？”

“咋没唱过？从小到大，我孟家刀客出门时请师傅唱的《侠客行》，我都听得会了……”

耳听着半塌的地堡外传来轻微的踩踏积雪的脚步声，钟有田将两枚手榴弹上的拉火绳紧紧地捏在了手中：“咋唱的？给来一段？”

像是也听到了半塌的地堡外传来了日军围拢时的动静，孟满仓毫不犹豫地点了点头：“那你听好了啊……”

前面是高山后面是黄河
冷冷的北风迎面吹过来
不能够向前不能向后走
让冷风吹心头
让冷风吹心头
是谁曾经握着谁的手
是谁曾经为谁把泪流
无助的双手端起一碗酒
让烈酒浇心头
让烈酒浇心头
阵阵狂风笑看黄沙走
想要怒吼黄沙塞满口
目空心空端起一碗酒
飘飘悠悠一去不回头
阵阵狂风笑看黄沙走
想要怒吼黄沙塞满口
目空心空端起一碗酒
飘飘悠悠一去不回头
目空心空端起一碗酒
飘飘悠悠一去不回头

---

[1] 这首歌并非古曲，而是《中国好歌曲》节目中，由赵牧阳先生所作并演唱。听过之后，顿觉荡气回肠。所以不揣冒昧，将此歌曲的歌词用在了这里。如果有兴趣的话，可以搜一下网上的视频，估计会更有感觉。

★ 第十五章 皆可牺牲

捧着一把折断的长刀，万一响几乎都不敢看栗子群的眼睛，只是将那把折断的长刀双手捧到了栗子群面前：“队长，就寻着这个……那个地堡都刨开了，就那么大点的地方，叫手榴弹一炸……都混一块儿了，就寻着这个……”

颤抖着双手接过了那把折断的长刀，栗子群张了好几回嘴，总算是沙哑着嗓门说出了一句话：“到后头寻个地方，给埋了吧……现在打仗，也都顾不上旁的了。等革命胜利了……等革命胜利了……”

哽咽着摇了摇头，实在说不出任何话的栗子群扭过了脸，伸手擦去了夺眶而出的泪水，这才强忍着心头痛楚，朝着站在自己身边的一名武工队员问道：“昨晚上折进去多少人？”

手里捧着个小本子，那名武工队员大致算了一下本子上登记的数字之后，艰难地抬头看着栗子群说道：“不算老部队的，光咱们武工队就折进去九个！弹药损失也不小……为了把中埋伏的同志给救回来，后续派出的部队全都是豁出去弹药打的。就这么一夜下来……队长，咱们那点家底子差不多都打光了！”

环顾着被打成了一片废墟的战壕，栗子群重重叹了口气：“就几天工夫，韦正光、钟有田、孟满仓，全都折进去了……这可都是南征北战多年下来的老同志，每一个都比金子宝贵……我当时咋就不细想想呢？要是能……”

“这事怨不得你！要说有责任，责任在我！”

伴随着那闷雷般的答应话语，满脸煞气、双目赤红的李家顺顺着战壕大步走到了栗子群身边，一屁股在栗子群身边的一个空弹药箱上坐了下来：“要是能再计划周详点儿，怕是咱们就能减少损失！只可惜……当时就光顾着琢磨要继续坚持八九天，压根都没把这夜袭鬼子的事儿放在心上！原本以为夜战的活儿，咱们是手拿把掐，可没想到鬼子也给咱们下了套儿……等这一仗打完了，我会向上级如实汇报这一仗的情况，请求上级的处分！老栗子，这事儿你就甭瞎琢磨了！责任是我的，没你什么事儿，你只管专心打仗就好！”

带着苦涩的笑容，栗子群缓缓摇了摇头：“处分不处分的先不说，就是这心里……你那边损失多大？”

从口袋里摸出一个干瘪的烟盒，李家顺撕开烟盒，将仅剩的一支香烟掰成了两半，将其中半支烟递给了栗子群：“夜袭鬼子的时候折了七个，后来派人上来接应、清剿战壕里那些鬼子的时候，又折了十几个！听回来的同志说，昨晚上蹲在战壕里给咱们下套的，估摸着是那些高丽鬼子，他娘的比真鬼子还凶，打起来都是连着自己人都朝里头裹的打法，闹得咱们的人马折损不少……”

“装备呢？”

“弹药损耗很大！尤其是……他娘的那些高丽鬼子在不少地堡和机枪射击阵位上埋了地雷和炸药，好几挺机枪都给炸坏了！备用的零件咱们根本就没有，只能凑合着把几挺炸坏的机枪拆开来再拼凑上。老栗子，咱们真的要另外想法子，否则的话……别说十天，三天都撑不过去了……”

“你手底下那个杨超呢？他有啥想法没有？”

张了张嘴，还没等李家顺开口说话，战壕远处已经传来了一名武工队员带着几分惊讶与欣喜的叫嚷声：“天留，棒槌，你们俩这是从哪儿冒出来的？”

话音落处，莫天留那大大咧咧的说话声，也在不远处的战壕拐角处响了起来：“从天上腾云驾雾冒出来的——大当家的在哪儿，我寻他有急事说呢！”

“就在那边战壕拐角歇着呢，李司令也在……”

像是没等那武工队员说完话就挪动了脚步，李家顺与栗子群刚刚抬眼朝战壕拐角处望去时，莫天留已经背着个大包袱从战壕拐角处冒了出来，笑嘻嘻地迎着栗子群与李家顺叫道：“李司令、大当家的，我和棒槌回来了！”

眼见着莫天留与沙邦粹从清乐县城中安然返回，栗子群脸上顿时多了几分欣慰的模样，迎着莫天留扬声叫道：“安全回来了就好，快过来歇歇！听涂扣儿传回来的消息说，清乐县城不是封城了吗？你们俩是怎么摸出来的？”

大步走到了栗子群面前，莫天留顺手解下了背在身上的大包袱，像是献宝般地一边解开包袱，一边得意地笑道：“鬼子封城也封不住我呀？瞅个空当、编个由头，我就领着棒槌从清乐县城里钻出来了，捎带手的还给大家伙带来不少吃的呢！这是百味鲜饭馆的羊羔子肉……这还有不少火烧……棒槌，你拿着的那酒呢？给大当家的和李司令拿过来呀？”

憨憨地答应着，肩膀上扛了个更大的包袱、手里还提着个大瓮的沙邦粹，就像是个闲来带着家中土产走亲戚的老农一般，大步走到了栗子群与李家顺面前。

看着莫天留与沙邦粹在自个儿面前献宝似的将各样吃喝一一摆开，栗子群虽说心头哀痛，可脸上却是不得不挂上了几分笑模样：“你们俩倒是真有本事的，鬼子封城，你们能溜出来返回部队就不错了，这还捎带手弄了这好些吃食来。说说看，咋办到的？”

将手中沉重的大瓮放到了战壕中，沙邦粹很实诚地应声答道：“清乐县城有个汉奸，接应了给鬼子从火车货场运粮的活儿，还要摆谱让百味鲜饭馆给顿顿送吃的。天留和我就是寻了这么个空子，带了好些吃的从县城里溜出来了！队长，刚过来的时候听大家伙说，咱们已经跟鬼子干了几仗了？要不我把这肉给伤员那儿送些去？还有这装酒的大瓮，等酒喝完了，这瓮可得给正光哥留着。经他手摆弄几下，说不准这大瓮就是个不错的地雷了呢！”

目光骤然一黯，栗子群身边负责统计战损人数的那名武工队员涩声应道：“棒槌，老韦……牺牲了……”

眼睛一瞪，蹲踞在栗子群跟前的莫天留两道眉毛顿时立了起来：“啥？正光哥……他怎么就……这才几天的工夫没见啊？”

黯然低下了头，统计战损人数的武工队员低声应道：“跟鬼子硬拼了几场，咱们不少同志都牺牲了！光咱们清乐县武工队……老韦、有田、满仓，都……革命到底了！”

两道浓眉几乎直立，捏在手里的一块火烧也被不自觉地捏成了粉碎的模样，莫天留惊得猛然跳起了身子：“几天工夫……这才几天工夫……怎么就……”

同样惊得瞠目结舌的模样，沙邦粹只觉得双腿都要撑不住自己的身子，整个人顺着战壕便滑溜下来，一屁股跌坐到了战壕中：“咋会……咋会这样了？我还给带了个大瓮回来的……交给正光哥，那就能做出来个大地雷……”

重重地叹了口气，栗子群伸手拍了拍莫天留的肩膀：“天留，干革命就会有牺牲……”

猛地站起了身子，莫天留瞪圆了眼睛大声吼道：“可凭啥就是他们牺牲了？！他们都是好手，一个能顶好几个……凭啥就是他们……”

缓缓地抬起了头，李家顺看着满脸惊怒神色的莫天留，低沉着嗓门开口说道：“是啊……我也想知道，凭啥就是他们呢？”

“就先不说他们吧……从我参加革命那天起，我就认识了炊事班的老田叔。要不是老田叔一碗搁了盐的面糊喂到了我嘴里，怕是我早就饿死了……可娄山关一战，老田叔挑着担子上前线送饭。一颗流弹过来，老田叔没了……

“侦察排的汪大个子，身量都不比沙邦粹小了。百十斤的担子，人家用肩挑，他用手提着，一口气能走几十里的山路。爬雪山的时候，他一个人在前边雪地里蹚路。估摸着也是饿了、累了？走着走着，他就停下了。等后边的人过去一看，他已经累死了……

“过草地的时候，司务长一人发一把炒过的青稞，一顿就许数着吃十颗！在草地里走到第五天，司务长一脚踩进水草地里，大家伙儿眼睁睁看着他沉下去，可没法子能救他！眼瞅着那烂泥都要没到他心口了，司务长啥也没说，就是从怀里摸出个装着青稞的小布包扔给我……那水草地吞了司务长，也就冒了两个泡泡……啥动静都没，就是冒了两个泡泡……

“还有我的老首长，二十岁就是团长了。要是能活到今天，那咋说也得能带上一个师的人马！可在刚进陕北的时候，打攻坚战之前他去看地形。望远镜刚举起来，对面就飞过来一发炮弹……都炸没了，啥都没找着！现在他的坟里面，就搁着他用过的一副碗筷、一支钢笔……”

狠狠地嘬了一口烟屁股，李家顺随手将烟屁股扔到了脚底下，一脚踩灭了冒着青烟的烟屁股：“有时候，我也琢磨着这事儿——为啥就是他们呢？都是那么好的人，都是那么肯替旁人着想的人，都是那么有能耐的人，为啥就得是他们去牺牲呢？”

“可是干革命啊……都知道干革命就得有牺牲，那就分不出个谁该牺牲、谁不该牺牲！自己选的革命道路，那就得一心一意走下去！革命没成功的时候，有的同志就革命到底了，那活下来的同志，就该把革命继续下去！轮到自己革命到底的时候，咬紧牙、瞪大眼，不犯㞞，不低头，这就是英雄好汉，这就是好革命同志！

“这一点，韦正光做到了，钟有田、孟满仓也做到了！拍着心窝子说一句，我能办到、老栗子也能办到——天留、棒槌，你们呢？你们能办到吗？你们能坚持把那些牺牲了的同志没走完的革命道路，一直走下去吗？”

狠狠地一拳砸在了摊开的包袱皮上，莫天留几乎是咬牙切齿地低吼道：“光说不练嘴把式！打仗的时候才是见真章！李司令，你就瞧好了吧！鬼子祸害了乡亲，咱们给乡亲们报仇！鬼子害了正光哥，害了有田哥、满仓哥，这笔账……足本加利，我一定要收回来！大当家的，咱们啥时候动手？”

★ 第十六章 还以颜色（上）

低头在被炸得没了个形状的战壕里穿行着，时不时抬头从被炸出了豁口的战壕里看一眼战壕前沿的动静，莫天留小心翼翼地避开了几处容易遭受冷枪袭击的位置，猛地扑到了蹲在战壕中休息的栗子群面前：“大当家的，小鬼子怕是也打疲累了，今天该是不会上来了吧？”

伸手在身上衣兜里摸索了半天，栗子群失望地叹了口气：“还是得多加小心！算上今天，这已经撑到第四天了，前面两道防线都给打了个稀烂，鬼子拿着没用、不拿又怕咱们重新休整了利用上，这才被迫朝着那两道战壕里塞了些鬼子跟咱们相持，把这一仗打成了这么个一锅粥的模样。咱们后边的乡亲们也都加快了撤离的速度，我估摸着再有两天……差不多咱们也能撤了。”

像是栗子群肚子里的蛔虫一般，莫天留变戏法似的伸手从自己口袋里摸出半盒日本烟卷，献宝似的送到了栗子群眼前：“大当家的，你在寻这个？”

眼睛一亮，栗子群毫不客气地伸手抓过了莫天留手中的香烟：“哪儿来的？”

抱着三八大盖蹲在了栗子群身边，莫天留不以为意地说道：“方才跟棒槌、一响打了个合手，勾搭着两个小鬼子从前面战壕里钻出来捡便宜。把那几个小鬼子给办了之后，从那些个小鬼子身上搜罗武器弹药的时候，顺手给拿来的。”

眉头微微一皱，栗子群一边点燃了香烟、美美地抽了一大口，一边喷吐着烟雾朝莫天留说道：“不是让大家伙守住战壕就行了吗？你们咋……”

伸手拍了拍抱在自己怀里的三八大盖，莫天留低声应道：“这不是咱们也快没子弹了吗？不弄死几个小鬼子，从小鬼子身上搜刮弹药，往后几天可不好过啊……”

轻轻叹了口气，栗子群无奈地开口说道：“这也当真是……压箱底的那点弹药不敢动，就等着最后撤离的时候要弄那三板斧的时候使唤呢。这几天……估摸着小鬼子也是因为大雪的天气，兵力、弹药都跟不上趟儿，这才能跟咱们相持下来。要不然……弄回来多少子弹？”

有些失望地拍了拍腰间的牛皮子弹盒，莫天留低声应道：“宰了俩鬼子，一共就搜刮出五个子弹桥夹。连着他们枪膛里的都算上，也就三十多发……给万一响留了二十发，剩下的再给其他兄弟分分，一人到手也就两发子弹！大当家的，要不你再去李司令那儿问问，看看能不能……”

瞥了一眼莫天留挂在腰间的德造二十响手枪，栗子群伸手从自己怀里摸出一个德造二十响的弹匣，叼着烟卷从弹匣里卸出来五发德造二十响大威力手枪弹，用力拍在了莫天留摊开的巴掌上：“就别打老李手里那点德造二十响手枪弹的主意了！他身边警卫员的家伙什里边，满打满算也就剩下一个弹匣，都等着撤离时候那最后三板斧用哪！”

讪笑着将栗子群匀给自己的那五发大威力手枪弹抓在了掌心，莫天留拄着三八大盖站起身子看了看战壕外的动静，这才又坐了下来：“用顺手了德造二十响，这三八大盖使唤起来就觉着不赶趟儿！大当家的，你说咱们在这何家大集外边死扛着，人手已经不够用了，干吗还抽出不少人在何家大集里面闹腾动静？”

很是贪婪地续上了一支烟，栗子群戏谑地看着莫天留笑道：“咋了？还有你莫天留看不明白的事儿？告诉你，咱们部队上的能人可不止你一个！就咱们李司令手底下，就有好几个从延安过来的政工干部，打起仗来不含糊，其他方面也都能拔尖！何家大集里面折腾那些动静，就是李司令手底下那个政工干部杨超琢磨出来的，说是要在何家大集里构建巷战工事，叫鬼子进去容易、出来难！”

瞪大了眼睛，莫天留顿时来了精神：“巷战工事？还要叫鬼子进去容易、出来难？这不是诸葛亮摆过的那八卦阵吗？我说大当家的，咱们老部队里啥时候来了这样的能人啊？我咋一点风声都没听到？”

美滋滋地抽着日本烟卷儿，栗子群慢声应道：“别说你一点风声没听到，就是我也是到了何家大集才知道的。我跟李司令说了，等这一仗打完了，给咱们武工队派个政工干部来，好好替我管束管束你们！要不然……一个个仗着自己脑瓜子活络、手底下还有几分本事，那猴尾巴都翘上天了！”

“管束我们？这不是有大当家的你管束着吗？”

“别人暂且不论，我还能管束得了你？想走了撒腿就走，爱打了出手就打。这才大半年的工夫，我这清乐县武工队里都快要容不下你这尊大神了。估摸着你再干个两三年革命，李司令怕也管不了你啦……”

话音刚落，天空中已经传来了掷弹筒发射的榴弹划破空气时的尖啸。熟门熟路地各自寻了个防炮洞一躲，栗子群拉开了嗓门叫喊起来：“防炮啦！观察哨……”

都没等栗子群把话喊完，远处已经传来了观察哨位上哨兵的回应声：“放心躲炮吧！瞧着鬼子打炮的架势，怕是鬼子也没余粮啦……估摸着就这么三五炮的本钱！”

就像是观察哨所预料的那样，在三五发小口径榴弹落下爆炸之后，日军控制的阵地上并没有像往常那样在炮击后发起步兵突击。从防炮洞里钻出来的栗子群一边趴在战壕边缘看着阵地前方的动静，一边低声嘀咕起来：“鬼子这是要干吗？光打炮，不派人进攻……给咱们提神醒盹儿呢？”

同样趴在了战壕边缘观察着阵地前沿的动静，莫天留也是纳闷地嘀咕着：“这几天鬼子白天进攻抢下来的阵地，到晚上就都叫咱们给抢了回来，要不也把那阵地给打了个稀巴烂，根本就不能背靠着那些阵地发起第二次突击……眼瞅着天就要黑了，鬼子这时候打炮……是想干吗呀？趁着天黑之前再拱一次？那就算是他们能抢下来一些阵地，他们也守不住啊……”

朝着空荡荡的前沿阵地看了老半天，实在也没看出来鬼子想要什么花样的栗子群与莫天留刚刚重新坐回了战壕中，天空中却又再次响起了榴弹划破空气时的尖啸声……

几乎是每隔二十分钟到半小时，日军所控制的阵地上，就会有掷弹筒朝着由八路军控制的阵地发射几枚榴弹。从黄昏直到天黑，这种看上去连袭扰都算不上的攻击就一直没断过。打到了后来，起初听见榴弹划破空气的尖啸声就钻进防炮洞的八路军战士，也都开始对日军的这种恫吓般的攻击习以为常。虽说在炮击时，所有人还是钻进防炮洞中躲避，但每个人的动作也都变得有些漫不经心……

钻到了一处观察哨哨位上，栗子群顶着日军那零散的炮击、举着望远镜朝日军阵地观察了半天，方才疑惑地扭头看向了非要跟着自己钻进观察哨位的莫天留：“我还真看不出个啥来，鬼子这到底是想干什么？从傍晚到现在，这零零散散的榴弹就一直不停，少说也砸过来四五十颗了……就算是鬼子打仗的本钱厚，那也不该这么糟蹋吧？”

伸手摘下了栗子群挂在脖子上的望远镜，莫天留举着望远镜朝日军控制的阵地方向看了一会儿，顿时懊恼地摇了摇头：“这黑灯瞎火的，啥都也看不见哪……大当家的，要不我带上棒槌摸过去瞧瞧？”

坚决地摇了摇头，栗子群一边接过了莫天留还给自己的望远镜，一边严厉地朝莫天留低声说道："这肯定不成！上回鬼子在第一道防线给咱们下的套儿，一下子就……这回鬼子零零散散的炮击，肯定是憋着坏耍弄啥花样呢！你和棒槌就这么冒冒失失地摸过去，说不定就刚好钻进鬼子下好的套子里，这坚决不行！"

竖起耳朵，莫天留聆听着天空中一枚榴弹撕裂空气时的怪响，疑惑地皱起了眉头："怎么这动静……大当家的，你听出来没有？鬼子在天黑后打出来的这些榴弹，落下来的时候动静有些不一样？"

咂巴着嘴唇聆听片刻，栗子群顿时开口应道："鬼子的掷弹筒打出来的榴弹分两种呢！一种是专门用来拿掷弹筒发射的榴弹，还有一种……就是平时咱们也用过的日式手榴弹！只不过日式手榴弹并不是专门拿来给鬼子用掷弹筒发射的，打出来的时候弹体和掷弹筒的口径并不太合适。要是没使上专门的垫圈，不但射程没专用榴弹那么远，就连动静也都不一样……听着这几发榴弹打过来的动静，鬼子该是舍不得使唤正经的榴弹来闹这玄虚？"

紧锁着眉头，莫天留低声嘀咕着自语道："这都打得没了正经家伙什了，拿着临时凑数的玩意儿使唤，都还不肯停下朝咱们这边打炮……鬼子这是吓唬人呢？可咱们也不怕他吓唬啊……大当家的，我知道鬼子想干吗了！"

"天留，你又琢磨出啥来了？"

"鬼子闹这些玄虚，不就是想着叫咱们看不明白他们究竟想要干啥吗？既然咱们看不明白，那也就不会轻易朝鬼子发动夜袭，是这道理吧？"

"算是……占了几分道理……天留，你是说鬼子给咱们下的套儿，就是想叫咱们因为琢磨不明白他们为啥不停打炮，所以就不发动夜袭？"

"这样鬼子就能有时间趁着今天晚上修整工事！等明天天一亮，他们依托着休整好的工事朝着咱们一撞……"

"这么说起来，倒是还真像那么回事。你在这儿等着，我派几个人摸过去瞧瞧……"

"这活儿交给我不就是了吗？我带上棒槌，抬抬腿就把这事儿给办了！"

"你才来何家大集外边几天，阵地情况都不熟悉！冒冒失失朝着上头撞，出事咋办？老实待着，等我命令！这回……可无论如何不能自作主张了！"

★ 第十七章 还以颜色（中）

捆扎着足有倭瓜大小的炸药包，沙邦粹咬着牙勒紧了捆在炸药包上的绳子，红着眼睛看向了远处被日军占据的战壕：“这回……连本带利，一趟全给收回来！”

同样用细麻绳捆绑着晋造手榴弹，莫天留脸上也全浮现着一股显而易见的戾气，冷笑着看向了几个被侦察出来的日军集中修筑工事的位置：“两头打炮、中间抓着空子就抢修工事……鬼子这主意倒是打得真不赖！棒槌，一会儿那些修工事的鬼子归了你，两头的鬼子我一个人吃不下……就捡了左边的了！”

“为啥选左边的？”

“鬼子在两个支着掷弹筒的地方都架了机枪，左边架了三挺，右边只有两挺。我琢磨着……看看能不能捞一挺机枪回来？”

“队长不是叫咱们炸了就撤？你咋又……”

“鬼子毁了咱们好几挺机枪，咱们好歹也得捞回本不是？再说了……咱们的弹药也不多了，能捞点算点。往后的几天，估摸着仗还得打得更硬，没弹药哪成？对了，右边去炸鬼子掷弹筒阵地的人马，是谁领头？”

“听队长说了一句，是李司令手底下新来的好手，叫杨……杨啥来着？”

“杨超？”

“对对对，就是他！”

“这都差不多准备出发了，咋还没见他人影呢？出发前的准备工作都不做，这也叫打仗的好手？”

“哪儿啊？人家早就领着人马出发了，说是前边的地形他看过，全都是开阔地，没一点遮挡，只能慢慢爬过去贴上鬼子才好动手。要是跟咱们同时出发，他肯定就得落后边一大截，他就带人先走了。说是听见你这边动手了，他再动手，这就能叫鬼子麻秆儿打狼——两头害怕，哪边都顾不上！”

“嘿……还是个能琢磨事儿的！行了，棒槌，咱们准备出发！”

“不等队长来了？”

“都是商量好的事儿，大当家的来了也就是嘱咐咱们几句，再下个命令，咱们该干吗还得干吗！一响……万一响……”

伴随着莫天留那压着嗓门的吆喝声，抱着一支三八大盖的万一响应声从战壕一路小跑着钻了过来，迎着莫天留低声叫道：“啥事？”

把两个绑好的集束手榴弹背在了身后，莫天留抬手朝着计划好的袭击方位一指：“五十米内打香火头，有这本事没有？”

毫不迟疑地点了点头，万一响将抓在了手中的三八大盖朝莫天留一晃：“肯定抬枪就有！不过……就五十米？天留，你不叫我带上机枪，非得叫我使唤三八大盖，我还当你要打多远的活靶子、心里还犯嘀咕呢……这黑灯瞎火的，能看出多远都不知道……闹了半天，五十米打香火头？啥目标这么小啊？”

很有些诡谲地朝着万一响一龇牙，莫天留紧了紧身上背着的两捆集束手榴弹，朝着围拢在一起做着战前准备工作的八路军战士一挥手：“到时候你就知道了！各自带好了扎好的草靶子、跟紧了领头羊，可千万别大晚上的跑散了花！袭击组、神枪手组的，跟我上！”

伴随着莫天留一声令下，其他那些在身上背着一捆或是两捆集束手榴弹的八路军战士飞快地站起了身子，紧随在莫天留的身后跃出了战壕。而在爆破组的八路军战士身后，万一响也领着两个手持三八大盖的八路军神枪手，悄悄地跃出了战壕……

眼瞅着莫天留已经开始行动，沙邦粹也无可奈何地吭哧着低叫道：“爆……爆破组的，还有……火力掩护组的，跟着我来呀！”

断断续续下了好几天的雪，地上的积雪早已经有齐腰深。即使是日军发射的榴弹扎进深厚的积雪中，爆炸的威力也被缩小了许多。行走在这么厚的积雪上，行动速度自然会被减缓到一个几乎让人无法忍受的地步。

才刚扑出了战壕，莫天留和身后的八路军战士已经齐刷刷地趴在了雪地上，手脚并用地在雪地上朝前爬了过去，反倒是比在雪地上行走时的速度快了许多。在估算着爬出了一段距离之后，爬在最前面的莫天留抬起身子，扭头朝身后的八路军战士摆了摆手，这才悄悄地趴在了雪地上，竖起耳朵聆听着周遭的动静。

抱着三八大盖，万一响加快动作爬到了莫天留身边，压低了嗓门朝骤然停顿下来的莫天留叫道：“天留，咋刚开始爬就停下了？有啥不对劲的？”

眼睛紧盯着前方雪地反光映照出来的地形轮廓，莫天留慢声朝万一响应道：“这大晚上黑灯瞎火的，咱们又是在地上爬，再加上这大雪遮掩了能让咱们找准方向的地形物件……不怕慢、就怕错，咱们听听鬼子炮弹的来向再说，也免得大家一场辛苦爬错了方向，白费工夫不说，还耽误正事儿……”

话音刚落，天空中已经响起了榴弹划破空气时的尖啸声。仰头看了看天空中榴弹划破空气发出尖啸时的方位，再扭头瞧了瞧方才出发位置的方向，莫天留顿时啧啧有声地低声叹道：“瞧瞧……就说这在地上爬容易错方向吧？咱们稀里糊涂地在雪地上拐了个弯，要是再这么傻呵呵地爬下去，一会儿咱们就该跟棒槌他们碰头了——朝这边走！听着鬼子打出来那些榴弹的动静，咱们该是离鬼子不远了！”

一把拽住了又要领头朝前爬的莫天留，万一响急声低叫道：“那你倒是跟我说清楚，到底是叫我打啥呀？什么五十米开外打香火头？我越琢磨越迷糊！”

微微叹了口气，莫天留压着嗓门朝万一响说道：“一响，看你以往在山里打猎时挺机灵的呀？怎么这打仗就犯迷糊了？这鬼子的机枪工事你又不是没见识过，不是贴着地皮开射口、就是四平八稳地在炮楼里放枪，连个枪管都不露出来。咱们面对着鬼子机枪工事的时候，最多就能看见个香火头大点的机枪枪口火光……”

只一听莫天留把话挑明，万一响顿时心领神会：“你这意思是说，只要见着鬼子的机枪开火，我和其他两个神枪手就瞄着鬼子机枪枪口的那点火光打，封死了鬼子的机枪？”

“你要能瞄着鬼子机枪枪口的那点火光，捎带手地把鬼子的机枪手给崩了就更好！一会儿你和另外两个神枪手可千万别着急开枪，见着我们把鬼子架起来的三挺机枪全都弄得开了火，你们再下手！只要鬼子的三挺机枪同时哑了火，剩下那点朝鬼子工事里扔手榴弹的活儿，找个老娘们来都能办了！”

“那你手底下可得有点准头！那几挺鬼子的机枪要是给炸坏了……”

“你就放心吧！过了今天晚上，这几挺机枪就归咱们八路了！”

抬起胳膊摆了摆，莫天留再次率先朝着辨认清楚的进攻方向爬了过去。不过是一壶茶的工夫之后，莫天留的耳朵里已经隐隐约约地听见了日军说话的声音。

从怀里摸出个冀南军分区军械处造出来的马尾手榴弹，莫天留很有些舍不得地拉开了马尾手榴弹上的拉火绳，将马尾手榴弹在手里悠悠晃了几圈，这才松开了捏在手指间的马尾绳子，看着那黑乎乎的手榴弹晃晃悠悠被自己抛上了半空，再慢悠悠地朝着传来日军士兵说话声音的方向落了下去。

因为条件限制，八路军土造的马尾手榴弹引信几乎都不能准确控制引爆时间。

为了能尽最大可能保护使用马尾手榴弹的八路军安全，寻常马尾手榴弹的引爆时间，几乎都在十秒以上。眼睁睁看着那马尾手榴弹落到了自己视线所不能及的堑壕中，莫天留没听见爆炸的声音响起，反倒是听见个日军士兵被那从半空中坠入战壕的马尾手榴弹砸得惨叫起来：“浑蛋啊……这是什么……”

轰然而起的爆炸声，准确地告知了日军士兵这骤然间从天而降的到底是什么东西。虽说八路军土造的马尾手榴弹在杀伤力上并不出色，但在爆炸时产生的巨大烟雾，却恰到好处地起到了遮蔽战场视线的效果。

眼瞅着有手榴弹从天而降、将几个在战壕中聚拢起来休息的日军士兵炸得惨叫不迭，掩藏在战壕中的两个机枪射击阵地上，歪把子机枪的扫射声顿时异常应景地响了起来。而在战壕中的其他射击阵位上，也有日军士兵端着三八大盖搜寻着隐藏在阵地前沿的目标，但没有一名日军士兵胡乱开枪壮胆。

几乎要将脑袋贴着地皮，莫天留顾不得积雪冰寒弄得自己面颊一阵阵刺痛，小声嘀咕着从腰后摸出了个只有拳头大小的小铜喇叭：“小鬼子还真贼精……白天看见三挺机枪架在这儿，现在就露出来两挺……还刚好给人留出来个空当能冲得贴近了战壕……老子才不上你们这帮王八蛋的当呢！”

将那孩子玩具般的小铜喇叭凑到了嘴边，莫天留深吸了一口气，猛地吹响了那小铜喇叭。刺耳的铜音顿时在堑壕前响得惊天动地，若是不仔细分辨，倒还真有几分像是八路军吹响冲锋号时的动静。

耳听着莫天留吹响了那小铜喇叭，其他几个身上带着各样从何家大集搜罗出来的响器的八路军战士，也都纷纷吹响了竹哨或木笛。没带响器的八路军战士，更是趴在雪地上扯开喉咙叫喊起来：“冲啊……杀光小鬼子啊！”

各样响器折腾出来的动静与扯破了喉咙吆喝出来的喊杀声中，所有的八路军战士敏捷地取下了各自背在背后、用麦草扎成的草靶子戳在了雪地上，再用积雪固定住了那些草靶子之后，飞快地翻滚着离开了原来的位置……

★ 第十八章 还以颜色（下）

用麦草扎成的草靶子戳在地上，哪怕是大白天隔远了观察，瞧着也像是一个个半蹲在地上的人影。而在雪夜之中，那些骤然间在阵地前沿冒出来的草靶子，就更像是一个个正在朝着战壕方向跃进的人影。

几乎是在眨眼之间，两挺原本就处于扫射状态下的日军机枪飞快地转动了枪口，将几个草靶子打得四散开来，飞快地不见了踪影。远远看去，倒还真像是有目标被击中后骤然趴下的模样。

而那些趴在战壕中，用三八大盖朝草靶子射击的日军士兵，却是很有些越打越惊的架势——不过是七八十米的距离，几乎都不用瞄准就能弹弹咬肉、抬枪就有，可那些在雪地上显露了身形的进攻者，却像是全然没有被击中一样，只是支棱着半截身子发出阵阵喊杀声！

眼见步枪根本压制不了那些显露出了身形的进攻者，从一处压根都不起眼的雪堆下方，几块砖石被猛地推了出来，一道足有半尺长的机枪火焰喷涌而出，瞬间便将几个草靶子打得不见了踪影。

几乎就在那雪堆下的暗堡露出了狰狞面目的同时，伴随着几名日军士兵声嘶力竭的吆喝声，一门九二式步兵炮也被从战壕后方推了出来。几名日军士兵躲在并不算高大的护盾后忙碌着，显然是在寻找着目标相对集中的区域，准备进行抵近炮击！

猛地拽下已经被冻在了嘴唇上的小铜喇叭，莫天留盯着那门九二式步兵炮，喃喃自语地低声嘀咕起来：“好家伙……大炮都推上来了！这要是叫你们今晚上消停了，明天老子们就得吃大亏！”

同样瞧见了那门被日军士兵急匆匆推上来的九二式步兵炮，原本趴在雪地里选择射击阵位的万一响接连几个翻滚，飞快地扑到了莫天留的身边，急促地朝着莫天留低叫道："天留，你瞧见没有……"

不等万一响把话说完，莫天留已经低声应道："小鬼子有大炮！一响，你能寻个地方，封死那门大炮不？"

只是略微思忖，万一响重重地点了点头："机枪交给另外两个神枪手，我去对付那门炮！"

"你可千万拿捏准了！机枪还好躲，这大炮一炸一大片，咱们总共就上来这些人，都不够鬼子大炮炸个两下的……"

朝着莫天留郑重地点了点头，万一响一路翻滚地在日军弹雨下钻到了另外两名八路军神枪手的身边，简短交代了几句之后，便自顾自地朝着黑暗中摸了过去。而在万一响的身影刚刚消失在黑暗中的瞬间，两名八路军神枪手几乎是同时开枪，顿时将两挺最先开火进行威慑性射击的日军机枪打哑了火！

都没等莫天留从心底里为那两名八路军神枪手叫上一声好，刚刚哑火的两挺机枪却又再次开始喷吐起了火舌。眼瞅着那门九二式步兵炮后的日军士兵已经开始搬弄着沉重的炮弹，而炮口也指向了袭击组中八路军战士隐蔽的方向，莫天留顿时急得连声嘀咕起来："这万一响……咋还不动手？鬼子眼瞅可就要开炮了……"

似乎是听到了莫天留那充满了焦急与担忧的嘀咕声，在战场上响成了一片的各类枪械射击声中，一名刚刚抱起了炮弹的日军士兵，猛地像是被无形的重锤砸在了没戴钢盔的头顶一般，一屁股跌坐到了地上，手中抱着的炮弹也在雪地上甩出去了老远！

大呼小叫地蹲下了身子，几名蹲在九二式步兵炮后的日军士兵胆战心惊地看着那枚掉落在雪地中、已经安装好了触发式引信的高爆弹，好一会儿之后，方才连声叫喊着重新站起了身子，其中两名日军士兵跪在雪地上查看那名脑袋上突然多了个窟窿的日军士兵，而另外两名日军士兵却是飞快地朝那枚掉在雪地里的炮弹蹿了过去。

依旧是毫无预兆，刚刚弯腰想要抱起那枚高爆炮弹的日军士兵刚伸手碰到炮弹，腰身便是猛然一塌，一头扎进了雪地当中，整个身子更是将那枚炮弹盖得严严实实！

接连两名躲藏在相对安全的护盾后的日军士兵毙命，其他的几名日军士兵自然明白这绝不是战场上的流弹造成的杀伤，而是有一名或是更多的神枪手，在黑暗中瞄准了自己的脑袋！

急匆匆地卧倒在地，一名日军士兵微微抬起了脑袋，声嘶力竭地朝着在战壕中据枪射击那些草靶子、对身后情形一无所知的日军士兵叫嚷起来：“有人在朝我们打……”

没等那名日军士兵把话喊完，一颗从黑暗中激射而来的子弹，已经准确地打在了那名日军士兵头戴的钢盔上。虽说从远处飞来的子弹并没能打穿那名日军士兵头戴的钢盔，但巨大的冲击力却硬生生地拉动着钢盔下方系紧的皮带，轻而易举地勒断了那名日军士兵的脖子……

眼瞅着万一响三枪全中，打得那门九二式步兵炮后的日军士兵根本不敢再有其他的动作，另外的两名八路军神枪手也加快了开枪的速度。接连几发子弹射出之后，日军阵地上布置的三挺机枪已经全都哑了火！

从雪地上一跃而起，一直都在等待着机枪声骤然停息下来的莫天留，猛地拽开了早已经抓在手中的集束手榴弹的拉火绳，借着身体前扑的势头，狠狠地将冒着青烟的集束手榴弹扔了出去。

能够参加到袭击组中的八路军战士，几乎全都是经历了多年征战的老兵，对战场情况的把控也早已经烂熟于心。几乎是在莫天留扔出了集束手榴弹的同时，其他几名袭击组的八路军战士，也全都朝着日军占据的战壕中，扔出了手榴弹木柄早已经攥得发热的集束手榴弹。

在半空中接连不断响起的集束手榴弹爆炸声中，战壕中据守的日军士兵顿时被炸得一片惨叫哀号，原本还算得上密集的弹雨顿时停息下来。抓着这一闪即逝的有利时机，莫天留再次从雪地上一跃而起，闪电般地朝着日军占据的战壕方向冲去。人还离着战壕有十来米的距离，手中横端着的德造二十响，已经朝着摇摇晃晃在战壕中站起了身子的日军士兵扫出了个漂亮的扇面！

如同一群在雪地中等待着猎食机会到来的雪豹，袭击组的八路军战士全都趁着战场上这来之不易的攻击机会跳起了身子，清一色配置的德造二十响手枪在极短的时间里形成的压制性火力，直打得战壕中侥幸没被炸死的日军士兵压根没有还手能力。不过是眨眼的工夫，足有百十米长的一段战壕已经落入了八路军战士的把控当中。

看着几名八路军战士已经顺着战壕飞快地扑向了日军设置的机枪阵地，莫天留手脚飞快地换上了个满满的弹匣，纵身越过了宽阔的战壕，不管不顾地朝着战壕后那门九二式步兵炮扑了过去，口中兀自大声吼道：“谁都别跟我抢——这炮归我啦！”

眼睁睁看着八路军战士在片刻间占领了好长一截战壕，被万一响精确的射击压得根本不敢抬头的几名日军士兵顿时从九二式步兵炮的护盾后跳起了身子。其中两名日军士兵显然是专职的炮兵，一时间根本都没寻着能防身的武器，顺势便从九二式步兵炮后抓起了两把挖掘掩体用的工兵铲，号叫着摆出了一副要与莫天留肉搏的架势，气势汹汹地朝莫天留迎了上来！

想也不想地抬起了枪口，猛然刹住了脚步的莫天留双手端着德造二十响手枪，稳稳当当的一枪一个，将九二式步兵炮护盾后的几名日军士兵打翻在地，这才一个箭步蹿到了那门九二式步兵炮旁，一脚将一个被自己打得趴在了炮身上的日军士兵踹得歪倒开去："能用枪打，老子跟你拼刺刀？你当老子是棒槌那货色哪……"

话音刚落，从日军阵地侧向远方，也同样传来了接二连三的爆炸声。眼瞅着不断腾空而起的火光，莫天留仔细听了一会儿，顿时放心地低笑起来："嘿嘿嘿嘿……有集束手榴弹，也有炸药包，看来棒槌和那个杨超都得手了！"

迅速清剿着战壕中残存的日军士兵，袭击组的八路军战士不过眨眼的工夫，已经将战壕肃清完毕。扛着一挺刚刚到手的歪把子机枪，一名八路军战士扬声朝着莫天留叫道："天留，还不赶紧撤啊？咱们就是打了鬼子个冷不防，等鬼子回过味儿来，肯定就得发疯似的朝上扑了！"

伸手一拍身边的九二式步兵炮，莫天留扬声应道："好不容易到手的玩意儿，怎么也不能丢了呀！过来几个人，把鬼子这大炮和两箱子炮弹都拖回去，大当家的和李司令肯定高兴！"

"这大雪地里拖着炮走？咱们根本走不快！到时候叫鬼子撵上了，炮能不能拖回去还两说，闹不好人还得折进去几个……"

"你们那脑瓜子里边就是一根筋！雪地里炮轱辘容易陷进去，可雪爬犁就不会呀！把没打散花的草靶子弄过来几个，扎成雪爬犁绑在这大炮的轱辘下边，几个人拉着就能跑得飞快了！一响……万一响呢？"

抱着那支立下了大功的三八大盖，万一响如同幽灵般地从黑暗中冒了出来，迎着莫天留急声应道："天留，这时候你可别再瞎琢磨旁的！听队长的命令，打完了咱们就撤！"

"你着急个啥？去寻一挺机枪，再带上两个人给你当弹药手，你们就坐在拉大炮的雪爬犁上朝后撤！要是有鬼子当真追上来了，你手里那机枪就能挡好一阵子哪！"

"坐着雪爬犁用机枪挡住鬼子？这法子……倒是新鲜，可能成吗？"

"大炮反着拉，炮口冲着鬼子这边，你趴在这大炮的铁盾牌后边，鬼子就是朝你开枪，你也都有个遮挡。听我的，这法子肯定能成！"

★　第十九章　首肯心折

“要说那莫天留，倒当真是个有本事的！领着袭击组和神枪手出去执行任务干脆利落、安全把人都带回来了不说，缴获了两挺机枪也都不稀奇，可他就有那本事，愣生生从鬼子那儿弄回来一门大炮！都不说冀南地面上的抗日武装，怕是整个晋察冀地区，八路军军分区一级的部队里能有大炮的，也就是咱们这独一份了！”

“弄回来个大炮还能说是运气，难为他莫天留是怎么琢磨出来的那些个路数？给大炮轱辘上穿鞋，三五个人就能拖着大炮在雪地上跑得飞快。大炮上头还趴着个机枪手，追上来的鬼子可是吃了个狠亏，叫那万一响一梭子撂倒了好几个呢！”

“能人身边没㞞货，这老话说得在理呢！万一响跟莫天留就是同村出来参加革命的，还有那沙邦粹，更了不得啊！隔着那么老远，倭瓜大的炸药包扔出去，就跟扔个麦草捆子似的轻松，还能指哪儿打哪儿，比迫击炮都管用！打到后来，火力掩护组的兄弟都歇着了——十好几个炸药包扔出去，不炸死也给震死了，哪儿还有活鬼子呀？”

“那沙邦粹可不光是力气大，那还粗中有细哪！本来这打了就走的仗，压根都没时间打扫战场，可沙邦粹那眼睛……黑咕隆咚的，也不知道他怎么就一眼瞧见个土堆子不对劲？上去一划拉，好家伙——整整十箱子子弹，还饶了两箱子鬼子的手榴弹！”

“老栗子这回，总算是能不那么伤心了——原本手底下折了三员大将，老栗子都心疼得一个人躲着掉眼泪。这下子可好，一个莫天留机灵得沾上毛就是个猢狲，一个沙邦粹拿上大刀都赛关公，两个还都是老栗子一手带出来的打仗的好把式，总算能叫老栗子心里头舒坦些了……”

“要不说这清乐县地面邪行呢？人都说八百里地才出一个人尖子，这老栗子倒好，一脚踩进清乐县地面，伸手就在一个村子里捞了俩宝贝！”

“老栗子得了俩宝贝，李司令不也一样？上级派下来的那几个政工干部，哪个拿出来都是拿枪能打仗、提笔能写文的人物。就咱们现在打鬼子的这路数，不就是那个政工干部杨超琢磨出来的？都打了两天了，鬼子在这何家大集里进进出出二十几趟，没一趟能得着便宜的！”

“人家杨超可是念过书的人物！听说过北平的燕京大学吗？就那地方念书出来的人，懂的可都是大学问，会说七八国的洋话、写十来种洋文，还得能上知天文，下知地理，能掐会算……鬼子又上来了，准备着！”

从墙洞里看着一名日军士兵端着三八大盖、躲躲闪闪地进了院子，两名抱着汉阳造步枪低声聊着天的八路军战士立刻端起上好了刺刀的步枪，一左一右地把守在了低垂着门帘的房门两侧。而另一名手里拿着南部式手枪的八路军战士，也稳稳当当地将枪口对准了房门！

眼瞅着低垂的门帘轻轻一动，那名手里端着三八大盖的日军士兵已经用刺刀拨开了低垂的门帘，却正好瞧见一名八路军战士端着汉阳造站在自己面前，还拿捏出了一副漏洞百出的拼刺架势！

几乎是出自长期战术训练的本能，用刺刀拨开了门帘的日军士兵猛地一个抢步，一个标准的突刺动作顿时使将出来，闪动着寒光的刺刀直朝着那名近在咫尺的八路军战士刺了过去，整个人也跟着跨步的动作朝门帘上撞了过来。

压根都不去格挡直朝着自己捅过来的刺刀，被日军看见了身形的八路军战士只是一个敏捷的小跳步，整个人已经朝斜侧后方向跳出了一米远近，堪堪避开那名日军士兵捅过来的刺刀。而在房门的另一侧，端着汉阳造的另一名八路军战士却是猛地一个大跨步，狠狠地用刺刀朝着骤然凸起的门帘捅了过去。

被门帘遮蔽了视线，那名主动发起攻击的日军士兵根本就看不见隔着门帘朝着自己捅来的一刀。伴随着一声喑哑的惨嘶，方才还气势汹汹的日军士兵已经软软地朝着地上委顿下去[1]。

眼见着那名日军士兵已经被捅翻在地，原本端着南部式手枪担任警戒角色的八路军战士将南部式手枪朝腰带间胡乱一别，脚步飞快地扑到了大门前，双手掐着那名日军士兵的脖子用力一拖，闪电般地将那名还在挣扎的日军士兵拖进了屋子里。

---

[1] 这种战法并非作者杜撰，而是真实战法的描述。此种作战方式，在冀中平原一带被称为“挑帘战法”，两名甚至一名手持红缨枪的民兵就能办到。在日军小股兵力袭击村寨时尤为有效，配合地道战、地雷战打法，打得日军胆战心惊，私下总结出三怕——一怕大路踩地雷、二怕地道打冷枪、三怕门帘后头红缨枪。

翻手从腰后摸出了一柄锋利的匕首捅进了那名日军士兵的喉咙，担任警戒任务的八路军士兵熟门熟路地在那名还在抽搐的日军士兵身上一通摸索，眨眼间便将那名日军士兵随身携带的所有物件掏了个干净，这才笑嘻嘻地朝着另外两名八路军战士笑道："又得手一个！换地方，咱们接着等鬼子上门！"

"鬼子身上的纸片片掏干净没有？李司令都说了，要收集鬼子身上的纸片片，拿回去就能换子弹！"

"放心吧！这鬼子身上带着的东西都摸干净了，就是不知道有没有用。昨天有人捅了个鬼子小官，从那小官身上搜罗到的纸片片叫杨超看了，说是很有用，换了十发子弹哪！就看咱们的运气了……"

"杨超能看懂鬼子的字？"

"不是跟你说了吗，那燕京大学里念书出来的，都能说好几国的洋话……"

低声细语地交谈着，几名伏击得手的八路军战士拿着刚到手的战利品，钻过屋子后头墙壁上开出来的一个箩筐大小的窟窿，在各处紧邻的房舍中七弯八拐地转悠了片刻之后，已然不见了踪影……

几乎就在这几名八路军战士伏击得手的同时，蹲在一处屋角内挖出来的大坑里、透过屋角被凿穿的射孔盯着大街上动静的莫天留，慢慢地举起了胳膊，大张着巴掌低声叫道："来了……准备好……不急……不急……推！"

眼瞅着蹲在大坑里的莫天留猛地一挥手，光着膀子站在屋子里、双手紧紧按在一面临街墙壁上的沙邦粹闷吼半声，浑身上下铁疙瘩般的肌肉如同被猫追逐着的小耗子般来回攒动，猛地将那面已经被凿松了根基、只是用几根木桩顶住的青石墙壁朝大街方向推了过去。

也都不知道临街的那些青石墙壁上被莫天留做了什么手脚，虽说沙邦粹只是推倒了一堵墙壁，可临街的那些青石墙壁却像是被骤然挖空了根基的沙塔一般，接二连三地朝着大街上倒了下去，顿时便将大街上据枪搜索前进中的四五名日军士兵全都埋在了青石墙下！

顾不得青石墙壁倒下时激起的烟尘呛人，莫天留敏捷地从那藏身的大洞中跳了出来，一手握着一支德造二十响手枪，一手从腰后摸出了一把长匕首，飞快地蹿到了一名正在呻吟着的日军士兵身边，毫不犹豫地一刀捅进了那名日军士兵的喉咙。

没拿任何武器，赤裸着上身的沙邦粹赤红着眼睛，踩着砸夯般的脚步冲进了满街的乱石当中，弯腰抓住一名日军士兵的脚脖子，硬生生便将那名日军士兵从石堆中拖了出来。

就像是个丰收后的老农在脱粒机上摔打麦穗捆子一般，沙邦粹挥舞着胳膊，狠狠将那名被自己抓住了脚踝的日军士兵重新摔在了满是乱石的街道上。平日里总是带着几分憨厚笑容的脸上，此刻却全然一片铁青，看上去倒是像极了庙宇中镇守门户的护法金刚！

随手扔掉了被自己摔得脑浆迸裂的那名日军士兵，沙邦粹再次弯腰，从乱石中抓出了一名已经挣扎出半个身子、正在伸手抓挠着摔落在身边不远处的南部式手枪的日军小军官。双手捏着那名日军小军官猛一用力，沙邦粹顿时像折断一根枯枝般地捏断了那名日军小军官的脖子。

如同幽灵一般，几名八路军战士也从临街倒掉了半面墙壁的屋子里冒了出来，据枪把守住了街道两端，提防着日军骤然而来的袭击。而两三名清乐县武工队的武工队员，则是一人背着一个巨大的藤筐，从被干掉的日军士兵尸体上搜罗着战利品。不过是眨眼的工夫过后，所有被干掉的日军士兵尸体上有用的物件已经被搜罗一空。

耳听着担任警戒的八路军士兵打了个响亮的呼哨，莫天留三蹿两跳地冲到了沙邦粹身边，猛地一拉沙邦粹的胳膊："棒槌，鬼子来了，赶紧走！"

赤红着一双眼睛，明显还没从杀戮状态下清醒过来的沙邦粹略带着几分迟钝地扭头看向了莫天留："走……哪儿去？鬼子来了，杀就是了……"

跳起来一巴掌扇在了沙邦粹的脖颈上，莫天留一边拽着沙邦粹朝塌了半面墙的屋子里钻，一边顺手抓过了沙邦粹脱了扔在屋里桌上的衣裳："杀鬼子你也得挑个时候、选个法子杀！就你这么光着膀子朝上撞？人没到跟前，你就得被人打得浑身筛子眼！"

像是乍然间回过神来一般，沙邦粹一边下意识地跟着莫天留钻进了屋里墙上早已经挖好的窟窿，一边吭哧着朝莫天留应道："这杨……杨超琢磨出来的法子，还当真是不错。这两天光咱们俩就杀了有十来个鬼子了，可鬼子连咱们人影都瞧不见，光挨打不能还手……"

一边领着沙邦粹钻进了一条狭窄的小巷，莫天留一边从鼻子里嗯了一声："比不上诸葛亮摆下的八阵图，可也好歹算是萧太后折腾的天门阵！这念过书的人……花花肠子就是比寻常人多！"

★ 第二十章 大意荆州

天刚傍黑，细碎的雪花又再次飘飞起来……

抱着一杆三八大盖，披着几块破麻袋片做成的披风，苟大却在何家大集被日军炮火炸得半塌的寨墙上，已经足足藏了四个时辰。在这期间，有四五批摸进何家大集的日军士兵，几乎就是擦着苟大却的身子走过，却也都没能发现藏在自己眼皮子底下的苟大却。

而在那些日军士兵与自己擦身而过之后，披着破麻袋片藏在瓦砾堆中的苟大却，也在第一时间用手势将摸进何家大集的日军士兵人数、动向等情报，传递给了身后几十米处的破屋子里藏着的八路军战士……

有了苟大却在制高点上承担侦察与瞭望的任务，藏身在何家大集中的八路军战士就像是多了一只在天空中俯瞰日军动作的眼睛一般，几乎每一次出击都能做到有的放矢，从日军最不防备的地方发起攻击！

微微裹紧了身上披着的麻袋片，再从怀里摸出一截干辣椒扔进嘴里咀嚼着，被辣得龇牙咧嘴的苟大却总算是借着嘴里那火辣辣的感觉，驱散了些身上的寒意。伸手将观察孔前渐渐增厚的积雪扒拉开个豁口，苟大却刚要举起望远镜观察寨墙外日军阵地的动静，耳朵里却是猛然传来了一阵细碎的脚步声。

轻轻搁下了望远镜，也不去碰抱在怀里的三八大盖，苟大却慢悠悠地伸手从怀里摸出了一把短匕首，绷紧了浑身上下的肌肉，静静地等候着那脚步声走到自己身边的瞬间暴起发难……

似乎是猜到了苟大却的心思一般，那细碎的脚步声在离着苟大却还有十几步远近时便骤然平息下来，一个低微得像是耳语般的声音同时响了起来：“大却哥……我是一响，我来换哨来了……大却哥……”

连叫了两遍，苟大却方才重新将短匕首收进了怀中，慢慢地从瓦砾堆中抬起了头，扭头看向了蹲踞在自己身后十几米开外的万一响：“小声着点儿！天一傍黑，四下都安静下来了，打个喷嚏的动静都能传出去老远……过来说话！”

猫着腰窜到了苟大却身边，同样在身上披着几块破麻袋片御寒、同时也当作战场伪装的万一响刚蹲下身子，便伸手从自己怀里摸出来两个烤得焦黄的山芋，忙不迭地递到了苟大却面前：“大却哥，你都在这儿趴了好几个时辰了，早饿了吧？赶紧吃了垫垫肚子！”

只是伸手取了一个山芋，苟大却一边狼吞虎咽地几口将那山芋啃了个干净，一边含混不清地朝蹲踞在自己身边的万一响低声说道：“晚上天气更冷，你留一个，等实在熬不住冻、饿的时候再吃！要是实在犯了困劲儿……”

不等苟大却把话说完，万一响已经伸手从自己怀里摸出了几个红彤彤的干辣椒：“有这宝贝，肯定不犯困！大却哥，鬼子那边没啥动静吧？”

小心翼翼地用手在积雪上薄薄地扫了一层塞进嘴里，苟大却一边感受着干涩的喉头被雪水浸润时的清爽，一边却又不由自主地打了个寒噤：“天傍黑的时候就没了动静了，钻进何家大集里的鬼子也都撤出去了，瞧着倒是一副今天熬到头、明天再盘算的架势。可我总觉得……哪儿不对劲。”

拿起苟大却搁在身边的望远镜，万一响将望远镜举在了眼前，朝着寨墙外不远处的日军阵地看了过去……

经过几天拉锯作战，八路军在初步构筑好何家大集中的巷战工事，并将何家大集中的乡亲全部转移之后，主动对日军发起了一次进攻。在取得了一定的战果、将日军部队逼退一段距离之后，主动撤进了何家大集。

依托着何家大集中的巷战工事，再仗着相对熟悉何家大集中的地形情况，在何家大集中神出鬼没的八路军士兵，很是叫远远围住了何家大集的日军士兵吃了几个大亏，甚至趁夜向日军阵地发起过佯攻，逼迫原本紧邻何家大集构筑出发前准备阵地的日军士兵再次后退，在被八路军遗弃的战壕中勉强扎下营盘。

而这一切却是正中八路军下怀——从李家顺到绝大多数的八路军战士，已经将何家大集外的工事情况摸得滚瓜烂熟。日军的出发前准备阵地设立在那些工事当中，几条进出通道的情况全都在八路军掌控当中。只需要在寨墙上设置一两个隐秘的观察哨，便能将日军的一举一动尽收眼底，当真做到了知己知彼，百战不殆！

借助着日军阵地中燃起的篝火光芒，万一响在观察了好一会儿日军阵地中的情况之后，方才疑惑地低声说道：“这鬼子怎么……我也觉得不对劲，可到底是哪儿不对劲，我就是说不上来。话都到嘴边了，可就是……说不出来。”

微微眯着眼睛，苟大却努力回忆着自己方才观察到的一切情况，口中也像是喃喃自语般地说道：“都觉着不对劲，可都说不出来哪儿不对劲.……那就一样样掰扯开来盘算——鬼子的人数？”

“露脸的有百十来个，其他的应该都是在鬼子搭起来的帐篷里躲风呢。再算上那些篝火旁边露出来的枪管、刺刀数目……鬼子在人数上该是没耍啥花样！”

“鬼子的重火力？”

“昨天下晌的时候，鬼子就已经把火炮朝前挪动了。可看着鬼子搬运的炮弹箱子并不多，估摸着鬼子的炮弹也是跟不上趟儿了，炮推上来了，可还没舍得打……数目都对着，也没见鬼子的炮兵有啥动作。”

“鬼子当官的有啥不一样的吗？”

“挎着东洋刀、戴着白手套的鬼子官儿没见着，倒是见着有几个捧着钢盔从其他日本兵手里收东西的……像是在收烟卷儿，这估摸着就是鬼子老兵欺负人呢吧？”

“鬼子的火头军呢？”

“没见着！按说这时候也该是鬼子吃饭的时辰了，怎么就没见着他们的火头军吹开饭哨子呢？大却哥，不少鬼子兵都在吃东西，可没见着鬼子的火头军招呼开饭，连大锅都没见架起来！”

一把夺过了万一响举在眼睛前面的望远镜，苟大却死死盯着那些散布在阵地中休憩、吃喝的日军士兵看了好一会儿，方才微微点了点头：“不是今晚就是明早，鬼子肯定有动作，动静估摸着还不小呢！”

凑到了苟大却身边，万一响瞪大了眼睛看向了日军阵地方向：“大却哥，这鬼子火头军不做饭，鬼子啃干粮，咋就能说是鬼子要有大行动？”

举着望远镜来回扫视着日军营地中的动静，苟大却低声朝万一响应道：“鬼子连带着的炮弹都不够用，粮食肯定也没带多少。这两天瞧见鬼子火头军支起大锅，煮的也就是些汤汤水水的玩意儿。可现在这些鬼子吃的全是干粮，还有鬼子在吃罐头，这就是打算砸锅卖铁混个饱，然后下狠手做个一锤子买卖了……你看通往何家大集的大路方向，那些吃过了饭的鬼子在干吗？”

接过望远镜看了一眼，万一响顿时低声叫道：“鬼子在铲雪！把大路上的雪都铲了……鬼子要有援兵来？”

“估摸着不光是援兵，肯定还得有补给送到！要不然鬼子这一顿吃光了带着的粮食，一口要再啃不下咱们来，他们能空着肚子跟咱们耗？再说了，鬼子花了这么大力气才咬上咱们，哪怕咱们从何家大集里撤出去，鬼子肯定也得死死追着咱们不放。没粮食、没弹药，鬼子拿啥跟咱们拼？”

正自低声交谈，通往何家大集的大路上，已经隐隐约约传来了汽车马达的轰鸣声。不过是一眨眼的工夫，十几辆在晚上也没开车灯的日军卡车，已经摇摇晃晃地顺着大路朝何家大集驶来！

伸手一拍万一响的胳膊，苟大却低声叫道：“赶紧回去报告李司令和队长，鬼子这边估摸着是有援军和补给物资到达。用不了多久，鬼子就该朝何家大集下狠手了……”

远远看着那些日军卡车在铲开了积雪的大路上停成了个一字长蛇阵的模样，而一些日军士兵也纷纷从遮盖着篷布的卡车上跳了下来，万一响顿时急声叫道：“大却哥，还是你去向司令员和队长报告吧。我怕我笨嘴拙腮说不明白……”

眼睛一瞪，苟大却压着嗓门低声喝道：“这时候还跟我讨价还价的？赶紧去……”

话音未落，从何家大集外的日军阵地当中，猛地升起了两发红色信号弹。伴随着那两发红色信号弹晃晃悠悠地升上了半空，从何家大集后方的山林当中，两发绿色信号弹，也骤然腾空而起，活像是一条恶蟒的两只眼睛，在半空中阴冷地盯着何家大集！

只是略一判断那两发绿色信号弹升起的位置，苟大却顿时变了脸色：“坏了！怎么咱们背后也叫小鬼子钻进去了？”

万一响顿时有些慌张：“大却哥，咱们一直都盯在大路上，一个鬼子都没放过去呀？这何家大集后边……倒是哪路的鬼子能有这本事？大雪天的翻山越岭绕开何家大集，钻到咱们背后去下了刀子？”

狠狠一咬牙，苟大却闷声吼道：“何家大集前面的鬼子汽车刚到就打信号弹，何家大集后头的山林里立马就有鬼子响应……怕是何家大集后边的鬼子早就到了，一直埋伏在山里，就等着何家大集前面这些鬼子一得到兵员和物资补给，立马就要朝咱们动手！这回……咱们怕是给鬼子围死了！”

★ 第二十一章　奋勇争先

聚拢在何财主家的宅子中，李家顺一口气喝干了一大碗凉水，再用手背一抹嘴唇，狠狠地吐了口闷气：“咱们怕是上了小鬼子的当了！打从一开始，清乐县的小鬼子封城就是个幌子。小鬼子肯定是琢磨出来，咱们八路军在清乐县城里有情报员，所以一边做着封城的模样，让咱们以为清乐县城里的鬼子还没出动，一边怕是早早地就派出了人马，悄悄地摸到了咱们身后！”

紧锁着眉头，栗子群一边检查、擦拭着手中的德造二十响手枪，一边慢悠悠地开口应道：“从清乐县城到何家大集后边的山林，鬼子没从咱们眼前走大路，那就只能是在离开何家大集还有小三十里的地界下大路进山。这一路上要经过的三四个村子里都有咱们的民兵队、妇救会和儿童团，可咱们一点消息都没得着……怕是那几个村子，已经叫小鬼子给祸害了！”

掰弄着手指头，凑在了栗子群身边的莫天留低声应道：“这四个村子，人少的有二三十号，人多的有一百来号，除非是叫小鬼子悄悄围了村子，要不然不会一个都跑不出来……大当家的，照着这么算计起来，咱们背后的鬼子，少说也得有二百号人朝上啊？”

抱着一支三八大盖，万一响也是急声说道：“何家大集前边的鬼子也来了援兵，我回来报信的时候大概算过，少说来了百十号鬼子，炮弹箱子也搬运下来不少。李司令、队长，咱们如今是叫鬼子在何家大集里围了个严实，咱们该咋办啊？”

有些烦躁地朝着万一响摆了摆手，李家顺闷声说道：“咱们叫鬼子围了都不算个啥事，了不起就是跟鬼子一拼到底了！可那些从何家大集撤进山里的乡亲……咱们只顾着防备何家大集前边的鬼子，何家大集后边撤离的道路上，只有少量兵力掩护，连山里那条骆驼帮密道都没做一点伪装。这要是叫小鬼子追过去……”

抬头看着满脸焦急神色的李家顺，栗子群话音不高，却充满着坚定的意味：“所以咱们不能叫小鬼子腾出手来去追乡亲们！司令员，我建议咱们马上对鬼子发动进攻！无论如何，也要把小鬼子死死拖在何家大集附近，不能叫小鬼子能腾出空来去祸害乡亲们！”

利落地将自己那支德造二十响抓在了手中，莫天留很是干脆地开口应道：“我也觉着大当家的说得对！眼下何家大集前边的鬼子援兵刚到，炮弹也刚搬运下来，正做着进攻咱们的准备呢！要是现在咱们还不动手，等小鬼子调配好了炮火兵力，咱们想不吃亏都难！大当家的，你就说怎么打吧！”

看着李家顺也朝着自己微微点头，栗子群这才伸手将桌子上的茶壶茶碗摆成了两行：“咱们现在的主要兵力都在何家大集里，依靠着这几天构筑起来的巷战工事跟鬼子周旋，在鬼子没有火炮支援的情况下，多少还占了些便宜。可现在鬼子的火炮已经有了炮弹，根本就不用再派兵进何家大集跟咱们进行巷战，光是用火炮就能叫咱们吃大亏！所以……咱们得抢先出击，先打鬼子的火炮阵地！

“鬼子心里也都明白，咱们对何家大集前边的工事情况很熟悉，哪怕是发现被包围之后，最有可能选择的突围方向，也是何家大集前边这一块！突破了鬼子的封锁之后，或者尽快钻山林或是想法子顺着已经上了冻的青蟒河走，都能让咱们的大部队尽快甩掉鬼子！

“可是这样一来，咱们身后的那些鬼子肯定就腾出了手，肯定会一步步紧逼着咱们追上来。咱们已经在何家大集打了好几天了，人困马乏，弹药也严重不足，咱们身后那些鬼子可是憋足了劲头、带够了弹药的。一旦被这些鬼子咬上不松口，怕是咱们就不是突围后撤退，而是叫身后这股鬼子打得溃退！

“哪怕是退一万步说，身后这些鬼子撵不上咱们，可退进了山里的乡亲们，肯定就逃不脱这股鬼子的追杀——那可是小两万的乡亲哪……”

眼瞅着栗子群将桌上的茶壶茶碗摆布来摆布去，万一响很有些怯怯地低声问道：“那咱们朝何家大集后头打呢？”

不等栗子群开口说话，李家顺已经摇头接过了话茬：“何家大集后头的鬼子，到目前咱们也就知道个大概的兵力数目，武器配置、是不是已经准备好了阻击工事，这些情况咱们都不摸底！冒冒失失朝上一撞，身后再有鬼子的炮火压着屁股打……咱们没啥胜算，能冲出去怕也伤筋动骨，能不能自保且都两说，也就更别提保护乡亲了……”

赞同地点了点头，栗子群略略提高了些嗓门说道：“所以咱们还得想法子利用上何家大集里边的这些巷战工事！我的意见是——派出一部分人马朝何家大集前面的鬼子阵地进攻，尽量吸引鬼子的火力，让鬼子认为咱们为了保命，已经顾不上乡亲们的死活了，这就能逗引得何家大集后面的鬼子冲出来压着咱们打！

“等何家大集后边的鬼子全都钻进了咱们布置了巷战工事的位置，咱们潜伏在何家大集里面的人马立刻动手，跟这些闯进巷战工事的鬼子搅和在一起，化整为零跟鬼子厮拼，然后尽快撤出何家大集，聚拢之后进山保护乡亲们！”

伸手在栗子群布置的那些茶壶茶碗之间用力一敲，李家顺闷着嗓门叫道：“咱们还得预备一支兵力，作为朝何家大集后方突围时候的先锋——鬼子就是钻进何家大集来追咱们，恐怕也不会倾巢出动，肯定会留下一些兵力来防备咱们！靠着化整为零之后再聚拢的兵力突围……鬼子不会给咱们留那么多时间！”

摇头叹了口气，栗子群无奈地低声说道：“咱们手里就没这么多兵力——朝何家大集前边佯攻的部队要打得猛、拼得凶，火力也得够，这才能叫鬼子相信咱们的突围意图和方向。哪怕是朝着少数算，百十来号人、枪，那已经是筛子打水，手快盛半碗、手慢一滴无了！”

“参加巷战的兵力分散到各处，按照三人小组的兵力来算，怎么也得有个二百号人，才能把闯进巷战工事的鬼子给缠住吧？再算上转移伤员的人马……咱们兵力实在是不够，哪儿还能腾出手来，预备一支从何家大集后边突围的人马啊？”

狠狠咬了咬牙，李家顺犹豫片刻，猛地朝着屋里众人一挥手：“实在不成，那就丢车保帅！在何家大集里想办法藏一些部队，放后面摸进何家大集的鬼子过去，然后再……”

讶然张大了嘴巴，万一响顿时惊叫起来：“司令员，要是这么弄的话，那何家大集前边冲出去的人马，可就给断了退路了，怕是一个都回不来啊！”

与栗子群交换了个眼神，李家顺重重地点了点头：“时间紧迫，在没有更好的办法之前，也只能用这法子了！老栗子，清乐县地面你比我熟悉，潜伏在何家大集里的人马紧着你先挑，家伙什也紧着你先选。给你半个钟点的时间做准备！千万记住了，不到万不得已的时候，不许响枪，放那些何家大集后边的鬼子过去！撤进山里的乡亲……就全交给你了！”

猛地横跨一步拦在了准备走出屋子的李家顺面前，莫天留急声问道：“李司令，那你咋办？”

很是豪气地仰天打了个哈哈，李家顺洪声笑道：“还能咋办？老子是冀南军分区司令员，这要玩命的节骨眼上，自然是要亲自带队打冲锋！”

“可那样的话……你可就……”

“不就是革命到底吗？前两天刚跟你说过的，要干革命，就不能怕流血牺牲！轮到了我头上的时候，我自然是不能缩头当软蛋的！就这么定了——天留，好好跟着你们队长干，我李家顺没干完的革命，以后可就靠着你们接班干下去了！”

“这不成……咱们再琢磨琢磨，肯定还有旁的法子……”

“这都火烧眉毛的时候了，哪儿还有那么多穷琢磨的时间？这是命令！”

正争执之间，从低垂着门帘的房门口，却是猛地传来了个带着几分粗豪的声音：“李司令，栗队长，你们这可就不地道了！打鬼子玩命的活儿，你们怎么就能忘了咱涂家村的爷们了？”

话音落处，门帘一挑，手里提着两杆短梭镖的涂半夏大步走进了屋子，迎着李家顺用力一抱拳：“要说跟鬼子对枪火，我涂家村里的爷们比不过你们八路军的好汉。可要说贴身短打、舞刀弄枪，我涂家村爷们手里的活计，倒是还算能拿出手的！方才我在门口听了半天了，这何家大集里边不是要埋伏一些跟小鬼子硬碰硬的兵马吗？李司令，我涂家村上下一百二十七口壮丁，等您号令哪！”

上下打量着手提两杆短梭镖、满脸全都是跃跃欲试神色的涂半夏，李家顺一时之间倒是语塞起来……

从冀南军分区的驻地搬到涂家村附近开始，涂家村里的乡亲便是一门心思地帮着八路军操持些过日子的活计路数。在百村大会召开之后，涂家村更是第一个成立了民兵队、妇救会与儿童团。尤其是在这次小两万乡亲朝深山里撤离的行动之中，涂家村里壮丁更是全员出动，跑前跑后担任着引路与维持秩序之类的工作。

却没想到，涂家村中的壮丁在乡亲们全部从何家大集撤离之后，却并没有随着乡亲们进山，反倒是返身折回了何家大集，帮着八路军照应伤员，还参与了在何家大集中的巷战……

看着涂半夏身上显而易见的干涸血迹，李家顺不由得慨然叹道：“半夏兄弟，打仗有咱们八路军呢，你们……”

不等李家顺把话说完，平日里很是憨厚、连话都极少的涂半夏顿时瞪起了眼睛：“什么咱们、你们的？自打八路军的根据地安在了涂家村，那就只有个我们！多余的闲话我不会说，这会儿也没啥工夫掰扯，就一句话——有八路，就有涂家村！没了八路，涂家村也保不住！我们一块儿打鬼子！”

★　第二十二章　破釜沉舟

无须再做任何的战前动员，更不必向任何人说明这一仗的重要性与情况的严重性，何家大集中的所有八路军战士全都开始了各自的战前准备。在街巷中往来的人全都是一路飞奔，却没有几个人开口说话，脸上也全都是一副铁青的模样。

而在何财主家的正屋里，李家顺与栗子群两人却显得颇为悠闲。俩人全都点上了缴获来的日本烟卷儿，大口大口地吞云吐雾，用手指蘸着清水在桌子上画来画去地低声交谈着："老栗子，佯攻的活儿你就别跟我抢了，大桥硬马地对拼，我比你可有经验！人数也不必太多，靠着点燃打湿了的麦草熏些烟雾遮掩，有个八十人也就够用了！"

"行！佯攻的活儿我不跟你抢，可人马你得带够！要不然声势造不出来，何家大集后头的鬼子不上当就麻烦了！再说了，一旦见着何家大集里有了动静，你们还得朝回压过来，人少了肯定不顶事儿！咱们一共还剩下八挺机枪，子弹也不多了……机枪你拿五挺，子弹你多带……"

"少给我扯！咱们的主攻方向是在何家大集后边，部队能不能杀出去，乡亲们能不能护住，就看你能不能带着藏起来的人马杀开一条路来！机枪你拿五挺，子弹备足，没二话！"

"那掷弹筒你可不能光紧着我用了吧？何家大集后头全是山林，掷弹筒打出去的榴弹还没落地就在树杈上炸了，我拿着也没用。留给我两具掷弹筒，其他的你都带上！真要是冲得离鬼子近了，说不定还能压制一下鬼子的炮火！带不走的炸药，我已经叫人埋在寨墙上几处能钻进来人的地方了。引爆炸药的人也都是老兵，靠得住……"

"话说前头——老栗子，真要是看着我们被鬼子咬住了撤不下来，引爆炸药的同志……可是千万不能手软！"

“打老了仗的人了，都能拿捏得住节骨眼！老李，万一要是……”

“上边派人下来接管部队之前，你替我拢住队伍！敌工科那几个家伙，差不多也都能挑大梁了，你拿着当个帮手使唤，倒也还能凑合！倒是有一样——这回上级分配下来的几个政工干部可全都是宝贝，我把他们派到你那儿去了，你……”

“突围的时候，我会把他们压在后边的！老李，要是我革命到底了，清乐县武工队……交给天留带着！这孩子是个有能耐的，心眼也好使，关键是心思正、胆子大！好生敲打琢磨几年下来，你把冀南地面交给他，说不定他都能拿捏得下！”

咂巴着略有些干涩的嘴唇，李家顺很有些惋惜地叹了口气：“可惜没酒……要不然咱老哥俩还能喝一口。这些年遇见打大仗、恶仗的时候，多少回都是一碗酒下去，提着家伙什就朝上冲了！有那一碗酒下肚，血气、本事都能添了好几分呢！”

苦笑着点了点头，栗子群低声应道：“这眼瞅着就要动真格的了，何家大集里的乡亲撤离的时候，也把能带走的东西搬了个干净。我就是想替你去寻点酒出来，可也没这工夫了……凑合着喝碗水吧。等这一仗打完了，不论你我还能不能见着，这一碗酒……你不给我，我就给你！要是能一块儿喝就最好，要是都喝不着……”

狠狠一巴掌拍在了桌子上，李家顺霍然站起了身子：“阎罗王那儿，老子也去抢一坛，就坐在判官跟前喝！”

伸手端起桌上的水碗，栗子群与李家顺刚要将水碗中冰寒的清水一饮而尽，门外却猛地传来了个沙哑而又苍老的声音：“李司令、栗队长，要想喝酒……我这儿倒还有点。要是您二位不嫌弃我这四邻八乡都没个好名声的玩意儿，我陪着二位喝一口？”

讶然朝着门口看去，栗子群顿时惊讶地低叫起来：“何财主……老何？你怎么还没走？何家大集里原本住着的乡亲，不都已经撤离了吗？”

惨笑着摇了摇头，抱着个倭瓜大的酒坛子，手指头上还提着一串蒜头的何财主一边进屋将那一坛子酒放在了桌上，一边涩声朝栗子群笑道：“谁都能走，也都有地方可去，可是我……老何家几辈子人攒下的这点家当，总得有个人看着吧？哪怕是保不住了……那也得看着……”

朝着满脸苦涩笑容的何财主看了几眼，再瞧瞧几乎已经被搬空了家具的屋子，李家顺伸手拍了拍何财主的肩膀：“老何，这回咱们八路军在何家大集跟鬼子厮拼，你也当真是做了不小贡献的。不但带头捐出了家里藏着的所有粮食，就连家具也都搬出去给咱们修工事了。乡亲们和咱们八路军，都会记住你的功劳。往后你在十里八乡的名声，也不会像是从前那样了……”

伸手拍开了酒坛子上的泥封，何财主伸手把桌子上几个茶碗里的凉水泼在了地上，再将坛子里的陈酒倒了满满三碗，双手捧着一碗酒递给了李家顺：“李司令，名声这玩意儿……败坏一朝、修好千年哪！这还不提我那儿子，还给日本人干过活儿，领着日本人祸害过乡亲……李司令，我求您一件事，不知道您能不能答应？”

双手接过了何财主递到了自己面前的酒碗，李家顺郑重地朝何财主应道：“老何，你说。”

“日后要是你们八路军得了天下，能不能念在我何家好歹也算是帮着八路办过点小事，留我儿子一条性命？我老何家……可就这么一条根了啊！”

“老何，你儿子以往是跟鬼子一起做过一些坏事，但在被我们八路军俘虏之后，改造得还是不错的，现在已经在我们八路军冀南军分区敌工科里，担任日语教员了，这也算是戴罪立功！我这儿给你一句实在话——只要你儿子坚定地跟着八路军走，也能为革命做出贡献，保住命肯定没问题，有功劳咱们还能论功行赏！”

双手抱拳，何财主朝着李家顺深深作了一揖：“李司令，八路军别的好处我不知道，可说话算数这一条，我是打心底里佩服的！有了您这句话，我老何……谢谢您！”

一躬到地，何财主直起腰身，伸手从桌上捧过了又一碗酒，双手递给了栗子群：“栗队长，今天你们跟鬼子厮拼下来，怕是这何家大集都得给打个稀烂，我老何家的这点宅院……怕也是保不住了！可这仗……总有打完的那天吧？等到仗打完了，能不能求您……给我老何家做个见证？”

同样是双手接过了那碗散发着凛冽芬芳的陈酒，栗子群重重地点了点头：“老何，你要我帮你做啥见证？”

“自古以来的老理——兵火灾劫过后，过火的地面不认主家，拿出了房契、地契，那还得有人证担保才行！栗队长，我老何家在这四邻八乡的名声，不说是顶风臭十里，怕也是落不下啥好听的话！到时候……要是能成，我这点家当是败了，可地皮还在，我想留给我儿子……”

略一犹豫，栗子群方才缓缓开口说道：“老何，咱们八路军在土地、财产上都是有政策的！只要是不违反咱们八路军的政策，我答应你做这个旁证！可要是你这些地皮的来路上……”

眼见着栗子群把话说得有些含糊，何财主忙不迭地接口叫道：“这些地皮的来路可都是正道，都是我老何家几辈子辛苦挣来的，可没用过啥坑害人的手段哪……”

话刚出口，何财主却又惨笑半声，伸手端起了桌上仅剩的一碗酒：“要说我这老抠门的……可也当真是胎里带来的性子？人都不一定保得住了，还总舍不得这点家当……李司令、栗队长，咱们干了这碗酒，我还有句话说！”

也不等李家顺与栗子群答话，何财主已经端着酒碗，大口大口地将满满一碗烈酒灌进了肚子里……

顺手将空酒碗朝着桌子上一扔，何财主脸上也不知是不是被烈酒呛的，居然挂上了几颗泪珠：“就当是我何家给八路做的最后一点事儿吧——何家大集前面寨门口附近，有一间不大的南杂铺子。那铺子后院的存水救火的大缸底下有个暗仓，我还藏着三十桶洋油！原本……我是瞧着这兵荒马乱的，各样物件的价钱都朝上涨，存着那些洋油想卖个高价的！可眼下……要是八路觉着能有用，就都拿去吧！哪怕是厮拼不过日本人，在退路上用这些洋油放把火，好歹也能挡挡追兵啊……”

眼睛骤然一亮，捧着酒碗的栗子群与李家顺几乎是异口同声地朝何财主叫道：“三十桶洋油？这物件可当真是有用……能管大用！可是……”

苦笑着跌坐在了椅子上，何财主自顾自地抓过了半空的酒坛子，再次为自己倒上了一碗烈酒，捎带着抓过了个蒜头，很是淡然地剥了起来：“何家大集……还有我老何家的这点产业，左右是保不住了！与其叫日本人动手，毁了我这点家业，倒还不如我自己浇油，一把火烧个干净！李司令、栗队长，这眼瞅着你们就要动手跟日本人厮拼了，你们也都忙，我就……不留客了！”

“那你……老何，你还是跟着咱们的部队，一块儿朝着山里撤吧？”

“朝山里撤？算啦……我岁数也都不小了，也实在是吃不下那个苦！我就在这儿，陪着我的这点家业，哪儿都不去啦……”

★ 第二十三章 百般照应

紧攥着手中的德造二十响，莫天留把守在何家宅子前院的暗仓入口处，有些懊恼地嘀咕着：“这他娘的……当初光想着不能给何家大集留个窟窿给人钻，就这么冒冒失失地把何家宅子里能钻出何家大集的秘道给堵死了，一时半会儿的也挖不开……要不然，咱们也用不着躲在这暗仓里学耗子，早他娘钻出何家大集，跑到鬼子背后下手了！”

佝偻着身子蹲踞在莫天留身后，沙邦粹紧攥着两把沉重的大铡刀，闷着嗓门接应上了莫天留的话茬：“有秘道怕也不成啊……我还记得秘道出口大概在啥地界，那地方已经叫鬼子给占了。秘道出口就那么大，一次钻出去三五个人，怕是还没撑开场面，就叫鬼子给围了，到时候秘道里的人一个都跑不了……”

没好气地抬腿踹了沙邦粹一脚，莫天留低声喝道：“我他娘的知道那秘道出口小……我就是觉着这一仗打得窝囊！居然就能叫小鬼子悄悄地抄了咱们后路，生生把咱们给围在何家大集了……棒槌，外头那些涂家村的爷们，都已经埋伏好了没有？不会耽误事吧？”

用力点了点头，沙邦粹沉声应道：“都是涂家村里半夏哥一个个选地方藏好的，我要事先不知道他们藏在哪儿，走到面前我都瞧不见他们。这回涂家村的爷们，人人都是拿着两支短梭镖。半夏哥说了，这一仗就是要跟鬼子玩命，涂家村里的爷们都不会留手！谁杀鬼子杀得多，回了村里就给门户上披红挂彩！”

“这院里埋伏的给我们报信的人呢？”

“这宅子里前后院，一共埋伏了九个涂家村的爷们。有两个就是专门留着给咱们报信的，半夏哥都交代了——哪怕涂家村的爷们拼光了，他们俩也不许动手，一定要保证能给咱们报信！”

张了张嘴，莫天留却是再没朝沙邦粹说话，只是重重一拳砸到了自己膝头、狠狠地吐了口闷气："憋屈啊……"

与莫天留的百般懊恼截然相反，手里提着两支短梭镖的涂半夏此刻却全然是一副意气风发的模样，领着几个涂家村中身手最好的壮棒汉子在何家大集中的街巷来回奔忙，时不时地朝着那些已经在各处街巷和废墟中隐蔽起来的涂家村中子弟吆喝几声："藏街角是等着叫鬼子逮呢？就你选的这地方，只要你一露头，左右两条巷子过来人都能瞧见你！鬼子手里抓着的可是洋枪，不等你近身就能把你给崩了——朝左挪三十步，水沟里面趴着去！"

"身上的雪是扒拉上去的？不撒匀了，一眼就能瞧出来雪堆下面藏着人！"

"别扎堆！三个人挤在这屁大个地方，是心里没底，要靠着人多壮胆啊？尿了早说，别到打起来的时候，给咱涂家村的爷们丢人现眼！"

一路指点、检查下来，不知不觉走到了何家大集寨门前的涂半夏抬头一看，眼前一片空场之中，赫然站着百十来号八路军战士，正在默默地做着出征前的准备。除了一些老兵和干部在检查战士身上披挂的装备时，偶尔会低声指点几句之外，其他的八路军战士全是一脸肃然的神色，紧闭着嘴唇一声不吭。

感受着那些集结待命的八路军战士身上喷薄而出的肃杀之气，涂半夏顿时啧啧赞叹起来："瞧瞧人家这样子……咱们涂家村里经过战阵的老祖宗留下过话——大战之前还能拿稳了手里家伙什，手不抖、脚不颤、话不多，那就是正经见过场面的好手！这比较起来……咱村里的壮丁一个个都觉着自个儿是练家子，可真到了战阵上面，还当真没法跟人家比！"

紧随在涂半夏身边，身材魁梧的涂山药也是连连点头："百十号人马，就敢朝着鬼子布置好的军阵上硬闯……这一个个的胆子可包了天了！半夏哥，等这一仗打完，咱村里多送些壮丁去八路军吧？能练出这份胆量、心性，以后走哪儿都是顶天立地的好汉子！"

"要说顶天立地的好汉子，我看涂家村里的爷们个个都是！半夏、山药，涂家村的老少爷们，都已经做好了战斗准备了？"

扭头朝着话音传来的方向看去，涂半夏顿时朝着迎着自己走来的李家顺一抱拳："李司令，涂家村里的壮丁都已经埋伏好了，就等着小鬼子钻进何家大集！"

朝着涂半夏伸出了一双粗大的巴掌，李家顺很是感慨地叹道："这回……千斤重的担子，可就都压在涂家村里老少爷们身上了！我代表八路军冀南军分区全体指挥员和战斗人员，感谢涂家村里的乡亲哪！"

忙不迭地将紧握在手中的两支短梭镖朝涂山药手中一递，涂半夏紧紧握住了李家顺伸过来的巴掌："李司令，咱们都是自家人！从古至今，打虎亲兄弟、上阵父子兵，这回……咱们一块打鬼子！哪怕涂家村里的爷们全都搁在这何家大集了，见了涂家老祖宗的面儿，也敢硬硬朗朗说一句——涂家子孙，没给老祖宗丢人！"

重重地点了点头，李家顺回手一指身后列成了整齐队伍的二十几个精壮八路军战士："要论短兵相接的厮拼，涂家村里的爷们都是好手。可鬼子从来都奸诈刁滑，咱们怎么也得防着鬼子耍旁的花样——这是我身边一直领着的警卫排，清一色配着德造二十响手枪和日式手榴弹。我把他们给半夏兄弟你留下，就当是给你打个下手……"

大大咧咧地一摆手，涂半夏带着几分自傲地低笑着说道："李司令，我明白你这是要留下人马来照应我涂家村里这些壮丁，可咱们八路军本来人手就不够，再抽调人马来照应咱涂家村的爷们……不划算，也用不着！"

像是老早就知道涂半夏会拒绝自己的好意，李家顺回头看了看自己身后排列着整齐队伍的二十几名八路军战士，压着嗓门朝涂半夏说道："半夏兄弟，这事情你还真得听我的，就当是给我帮个忙？"

诧异地看着李家顺，涂半夏也下意识地压低了嗓门："李司令，你派人来护着涂家村里的爷们，咋还成了……我给你帮忙了？"

很有些神秘地朝着涂半夏挤了挤眼睛，李家顺愈发地压低了几分嗓门："半夏兄弟，我也不瞒你——我的上级……就是能管着咱冀南地面上的大干部，给我手底下派过来几个政工干部……"

"啥玩意儿？蒸……蒸啥？"

"政工干部……就是书生，学问人！半夏兄弟，你是知道的，咱八路军里面能打仗的泥腿子不稀奇，可能打仗、还能识文断字的，那可就当真不多了！尤其是这些学问人，那可都是上过大学的！搁在老早的时候，少说都得是个翰林，要坐在开封府里日断阳、夜判阴的人物！"

"哎呀……这样的人物，那可是了不得呀！听老辈子人说，咱清乐县从古至今，也就出过几个县令，那已然是光宗耀祖的人物了！没想到啊……八路军里都有能当翰林的，还一来就是好几个！那这么要紧的人物，咋不好好让他们在后头藏着？这战阵上枪炮无眼，要是有个万一……"

"嗨……我开始也这么想啊！可咱八路军里打仗，从来都是干部领头朝上冲，这几个政工干部……这几个学问人虽说是书生出身，可一个比一个性子烈。一听说咱们跟鬼子厮拼的时候，要他们藏在后头，当时就给我奓了毛了，说啥也要跟着我去冲鬼子的阵地！我也是实在逼得没辙了，这才想起来涂家村里的爷们都在何家大集里埋伏着，也就寻了个让他们协助……就是帮着你们的由头，好歹算是叫他们点头答应了！半夏兄弟，我八路军里这几个能点翰林的学问人能不能保证安全，可就全看你点不点头了！”

鸡啄米般地点着头，涂半夏悄悄扫了一眼那排着整齐队伍的二十几名八路军战士，扭头朝着站在自己身边的涂山药和另外几名涂家村中身手最好的壮棒汉子交代起来：“那二十几个八路军里面，有几个是能点翰林的大学问人！李司令这就要出去跟鬼子拼命了，放心不下他们，就把他们交给咱涂家村爷们看顾了！话说前头，命不要了也就是了，这几个能点翰林的八路，一定要看顾好了！”

眼见着涂半夏已经点头同意了自己身后那二十几名八路军战士加入伏击日军的队伍行列，李家顺脸上不禁露出了一丝欣慰的笑容。又与涂半夏匆匆交代了几句之后，李家顺扭头走到了站在那支小队伍最前面的杨超跟前：“杨超，无论如何，也要尽量想办法护住涂家村的这些乡亲！他们身手好是不假，可毕竟没当真上过战场……全都靠你了！”

郑重地朝着李家顺敬了个军礼，杨超压着嗓门低声应道：“司令员，你的心思其实我们几个政工干部都明白……你放心，我坚决服从命令，保证完成任务！”

微微一个愣怔，李家顺却又开心地微笑起来：“到底是念过书的人，七窍心肝啊……记住了，咱们跟鬼子可是要长期斗争下去的，留得青山在，不怕没柴烧！革命的火种，无论如何也要保住！”

朝着杨超还了个军礼，李家顺旋风般地转过了身子，迎着那些已经做好了战斗准备的八路军战士低声吼道：“同志们，出发！”

★　第二十四章　决死突击（上）

如同水银泻地一般，从何家大集寨墙上新挖出来的几处隐秘出口涌出的八路军战士，全都采用了低姿势匍匐的战术动作，在刚刚钻出那些隐秘出口的瞬间，便手脚飞快地扑倒在雪地中，悄悄地迎着日军仓促构筑的防御阵地列成了一道疏松的散兵线。

兵力不足、武器不足、弹药不足，在这样的条件下打一场必须造足了声势的佯攻突围战斗，即使是对这些战场经验极其丰富的八路军老兵来说，也是一场相当艰巨的任务。但这些趴在雪地中的八路军战士脸上，却都挂着一副相对轻松的神色——已经被包围了，那么就只剩下突围一条路可走，还有什么需要多琢磨的？

不过死战而已！

眼看着担任佯攻任务的八路军战士已经全部钻出了何家大集的寨墙，李家顺轻轻一挥胳膊，寨墙里早已经预备好的几十堆篝火立刻被其他的几名八路军战士依次点燃，并且在每一堆篝火上，都盖上了一层厚厚的、用雪水打湿过的麦草。

浓厚的烟雾，立刻从那些点燃的篝火上翻卷而起，顺着吹向日军阵地方向的寒风，形成了一道足以遮蔽日军视线的烟雾屏障。

耳听着日军阵地方向传来了一阵阵叫嚷喝骂的动静，李家顺再次一挥手，几名操作着掷弹筒的八路军战士，立刻开始将平日里根本都舍不得派上用场的榴弹，玩命地朝着日军阵地方向倾泻过去……

没有丝毫的准头，甚至都不需要讲究准头，骤然间四处落下的榴弹，顿时叫阵地上的日军士兵产生了一些混乱的迹象。虽然在一些低层军官的呵斥之下，这种混乱飞快地得以制止，但不少日军士兵却还是没能在第一时间里冲进各自的射击阵位。一时之间，并不算是太宽敞的战壕中，到处都是往来奔跑的日军士兵，混乱的叫嚷声也是此起彼伏！

身手一拍趴在自己身边的司号员，李家顺用力掰开了手中德造二十响手枪的击锤："都注意听号声！动静给我朝着大了闹，号响三遍再冲锋！"

一连串干脆利落的答应声中，嘹亮的冲锋号顿时响彻了整个战场，而那些趴在雪地里纹丝不动的八路军战士，也一个个扯开了嗓门咆哮起来，倒是将发动冲锋时的架势拉了个十足！

眼前的视线被烟雾遮掩，耳中却又响起了冲锋号音与此起彼伏的喊杀声，据守在战壕中的日军士兵之中，顿时便有按捺不住心头惊慌，胡乱扣动了扳机的角色。而几挺担任战场警戒任务的日军机枪，也接二连三地开始了阻拦射击。

耳听着子弹从自己头顶飞过时发出的尖啸声，李家顺大致估算着日军在骤然遭遇袭击时做出反应的时间，扯开了嗓门吆喝起来："上大车！"

吼声起处，早已经被炸得连门扇都不见了踪影的何家大集寨门处，几辆用填装了土石的木柜和打湿的棉被制成活动掩体的大车，先后被几名身强力壮的八路军战士推出了何家大集的寨门。第一辆大车上预设掩体后架设的机枪，也毫不示弱地朝着日军阵地方向开始了压制性射击。在其他几辆大车上，被点燃后扔进了铁皮桶子里的鞭炮，更是将那半真不假的机枪扫射声演绎得淋漓尽致！

虽说被烟雾遮蔽了视线，但第一辆被推出了何家大集寨门的大车上机枪喷吐的火舌，却依旧吸引了大部分日军士兵的注意。一时之间，日军阵地上的机枪至少有一半数量调转了枪口，玩命地朝着那些缓缓移动的大车倾泻着弹雨。

只是眨眼的工夫，冲在最前面的大车就被日军密集的弹雨打得散了架。大车上的机枪手几乎连吭都没吭一声，便被从大车上打得凌空倒飞起来。而几名推着大车拼命朝前猛冲的八路军战士，也都在密集的弹雨中先后倒下！

赤红着眼睛，栗子群努力让自己不再去关注那些吸引了日军过半火力的大车，几乎是在第三遍冲锋号响起的瞬间便抢先跳起了身子，挥动着手中的德造二十响手枪大吼起来："同志们，冲啊！"

骤然间拔高了一个台阶的喊杀声中，匍匐在雪地中的八路军战士全都利落地跳起了身子，一边朝前大步冲锋，一边玩命地甩出了早已经在手中攥得发热的各色手榴弹。

才刚跳起了身子，有不少八路军战士就已经被扑面而来的弹雨击倒在地。但只要还有一口气在，倒下的八路军战士全都挣扎着爬了起来，跌跌撞撞地继续朝着日军阵地方向冲锋。哪怕是已经无法站起身子，也都在雪地中朝着日军方向匍匐前进。一时之间，雪地上除了一片被硝烟熏染而成的黑色之外，十数条血色痕迹也在不断地蜿蜒向前……

连着扔出了三枚手榴弹，几乎是冲在了最前面的李家顺已经隐隐约约看见了日军设置在战壕前的低矮铁丝网。虽说那铁丝网只是用高不过膝的木桩仓促固定在了阵地前方，但这也足够阻滞冲向日军阵地的八路军前进的脚步！

来不及多想，甚至是出于本能的反应，李家顺怒吼一声，整个身子已经重重地朝着铁丝网上趴了过去，口中兀自大声吼道："铁丝网，架人桥！"

吼声方起，冲在最前面的几名八路军战士也都已经发现了离自己只有几步距离的铁丝网。脚下没有丝毫的停顿，心头更没有丝毫的犹豫，几名冲在最面前的八路军战士全都舍身扑在了那高不过膝的铁丝网上，用自己的身体为后续冲上来的战友架起了一道道冲刺的桥梁！

同样没有丝毫的犹豫，早已饱经战阵的八路军战士一个接一个地从趴在铁丝网上的战友身上踩踏过去，冲刺的速度丝毫也没减弱。而据守在堑壕中的日军士兵也在转眼间发现了八路军以身作桥的举动，最靠近那几座人桥的机枪立刻掉转了枪口，试图封锁住踩踏着战友的身体冲击阵地的八路军战士。

密集的弹雨之中，好几个刚刚冲过了铁丝网障碍区的八路军战士吭也不吭一声，便被骤然扑面而来的弹雨击倒在地。其中一名八路军战士身上挨了两发机枪子弹，肠子都已经打得四散飞溅，但依旧嘶号着拉开了手中紧握着的手榴弹拉火绳，一路翻滚着留下了一条血色印记，直冲着离自己最近的日军机枪手撞了过去。

轰然而起的手榴弹爆炸声中，那名原本就已经身受重伤的八路军战士顿时被炸得粉身碎骨。而那挺肆虐喷吐着火舌的日军机枪，也在骤然间变成了哑巴。

紧紧抓住了这转瞬即逝的突袭机会，几名一直猫着腰、抱着机枪沉默着冲锋的八路军战士飞快地踩踏着战友的身体冲过了铁丝网障碍区，一路翻滚着撞进了日军战壕中，背靠着背地朝着战壕中面带惊慌神色的日军士兵扣动了扳机。

或许是为了将原有的蜿蜒战壕改建成相对宽敞的出发前准备阵地，变得相对平直的战壕当中几乎无遮无挡，两挺歪把子机枪横扫之下，顿时便将战壕中的日军士兵被打得人仰马翻，少数几个侥幸躲过了弹雨的日军士兵，也都忙不迭地抱头鼠窜，朝着离自己最近的防炮洞中躲去。

歪把子机枪的枪声方歇，几名手中提着陶土罐子的八路军战士也飞快地跳进了刚刚被撕开了一道豁口的战壕中，狠狠将手中提着的陶土罐子朝战壕两侧扔了出去。伴随着那些装满了洋油（煤油）的陶土罐子在战壕中摔得迸裂飞溅，几团浸透了洋油、包裹着石块的麦草，也在被八路军战士点燃之后，如影随形地朝着那些陶土罐子摔碎的位置扔了过去。

沉闷的麦草团子落地声中，日军堆积在战壕中的弹药箱被溅上的煤油顿时引燃起来，涌出了大股大股的黑烟。借着这黑烟遮蔽了战壕两端想要冲过来的日军士兵的视线，几名机枪手飞快地更换了歪把子机枪上的弹匣，各自抓了个弹药箱当成了简易机枪掩体，有板有眼地朝着战壕两端开始了压制性射击。

挣扎着从铁丝网上站起了身子，李家顺顾不得自己背脊和胸前传来的剧痛感觉，沙哑着嗓门大吼起来："朝里面灌！别管两边，朝着前面灌！机枪手，护住了两翼！"

几乎是在李家顺发出吼声的同时，已经冲进了战壕中突破口的八路军战士已经极有默契地组成了一个个三角形攻击小组，此起彼伏地跃出了战壕，直朝着前方的第二道战壕扑了过去。人才冲出去两三步，一排各色手榴弹已经飞到了半空……

伸手抹了一把脸上被铁丝网豁开的伤口中涌出的鲜血，双目尽赤的李家顺三两下跳过了铁丝网，顺手将一枚手榴弹扔在了铁丝网障碍区之后，纵身跳下了战壕，撕裂着嗓门吆喝起来："掷弹筒，压过去！"

一手抓着一具掷弹筒，始终紧随在李家顺身边的司号员飞快地冲到了李家顺身边，大口喘息着将两个掷弹筒戳在了战壕中："就剩下这两件家伙什了，还有八发榴弹！"

一把抢过了一具掷弹筒，李家顺一边大致估算着射击方位，一边大吼着朝脸上、身上同样被铁丝网戳得鲜血淋漓的司号员叫道："掷弹筒手呢？不是有八个……"

同样抓住了一具掷弹筒，已经大致瞄准了射击方位的司号员嘶声应道："都没冲过来，在铁丝网那头就叫打倒了……"

话没说完，一发流弹猛地打在了司号员的额头上，顿时将司号员打得仰天翻倒在地！

也都顾不上再看一眼已经牺牲的司号员，李家顺红着眼睛，朝着前方一挺已经开始喷吐着火舌的日军机枪，发射出了一枚染血的榴弹……

★ 第二十五章 决死突击（中）

不过一壶茶的工夫，冲出了何家大集的八路军战士已经连续突破了日军的两道战壕。通过在战壕中纵火设障，被打开了突破口的战壕两端据守的日军士兵，一时之间也无法冲过来阻断八路军战士撕裂开的突破口，只能胡乱叫喊着从战壕中跳了出来，企图包抄已经冲过战壕的八路军后路。但刚刚蹿出战壕的日军士兵，迎面撞上的却是八路军机枪手劈头盖脸打来的一阵弹雨……

大口喘着粗气，李家顺扔掉了已经耗光弹药的掷弹筒，趴在即将被突破的第三道日军据守的战壕上，焦急地低声咒骂起来："这狗日的小鬼子……也太能沉得住气了！都已经撕开他两道战壕了，还他娘的不见何家大集后头有动静……"

一瘸一拐地扑到了李家顺身边，腿上叫子弹掀飞了一大块皮肉的一名八路军战士一边撕扯下一片衣襟包住了伤口，一边朝着李家顺大声叫道："司令员，咱们还要朝前拱吗？方才是鬼子叫咱们打了个冷不防，可一会儿说不定就能回过神来！要是叫鬼子封住了咱们的后路，咱们可就回不去了……"

回头看了看依旧保持着寂静状态的何家大集，李家顺狠狠一咬牙："回不去就不回去了！收拢人马，咱们接着朝前冲，不把何家大集后头的鬼子调动出来，打到最后一个人，也得拼下去！"

利落地答应一声，那名伤了腿脚的八路军战士从李家顺身边牺牲的司号员腰间摘下了铜号，凑到嘴边熟练地吹响了集结突击的号音。伴随着那清脆有力的号音响起，在战场上奋勇突击的八路军战士顿时朝着一个相对集中的进攻方向发起了突击，尤其是冲在前面开路的两挺机枪，更是打得片刻也不停息……

胡乱抓了把积雪塞进口中咽了下去，李家顺翻身跃出了战壕，刚打算朝着八路军战士突击的方向冲去，却是猛地看见在两道战壕之间的几座雪堆下，几块倭瓜大小的石块被人猛地推了开来。

几乎都不必细想，李家顺顿时撕心裂肺地吼叫起来：“侧打火力，卧倒啊……”

尽管李家顺已经吼叫出声，但在打成了一锅粥的战场上，即使是喊破了喉咙，能听见的人也寥寥无几。伴随着那几个雪堆下骤然出现的射孔中喷出长长的火舌，正在全力朝着第三道战壕冲击的八路军战士顿时像是被割倒的麦子般倒下了一片。有几个被几挺机枪的火力集中射击的八路军战士，更是连身躯都被打得支离破碎地四散开来。

也亏得跟随李家顺进行佯攻的八路军战士都是饱经战阵的老兵，机枪声才刚响起，不少听出枪声来向的老兵已经猛地扑倒在地，翻滚着寻找到了能遮掩身体的弹坑。有几个身手敏捷的八路军战士，更是飞快地从腰后摸出了手榴弹，朝着机枪子弹飞来的方向扔了过去。

借助着手榴弹炸起的烟雾遮掩日军暗堡中机枪手视线的瞬间，李家顺脑中闪电般地转过了几个念头，顿时便撕扯着嗓门吆喝起来：“不能退，不能停，要不就全折在这儿了！”

也都不必李家顺调遣，没有被机枪打倒的八路军战士也只是略微停顿了片刻，便接二连三地从隐蔽处跳了起来，一边朝着日军暗堡的方向投掷着手榴弹，一边继续朝着还有日军阻击的第三道战壕扑了过去……

——两道战壕之间，原本就是无遮无挡的开阔地。一旦在这样的开阔地中被正面阻击和侧打火力阻滞了攻击势头，缓过手来的日军几乎就能好整以暇地围歼暴露在开阔地中的所有八路军战士！

只有冲锋，才有活路！

一个接一个地被机枪打倒，但没有任何人停下冲锋的脚步。伤了腿脚的那名八路军战士一边一瘸一拐地朝前冲击，一边玩命地吹响了冲锋号，直到自己也被扑面而来的机枪子弹打得支离破碎……

几乎是头下脚上地摔进了刚刚被撕破了个口子的第三道战壕，李家顺都没来得及从头昏眼花的状态下恢复过来，几名八路军战士已经同时扑到了李家顺身边，一迭声地冲着李家顺大声吼叫着：“司令员，你没事吧？”

“司令员，鬼子给咱们下了个套儿！这两天他们没朝着何家大集里玩命攻，就是腾出手来在修阻击咱们的工事啊！”

“咱们怎么办？司令员，人都快拼光了啊！连受伤的都算上，一共也就五六十号人，这都折损了一多半的人马了！”

“子弹也不多了……”

耳中嗡嗡作响，眼前也全是一片赤红的颜色，李家顺跌坐在战壕中喘了好几口粗气，耳朵里才能勉强听见身边那些八路军战士焦急的叫喊声。

摸索着捡起了摔落在自己身边的德造二十响手枪，李家顺从上衣兜里摸出了最后一个弹匣，一边更换着弹匣，一边扯开了嗓门嘶吼起来：“同志们，咱们不能停下，还得朝前闯啊……”

拄着一支三八大盖，蹲踞在李家顺身边的一名八路军战士急声叫道：“司令员，朝前闯就朝前闯，可我没子弹了……”

略一沉吟，李家顺用力将自己手中的德造二十响手枪塞到了那名战士的手中，劈手夺过了那名战士抓着的三八大盖：“没子弹了就用刺刀拼！刺刀拼断了就上石头砸！要是连石头都没有……用牙咬也得打下去！老红军当年一支梭镖就敢打攻坚战，几块石头就能打阻击战，咱们八路军就是当年老红军的底子，老红军的看家本事可不能丢了！听我命令，全体上刺刀，准备冲锋！”

撕裂了嗓门的吼叫声中，已经撕开了日军第三道战壕的八路军战士轰然响应着，纷纷将手中的三八大盖上好了刺刀。有些拿着短枪、已经打光了所有子弹的八路军战士，更是顺手从战壕中捡起了一些被炸断的木棒当成了肉搏武器，一个个目光炯炯地看向了李家顺！

抬眼看着战壕中盯着自己的那些八路军战士，李家顺喘了几口粗气，强撑着蹲踞了身子，朝着那些看着自己的八路军战士露出了个笑脸：“同志们，咱们这回……怕是得要革命到底了！可就算是要革命到底，咱们也得完成了任务才行！无论如何，也得想法子把何家大集后头的鬼子调出来！”

“可咱们就剩下这五六十号人马了，子弹也都快打光了！再朝着前面闯，估摸着最多再撞开鬼子的一道战壕，咱们这点人也就拼光了！为了保证任务能够顺利完成……我命令——大家组成三人战斗小组，把剩下的子弹和手榴弹都匀一下，争取每个战斗小组，都能有一名战士手里的枪有子弹！大家分散作战，把场面闹得越大越好！在战斗过程中，大家尽量朝着鬼子的炮兵阵地撞过去，争取能把鬼子的炮给毁了，也好给何家大集里埋伏的同志们减轻些担子！”

“同志们，我李家顺在这儿……就先跟大家伙告别了！咱们共产党员，信的是共产主义和马克思，不信神神鬼鬼的那一套！可要是咱们真能有下辈子，我李家顺还领着你们闹革命，还领着你们跟鬼子死拼到底！同志们，做好战斗准备，听我的命令……”

没等李家顺下达进攻的命令，蹲踞在李家顺身边的那名八路军战士猛地挥动着李家顺塞到自己手中的德造二十响手枪，狠狠地砸在了李家顺的脑门上，顿时将李家顺砸得一头歪倒在地！

几乎是下意识地，看到了这一幕的所有人全都大惊失色地将手中的武器对准了袭击李家顺的那名八路军战士，各种充斥着惊讶与愤怒的吼叫声更是不绝于耳：“你想干啥？”

“敢打李司令，你不想活啦？！”

“犯尿了想战场反水？老子崩了你……”

随手把李家顺递给自己的德造二十响手枪朝身边地上一扔，那名将李家顺打得昏死过去的八路军战士乜斜着眼睛，很有些不屑地看向了身边满脸都是惊讶模样的战友：“瞎吵吵个啥？老子参加革命的时候，就是跟着李司令从村子里走出来的，这辈子穿的第一双鞋都是李司令从他脚上脱给我的！咋？还担心老子要对李司令下黑手？！”

“那你……你这是要干啥？”

“仗都打到了这份上了，谁还看不明白？咱们是肯定回不了何家大集，肯定要革命到底了！可咱们死了倒是俩眼一闭就拉倒，李司令不成啊！何家大集里那么多兄弟，没了李司令领着，往后还怎么跟鬼子厮拼？行了，别傻愣着了！来几个还能跑得动的，大家再给凑些子弹和手榴弹，把李司令给送回何家大集去！”

彼此之间交换了个眼色，几名力气大且战场经验丰富的八路军战士，飞快地被身边的战友推了出来。其中一名身板很是结实的八路军战士一边背起了昏死在战壕中的李家顺，一边朝着那把李家顺打得昏死过去的八路军战士叫道：“等李司令醒了……我咋跟李司令说？”

“说啥？还能说个啥？就告诉李司令——要有下辈子，我还跟他闹革命！到时候，我还他一双新鞋！”

★ 第二十六章 决死突击（下）

如同沉寂千年的火山骤然喷发一般，从被八路军撕开了个豁口的战壕中，猛地响起了一片嘹亮的喊杀声。伴随着这喊杀声响起，三五成群的八路军战士端着各自手中的武器，亡命地冲向了各自选定的目标。而首当其冲的，就是那几个能够封死八路军战士撤离道路的日军暗堡！

虽说是摆出了以命搏命的阵势，但在跃出战壕的瞬间，结成了三人战斗小组的八路军战士却并没有莽撞地朝着那几个构筑成了交叉火力网的暗堡强行冲击，反倒是借助着一些弹坑和低矮障碍物的掩护，不断地在机枪射击的间歇骤然跃进。虽说在跃进途中，依旧有三四名八路军战士被机枪打倒，但其他几名始终保持着匍匐前进的八路军战士，却已经悄悄地接近了投弹距离之内。

狠狠地拽出了手榴弹柄下的拉火绳，一名八路军战士猛地扬起了手臂，将嗤嗤冒烟的手榴弹朝着一处暗堡扔了过去。但在手榴弹刚刚出手的瞬间，那名八路军战士扬起的胳膊，也被日军机枪射来的子弹打成了好几截。

惨叫着抱住了被打成好几截的胳膊，那名完成了投弹动作的八路军战士甚至都顾不上看一眼已经扭曲成了个奇怪形状的胳膊，一双眼睛却始终盯着那落在了暗堡射孔旁的手榴弹，口中更是狠狠地吼道：“老子炸死你们这帮王八蛋！”

出乎那名八路军战士的意料，被准确地扔到了暗堡射孔旁的那枚晋造手榴弹在冒了片刻青烟之后，却是全然没了丝毫的动静。而那暗堡中的机枪，打得倒是更加凶猛起来。

狠狠地咬着牙，已经被打断了胳膊的八路军战士几乎是带着几分绝望地惨叫出声：“晋造货靠不住啊……”

眼见着战友扔出去的晋造手榴弹并没有爆炸，另一名也匍匐到了投弹距离的八路军战士伸手从腰后摸出了最后一枚日式手榴弹：“我这儿有好货……”

话音未落，从斜侧方飞来的一梭子子弹，已经将那名刚刚摸出了日式手榴弹的八路军战士打得仰面翻倒，原本紧握在手中的日式手榴弹也滚出去老远！

紧咬着牙关，被打断了一条胳膊的八路军战士毫不迟疑地几个翻滚，扑爬着捡起了那枚日式手榴弹。用牙齿咬着拽开了日式手榴弹上的保险栓，断了一条胳膊的那名八路军战士高举着手榴弹，大步急冲着朝射孔中还在不断喷吐着火舌的暗堡扑了过去，挥动着仅剩的胳膊，狠狠将手榴弹砸在了堆砌暗堡的一块石头上！

轰然而起的爆炸声中，其他几名匍匐到了暗堡附近的八路军战士，也都纷纷朝另外的几处暗堡掷出了手榴弹。趁着手榴弹炸起的硝烟未散，几名投弹完毕的八路军战士几乎是异口同声地大吼起来：“走啊！”

将昏死过去的李家顺背在身上，几名负责将李家顺送回何家大集的八路军战士一声不吭地从战壕中跳了出来，撒开大步朝着来时的方向狂奔而去……

眼瞅着背着李家顺撤离的几名战友眨眼间便跑得不见了影子，几乎所有正在厮杀中的八路军战士全都松了口气。其中一名八路军战士在配合着另外两名战友捅翻了个日本兵之后，猛地扯开了嗓门大叫起来：“炮……鬼子的炮！”

顺着那名八路军战士指点的方向看去，其他的几名八路军战士也都看见了在一片刚刚整理出来的洼地中，赫然摆放着几门日军的山炮。而在那片洼地旁不远的几个环形防御工事中，几门大口径迫击炮也赫然在目。

只一瞬间，战场上顿时响起了几名八路军战士异口同声的咆哮声：“鬼子的炮兵阵地在那边，压过去啊！”

咆哮声中，已经分散冲出了战壕、结成了三人战斗小组的八路军战士，几乎是齐刷刷地改变了攻击方向，从战场上各个不同的位置，亡命地朝着日军的炮兵阵地冲了过去。手中还攥着手榴弹的那些八路军战士，更是豁出去身上最后一点力气，将各式各样的手榴弹砸向了拦阻在自己与日军炮兵阵地之间的日军士兵！

此起彼伏的爆炸声中，形成了三人战斗小组的八路军战士几乎是在一条足足几百米宽的曲线上同时向自己所遇到的日军士兵发起了攻击。而那些原本认为八路军会一股劲朝何家大集外正前方阵地突围的日军士兵，乍然间看见八路军战士转换了攻击方向，一时间也有些乱了方寸。

有些日军士兵忙不迭地跃出了战壕，胡乱吼叫着想要拦阻那些朝着炮兵阵地方向冲击的八路军战士，而另一些日军士兵则是据守在战壕里，生怕又中了八路军声东击西之计。刹那间，原本还算得上密集的拦阻火力，竟然也减弱了三分。

看也不看抱着手榴弹扑进了战壕中与几名日军士兵同归于尽的战友残破的遗

体，一名抢进了日军战壕中的八路军战士半蹲着身子四下一摸，一把掀开了一个搁在战壕中的木箱，劈手便从那木箱中抓出了几枚日式手榴弹。

也不站起身子，甚至都用不着去看一眼投弹的方向，早已经知道自己深陷重围的那名八路军战士以前所未有的速度，一个接一个地将那一箱子日式手榴弹朝身侧周遭扔了个干净，这才再次摸索着寻着了一杆沾满了血肉的三八大盖，拉动枪栓退出了弹壳，起身趴在战壕上瞄准了离自己最近的日军士兵扣动了扳机。

无独有偶，在另外的几处日军构筑的工事也被八路军战士占领之后，已经打得再没了一发子弹的八路军战士，全都不约而同地选择了在刚刚占据的工事中四下开枪乱打。虽说并没能给日军造成太大的损伤，但在声势上却颇有些惊人。尤其是在一名八路军战士扔出的手榴弹炸死了一名日军低层军官之后，据守在战壕之中的日军士兵，更是有了些混乱的迹象。

借着身旁战友的掩护，两个八路军三人战斗小组几乎是在误打误撞之中，扑进了日军的迫击炮阵地。其中两名手持装好了刺刀的三八大盖的八路军战士没有丝毫的迟疑，在扑进迫击炮阵地后的第一时间里，便大吼着挥动步枪朝几个赤手空拳的日军炮兵扑了过去，三两下便将两名日军士兵捅翻在地。

而在那两名挥舞着刺刀与日军搏斗的八路军战士身后，三名浑身带伤的八路军战士飞快地掀开了堆放在迫击炮旁的弹药箱，抓起已经上好了碰撞引信的迫击炮弹，将弹尾在迫击炮钢制底板上用力一磕，抬手便将迫击炮炮弹朝着不远处那片架设着山炮的日军炮兵阵地扔了过去。

眼看着那些摇摇晃晃飞上了半空的迫击炮弹直朝着炮兵阵地落了下去，日军的一名炮兵指挥官顿时惨叫着抱头鼠窜——为了在进行炮击时方便搬运，刚刚从卡车上搬运下来的炮弹，并没有按照炮兵条例中的规定存放，反倒是全部堆积在了那些山炮周遭附近。一旦弹药殉爆，恐怕整个炮兵阵地都要被炸得灰飞烟灭！

或许是凑巧，又或许是老天都在保佑这些英勇作战的八路军战士。才刚刚朝着日军炮兵阵地中扔出了两三枚迫击炮弹，一堆堆放在山炮附近的炮弹已经被轰然落下的迫击炮炮弹引爆。剧烈的弹药殉爆，顿时震得爆点附近的八路军战士与日军士兵全都从地上跳了起来，再重重地摔到了地上……

顾不得被震得口鼻流血，更管不了耳朵里已经听不见任何声音，勉强撑着身子从地上爬起来的八路军战士哈哈大笑着再次抓起了一枚枚迫击炮弹，大声嘶吼着再次将迫击炮弹四下乱扔起来：“小鬼子，吃你们自个儿的炮弹吧！”

“老子也开了洋荤，用过炮啦……”

瞠目结舌地看着炮兵阵地方向腾空而起的巨大火焰，同样被剧烈的爆炸震得差点站不住脚的寅次郎面色惨白地转头看向了站在自己身边的雪隐太郎：“阁下，那些反日武装真的是在不顾一切地突围啊……还请阁下尽快下达命令，请求何家大集后的部队配合围剿吧！”

眯起了眼睛，倒背着双手的雪隐太郎看着炮兵阵地方向冲天而起的火光，很有些索然无味地摇了摇头：“就像是被困在了陷阱里的野兽啊……即使明知道最后的下场是被屠宰然后变成食物，也还是要做一些无谓的挣扎呢！哪怕是突破了何家大集前方的阵地，这些家伙也会撞上从保定方面赶来的增援部队……覆灭的结局已经注定了，再激烈的挣扎，又能有什么效果呢？”

转眼看了看站在自己身边、一副欲言又止模样的寅次郎，雪隐太郎微微叹了口气：“好吧……好吧……虽然在服从的方面，寅次郎君做得的确很好，可到底还是有些无趣呢——发出合围的信号吧！如果全歼了这些反日武装，也能算得上是一份功劳的话，那么就由我和此刻等待在何家大集后方的部队，来领受这份功劳吧！”

忙不迭地答应一声，寅次郎几乎是抢步冲到了早已经等候在一旁的通信兵身边，抓过信号枪、朝天接连打出了三发红色信号弹。而在红色信号弹升空后的片刻之后，三发绿色信号弹，也从何家大集后方的山林之中，摇摇晃晃地升上了天空……

★ 第二十七章 血肉磨盘（上）

天空中缓缓坠下的红、绿两色信号弹还在闪闪发光，趴在何家大集后面寨墙上的涂半夏，已经远远地瞧见了从何家大集后的山林中涌出来的日军士兵，如同一群饿疯了的食人蚁一般，潮水般地朝何家大集漫了过来。

伸手从怀里摸出了两枚摩挲得油光锃亮的老铜钱，涂半夏一边盯着那些朝何家大集漫了过来的日军士兵，嘴里轻声数着日军士兵的大致人数，一边用手指轻轻捻弄着那两枚老铜钱，错落有致地发出了一连串细微的铜音。

就像是在接力传递着消息，同样的铜音，也从涂半夏身后一处压根都看不出藏了人的瓦砾堆中响起，渐渐地朝着整个何家大集中埋伏着的涂家村的壮丁耳中飘荡过去。

趴在涂半夏的身边，杨超好奇地看着涂半夏不断用手指捻弄着两枚老铜钱，发出断断续续的铜音，禁不住低声朝着涂半夏问道：“涂村长，您手里这俩铜钱……是不是有啥讲究呀？要是方便的话，您能不能说说这里头的门道？也叫我开开眼？长长见识？”

手上捻弄着铜钱的动作不断，涂半夏的眼睛依旧盯着那些从山林中漫出来的日军士兵，口中却朝着杨超低声笑道：“这能点翰林的学问人说话就是讲究……我手里这物件，是打老祖宗那儿传下来的老玩意儿，都管这玩意儿叫铜蚨，以往是用在军阵里面、晚上观敌瞭哨的时候传信用的。捻弄几下、快慢缓急，听多了、玩弄熟了，也就能差不离把来了多少对头、拿的是啥兵器之类的消息传出去。听说江湖上行走的好汉里面，也有用这玩意儿传信的……”

恍然大悟般地点了点头，杨超低声应道：“老话本里倒像是也有记录这物件的文字，说是江湖好汉们用这个的路数，叫青蚨传音。能懂这门本事的，那可都是了不得的江湖好汉……”

虽说眼睛还盯在那些缓缓朝何家大集漫过来的日军士兵身上，可涂半夏脸上却禁不住浮现出了一丝带着些得意的笑容："看看……这做大学问的人就是不一样，庄稼把式里的玩意儿，一听就能对着书本说出个一二三的门道来！我说，你方才说你叫个啥？"

"杨超！木易杨，走召超！"

"嗨……跟我说这个干啥呢？我都不大识字！村子里年年采药，可配药的那些个汤头歌、十八反之类的玩意儿，我是一听就头疼！我说杨……嗨，我还是管你叫学问人吧！学问人，你看明白没有？这可是来了少说百十来号鬼子，林子里说不定还能藏着些鬼子！"

轻轻掰开了手中德造二十响手枪的击锤，杨超微微点了点头："兵来将挡，水来土掩！咱们在何家大集里构筑的巷战工事，足够这些鬼子喝一壶的了！涂村长，咱们先下去隐蔽吧？把鬼子放进来再打？"

抓起了搁在身边的两支短梭镖，涂半夏飞快地捻弄了几下手中的老铜钱，扭头朝着杨超龇牙一笑："学问人，咱们可说好了——甭管这何家大集里打得天崩地裂，你可是寸步都不许离开我身边！我答应过李司令，豁出去涂家村这百十号壮丁，也得护住了你们这些学问人的周全，你可别让我说话不算话？！"

带着一丝苦笑地点了点头，杨超应声说道："行！都听涂村长的！"

"也别一口一个村长啥的叫着，看得起我这大你几岁的泥腿子、庄稼汉，叫声半夏老哥就成！"

"行，半夏哥，都听您的！"

将两枚老铜钱朝着怀里一收，涂半夏一手攥着两柄短梭镖，一手拉着杨超的胳膊急匆匆下了寨墙，扭头便钻进了紧邻着寨墙的一处老早以前失过火、连屋顶都叫烧塌了的破屋子里。弯腰搬开了塌了半截的土炕上散乱的土砖，涂半夏抬手朝着那看着并不算太大的炕洞一指："钻进去！"

打量着那看着最多能藏得下一个人的炕洞，杨超禁不住朝着涂半夏低声说道："涂村长……半夏哥，这丁点大的地方，我藏进去了，你咋办？"

很是豪横地一挥手，涂半夏斩钉截铁地低喝道："刚说的话、扭头就忘？要论战阵厮拼，估摸着我不如你在八路军里熬炼出来的本事。可要说这藏人的本事，那可是我涂家祖上传下来的，十几辈子人就仗着这一手活命哪！废话少说，赶紧藏进去！哪怕外头打塌了天，我不叫你，你千万别出来！"

眼见着杨超还想要再说些什么，涂半夏不由分说地抓住了杨超的胳膊，几乎是将杨超强行推到了那个看上去并不算太大的炕洞之中，翻手便扯过了早已经准备在那半塌土炕旁的一条破炕席盖了上去。

说来也怪，站在炕沿旁看着并不算太大的炕洞，在钻进去之后，杨超却并没有任何逼仄的感觉，手脚也全都能在小范围内活动开。从破烂的炕席上一个窟窿中朝外看去，更是能将整个破败的屋子看个一清二楚。

顺手抓过了搁在一旁的几块土砖，涂半夏三两下便将那些土砖压到了炕席上，再又从地上捧了些干燥的尘土均匀地撒到了半塌的土炕上，这才退后几步，满意地看着杨超藏身的位置点了点头："就这儿藏着，千万别动！哪怕鬼子走到你跟前了，你可也别动！"

很有些焦急地把眼睛凑近了炕席上的破洞，杨超忙不迭地朝着涂半夏叫道："半夏哥，你把我藏在这儿了，那你藏哪儿去？鬼子可马上就要冲进何家大集了啊……"

将两支短梭镖分别握在了双手中，涂半夏好整以暇地用短梭镖指了指杨超视线可及的一堵残墙："我不是还得看顾着你吗？放心，我哪儿都不去，就在你眼前待着！"

像是早已经算计好了自己藏身的位置，涂半夏猛地微微朝下一蹲，双脚在地上用力一蹬，就像是一只巨大的跳蚤般，原地跳起了老高。人在半空，双手中紧握着的短梭镖在杨超眼前的半塌砖墙上轻轻一戳，身子轻飘飘地翻卷着横躺到了那堵半塌的砖墙上。

只是看了一眼涂半夏那大大咧咧侧身躺在砖墙上的模样，杨超顿时大急，不管不顾地朝着涂半夏吆喝起来："半夏哥，那地界根本就藏不住人呐！我在这儿都能瞧见你，到时候鬼子进了这屋里，只要一抬头，那可就……"

不等杨超把话说完，侧躺在砖墙上的涂半夏已经低声朝着杨超喝道："别吭气，鬼子进寨子了！"

尽管压根都没听见任何动静，但在涂半夏沉声低喝之下，杨超也只能乖乖闭上了嘴巴，却将子弹已经上膛的德造二十响手枪伸到了炕席下，慢慢对准了破败屋子那已经没了门扇的窄门，屏住呼吸从炕席上的窟窿里观察着破败屋子里的动静。

似乎是为了证明涂半夏并没有说错一般，才不过等待了一锅烟的工夫，躲在炕洞里的杨超便听见了隐隐约约有踩踏积雪的声音传来。再等片刻工夫，从没了门扇的门洞之中，一把明晃晃的刺刀首先映入了杨超的眼帘！

很明显，朝着破屋中伸进了刺刀的那名日军士兵具有相当的战场经验。在将刺刀伸进门口晃悠了几下之后，那名日军士兵接连在破屋门口飞快地伸头看过了几次，这才小心翼翼地据枪闯进了空荡荡的破屋中。

经历了一场火灾之后，连屋顶都被烧塌了的破屋中自然剩不下什么东西，就连那些烧焦的木料，也早都被人捡回去当了柴火。看着满地的残砖碎瓦，再瞧瞧空荡荡的屋里实在是没什么地方能藏人，闯进了屋子的那名日军士兵很有些泱泱地踢了踢脚下的砖瓦碎片，扭头朝着屋外走去，口中兀自扬声朝屋外叫道："是一间荒废的屋子啊……什么都没有，搜查下一处吧！"

瞠目结舌地看着那名日军士兵走出了破败的屋子，杨超难以置信地看着侧卧在墙头上的涂半夏，险些按捺不住心头的疑惑，想要掀开盖在自己身上的炕席，朝涂半夏问个究竟——进屋搜查的那名日军士兵显然具有极其丰富的战场经验，否则也不会在接二连三的闪身观察之后，方才走进屋内近距离搜查。即使是在确认了屋内没人的情况下，那名日军士兵还是在屋外留下了同伴策应自己……

但就是这样一名战场经验极其丰富的日军士兵，从进屋到离开，却都没有抬头朝着墙头上看过一眼？

涂半夏是怎么知道这名日军士兵，会有如此举动的？

像是猜到了杨超心中会有怎样的疑问，在侧耳聆听了片刻之后，涂半夏就像一只灵猫一般，悄无声息地从墙头上跳了下来，轻手轻脚地走到了杨超藏身的炕洞旁，一边揭开压在炕席上的几块土砖，一边低声朝还没从炕洞里钻出来的杨超笑道："庄稼把式上的门道，说破了就一点不稀奇——寻常人只要进了屋子，从来都是拿眼睛四下踅摸。就算是偶尔一抬头，也是进屋就仰脸，很少有人在转身之后再抬头看！更何况……这屋子连屋顶都没有，进屋的鬼子自然也不会想着身后墙头上还躺着个人哪！"

才刚把炕席揭开，从炕洞里钻出来的杨超顿时迫不及待地追问道："那屋外的鬼子怎么也……"

头也不回地反手朝着墙头一指，涂半夏很有些得意地低声说道："墙头上早叫我凿掉了半边砖块，从外头看就是一堵墙，从里头看才能瞧见我！再说了，就算是那进了屋的鬼子扭头瞧见了我，我这手里的家伙什，可也不是吃素的！赶紧出来，咱们去揪小鬼子的尾巴去！"

紧随在涂半夏的身后，杨超尽量放轻了脚步，从藏身的破败屋子里钻了出来，顺着一条曲折的小巷朝何家大集中心摸了过去。

从各处屋子大敞着的房门便能看出，从何家大集后边涌进来的那些日军士兵非常小心，几乎是逐屋搜索着慢慢朝前推进。一些堆放在街边的柴草垛都被日军士兵用刺刀挑开，散乱的柴草扔得满街都是。一些屋子里的柜子也都敞开了柜门，就连水缸也都被砸坏了好几口……

一路前行，杨超看着小巷两边的屋子里压根都没一点动静，禁不住担心地凑到了涂半夏身边问道："半夏哥，这些屋子里……都没藏着涂家村里的乡亲吧？"

伸手从怀里摸出了那两枚老铜钱，涂半夏一边捻弄着那两枚老铜钱，一边指点着从小巷两旁一些屋子里钻出来的涂家村的壮丁低声说道："咋能不藏人？咱们涂家村里祖上传下来的这点护身的本事，原本就带着打人个冷不防的意思。也就因为这叫人瞧着像是从身后下刀子的模样，平日里咱涂家村的人压根都不敢在人前提起这门手艺。可经过了这回……该着咱们涂家村露脸啦！"

嘴里一边低声说着话，涂半夏一边侧耳聆听着随风传来的那若有若无的铜音。足足听了有一锅烟的工夫之后，方才满意地点了点头："好样的！一个叫鬼子找出来的都没有！靠近何家大集中间地面的铺面多、房子多，原本顺着大街扎堆朝前踅摸的鬼子也差不离散开了……到火候啦！"

★ 第二十八章 血肉磨盘（中）

挥动着枪托，一名日军士兵毫不客气地砸破了个水缸，看着水缸里已经凝结的巴掌厚的冰块狠狠地咒骂起来：“浑蛋啊……冻上了这么厚的冰块，这院子里至少有三四天没人住过了！这些耗子一样的支那人，除了逃跑之外，还能做些什么呢？”

挥舞着刺刀，另一名闯进了院子的日军士兵一边把堆放在院子一角的柴火挑得四下乱飞，一边朝着那刚刚砸坏了水缸的日军士兵说道：“如果全都是这样的胆小鬼，那么倒也并不是一件坏事。听说了吧——在这次行动中，玉碎的士兵已经超过了三百名，几乎就是一个县的驻防部队总人数了呢！”

“那又怎么样？被杀死的支那人不是更多吗？”

“被杀死的支那人，大部分都是一些农夫而已。真正的反日武装人员数量，恐怕并不多！而且……已经被合围的支那反日武装，居然能够在了解到被合围的情况后，不到一小时就发起了突围行动！像是这样的家伙，万一在战场上遇到的话，可是一定要小心应付的！”

“即使是支那正规军的军人，在战场上也不是皇军士兵的对手！这些支那反日武装人员，难道要比支那正规军的军人还要……大门君，你听到什么声音了吗？”

下意识地抬高了些枪口，被叫作大门的日军士兵移动着枪口来回在院子里扫视过一遍后，方才微微垂低了枪口，朝着那摆出一副侧耳倾听模样的日军士兵叫道：“看来你的绰号真是没有错——疑神疑鬼的石见？除了从前方阻击支那反日武装突围的阵地上传来的枪炮声，我什么都没听见呢！”

紧紧皱起了眉头，被叫作石见的日军士兵却是坚定地摇了摇头：“的确是有一种声音……很奇怪的声音！就像是……有金属制成的物品在轻轻摩擦？虽然声音很轻，但的确是……”

微微叹了口气，大门扭头看了看早已经被自己搜查过的、空荡荡的屋子，很有些不耐烦地低声叫道：“好吧……就算是真的有什么古怪的声音，那么这声音是从什么地方传来的？”

侧耳聆听着隐约传来的细微铜音，石见的脚步不自觉地朝着院子门口挪了过去：“是从我们刚刚搜查过的街道方向传来的……很轻微的声音，但是……像是在渐渐靠近呢？！大门君，您……”

一边招呼着自己的同伴，石见一边转头看向了大门方才所在的位置，但首先映入石见眼帘的，却是大门心窝处骤然冒出来的一截带血的锋利枪尖！

毫不犹豫地抬起了手中的步枪枪口，石见几乎是惊叫着据枪瞄准了大门身后那个很有些单薄、打扮得像是个农夫青年：“浑蛋啊……从哪里冒出来的家伙……”

不等石见扣动扳机，从已经被刺刀挑开的柴火堆下，一块覆盖着薄薄泥土的木板猛地被人推得飞了起来。都没等那块木板落地，蹲踞在木板下的一名青年男子挥舞着手中的两支短梭镖一个虎扑，干脆利落地将两支短梭镖一上一下地捅进了石见的喉咙与心口。

微微一个侧身，那藏身在柴火堆下的青年利落地从石见的心口和咽喉拔出了两支短梭镖，顺势避让开了从伤口喷溅而出的污血，压着嗓门朝从背后捅死了大门的那名青年人叫道：“麻利着些，把这俩死鬼子塞屋里炕洞！”

只是轻轻一点头，那捅死了大门的青年也不说话，分两次将两具日军尸体拖进了屋子里。而出手干掉了石见的那名青年，则从院子里寻了些泥土和积雪，三两下便将两具日军士兵尸体上涌出的鲜血痕迹大致掩盖起来。

抓起一把积雪擦拭着短梭镖上留下的血迹，出手干掉了石见的那名青年兴奋地低声叫道：“咱们这就算是开张啦！你一个、我一个，回村后半夏哥问起来，咱俩好歹也能挺直了腰身说话了！”

同样用积雪擦拭着短梭镖上留下的血迹，另一名身材略有些单薄的青年却是微微摇了摇头：“半夏哥传过来的消息可说得明白，少说也有二百鬼子进了何家大集！咱们这才放翻了两个，活儿且还没干完呢！换地方，咱们接茬干！”

几乎是在同一时刻，在何家大集中的不少院落或房屋中，全都在发生着类似的一幕。短短一碗茶的工夫下来，散布到何家大集中各处搜查的日军士兵，已经有二三十人被涂家村中那些擅长隐匿形迹的壮丁悄无声息地刺杀，就连尸体也都被妥善地隐藏起来……

似乎是感觉到自己身边的人莫名其妙地越来越少，派出去进行搜索的士兵也有人迟迟不归，已经走到了何家大集主干道上的日军带队军官，终于察觉到了些异常的味道，吆喝着下令让所有的日军全都停下了脚步。

原本就响在自己耳边的脚步声骤然一停，已经人去屋空的何家大集中，顿时泛起了一种颇带着些诡异的气氛。尤其是在远处时不时响起的枪炮声映衬之下，更是显得鬼气森森，着实有些让人不寒而栗！

艰难地咽了口唾沫，举着南部式手枪的日军军官顺手拽过了走在自己身边的一名军曹："带几个人，集中检查街道两旁的房屋，一定要……"

话没说完，伴随着一声若有若无的铜音，十几顶染血的日军钢盔已经被人越过了街道两旁房屋的屋顶，用力扔到了日军猬集的街道上，在青石铺成的街道上砸成了一片闷响！

大惊失色之下，举着南部式手枪的日军军官几乎是下意识地叫喊起来："敌袭！突击……"

命令才刚出口，举着南部式手枪的日军军官顿时觉得不妥——除了那些隔着屋子扔过来的钢盔，视线可及的范围内，连一个敌人都看不到！

即使是突击，又朝着何处突击？！

同样对那名日军军官下达的突击命令无所适从，据枪四处乱瞄的日军士兵心惊胆战地各自瞄准着有可能出现敌人的方向，手指也早已经顾不得会造成走火的现象，全都搭在了步枪扳机上！

蓦然之间，从宽阔的青石大街尽头，一个身形魁梧的壮汉猛地显露了身形，高举着手中的两支短梭镖大吼一声："小鬼子，爷爷在这儿哪！"

飞快地调转了枪口，至少十几名日军在第一时间内，朝着那名在街道尽头显露了身形的壮汉扣动了扳机。但那身形魁梧的壮汉却像是老早就知道日军会朝着自己集中射击一般，喊声方起时，已经脚下用力，直朝着街道旁能遮蔽身形的一处小巷口蹿了过去。激射而至的十几发子弹，不过是在方才他站立的位置上打出了一片青烟……

几乎没等那十几名开过枪的日军士兵拉动枪栓退壳、上膛，一处临街的铺面之中，再次跳出来个精悍汉子，抬手便将一顶染血的日军钢盔朝着大街上猬集的日军扔了过去："王八壳子爷不要，还给你们了！"

再次调转了枪口，密集的弹雨顿时将那间铺面前悬挂的招牌打得轰然落地，但依旧没能伤了那精悍汉子丝毫皮毛。

再次响起的叫骂声中，一顶顶染血的日军钢盔，或是揉成了一团、带血的日军军装，纷纷从街道两侧的铺面当中，或是街道尽头骤然现身的壮棒汉子手里扔了出来。有些离着猬集的日军士兵老远便掉落在地，有些则是恰到好处地扔到了日军士兵当中。

弯腰捧起了一顶被扔到了人群中的染血钢盔，捧着钢盔的日军士兵只是看了一眼钢盔内衬上写着的名字，顿时便嘶声叫嚷起来："是大门君的钢盔呀……浑蛋啊……大门君已经玉碎了！"

同样捡起了一件揉成了一团的带血日军军装，另一名日军士兵也是嘶声惨叫起来："早稻田的军装……方才早稻田还在我身边的呀！有埋伏……这些支那人就埋伏在那些屋子里呢！小心身边的房屋，伏兵可能就在房屋里……"

混乱的叫嚷声中，几乎所有的日军士兵全都将枪口对准了街道两边大开着门户的屋子。有几名日军士兵更是从腰后摘下了手榴弹，摆出了一副要朝着身边屋子里投掷手榴弹的架势！

几乎就是在猬集到一起的几十名日军胡乱叫嚷着、连队形都有些散乱的空当，从临街两侧的铺面屋顶上，猛地跳起了十几名手持德造二十响手枪的八路军战士，全都是横端着手中的德造二十响手枪，痛快淋漓地朝着站在街道中央、已经散乱了队形的日军士兵扫空了一个弹匣！

爆豆般的枪声刚停，十几个涂家村中的壮丁也在屋顶上显露了身形。手中高举着的马尾手榴弹带着一缕缕青烟，直朝着已经被那劈头盖脸的弹雨打蒙了的日军士兵砸了下去！伴随着马尾手榴弹那沉闷的爆炸声，一股股腾空而起的浓厚硝烟，顿时便将整条街道遮蔽起来，几乎叫人伸手不见五指！

亮开了嗓门，蹲踞在屋顶上的涂半夏，几乎是在那些马尾手榴弹的爆炸声刚刚平息的瞬间，大声吼叫起来："火候到了，动手啊！"

★　第二十九章　血肉磨盘（下）

就像是一个个出没在黑夜与烟雾中的幽灵一般，从何家大集主干道两旁的屋子里、房顶上、滴水檐下，甚至街道两边刚刚被日军搜查过的杂物堆下，清一色手持两支短梭镖的涂家村壮丁呐喊着冲了出来，几乎在一个照面之下便捅翻了十几名日军士兵！

事发仓促，原本就有些乱了阵脚的日军士兵们顿时胡乱叫喊着朝一块扎了堆，几乎是出于平日里训练出来的本能，结成了一个个三人拼刺小组，挥舞着手中上好了刺刀的步枪，虚张声势地呼喝着阻拦那些呐喊着朝自己冲杀过来的涂家村壮丁。

眼瞅着屋顶下的街面上已经打成了一锅粥，打光了整整一个弹匣的杨超刚刚换上了新的弹匣，想要纵身跳下街道助战，蹲踞在杨超身边的涂半夏一把拉住了他的胳膊："学问人，这场面还用不着你！踏实在这屋顶上待着，看咱们涂家村里的爷们耍弄手艺吧！山药，给露一手，叫八路军里的学问人瞧瞧！"

挥动着手中的两支短梭镖，已经杀得满脸都溅上了日军鲜血的涂山药听得涂半夏在身边屋顶上吆喝，顿时便更添了几分精神。手中的两支短梭镖左右一分，涂山药轻轻搡来了身边两个护住了自己侧翼的涂家村壮丁，大步迎着一个日军三人拼刺小组冲了过去！

只一见涂山药那不管不顾朝前猛冲的架势，杨超顿时焦急地朝着蹲踞在自己身边的涂山药叫道："半夏哥，这么打……行不行阿？鬼子扎堆拼刺可都是专门练过的，这么冒冒失失冲上去……怕会吃亏呀？"

眼见着杨超手中的德造二十响手枪已经对准了那个日军三人拼刺小组，涂山药很是豪横地摆手笑道："学问人，你就把心放肚子里吧！小鬼子练过扎堆拼刺刀，咱们涂家村里的爷们可也练过双枪破刺刀——这还是打你们栗队长那儿学来的路数哪！"

“栗队长……也懂用双枪？”

“栗队长知道怎么用刺刀啊！咱们涂家村头回跟栗队长打交道，就叫栗队长用拼刺刀的本事给赏了个下马威！打从那以后，咱们涂家村里的爷们练习咱那庄稼把式的时候，多多少少都琢磨了点儿应付刺刀的门道！这不……刚巧就用上了！”

几乎就在涂半夏与杨超两人对话的瞬间，大步朝着日军三人拼刺小组冲去的涂山药已经撞到了对方的攻击距离之内。迎着涂山药的那名日军士兵猛地向前一个跨步，雪亮的刺刀狠狠朝着涂山药的心口捅了过来。而另外两名日军士兵则分别朝两侧横着迈了半步，手中端着的刺刀已经对准了大步冲来的涂山药，只等涂山药挥动手中的短梭镖格挡刺向他胸口的刺刀时，便可乘虚而入发起进攻！

就像是个初次经历格斗场面的生手一般，大步冲来的涂山药很有些毛手毛脚地摆动着手中的两支短梭镖，交叉着将刺向自己心口的刺刀架了起来，全然不顾自己胸前、肋下已经露出了个巨大的空当，顿时便引得另外两名日军挥动着刺刀，直朝着自己空门大开的两侧肋下捅了过来。

一个大翻身、斜插柳的功架施展出来，涂山药猛地半蹲下了身子，像是陀螺似的在地上滴溜溜转了半圈，只等到那两柄原本捅向了自己双侧肋下的刺刀带着冷风从两耳旁掠过，这才挥动着双臂，将握在手中的短梭镖翻手朝着斜上方捅了过去！

原本一击走空，两名想要偷袭涂山药的日军士兵已经知道情况不妙，但在力道已经使尽的状况下，两名日军士兵也只能朝前迈了半步，借此稳定已经带上了前冲势头的身子，却是刚好将自己的肚皮朝着涂山药悄无声息捅过来的两支短梭镖迎了过去。

凄厉的惨叫声中，涂山药手腕一拧，用两支短梭镖上足有三指宽的锋刃、在那两名日军士兵的肚子上开出了个T形口子之后，飞快地拔了出来。原本半蹲着的身子再次一拧，涂山药几乎是贴着最先出手袭击自己的那名日军士兵站起了身子，手中两支滴血的短梭镖，也狠狠地从那名日军士兵大张着的胳膊下捅进了腋窝之中。

惨号着被涂山药用两柄短梭镖挑着身子，双臂软软垂下的那名日军士兵一时间还没死透，但连丁点的挣扎动作都做不出来，只能任由涂山药用短梭镖挑着自己的身子当了盾牌，不管不顾地撞进了又一个日军三人刺杀小组的攻击范围之内……

长长舒了口气，心都一直吊在嗓子眼的杨超眼看着涂山药在日军扎堆的街道上杀得游刃有余，一副酣畅淋漓的模样，这才微微垂下了手中的枪管：“好家伙……半夏哥，这涂家村祖上传下来的手艺，当真是厉害！鬼子在跟咱们八路军拼刺刀的时候，就是用这种三人拼刺小组的路数，很是让咱八路军吃了亏的。倒是没想到，山药哥这几招……半夏哥，等这一仗打完了……”

不等杨超把话说完，涂半夏已经猛地在屋顶上站起了身子：“左右不过是家传的一些个庄稼把式，八路军要是能瞧得上眼，叫人来学着摆弄就是了！学问人，你就待在这儿别动，我也下去走一趟——光瞧着别人杀鬼子杀得过瘾，我这手可早痒痒了……”

话音刚落，蹲踞在屋顶上的杨超看着在街道上奋勇厮杀的那些涂家村壮丁，猛地皱起了眉头：“半夏哥，咱们涂家村里的乡亲，来了多少人到何家大集打鬼子？”

“能来的壮丁全来了，一百二十七口壮丁一个没留，全都在这儿哪！”

“全都在这儿？！那何家大集后头就没留下人放个哨？”

“哎呀……你这一说，我倒是想起来了——大家伙全都对鬼子憋了一肚子气，见着能杀鬼子的场面，估摸着是全来了吧？还真没琢磨着要在何家大集后头再留人把守。”

“咱们打得这么热闹，何家大集后头的鬼子不会听不见！万一要是鬼子再派人冲进何家大集，咱们的人马现在可都聚在这条街上，手里拿着的也全都是用来肉搏的武器，咱们可是要吃大亏的呀！”

“那……我这就调拨人回头……”

话还没说完，从通往何家大集后方的街道上，几名抱着歪把子机枪的日军士兵已经显露了身形。几乎都没等涂半夏再做出任何反应，抱着歪把子机枪的几名日军已经趴在了地上，朝着在街道中打成了一团的人群扣动了扳机！

压根都听不出任何射击间隙的机枪扫射声中，街道中杀成了一团的人群顿时像被割倒的麦子一般倒了一地，惨叫之声更是不绝于耳。只是一眨眼的工夫，原本该是涂家村中壮丁以较小代价绞杀日军的场面，顿时变成了一边倒的屠杀！

一把将急得差点跳下屋顶的涂半夏拽得的趴在了屋顶上，杨超猛地一挥抓在自己手中的德造二十响手枪：“八路军，跟我上！半夏哥，你可千万别动！你拿着的是肉搏的冷兵器，跟鬼子机枪没法拼！”

踏着积雪的屋顶，杨超与那些留在了何家大集中的八路军战士玩命地朝着街道一头日军架设机枪的位置冲了过去。其中几个随身携带了手榴弹的八路军战士，更是早早地将手榴弹握在了手中，就等着冲刺到了投弹距离之后，居高临下地用手榴弹摧毁日军机枪阵地。可还没等杨超等人冲过几座屋顶，前方的两处房顶上，赫然也冒出了一些携带着机枪的日军士兵，飞快地将机枪架在了屋顶上的风火墙头，朝着杨超等人射来了一梭子子弹。

被机枪从正面和侧面形成的交叉火力骤然袭来，跟随在杨超身后的几名八路军战士顿时被打得从屋顶上滚落了下去，没有被机枪打中的八路军战士，也被迫在一堵并不算高大的风火墙后藏了起来，急得一个劲地破口大骂，却一点办法也没有！

缩着脖子，杨超也顾不得藏身处的风火墙被日军射来的机枪子弹打得砖屑飞溅，只是焦急地看着大街上不断被机枪打倒的涂家村壮丁，一双眼睛里几乎都要喷出火来！

或许是按捺不住心头的焦急，紧随在杨超身后的一名八路军战士狠狠咬了咬牙，一把抓住了杨超的胳膊："我先从屋顶上跳出去，想办法吸引鬼子那两挺机枪的火力，你们赶紧朝前冲！我瞧过了，前头屋顶上隔不了多远就有一堵风火墙！每回豁出去一个人吸引鬼子的火力……应该能冲到投弹的距离！"

毫不迟疑地翻手抓住了那说完话就要冲出去的八路军战士，杨超瞪圆了眼睛吼道："都不说鬼子会不会上当，这种打法不就是杀敌一千，自损八百！咱们在这儿的就这么十几号带枪的，不能跟鬼子耗人命……"

"那你说咋办？！这大街上连个避让的地方都没有！再耽搁下去，涂家村里百十号爷们，就得叫鬼子的机枪给屠光了！鬼子摆的阵势就是个磨眼阵，用少部分兵力，把咱们的人马都逗弄到了磨眼当中，鬼子就能跟磨盘似的，把咱们都碾得粉碎！顾不得那么多了——咱们八路军可以去死，不能叫老乡陪着咱们死！"

"可你那赔人命的打法不行！你叫我想想……想想办法……"

"火都上房了你还临时想办法？你有啥办法？啥办法啊？！！"

★ 第三十章 狐死首丘（上）

“这外边枪响的动静不对呀……”

站在何财主家前院的暗仓里，莫天留几乎要把耳朵贴到了暗仓入口处的木板上，仔细聆听着从暗仓外边传来的枪声，嘴里兀自低声自语：“怎么听着这动静，是在何家大集里面响开了机枪？还打得这么紧的？”

站在莫天留身后，佝偻着腰身的沙邦粹一边竖着耳朵倾听暗仓外隐约传来的枪响，一边低声朝着莫天留说道：“应该是冲进何家大集的鬼子用上了机枪吧？咱们自个儿的机枪一共就这些，除了李司令带出去打佯攻的，剩下的全在这儿……肯定是冲进了何家大集的鬼子动了机枪了！”

略一犹豫，莫天留面色凝重地摇了摇头：“还是不对！涂家村里的爷们都是打近战的好手，只要是跟鬼子贴身厮拼，哪怕是占不着大便宜，估摸着也吃不了硬亏！可现在鬼子的机枪打得这么紧……棒槌，鬼子平日里可是很少放空枪的。那就是晚上听见炮楼外头有动静，开枪也就是打几个长、短点射吓唬人，从来是不见兔子不撒鹰的做派！听外边这枪响……不对，涂家村的爷们该是有麻烦了！”

下意识地将手伸向了搁在身边的两把大铡刀，沙邦粹闷声叫道：“那咋办？”

“咱们出去瞧瞧！”

“出去？李司令和队长可都说了，咱们这些人是备着最后在何家大集后头杀出一条路的时候用的，不能太早露脸……”

“那要是涂家村的爷们当真遇见麻烦了，咱们就真藏在这儿不管不问？！”

“那……队长现在守在何家大集前面的寨墙上，这儿也没个人能问问、拿个主意……”

“什么没人能拿主意？我不就拿了主意吗？跟我走！”

“可队长说……”

“大当家的在这儿，咱们听大当家的！大当家的不在，你听谁的？”

“可要是队长日后问起来……”

“天塌了有大个儿顶着，你怕个什么？跟我走！一响……万一响，带上你的家伙什，跟着来呀！”

很有些惊讶地看着莫天留，蹲在暗仓一角的万一响下意识地抱着机枪站了起来：“到突围的时候啦？怎么没见外面把守的人来招呼咱们呀？”

朝着万一响摆了摆手，莫天留低声叫道：“外头动静不对，赶紧跟我出去看看！要是叫鬼子把咱们闷在这暗仓里，那就是有捅破天的本事，可也施展不开了！”

也不等万一响再开口说些什么，莫天留已经闪身让到了一旁，朝着站在自己身边、满脸都是犹豫之色的沙邦粹低叫道：“赶紧动手！这盖住了暗仓进口的木板上压了不少石头当掩护，想要从里边打开暗仓，没了你不成！”

犹豫地站到了遮盖暗仓入口的木板下，沙邦粹一边将双手举起托在了木板上，一边却是嘟囔着朝莫天留问道：“天留，你方才说……天塌了有大个儿顶着？”

下意识地一点头，莫天留应声答道：“没错啊！老话不都这么说？”

“那这里头还有谁比我个儿大？天留，你这又在坑我？日后队长要是问起来，你是打算拿我去顶……”

虚虚在沙邦粹腿上踢了一脚，莫天留低声叫道：“你个棒槌倒是打哪儿琢磨出来的这么多道道？赶紧动手！”

有些不满地嘟囔着，沙邦粹双臂猛一用力，闷吼着将盖在暗仓入口上的木板推到了一边。也都顾不上从暗仓入口处簌簌落下的灰尘糊了自己一头一脸，早已经做好了准备的莫天留立刻闪身跳出了暗仓。人刚在暗仓入口处蹲踞下来，手中的德造二十响已经打横端着，对准了暗仓入口旁大开着的房门。

乍然间见着莫天留从内部开启了暗仓入口，藏身在房梁上的一名涂家村壮丁立刻显露了身形，压着嗓门朝蹲踞在暗仓入口处观察动静的莫天留低叫起来：“嘿……你们怎么出来了？”

抬头看了看藏身在房梁上的那名涂家村壮丁，莫天留也下意识地压低了嗓门：“我在里边听着外头动静不对！鬼子的机枪响得太密了，我担心涂家村里的爷们出事……”

很有些焦急地点了点头，藏身在房梁上的那名涂家村中壮丁应声答道：“方才响枪之前一会儿，我倒是听见半夏哥用涂家村里老铜钱传信的办法说了，闯进何家大集的鬼子也就百十来号，按理说该是能拾掇下来！可现在……我也不把稳了！要不你们再藏进去，我出去瞧瞧去？”

抬起胳膊摆了摆手，莫天留低声叫道：“你们手里拿着的都是近身厮拼的家伙什，鬼子动的可是机枪，就算是你过去瞧见了啥情况，还不是得回来搬兵？你待着别动，我带人去瞧瞧……棒槌，把暗仓里的人都叫出来，家伙什带齐全了，跟我走！”

从暗仓入口处伸出个脑袋，同样被尘土糊了一头一脸的沙邦粹一边揉着眼睛，一边闷声朝着莫天留叫道：“暗仓里的人全都叫出来？队长可是……”

“大当家的要是在这儿，估摸着也得赶紧把暗仓里的人都调集出来跟鬼子厮拼！刚才你没听见？半夏哥传来的消息，撞进何家大集的鬼子只有百十来号！可要是真只有百十来号鬼子，哪儿能带着这么多机枪？你听听这动静——少说四五挺歪把子，不断地在打着呢！赶紧叫人，晚了怕就真要出事了！”

几乎都不必莫天留再多说些什么，藏身在暗仓中准备突围作战的八路军战士，已经手脚飞快地鱼贯跳出了暗仓，一边利索地做着战斗前准备，一边侧耳聆听着机枪扫射声传来的方向，彼此间更是低声交流着各自的看法：“暗仓门关着的时候听不真切，这一出来听……鬼子少说架了四五挺机枪！枪声能打得这么紧，怕是涂家村里的爷们真遇到麻烦事了！”

“听枪响的方向，该是何家大集中间那条大路？那地界可是没啥能遮挡人的地方，被机枪这么一封……”

“一会儿可跟紧了我，掷弹筒上用的那点榴弹，可全在你身上背着呢！要想压住鬼子的机枪，估摸着我拿着的这掷弹筒是要派上用场了！”

眼看着藏在暗仓中的八路军战士与武工队员已经全部钻到了地面上、做好了战斗准备，莫天留略一犹豫，扭头朝着两名大武村中入伍的武工队员叫道：“你们俩腿脚快，赶紧去何家大集前面寨墙上寻大当家的，把这儿的情形跟大当家的说清楚！其他人跟我走，直奔响枪的地方！一响，你带着两个弹药手打头阵！要是迎面撞见了鬼子，无论如何也得扛住了！”

答应一声，万一响立刻领着两名弹药手冲出了何财主家的院子。而在万一响身后，莫天留一边率先大步朝着院子外面走去，一边朝着紧随而来的八路军战士与武工队员说道：“估摸着今天这仗是得打乱套了！一会儿要是真打乱了，按照大当家的教过我的，三个一组、五个一群！遇见鬼子人少就几个组一起上，张嘴生吞了鬼子！要是撞见鬼子人多，那就打着滚一截截朝后相互照应着退，等咱们的人聚拢多了、鬼子身后也有了咱们的人马了，再一股脑地……”

话还没说完，院子门外已经响起了万一响那带着几分惊讶的叫嚷声：“天留，有鬼子……”

喊声未落，万一响手中的歪把子机枪已经响了起来。而在万一响手中的机枪响起片刻之后，另外两挺机枪的声音，也在离何财主家院子不远处的街道方向响了起来。

讶然张大了嘴巴，莫天留难以置信地叫道：“这到底是来了多少鬼子呀？跟涂家村的爷们用机枪打得那么紧，这儿居然还能撞见两挺机枪？别走大门了，上房、跳墙！”

几乎都不必莫天留吩咐，跟随在莫天留身后的八路军战士已经纷纷冲向了离自己最近的屋子和围墙，搭起了人梯朝墙头和屋顶上爬去。有几个身手敏捷的，更是朝前疾跑几步，一个旱地拔葱便跳起来抓住了房檐下的椽条，倒卷着身子上了屋顶。

伸手一拽站在自己身后的沙邦粹，莫天留一路小跑着蹿到了院子角落，朝着紧跟在自己身后的沙邦粹叫道：“赶紧蹲下！”

有些愣怔地看着莫天留，沙邦粹不解地闷声叫道：“蹲下干啥？”

“骑大马！我要先瞧瞧外头的动静……”

“那我把你托上墙头不就是了？”

“你傻啊？！这堵墙外边就是大街、街上有没有鬼子我都不知道，就这么冒冒失失地朝着墙头上蹦？给鬼子送活靶子哪？赶紧过来……”

“天留，你……又坑我……”

嘴里不满地嘟囔着，沙邦粹的动作倒是丁点不慢，脸朝着墙壁摆出了个四平大马的架势，任由莫天留踩着自己的膝头，一屁股坐到了自己肩膀上。

才在沙邦粹肩头坐稳，莫天留已经轻轻将腿一勾、用脚跟在沙邦粹胸前蹬了一记：“站起来点儿……慢慢的，我叫你停你就停下……停！”

深吸一口气，沙邦粹用力挺住了身板，压着嗓门朝坐在自己肩头的莫天留低叫起来：“天留，你瞧见啥了？外头有没有鬼子？！”

轻轻掰开了手中德造二十响手枪的击锤，莫天留脸色铁青地低声应道：“有……”

★　第三十一章　狐死首丘（下）

除了莫天留，其他几个身手好些、抢先跳上了房顶和墙头的八路军战士也全都是脸色铁青，嘴里也不自觉地低声嘀咕起来：“哪来的……这么多鬼子？”

“肯定不是清乐县的鬼子……”

“怕有好几百鬼子……”

“怕是咱们谁也走不了了……准备豁出去了吧！”

伴随着跳上墙头和屋顶的八路军战士越来越多，低声嘀咕的动静反倒是彻底消失了，取而代之的却是一片拉动枪栓、将子弹推上了顶门火的动静。所有的八路军战士和武工队员的脸色，全都是一片铁青。众人眼光所及之处的街巷中，几乎已经被蜂拥而来的日军士兵填满！

伸手一拍沙邦粹的脑袋，莫天留低声叫道：“棒槌，放我下来！”

依言蹲下了身子，沙邦粹看着重新站到了自己面前的莫天留，忐忑地低声叫道：“天留，你这是……咋了？外头究竟是……”

掂了掂手中那支德造二十响手枪，再伸手摸摸自己腰后别着的两枚日式手榴弹，莫天留惨笑着朝沙邦粹应道：“外头足有好几百鬼子！方才我大概看了一眼，不算歪把子，光是鬼子抬着的重机枪，就能有三四挺！棒槌……咱们这回怕是真走不了了，得要学着有田哥和满仓哥那样，革命到底了！”

只是略微地一个愣怔，沙邦粹下意识地抓起了靠在墙边的两把大铡刀：“不就是个革命到底吗？豁出去厮拼就是了，杀一个够本、杀俩还赚一个！天留，我给你开路，你跟着我冲！”

有些诧异地看着神色如常的沙邦粹，莫天留低声问道：“棒槌，你咋……一点都不见害怕呢？咱们说不定……八成就得死在何家大集呢？！”

坦然地朝莫天留露出了个憨厚的笑容，沙邦粹像是摆弄麦草般地晃了晃手中沉重的大铡刀："怕是个死，不怕也是个死，那我还怕个什么劲儿？天留，咱们豁出去厮拼就是了，旁的事儿想多了没用！再说了……我脑子笨，也想不过来，反正听你的招呼就是——天留，咱们怎么打？"

看着一脸坦然模样的沙邦粹，莫天留不由得叹息着说道："唉……都说是憨人实心眼，精乖嘴把式。这话要搁在棒槌你身上来说……当真是再合适不过了！还照着方才我说的那路数，三个人一堆、五个人一伙，朝着乱里头裹着打！"

"这么打能成？"

"外头好几百鬼子，家伙什带得齐全，弹药也肯定比咱们足！拉开兵马对着打，估摸着咱们一个照面下来就得死光——就依仗着何家大集里的巷战工事，朝着裹乱里头打，一定要把鬼子的队伍撕扯开！哪怕咱们拼光打净了，也不能叫小鬼子落一点好！再多去几个腿脚快、灵醒点儿的，上何家大集前面给大当家的报信去！"

话音落处，抢先冲出门外的万一响已经抱着枪管还在冒烟的机枪，连滚带爬地蹿回了何财主家的院子，身边跟着的两个弹药手也只剩下了一个，瞪着眼睛朝莫天留叫嚷起来："顶不住啊……眨眼工夫，鬼子上来三挺机枪跟我对打，压得我头都抬不起来……"

一把拽过了大口喘息着的万一响，莫天留扬声叫道："都散开了打！一响，你跟在我身边！"

答应一声，已经打红了眼的万一响狠狠一咬牙："豁出去了！天留，我这就出去给你开路……"

一把将万一响拽了回来，莫天留抬手一指被侧面飞来的子弹打得木屑飞溅的大门叫道："大门都叫封死了，你冲出去送死啊？"

直愣愣地瞪着莫天留，万一响大声叫道："那咋办？"

"奔后院，后院院墙的一些砖头老早给就挖松了，踹一脚就开……"

眼瞅着其他的八路军战士与武工队员纷纷蹿房越脊、跳墙钻洞地散了个干净，莫天留拽着万一响刚要朝着后院冲去，却是迎面撞上了从后院慢悠悠踱了出来的何财主。

也都不知道何财主是打哪儿寻了件簇新的见客衣裳穿了起来，脑袋上还戴了顶镶了暖玉的瓜皮帽，脚底下踩着的一看就是托人从北平远道捎回来的好布鞋，迎着直朝后院撞过来的莫天留便是深深一揖："天留大兄弟，我这儿有事情求着您哪……"

扭头看了看依旧被机枪子弹打得木屑飞溅的院子大门，莫天留焦急地朝何财主叫道：“何……何老爷，这火烧眉毛的时候了，你这还跟我闹什么花样哪？”

脸上全然没有一丝害怕的神色，何财主很是坦然地朝着莫天留又是一揖：“我就是想……天留大兄弟，你腰里头别着的那手榴弹，赏我一个？”

一把拽住了何财主的胳膊，莫天留几乎是拖曳着何财主朝后院走去：“何老爷……老何，就你这样的，我给你手榴弹能有啥用？拿着壮胆？赶紧跟着我们走，能不能活命就看你的造化了……”

毫不抗拒地被莫天留拖曳着走向了后院，何财主一路脚步踉跄，但话音却是稳定异常：“天留大兄弟，我不走……我都不求活命了！我就是想……我得死在自己家里呀！”

讶然地看向了被自己紧拽着胳膊踉跄前行的何财主，莫天留低声叫道：“老何，你可得朝着开了想啊！你儿子可还在咱们八路军里头哪，咱们跟他……虽说你儿子从前不地道，可现在咱们是一事儿的，我不能看着八路的家眷就这么死在这儿！”

惨笑着摇了摇头，何财主轻轻挣脱开了莫天留抓在自己胳膊上的巴掌：“天留大兄弟，我自个儿知道……这辈子，我就没干过啥积德行善的事儿，临了，也就不拖累你们八路军打仗了，免得死了还搭进去几个后生，这买卖……赔本儿！”

“我就是想……死在自己家里！你看看我这宅院……”

抬手指点着后院中的房宅花木，何财主脸上全是一片沉醉神色：“这宅子，打从我老祖手里就开始搭建了。起初，也就是前头三间大屋。就靠着针尖挑土的那点利钱，三年一间屋、五年一幢房，慢慢有了这何家大集里头一份的宅院。”

“有了钱，就想着防荒年、灾年，怕有兵灾匪劫，想着光宗耀祖。也就有了这前后两处的一大一小两处暗仓，有了我送儿子出去留洋念书……”

“可到如今一看，乱世里头，平民百姓不管怎么个辗转腾挪，也免不得是个破家身死的下场啊！咱们这民国……他不顶事啊！甭管是西洋大鼻子，还是东洋小矬子，想来吃就来吃、想来打就来打！咱们家底子再养得厚实，那也就是栏里的肥猪，哪怕是八百斤的身坯，也躲不过过年那一刀！”

“我老了……跑不动，也不想跑了！这些家当，是我何家老祖一点点给子孙留下的，这里头也有我一份辛苦，我得看着……哪怕是守不住了，不能再传给我儿子了，我也得看着啊！天留大兄弟，你方才也说了，我儿子如今是你们一事儿的，我也就仗着有个儿子能跟你们八路一事儿的分上，豁出去这张老脸、求你这么一件事——你就给我个手榴弹吧！”

嘴里说这话，何财主已经伸手朝着莫天留腰后挂着的手榴弹伸了过去。

下意识地伸手一挡，莫天留张了张嘴，却是一句话也没说出来，伸出去阻挡何财主的胳膊也显得很是无力地低垂下来……

何家大集已经被日军包围，大队日军人马已经涌进了何家大集中，这一仗打下来，谁能活着还当真是未知天定的路数。与其强行带着何财主去枪林弹雨中撞那极其渺茫的运气，倒还不如……

艰难地看着何财主从自己腰间摘下了一枚手榴弹，莫天留低沉着嗓门问道：“那……老何，要是以后我见着了你儿子，我该咋说？”

紧紧地将手榴弹攥在了手里，何财主惨笑着应道：“说啥？啥也不用说了……就叫他在八路里头干着吧！这乱了套的世道里，我这老眼昏花的，也都看不出哪条路算是正道、活路？就跟着八路干吧……最起码，跟着八路干，乡亲们能不戳咱脊梁骨、不会背后骂大街呀……”

朝着莫天留又是深深一揖，何财主踉跄着脚步走回了自己的卧室中，慢悠悠地坐到了平日里坐着的椅子上。伸手抓起身边小茶几上的茶壶晃了晃，再咂咂枯干的嘴唇，何财主苦笑着低声嘟囔起来：“这到了……想喝口热茶都没了……”

话音还没落，屋外已经传来了管家那熟悉的声音：“老爷，有茶呀！刚烧开的水泡的，香着哪……”

伴随着管家那熟悉的话音，卧室的门帘微微一挑，手里用个大托盘端着茶壶茶碗的管家侧着身子挤进了屋里，轻手轻脚地将托盘搁在了桌上：“老爷，没问过您，我就把您平日里舍不得喝的那点雀舌好茶给泡了，您……品品？”

伸手指了指小茶几旁的另一张椅子，何财主仰脸朝着站在自己身边的管家笑道：“这就是最后一壶茶了，泡了刚好！你也坐下，陪我喝一杯！”

欠着身子在另一张椅子上坐了半拉屁股，管家小心翼翼地端起茶壶，替何财主倒上了一碗茶水：“老爷，这些天接二连三打炮、见仗，院子里的井水都给震得浊了，我用的是雪水烧开了沏的茶，您品品？”

端着茶碗轻轻啜了一口滚热的茶水，何财主低声说道：“管家，你在我何家……可也有了年头了吧？”

“打从懂事起，就在何家的宅子里干活儿，得了老爷赏识，叫我当了这何家宅子里的管家。到如今……也真有了不少年头了！”

“这些年……辛苦你了！”

“这些年，我可也没少得了老爷照应……这辈子，不亏了！”

“要想走的话，我那枕头下边还有几个钱，你跟着八路军走，兴许……”

“老爷，这儿是何家宅子，是您的家，也是我的家呀！没了您，没了这宅子，我上哪儿去呀？我……没了家了啊……”

“唉……既然这样，咱们老哥俩，也就一路了吧！”

“是……跟着老爷，这辈子是一路走到了头儿了。下辈子，还一路……”

“行！下辈子，要是能托生到个太平世道，我挑担子、你吆喝，咱们老哥俩，还能折腾起一份产业，还能……有个家！”

耳听着窗外已经响起了杂乱的脚步声，其中还夹杂着日军士兵的吼叫声，管家将自己茶碗里滚烫的茶水一饮而尽：“老爷，咱走？”

用力点了点头，何财主闭上眼睛，一把拽出了手榴弹上的保险栓，狠狠地将手榴弹磕在了桌子上：“咱走！”

★ 第三十二章 所谓苦战（上）

隐藏在一堵残墙后边，莫天留一手搭在万一响肩头，一手紧握着德造二十响手枪，屏住了呼吸从墙缝里看着三四个据枪在街道上搜索前进的日军士兵，地低声朝着万一响喝道：“走！”

伴随着莫天留低声号令，抱着歪把子机枪的万一响猛地从残墙后蹿了出去，头也不回地撞进了残墙对面一幢已经被炸得没了形状的铺面之中。

虽说万一响的动作飞快，但那几名据枪在街道上搜索前进的日军士兵，还是看见了万一响的身影，顿时号叫着朝万一响冲进去的那个铺面扑了过来。其中一名日军士兵更是摸出了个哨子送到了嘴边，显然是想要吹哨子召集其他日军士兵前来助战！

几乎就在那日军士兵吹出了第一声哨音的瞬间，从那几名日军士兵身边的瓦砾堆中，沙邦粹犹如被尘土覆盖了千年、却又骤然被这漫天杀气惊醒的阿修罗一般，默不作声地站了起来。都不等原本盖在了身上的残砖碎瓦落地，沙邦粹紧握在手中的两把大铡刀已经像风车般斜斜旋转着，劈头盖脸地朝着那四名日军士兵身上卷了过去。

原本乡间用来铡草的铡刀，压根都算不得锋利，模样也就像是一块厚实的长条铁块一般。被沙邦粹那一身怪力挥舞起来时，顿时在空气中发出了如同鬼啸般的怪异闷响。首当其冲的一名日军士兵甚至都没来得及转过身子，整个人已经被沙邦粹挥舞着的大铡刀拦腰打成了个怪异的曲尺模样，手中抓着的三八大盖也被生生砸成了两截。

大步向前迈进着，浑身上下已经满是血迹的沙邦粹闷吼出声，手中两把大铡刀挥舞之下，又一名日军士兵头上戴着的钢盔被砸得发出了一声闷响，整个脖子也被砸得缩进了胸腔里，顿时便软绵绵地委顿在地。

眼见着沙邦粹悍猛如斯，将哨子递到了嘴边的那名日军士兵吓得肝胆俱裂，已经递到了嘴边的哨子也掉落在了地上，双脚也不自觉地朝后一个劲退去，全然一副无心恋战、只想要逃命的架势。

而另一名日军士兵已经有四十岁上下的年纪，脸上胡楂儿密布，显然是经历过不少战斗场面的二次征召老兵。虽说看着沙邦粹转眼间便放倒了两名同伴、心中也颇有些惊慌，但那名日军老兵并没乱了方寸，举着手中的三八大盖朝着沙邦粹虚晃一枪支应着，脚下也不住朝后退去，看样子就是打着拉开了距离之后再朝沙邦粹开枪的主意！

猛地一挥胳膊，沙邦粹看也不看那名被自己脱手而出的大铡刀砸得胸骨都凹陷下去的日军老兵，转头瞪着一双赤红的眼睛，看向了那已经吓得一屁股跌坐在了地上的日军士兵……

从何财主家后院破墙而出后，只是一眨眼的工夫，围绕着何财主家宅院周围的街巷中，枪声与喊杀声便响成了一片。从各处提前设置的巷战工事之中，原本准备进行突围作战的八路军战士不顾一切地朝着那些涌进了何家大集的日军士兵发起了攻击。在付出了沉重的代价之后，总算是诱使得那些扑进了何家大集的日军士兵化整为零，如同游猎般地以小队为单位追赶起了在街巷中忽隐忽现的八路军战士。

原本就不多的弹药，在残酷的巷战中很快消耗殆尽，以至于不少八路军战士和武工队员拼到最后，只能忍痛让一两名战友充当诱饵，将日军吸引到肉搏战的距离之后，方才发动袭击。一旦取胜之后，甚至都来不及包扎身上的伤口，一双双手已经迫不及待地朝着日军士兵腰间的牛皮子弹盒抓了过去……

但很快地，涌进何家大集的日军也发现了八路军正在从战死的日军士兵尸体上收集武器弹药，并迅速制定了对策——一个个日军小队之间的间隔距离被迅速缩短，在与八路军战士遭遇之后，日军士兵立即吹响哨子作为信号，召唤临近的同伴前来围攻八路军战士。

在日军依仗着人数优势与武器装备优势的步步紧逼之下，弹尽粮绝的八路军作战小组不断地遭遇到灭顶之灾。四下响起的喊杀声开始变得渐渐稀疏，而在街巷中运动时，映入莫天留等人眼帘的八路军战士遗体也越来越多……

依仗着沙邦粹一身怪力可以在短时间内迅速歼灭日军小队，莫天留与万一响总算是在日军作战小队的层层拉网搜查之中幸存下来，但莫天留手中的德造二十响手枪也只剩下了七八发子弹，万一响抱着的机枪也早打光了最后一个弹匣……

悄没声息地扑到了那名被沙邦粹吓得跌坐在地上的日军士兵身后，莫天留翻手抽出了别在腰后的长匕首，狠狠一刀捅进了那名日军士兵的后心窝，这才仰脸朝着沙邦粹低声叫道："棒槌，别傻愣着了！赶紧捞子弹和手榴弹，能用的都卷走……"

或许是从藏身的铺面中看到了沙邦粹与莫天留已经全歼了那支日军搜索小队，

抱着机枪的万一响也急匆匆地从快要坍塌的铺面中蹿了出来，压着嗓门朝莫天留叫道："贪多嚼不烂，别的都不要了，就要子弹……"

话还没说完，另一支日军搜索小队已经在街道一头露了脸。才刚看见急匆匆在几名日军士兵尸体上收集弹药的莫天留等人，那支日军搜索小队立刻便是一个齐射，紧接着便听见尖利的哨子声响了起来！

顾不得日军射来的子弹打得自己身边尘烟四起，莫天留三两下从被自己捅死的日军士兵腰间挂着的牛皮子弹盒中抓出了几个桥夹，扭头朝着正向自己这边狂奔而来、作势要朝日军尸体上扑着收集子弹的万一响叫道："来不及了，捞到几个算几个，赶紧撤！"

同样在手中抓了几个子弹桥夹，沙邦粹忙不迭地捡起了扔在一旁的一柄大铡刀，扭头便朝着身边一间屋子里钻了进去，口中也是大声吼道："快跑！鬼子哨子一响，不出一锅烟工夫，鬼子就扎了堆地来了！"

脚步没有丝毫停顿，抱着机枪的万一响一头撞进了沙邦粹藏身的屋子里，一边抓过了沙邦粹递来的几个桥夹子弹朝歪把子机枪的弹匣里装填，一边偷眼看着越逼越近的日军："现在朝哪儿跑？！"

连滚带爬地蹿进了屋子里，莫天留四下打量着被炮火炸得在屋顶上开了天窗的屋子，大声朝沙邦粹叫道："街上都叫鬼子封死了，棒槌过来搭把手，咱们上房顶！"

毫不迟疑地站到屋顶上被炮弹开出来的天窗下，沙邦粹弯腰抱住了莫天留的双腿朝上一送，就像是抛一捆麦草般，轻而易举便将莫天留扔上了房顶。可没等莫天留在房顶上站稳，伴随着一阵机枪扫射声骤然响起，莫天留猛地一个倒栽葱，直愣愣地从屋顶上摔了下来！

眼疾手快地拦抱住了大头朝下、险些摔个脑浆迸裂的莫天留，沙邦粹讶然叫道："咋了？"

顾不得自己还被沙邦粹头下脚上地抱着，脑袋上已经叫子弹擦出来一条血沟的莫天留急声叫道："鬼子他娘的也上房顶啦……棒槌，去后边拆墙！"

大声答应着，沙邦粹忙不迭地将莫天留放到了地上，扭头便朝着屋里的后山墙横着胳膊撞了过去。伴随着一声沉闷的撞击声，沙邦粹龇牙咧嘴地接连倒退了几步，一屁股跌坐在了地上："这墙是青石墙……撞不开！"

抱着刚刚上好了子弹的机枪，万一响伸头看了看越逼越近的日军士兵，再回头瞧瞧捂着肩胛跌坐在地上的沙邦粹，不由得抬眼看向了呆立在屋子中央的莫天留："天留，咱们……没路走啦？"

拔出德造二十响手枪的弹匣看了看，莫天留狠狠地将弹匣塞了回去："就在这儿跟鬼子厮拼到底吧！反正咱们今天也杀了这么多鬼子，早就够本了！”

话音刚落，一枚嗤嗤冒烟的日式手榴弹已经凌空飞进了屋子。都还没等莫天留与万一响反应过来，跌坐在地上的沙邦粹已经一跃而起，异常敏捷地伸手抓出了那颗日式手榴弹，翻转着手腕狠狠将手榴弹扔了出去！

轰然而起的爆炸声中，屋内三人全都被爆炸的气浪掀翻在地。而在屋子外面的街道上，更是响起了一片日军士兵鬼哭狼嚎的惨叫声！

几乎同时一个翻滚，莫天留与万一响分别在屋门两侧蹲起了身子，据枪对准了并不算是太宽敞的屋门。而沙邦粹也飞快地捡起了自己扔在地上的大铡刀，背靠着坚实的青石墙把守在了门边，一边剧烈地咳嗽着，一边断断续续地说道：“天留……一响，你们先别着急开枪，放俩鬼子进来叫我砍了，咱们就又能有子弹了！”

很有些舍不得地朝着门外硝烟中隐隐约约晃动着的日军士兵身影开了一枪，莫天留应声叫道：“鬼子也不傻，哪儿会直愣愣朝着屋里冲啊！棒槌，你先别动！等我和一响打到了最后，你……能砍几个算几个！棒槌，咱们仨今天……怕是就到这儿了，你可千万别犯怂，死也死得硬气些！”

紧紧攥住了大铡刀的刀柄，被硝烟呛得连连咳嗽的沙邦粹重重地点了点头：“你放心，我不怂！”

眼见着门外渐渐淡去的硝烟中鬼影重重，万一响狠狠咬着牙扣动了扳机，朝着那些试图接近屋子门口投掷手榴弹的日军士兵扫去了一梭子。伴随着几名中弹的日军发出的惨叫声，从屋顶上被炮弹开出来的天窗处，猛地传来了个压低了嗓门的吆喝声：“下面的答应一声，你们上级是谁？！”

微微一愣，莫天留扭头看了看那被炮弹开出来的天窗，小心翼翼地应声叫道：“老子们大当家的是老栗子，上面的回个话，你们当家的是谁？”

“我是杨超，李司令安排我们配合涂家村的乡亲在何家大集里打鬼子的埋伏！快上来！”

“屋顶上有鬼子的机枪，你们怎么……”

“让我们给办了！赶紧上来再说！”

似乎是为了让莫天留等人安心，从屋顶上扔下来的两颗手榴弹，再次将街道上朝着莫天留等人据守的屋子靠拢的日军炸得一片鬼哭狼嚎，一条腿也猛地从屋顶上的天窗里伸了下来：“抓紧了我的腿，我拽你们上来！”

毫不迟疑地站起了身子，莫天留朝着满脸惊愕神色的沙邦粹一努嘴：“棒槌，扔我上去！”

★　第三十三章　所谓苦战（下）

从屋顶上被炮弹开出的天窗里朝下扔了颗手榴弹，杨超拉着好不容易才被拽到了屋顶上的沙邦粹撒腿就跑，边跑边朝着沙邦粹叫道：“你身量大，脚底下看着点，只能踩在屋脊上头，旁的地方容易踩空……”

一句话没喊完，身量颇大的沙邦粹已经稀里哗啦地在屋顶上踩出了好几个窟窿。要不是紧随在沙邦粹身边的莫天留眼疾手快地拉扯住了沙邦粹，怕是沙邦粹早已经摔到了屋顶下边。

同样伸手帮着沙邦粹在屋顶上站稳了身形，杨超上下打量了沙邦粹几眼，顿时像是若有所悟般地低声叫道：“你是不是清乐县武工队里的沙邦粹？那个出了名的门神？”

很是懵懂地点了点头，沙邦粹应声叫道：“听你说话的声儿……方才你说你叫杨超？就是那把何家大集的街巷、屋子都拾掇成了巷战工事的杨超？你咋在这儿冒出来了？不是说你领着人帮涂家村里的爷们在打鬼子的埋伏吗？”

拉着沙邦粹跳过了屋顶上的一座风火墙，杨超这才招呼着上了屋顶的众人在风火墙后蹲了下来：“咱们盘算着打鬼子的埋伏，鬼子也在盘算着打咱们个冷不防！起初咱们压根都没伤筋动骨，就已经拾掇下了百十来个鬼子，可一眨眼的工夫……眼下何家大集，已经快要被鬼子全部占领了！”

朝着杨超跟前凑了凑，莫天留低声叫道：“那涂家村里的爷们呢？”

无奈地摇了摇头，杨超语调低沉地应道：“损失很大！鬼子当时在大街上和房顶都配置了机枪，咱们手里的武器不是冷兵器就是短枪，压根都拼不过鬼子！后来咱们也是靠着先上房、再从房顶打洞下去，通过逐屋破墙、钻到鬼子机枪下面的法子，这才勉强算是拾掇掉了屋顶上鬼子的机枪！涂家村的乡亲……一百多号人上阵，现在满打满算、连带伤的都算上，也就剩下二十几号人了！”

“咋没见着他们？你把他们藏哪儿了？”

“其他的一些同志带着他们，依托着巷战工事跟鬼子捉迷藏呢！可现在鬼子人数太多，咱们的活动范围也越来越小了，必须赶紧朝着何家大集前面靠拢！”

诧异地皱起了眉头，莫天留低声叫道：“去何家大集前边？迎大当家的去？”

微微摇了摇头，杨超面色凝重地伸手指了指何家大集前面的方向：“你们仔细听听——何家大集前面的枪炮声已经都快要完全平息下来了，这就只能说明李司令亲自指挥的佯攻计划已经受挫，说不定现在都已经被迫后撤了！而咱们在何家大集中预留的人马，也都已经打得散了花！要是不尽快集中、统一指挥，咱们的处境可就危险了！”

“可人马一扎堆，那不正好是落进了鬼子的盘算？鬼子可就想着跟咱们摆开阵势厮拼哪！咱们现在人、枪、弹药都不如鬼子的多，这仗打起来，咱们吃大亏啊！”

“可鬼子现在也已经被咱们打乱了啊！只要咱们集中所有的兵力和武器，动作迅速的话，冲出何家大集应该是没问题的！对了，你是莫天留吧？咱们预留的突围人马，就是你给带出来跟鬼子战斗的？幸亏你们出来得及时啊，要不然，鬼子扎了堆地朝涂家村里乡亲集中的街道上一冲，我们根本就挡不住啊！”

上下打量着满脸被硝烟熏得漆黑的杨超，莫天留低声叫道：“你咋认出我来的？”

伸手指了指沙邦粹那立地金刚般的身板，杨超朝着莫天留露出了一排雪白的牙齿，低笑着说道：“清乐县武工队里，莫天留的主意、沙邦粹的力气，我刚到冀南军分区就听老同志们提起过，很有名气哪！还说你们俩从来是孟不离焦、焦不离孟，俩人比寻常亲兄弟都好！”

脸上闪过了一丝得意的神色，莫天留刚想要显摆两句，却又黯然低下了头：“这仗打得……李司令手底下的兄弟都不说，咱们清乐县武工队都快要给打成光杆了！除了留守在茶碗寨里的那几个苗子，眼下……能见着的活人，都在这儿了……”

伸手轻轻拍了拍莫天留的肩膀，杨超低声安慰道：“这一仗咱们的损失是大了点儿，可只要还有一个人在，咱们八路军的大旗就倒不了，清乐县武工队的大旗就倒不了！行了，这儿也不是说话的地方，咱们赶紧去寻李司令和栗队长他们！”

话音刚落，何家大集前方寨墙的位置上，已经传来了接二连三的爆炸声。伴随着爆炸声响起，一团团翻卷着黑烟的火头，也飞快地从何家大集寨墙附近冒了出来。

只一看何家大集前方寨墙附近卷着黑烟冒出来的火头，杨超与莫天留几乎是齐齐变了脸色，异口同声地叫道：“坏了，前边也没顶住……”

再次不约而同地从风火墙后跳起了身子，杨超与莫天留等人返身跳过了风火墙，顺着房顶直朝着何家大集寨墙着火的位置扑了过去，全然都不掩饰自己的形迹。一路之上遇见了那些在街巷中叫嚣着朝自己射击的日军士兵，莫天留与杨超等人也都顾不上搭理，只是一股劲地朝着火头最先冒出来的位置狂冲不已！

脚下踩得屋顶上的瓦片不断碎裂，莫天留一边大步在屋顶上狂奔，一边伸手在自己怀里摸索着，好半天才从怀里摸出了三五发德造二十响手枪子弹，顿时便朝着跑在自己身边的杨超大叫起来：“你那儿还有子弹没有？”

眼睛死死盯着前方越来越近的火头，杨超随手晃了晃自己那支德造二十响手枪：“还有三发子弹，打完就只能跟鬼子近身搏斗了！”

张了张嘴巴，原本想朝杨超要些子弹的莫天留略一犹豫，伸手将紧紧抓着子弹的拳头伸到了杨超眼前：“我这儿还有点……”

也不与莫天留客套，杨超飞快地接过了莫天留递过来的子弹，一边看也不看地朝着弹匣里压着子弹，一边应声叫道：“这是你压箱底的货色了吧？咱们子弹都不多了，能省就省着点儿……”

话说半截，前方一处房顶上猛地冒出了两个端着德造二十响手枪的八路军战士，挥动着手中的武器狠狠朝着街道上十几名刚刚聚拢起来的日军士兵扫出了整整一个弹匣的子弹，顿时便将那十几名日军士兵打得人仰马翻。而在那两名八路军战士打光了一个弹匣的子弹之后，从街巷中冲出来的其他十几名八路军战士手脚飞快地抓住了街道上被打死的日军士兵尸体，拖曳着返回了街道上临时构筑起来的掩体后。

只一看屋顶上那两名八路军战士，莫天留顿时大声吆喝起来：“是李司令身边警卫排的人！下面拖鬼子尸首的是我们清乐县武工队的人马，怎么他们在这儿扎了堆了？”

也顾不得多想些什么，杨超一边大步朝着屋顶上那两名八路军战士迎了过去，一边飞快地朝着莫天留应道：“见着了寨墙这边起火，何家大集里分散开来的同志们肯定都会朝着这边集中！他们这是提前构筑了防御工事，在接应聚拢过来的其他同志哪……”

同样看到了从屋顶上飞奔而来的杨超与莫天留等人，蹲踞在屋顶上的两名八路军战士几乎异口同声地朝着杨超与莫天留等人招呼起来：“赶紧过来！机枪留下、有子弹的也集中起来，在这儿建立高房工事顶着鬼子，其他人赶紧下去，李司令和栗队长都在这儿啊！”

不约而同地松了口气，杨超与莫天留等人也顾不得多说什么，只是依言让抱着机枪的万一响留在了屋顶上，其他人全都从屋顶上跳了下去，猫着腰钻到了街道上临时构建起来的工事后。

只是朝着掩体后聚拢着的八路军战士看过一眼，莫天留顿时倒抽了口冷气，惊叫着朝跌坐在地上的栗子群扑了过去：“大当家的，你这是……怎么成这样了？！”

很坦然地朝着莫天留微笑着，跌坐在一堆瓦砾旁的栗子群低头看了看自己被齐膝打断的双腿：“一个不留神，叫小鬼子的机枪切了半截腿去……天留，见着你和棒槌都还好好的，我可也就能放心了……”

颤抖着巴掌，莫天留双膝一软，重重地跪在了栗子群身边：“怎么就能……大当家的……你怎么就能……方才你还好好的啊……”

就像是个在庄稼地里忙活了一天、很疲乏的老农般，脸上已经全无血色的栗子群低笑着朝莫天留伸出了染血的巴掌：“战场上，啥事都有，也没啥稀奇的……天留，趁着这会儿我还有些精神，有几句话，跟你掰扯掰扯？”

瞪大了眼睛，莫天留用力摇了摇头，任由眼泪从眼眶中喷涌而出：“我不听！大当家的，咱们走……咱们有棒槌，他力气大，他能背着你走！只要咱们杀回涂家村，咱们就能……”

艰难地朝着莫天留露出了个笑脸，栗子群低声笑道：“都到了这时候了……天留，别犯倔，听我说说？”

★ 第三十四章 生离死别

几乎是面带微笑地看着莫天留扯下了身上干净些的衣裳给自己包扎着断腿，栗子群伸手在自个儿身上摸了摸，遗憾地咂了咂嘴：“要是能有根烟……”

话都没说完，赤红着眼睛蹲在栗子群身边、豆大的眼泪都没断过线的沙邦粹翻手抓过了一具日军士兵的尸体，三两下便将那日军士兵尸体上的衣裳撕扯了个粉碎。见那名日军士兵尸体上找不到香烟，沙邦粹立马朝着另一具日军士兵的尸体伸出了巴掌……

也不阻止沙邦粹那有些疯狂的举动，栗子群脸上始终挂着一丝淡淡的笑容。直到沙邦粹捏着半盒刚找到的烟卷送到了自己眼前，栗子群方才低笑着朝沙邦粹说道：“棒槌呀……你这把子力气，要是搁在太平年景里头，使唤在自家地里，那不出五年，怕是你就能发家呀？”

哆嗦着双手，沙邦粹几次三番都没能划燃从日军尸体上搜罗来的火柴。眼见着最后一根火柴也叫自己那根本控制不住分寸的力量折成了两截，沙邦粹终于一屁股跌坐在地上，扯开嗓门哭出了声：“队长啊……咋办呢……你的腿……咋办呢……”

狠狠一脚踹在了沙邦粹的膝头，同样满脸是泪的莫天留沙哑着嗓门朝沙邦粹喝道：“你胡乱哭个啥？旁边就有叫鬼子炮弹打着火的屋子，去寻个火种来就是了！大当家的腿断了，可手还好使、脑瓜子还好使！三国里头的诸葛军师，那就是坐着调遣手底下的人马打仗，还都打胜仗！等我把大当家的伤口包扎好了，一会儿就靠你卖一把子力气了——无论如何，也要把大当家的背回茶碗寨——还不快去取个火头来？！”

又是重重一脚踹在了沙邦粹的膝头，莫天留看着兀自止不住眼泪、哭声的沙邦粹扭头爬向了附近的一处火头，这才在手上多加了三分力气，牢牢将栗子群齐膝而断的伤口绑扎起来。

始终保持着淡淡的微笑，像是已经完全没了痛感的栗子群将叼在嘴上的烟卷凑到了沙邦粹寻来的火头上点燃，深深地吸了一口：“鬼子的烟卷还是不够劲儿，当年抽过陕北老乡送给咱的老疙瘩烟丝，那才叫一口下去就精神哪！天留，以后革命胜利了，你去陕北、延安寻一寻，说不定就能找得到。”

重重地点了点头，莫天留伸着袖子拭去了满脸的眼泪：“行！等革命胜利了，我替大当家去陕北寻那老疙瘩烟丝，保管叫大当家的喜欢！”

“参加革命这好些年了，走南闯北的，倒是真见识过一些好玩意儿呢！茅台镇的酒、太原府的醋、老马帮的茶、藏边府的肉……”

鸡啄米一般地点着头，莫天留连声答应着：“都给你寻来！大当家的，只要是你喜欢的，我都给你寻来……”

微笑着摇了摇头，栗子群狠狠地抽了几口烟：“天留，我跟你说这些，可不是要让你给我把天底下的好东西都寻来！我是想说呀……这些好东西，可都是咱们中国地面上的物件，老祖宗手上一样样留给了咱们，就是要叫咱们把这些好物件、好玩意儿都操持好了，看守好了，以后再一样样传给咱们的子孙，就像是老祖宗把这些东西传给了咱们一样！”

“都不用我说，更不用说远处那些稀罕物件，光是一个冀南地面上的好东西，自打鬼子打过来之后，被毁了多少？要是不把鬼子给赶走了，咱们往后还能拿点啥传给咱们的子孙后代？”

“说句丧气话——我这一辈子，枪林弹雨里活到现如今，老早就该算是赚了的！可往后……天留，咱们的子孙后代，不能再这么活着呀！”

“饱饭吃不上一口，大字不认识一个，辛苦半辈子下来，庄户人家没一块自己的地，手艺人家享用不上自个儿的手艺……咱们的子孙后代，不能过这样的日子！”

“天留啊……我怕是不成啦，往后干革命的事儿，也就得交到你们手里啦……”

一把抓住了栗子群的胳膊，莫天留几乎是从牙缝里挤出了话音：“大当家的，你别说了！甭管怎么着，我一定得把你带回去！棒槌，寻物件搭个背架，把大当家的绑在背架上，咱们这就杀出何家大集！”

吼叫着答应了莫天留的吩咐，沙邦粹扑爬在地上撞进了掩体后那些即将坍塌的屋子里。不过是眨巴眼的工夫，沙邦粹已经拽着一张缺了腿的太师椅蹿了回来：

“就用这家伙什！把这椅子绑在我背上，再把大当家的绑在椅子上！只要我还能跑得动，就一定把大当家的背回去！”

似乎是被沙邦粹的动作提醒，另外几名八路军战士也从即将坍塌的屋子里寻出了几张破椅子，将还处在昏迷状态的李家顺和其他几名八路军重伤员也绑到了椅子上……

默不作声地看着莫天留与沙邦粹的动作，始终守卫在临时搭建的掩体后观察情况，同时也接应了好几批前来会合的八路军战士的杨超，环顾着简易掩体后的众人，沙哑着嗓门吆喝起来：“大家做好突围的准备！检查一下武器弹药，尽量保证机枪要有充足的弹药——机枪还剩下几挺？”

抬头看了看屋顶高房工事上露出的机枪枪管，一名趴在掩体后把持着机枪的八路军战士应声答道：“算上屋顶上那一挺，就两挺歪把子了！我这儿子弹不多了，就一个弹匣——咱们现在就突围？不再等等了？眼前可就剩下百十来号人马，应该还有其他的同志陷在何家大集跟鬼子打游击，还没来得及跟咱们会合啊？！”

狠狠一咬牙，杨超痛苦地闭上了眼睛：“再不能等了！咱们差不多是前半夜打响的战斗，来回折腾到现在，一会儿怕是天色就要开始亮了，咱们打夜战的便宜就彻底没了！再说风是朝着咱们这边刮的，何家大集前面寨墙上的火头用不了多久也得烧过来。咱们……不走不成了！”

纷纷将各自所剩不多的子弹集中到了杨超面前，几名八路军战士默不作声地将仅剩下一两发子弹，甚至已经空了膛的三八大盖上好了刺刀，静静地蹲踞在了简易掩体后……

在兵力绝对劣势、弹药严重不足的情况下突围，能用来开路的也就只剩下来两挺机枪。如果连机枪火力的持续性都不能保持下来，恐怕所有人都会被日军围死在何家大集里！

眼看着黄澄澄的子弹在自己面前堆了起来，杨超深深吸了口气，扬声朝着高房工事上的八路军战士叫道：“高房工事上的同志下来一个，拿走一半的子弹！记住了，上下两挺机枪，只要还有子弹就不能停火！哪怕是人倒了，后面人也得立马接上！咱们能不能冲出去，就看这两挺……”

话没说完，抱着一挺歪把子机枪的苟大却与另外几名八路军战士，旋风般地顺着街道撞进了简易掩体中，大口喘息着朝蹲踞在简易掩体后的杨超叫道：“隔着老远就听见你说话的动静了——赶紧走，鬼子开始朝着这边集中了……”

眼见着又多了一挺机枪助阵，杨超也不再犹豫，猛地朝着已经做好了战斗准备的八路军战士一摆手："出发！一路上不管谁倒下了，其他人也不能停！只要冲出何家大集就是胜利！"

伴随着杨超的命令，才刚刚冲进了简易掩体的苟大却都没顾上喘一口气，立刻与另一名机枪手并肩冲出了简易掩体，顺着一片狼藉的街道朝何家大集后方撞了过去。而在苟大却身后，杨超与莫天留也是跑了个并肩，一左一右地护住了被沙邦粹背在了背后的栗子群！

才顺着街道冲出去不过二三十米距离，一股从偏街小巷中蹿出来的日军几乎要与冲在最前面的苟大却撞了个满怀。狠狠地扣动了扳机，苟大却一边将撞到了自己枪口前的几名日军士兵打了个血肉横飞，一边侧过身子用机枪封住了还有日军狂奔而来的那条偏街小巷，口中兀自暴雷般地大吼道："走啊……不能叫鬼子拦腰截住……都走啊……"

蹲踞在屋顶上，同样抱着机枪的万一响一边用短点射压制着那条偏街小巷中不断涌过来的日军士兵，一边急声朝着苟大却叫道："大却哥你先走，我在房上帮你压着鬼子……"

借着万一响掩护，苟大却手脚飞快地换上了另一个弹匣，头也不回地与几名八路军战士朝着那条偏街小巷中扑了过去："用不着你管！上前面给大队开路去，我一会儿就跟上……"

话音未落，苟大却已经猛地一个趔趄，重重地单膝跪在了地上，手中喷吐着火舌的机枪枪口也骤然没了声息！可都还没等屋顶上的万一响惊叫出声，单膝跪在了地上的苟大却却又猛地抬起了手中机枪的枪口，再次大吼着朝蜂拥而至的日军士兵扫射起来："走啊……"

即使隔开了老远的距离，更加上天色也正是黎明前最为黑暗的时刻，但借助着战场上四处冒烟的火堆照亮，万一响还是看见了苟大却腰后衣服上两团越来越大的阴影。仰天狂吼一声，万一响猛地在屋顶上跳起了身子，也顾不得脚下踩得屋顶上瓦片碎裂声响成了一串，大步朝着已经冲过了苟大却身后的队伍追了上去，努力瞪大的眼睛里，眼泪却是抑制不住地坠落下来……

一路疾冲，迎头撞上的日军士兵几乎都是刚一露面，便被上下两挺机枪形成的交叉火力打翻在地。即使是有漏网之鱼，在紧随其后的莫天留与杨超两支德造二十响手枪的攻击之下也难幸免。但在八路军突围队伍的侧面与后方，不断循着枪声与日军士兵吹响的哨音涌来的其他日军小队，也像是紧随在犴牛身后的恶狼般，死死地咬住了这支人数并不算多的突围队伍！

不断有跑在后面的八路军战士返身阻击尾随而来的日军，而受伤的八路军战士更是一声不吭地将手中的步枪扔给了离自己最近的同伴，自己却抱着一颗手榴弹躺在了一片狼藉的街道上，瞪着一双血红的眼睛盯住了离自己越来越近的日军士兵……

不知道过去了多长时间，甚至连耳朵里都不再能听见枪声、只剩下了自己沉重的喘息声时，冲在了最面前的八路军战士猛地一抬头，何家大集后方那已经叫炸塌了一半的寨门赫然在望，而身后的日军士兵，或许也是叫断后的八路军伤员以命搏命的打法阻滞了片刻，不再紧追不舍。

毫不迟疑地冲出了寨门，已经跑得精疲力竭的莫天留紧跟着杨超跳进了何家大集后面一处洼地中。都没顾得上查看自己身上火辣辣作痛的地方是不是受了伤，莫天留已经急声朝着紧随在自己身后扑爬在地的沙邦粹叫道："棒槌……快看看……大当家的……"

大口喘着粗气，已经跑得吐了血的沙邦粹艰难地抬起头，撑在地上的双手也不断地发抖："我看不见……你……你瞅瞅……队长咋样了？"

眼见着莫天留艰难地爬到了自己身后，沙邦粹用力吐干净了口中的血沫子，这才沙哑着嗓门叫道："天留，队长他还好吧？"

"天留，你咋不说话？"

"天留，你倒是说句话呀……"

★ 第三十五章 热血燕赵

抱着怀里那杆老套筒步枪，再摸摸口袋里仅有的两发子弹，走在队伍最后边的民兵二顺子紧跑几步，追上了扎堆走在自己前面的几个同样背着老套筒步枪的民兵，压着嗓门低声叫道：“咋样？合计得咋样了？”

抬头看了看前方山林中蜿蜒如龙的长长队伍，几个在队伍中殿后的民兵几乎同时停下了脚步，聚拢到了路边的一棵大松树下：“按说……八路军、武工队豁出命去替咱们殿后，咱们就这么走了，是不大地道。”

“可咱们草棚庄总共就五六个民兵，身上的家伙什里最多就七八发子弹，去了又能管啥用啊？”

“那前头不还有别的村子的民兵吗？总共加起来，怎么也得有上百人和枪了吧？要是都去，不说能给何家大集里的八路帮多大忙，好歹也能壮壮势头？”

“可一共也没多少子弹啊，没听走在最后的那几个遂平县的民兵说吗？鬼子在何家大集后头有伏兵，少说也得有七八百号人马啊！就咱们这百十来号人和枪，总共算起来不过二三百颗子弹的架势，去了能壮个啥势头？”

“说的就是呢！这要是鬼子一个返身扑过来，咱们这点人给鬼子塞牙缝都不够，闹不好还把鬼子给逗引到这密道里面来了……”

“这倒是不怕！鬼子不知道这密道的歌诀，进来了估摸着也会走岔路。”

“小两万人踩出来的路径，长个眼睛就能认出道路来！鬼子那么奸猾，能出这错处？”

“那要不……咱们再合计合计？”

很是焦躁地一跺脚，二顺子顿时将脚下被过路的乡亲踩得硬邦邦的积雪跺出了个凹坑：“还合计个啥？从下晌的时候得着消息，知道八路军叫鬼子围在何家大集的时候就开始合计，到现在都快要天亮了，还要合计？怕死犯尿了就直说！他娘的……你们不去就不去，老子一个人去打鬼子、帮八路！那就是个死，好歹也是死得理直气壮！”

只一听二顺子那明显带着怨气的话语，几个民兵顿时瞪圆了眼睛：“二顺子，你说谁怕死呢？”

“八路来村子支应民兵队的时候，我可是头一个站出来的！”

“谁犯㞞谁就是个王八……”

瞪圆了眼睛，二顺子的话音里依旧怒气不减：“八路军、武工队刚到咱村里，把咱村勾连鬼子、祸害乡亲的财主崩了的时候，你们一个个都蹦起来叫好！把那财主从咱们这儿抢走的粮食还给咱们的时候，你们也一个个夸八路军、武工队仁义！就凭着人家八路军、武工队给咱们撑腰、替咱们出气，还把被抢走的粮食还给了咱们，人家有了为难的时候，咱们就不该伸把手？！”

“旁的话我也不说啥，我就认一个道理——这做人处事，不能没了义气！凭啥人家涂家村里过百号的老少爷们，一句话不说就扎进何家大集帮着八路打鬼子？人家这当真就叫义气！我这就转头朝何家大集去了，你们来不来，自个儿拍着心窝子好好琢磨吧！”

眼见着二顺子扭头要走，一名面相生得老成些的民兵一把拉住了二顺子的胳膊：“谁说不去帮八路了？可就咱们几个去了，那啥用也不管哪！还是得人多才有用！这几天我仔细看过了，要论民兵队人数多的，那就得数桃儿庄，他们有二十几号人哪！咱们叫上桃儿庄的民兵一块去？”

“还用得着你们叫？咱桃儿庄的爷们可从来都是刀架在脖子上也不低头的好汉子！回头去给八路帮忙的事儿，没二话，咱桃儿庄的爷们是头一份！”

伴随着那很有些粗豪的话音，二十几名扛着老套筒甚至是大砍刀、红缨枪的壮棒汉子，大步走到了二顺子等人身边。其中一名生得豹头环眼、耳朵还比寻常人大了不少的粗壮汉子，更是伸手在二顺子胸口重重打了一拳：“好样的！早听说草棚庄的二顺子是个讲义气、够朋友的人物，今天这么一看……没说的，等跟鬼子厮拼完了，来咱桃儿庄寻我董大耳朵，好酒硬菜管够！”

叫人当面一夸，方才还横眉立目的二顺子顿时闹了个大红脸，很有些讪讪地低下了头：“我这也是……我就是觉着……”

很是豪横地把手一挥，董大耳朵应声说道：“甭管觉着啥，老祖宗留下来的义气俩字，啥时候都不能丢了！再说了，咱庄户人家就得是实心眼，人家给咱三分好，咱就得记人家十分的情义！没得说，回头帮八路打鬼子的事儿，咱桃儿庄和草棚庄的民兵队包办了！”

话音落处，又有一些背着各式武器的民兵，陆陆续续地从还没走远的队伍中走了过来，为首的一名民兵似乎是听到了董大耳朵那很是豪横的话语声，也是扬声朝着董大耳朵叫嚷起来：“看把你个董大耳朵给能的……本事一升、大话一斗！就凭着你们两个庄子的民兵队，能给八路帮多大忙呀？算上咱小冯村的民兵吧！”

“我们回风寨也去！”

“金家坪就咱哥俩了，其他民兵在宫南县就跟着武工队一块打鬼子，一个犯尿的也没有，咱哥俩也不能丢人现眼落在人家后头……”

一边大笑着招呼那些渐渐朝着自己聚拢过来的民兵，董大耳朵一边粗门大嗓地吆喝道：“好样的！都是吐口唾沫砸个坑、一句话当根钉子用的爷们！咱们这就走着，帮着八路……你们也是民兵？”

手里抓着几根明显就是刚从冻死的树上掰下来的木棍，几个衣衫褴褛的壮棒汉子齐刷刷地摇了摇头：“不是民兵就不能去帮着八路打鬼子了？咱们兄弟几个是滩上村的，要是没撞上这回鬼子突然出来祸害乡亲，咱们兄弟几个也该是民兵了！这一遭……就当是咱们兄弟几个要进民兵队的投名状了！”

很有些瞠目结舌地看着越来越多的壮棒汉子从逃难的乡亲队伍中走了出来，有些人手中还抓着些短刀、木棍之类的简陋武器，有些人甚至是赤手空拳，方才还能有些领头羊风范的董大耳朵禁不住大声吆喝起来：“这……你们这连个家伙什都没有，跟着去干啥？这帮着八路打鬼子的活儿，有民兵就够了，你们赶紧回去……”

话还没说完，从逃难的人群中涌出来的那些壮棒汉子，已经乱纷纷地吼叫起来：“民兵就比旁人多长个脑袋？”

“不就是没家伙什吗？豁出去一条命，怎么也能咬下小鬼子一块肉来！眼见着八路军叫鬼子围了，还光顾着自个儿逃命，往后的日子可还咋活？都没脸了……”

“鬼子杀了咱村里十好几号乡亲，原本就憋着一口气要报仇！今天算是赶上了！”

看着眼前逐渐聚拢起来的足有上千号民兵与各村壮丁，董大耳朵也顾不得再多想，猛地跳到了路边一块大石头上，扯开了嗓门朝越聚越多的人群吆喝起来：“大家伙儿，都静一静，听我董大耳朵说一句……都静一静啊……”

接连喊了好几声，董大耳朵的声音都是刚刚出口，就被身边嘈杂的话语声盖了个一干二净。眼见着狭窄的山路上已经挤不下越聚越多前来求战的民兵与各村壮丁，董大耳朵急得举起了手中的老套筒，不由分说地朝天上开了一枪！

枪声起处，嘈杂的人群顿时安静下来，一双双眼睛也全都盯在了举着老套筒的董大耳朵身上。使劲咽了口唾沫，平生第一回被几千人的目光聚焦的董大耳朵犹豫片刻，方才扯开了嗓门吆喝道："既然老少爷们都有去帮着八路杀鬼子的心思，那我董大耳朵也绝不拦着！可是有一样——蛇无头不行，鸟无头不飞！咱们这么多人，要是没个号令拘管着，冲出去了也不顶屁用，反倒是给小鬼子当了活靶子！"

话音落处，站在董大耳朵旁边的二顺子顿时接上了话头："那你说咋办？眼下就有上千号爷们要去跟鬼子厮拼，就算是大家伙都听你的号令，你一个人吆喝起来，又能有几个人听见？等到了当真打起来的时候，枪声炮响的就更听不见了！"

只是略一踌躇，董大耳朵像是急中生智一般，再次扯开了嗓门吆喝起来："金家坪的那哥俩儿，上前边来！"

伴随着董大耳朵的吆喝声，人群中顿时产生了片刻的骚动。不过是眨眼的工夫过后，金家坪的两兄弟已经被众人推挤着站到了董大耳朵身边。

低头看了看那很有些懵懂模样的两兄弟，董大耳朵大声吆喝道："你们金家坪里出响器匠，你们俩会不会？"

下意识地点了点头，金家坪出来的哥俩不约而同地从背后背着的小包袱里取出了两支唢呐："吃饭的玩意儿，都随身带着哪！可是……要这玩意儿干啥？"

"打起来的时候，人吆喝的动静听不真切，可响器的动静能听明白，八路军里也用铜号调度军令的不是？一会儿你们哥俩就跟在我身边，拿着你们的响器传号令！"

"可我们哥俩……这不适合啊……"

"咋不合适？这节骨眼上了还扭捏个啥呀？有话直说？！"

"咱们哥俩都还没学出师，会的曲子只有个……只有个《上花轿》的调调！上阵厮拼的时候吹这个调调……怕不合适吧？！"

"嗨！反正咱们爷们也都是豁出去要跟小鬼子玩命了，上花轿就上花轿，就当是做梦娶媳妇，咱们也让自己傻呵呵地美一回，就这么定了！大家伙儿，走啊！"

没有战斗队形，没有派出尖兵，甚至都没有人去考虑一下，在与日军发生战斗之后，究竟该如何作战，过千由民兵与各村的壮棒汉子组成的队伍，就这样转过了身子，朝着隐约传来枪声炮声的方向冲去。每个人的脸上洋溢着的，几乎全都是夹杂着兴奋与期待的笑容，其中或许还带着少许的忐忑与惶恐，但伴随着人群中不时响起的吆喝与大笑声，那一丝丝的惶恐与忐忑，也都不见了踪影……

走在了所有人的前面，当董大耳朵远远看见何家大集方向那几乎被战火烧红了的天空时，这才回身朝着紧跟在自己身后的人群张开了两条胳膊："老少爷们，都停一停，听我说一句——前头怕就是鬼子在山林里挖的壕沟了，咱们手里的家伙什不多，子弹也就那么点儿，要想当真收拾了鬼子，那就得悄悄摸过去，打鬼子个冷不防！大家伙别再说话了，脚步声也放轻了些走！一会儿要是听见了金家坪的哥俩吹了唢呐，就照着唢呐响起来的方向冲！"

如同风吹麦浪一般，董大耳朵的话被聚拢在他身前的那些民兵与庄稼汉们低声传了出去。耳听着原本喧闹的人群渐渐变得安静下来，董大耳朵满意地点了点头，伸手一拉站在自己身边金家坪出来的两兄弟："跟紧了我！一会儿我叫你们吹响器的时候，就给我铆死了劲儿吹！"

忙不迭地点着头，金家坪出来的两兄弟略一踌躇，却又异口同声地问道："那要是咱哥俩……没了呢？还有谁会吹响器不？"

"这倒也是，可这十里八乡的，谁从小到大还没听过个娶媳妇的喜歌？把话传下去，一会儿要是响器的动静没了，那就照着有人唱娶媳妇喜歌的地界冲！"

眼见着身后的民兵再次将自己的话传了出去，董大耳朵这才率众朝着何家大集的方向走去。才在山林中走出去三五里远，跟在董大耳朵身后的二顺子猛地伸手拽住了董大耳朵的胳膊："董大耳朵，你闻着了没有？"

鼻子轻轻一抽，董大耳朵一对眉毛顿时立了起来："烟卷儿的味道？"

微微一点头，二顺子低声应道："林子里风不大，烟卷儿的味道走不远，顶多也就两三里地远！董大耳朵，前头肯定就是鬼子挖的壕沟了，再朝前走，这么多人的脚步声，肯定就能叫鬼子听见——咱们动手吧？！"

狠狠地一摆手，董大耳朵低声喝道："吹响器！"

几乎是出于从小到大学艺养成的习惯，金家坪出来的两兄弟齐齐一个跨步向前，双手将唢呐递到了嘴边，昂首挺胸地吹出了一个脆亮的长音调门。可都没等唢呐的声音开始叫人听出来《上花轿》调门里的喜庆意思，前方的黑暗中已经猛地响起了机枪射击的脆响！

眼睁睁看着金家坪出来的两兄弟叫打得倒飞了出去，手中的唢呐也摔飞了老远，侥幸没被子弹击中的董大耳朵也都顾不上回头看一眼身后发出惨叫的同伴究竟是谁，扯开沙哑的嗓门，一边唱着丧曲儿，一边朝着闪动着机枪枪口火焰的方向扑了过去！

而在董大耳朵身后，更多的民兵与手持着各种武器，甚至是赤手空拳的壮丁，也都扯开了嗓门，一边唱着从小听到大的《上花轿》喜歌词儿，一边朝着日军机枪射击的方向狂冲而去！

天地之间，那被无数喉咙唱响后又戛然而止、但身后却又有无数声音接上的《上花轿》唱词，响彻山林：

“大花轿子四仙抬，灯笼罩子两边排，鼓敲笙吹前引路，一对铜锣把路开。

越小巷，走大街，新媳妇抬到贵府来。

来得好，来得吉，落轿此时最吉利。

红毡倒，倒红毡，红毡铺到花堂前，新人下轿贵人搀。

斗、升、杼、称摆堂前，一对红烛两边安。

先拜天，后拜地，再拜公婆逢大喜，天地高堂都拜过，新人对拜成夫妻……”[1]

[1] 歌词摘取北京民间唱词《念喜歌》。

★ 第三十六章 入土为安

涂家村里，家家戴孝，户户挂幡，呜呜咽咽的低沉哭泣声，更是不绝于耳……

经过了何家大集一战，涂家村中出阵助战的壮丁只回来七八个，人人身上都带伤挂彩，有两个这辈子怕是都只能在床榻上度过余生，其他人没有三五个月的仔细将养，怕是也恢复不了原有的身板。

回到了涂家村中的八路军，情况更为严重，连清乐、宫南两县的武工队员都算上，满打满算也只回来了五六十号人，其中一多半身上还都挂了彩。李家顺在众人返回涂家村的半路上清醒过来之后，只看了一眼身边仅存的这些兄弟，当场便是一口血喷了出来……

忙前忙后安顿好了那些伤员，已经累得满嘴都是燎泡的杨超瞪着一双熬得通红的眼睛，嘶哑着嗓门朝站在自己身边的一名政工干部说道："伤员这边差不多安顿下来了，担任警戒的同志也要赶紧轮岗，要不然铁打的汉子也支撑不住！李司令那儿情况怎么样了？"

同样累得身子打晃，站在杨超身边的那名政工干部应声说道："吐了血之后就又晕过去了，眼下发着高烧，一个劲儿说胡话！也幸亏韩老先生给配了一服药给灌下去了，方才我看过，李司令睡过去了，该是没大碍。"

"咱们还有多少干部能用得上？这时候可就得靠干部们拢住队伍、安抚人心哪！"

"分配到冀南军分区的政工干部就剩下你一个、我一个。敌工科的两个干部，其中一个已经派出去到清乐县城摸情况去了。再加上军械处的两个干部……冀南军分区的根据地里，就这么四个干部还能站着说话，忙得都快要脚不沾地了！杨超，这一仗……打得太惨了！"

微微叹了口气，杨超的目光不自觉地看向了何家大集方向："也幸亏那些撤退的乡亲哪……鬼子在何家大集后头的阻击阵地上还留了一百多号人马，如果不是那过千的乡亲豁出命去，从鬼子背后捅了一刀，咱们可是说啥都回不来了——伤亡的乡亲们，都安顿好了？”

“受伤的基本上都抢回来了，可战死乡亲的遗体……当时实在是顾不上了，只能等过几天情况好转些之后，再想办法收敛那些乡亲的遗体！好几百号战死的乡亲哪……就这么赤手空拳朝着鬼子的机枪上冲，愣是拿几百条命给咱们填出来一条活路啊！”

“涂家村里猛一下多了几百号其他地方来的乡亲，住的地方还能暂时搭些窝棚凑合，可粮食很快就会不够吃，得想办法从其他能拿出富余粮食的村子运粮过来。也幸亏涂家村本来就出药材，要不这些伤员……在粮食没运到之前，干部每天一顿稀的，战士每天一顿干粮，一定要保证乡亲们和伤员有饭吃，绝不能让他们饿肚子。尤其是伤员，更是要重点照顾！”

“涂家村附近的几个村子都遭了鬼子祸害，要不就是村子太小，根本都找不出啥富余的粮食。离着最近、可能有些余粮的……也就剩下大武村了！要不咱们派人去大武村看看？”

猛地皱起了眉头，杨超扭头看向了离自己不远处的一幢茅屋：“说起大武村……莫天留和沙邦粹还有万一响，他们还在那屋里待着哪？”

叹息着点了点头，站在杨超身边的那名政工干部低声说道：“自打回到了涂家村，他们三个就没出过那屋子。这都一天一夜的工夫了，也就见着沙邦粹出来打了些水、取了些干净麻布进去……哦，出来找咱们老部队上的同志要了一套军装，估摸着他们是在准备着收敛栗队长的遗体呢！从何家大集回到涂家村，沙邦粹一路上跑得吐血，都不肯叫人替他背着栗队长回来，谁劝都不听！还有那个莫天留……眼神都有些不对了，看谁都跟狼似的！杨超，不会出啥事吧？”

都没等杨超答话，莫天留等人猛然间从那间安顿了栗子群遗体的茅屋里鱼贯走了出来。打眼看着沙邦粹再次将栗子群的遗体用椅子背到了身上，杨超赶忙迎了过去：“你们这是要……”

一天一夜没跟人打照面，莫天留的一双眼睛都深深地陷进了眼窝，眼珠子也不再像往常那样灵动异常。很有些直愣愣地看着站在自己跟前的杨超，莫天留好一会儿方才沙哑着嗓门开口说道：“我们带大当家的回家去……李司令要醒了，就告诉他一声，我们办完了事儿就回来！”

有些诧异地看着莫天留，杨超下意识地低声问道：“回家？回哪儿？”

很有些木讷地看着杨超的眼睛，莫天留好不容易才从嗓子眼里挤出一句话：“回大武村……回茶碗寨！清乐县武工队是大当家的一手从大武村操持起来的，我得带着大当家的回去……”

张了张嘴，杨超犹豫片刻，方才低声朝莫天留说道：“回去……也好！莫天留同志，眼下的情况你也看到了，实在是……我们需要粮食来安顿乡亲们，能不能……”

也不回答杨超的问题，莫天留依旧是愣怔了好一会儿，方才大步朝着由涂家村通往大武村的山路走去。而在莫天留的身后，背着栗子群遗体的沙邦粹，也亦步亦趋地跟在了莫天留身后……

都没等莫天留等人走出涂家村村口，一名在涂家村外放哨的八路军战士已经急奔着冲到了莫天留等人面前，几乎是直着脖子大声叫道：“快去……去帮忙……”

心头悚然一惊，站在莫天留身后不远处的杨超下意识地拔出了腰间的德造二十响手枪：“鬼子来了？！”

用力摇了摇头，那一路急奔而来的八路军战士重重地喘了几口粗气，这才接茬朝着看向了自己的众人叫道：“不是鬼子……是大武村……大武村里的壮丁，来了好多，还带着粮食哪！听走在前头的大武村的壮丁说，江老太公也来了，还……还带来了一口寿材！”

原本很有些呆滞的眼神骤然一闪，莫天留猛地抬头看向了那急奔而来报信的八路军战士：“太公也来了？还带了口寿材？！”

“是啊！这大雪都快要封了山路的天气，大武村的乡亲愣是在积雪里开出一条路过来的，还带着那么多粮食，也当真是难为他们了！听打头开路的大武村的壮丁说，谁都没法劝住江老太公，老人家非得要亲自跑这一趟，眼下正坐着凉轿在大队中间走着，说话这会儿的工夫，怕就能到了……”

话音落处，一顶由四个壮棒汉子抬着的凉轿，已经颤巍巍晃悠着来到了涂家村村口。伴随着走在凉轿边的管家轻轻招呼一声，四个走得浑身大汗的壮棒汉子小心翼翼地将凉轿搁在了村口平地上。而在那凉轿后头不远处的山路上，推着独轮车或是挑着沉甸甸担子的大武村的壮丁，也沉默着朝涂家村村口涌来……

即使是浑身上下都裹上了厚厚的棉被，但坐在四面透风的凉轿里走了这么远山路，江老太公也早冻得四肢麻木，胡须上都结上了厚重的霜花。颤巍巍地被管家扶着下了凉轿，江老太公微微活动了几下手脚，这才朝着疾步迎到了自己跟前的杨超等人抬手一揖：“老朽来迟，还请……”

不等江老太公把话说完，杨超已经飞快地朝江老太公行了个军礼，忙不迭地双手扶住了江老太公的胳膊：“江老太公，这么冷的天气、这么远的山路，您……实在是辛苦了！赶紧上屋子里暖和暖和……”

很是和蔼地朝着杨超点了点头，江老太公却并不着急进屋，反倒是朝着杨超和声问道：“阁下倒是面生？敢问……”

“杨超！刚刚由上级分配到冀南军分区，还没来得及担任任何职务，这就遇上了这次跟鬼子的恶战！眼下李司令病重，栗队长……牺牲，还有很多干部也都牺牲了，涂家村根据地里的这些事，我暂时管着。”

上下打量了杨超几眼，江老太公捻须应道：“倒是后生可畏！这涂家村中有药，还有韩老先生医治伤患，老朽也就不越俎代庖，格外生事了。只是知道大战之后，八路军伤患必定需要粮秣将养，老朽自作主张，搬弄了些粮食送来，还望八路军赏收啊！”

也都不等杨超开口，江老太公却是转头看了看山路上被十几名壮棒后生抬着走来的一具精美寿材：“八路军在何家大集与日寇血战，老朽虽偏居深山，却也颇有耳闻。得知栗队长不幸身故，老朽冒昧，将老朽自备百年之后所用寿材一并运来，也好让栗队长入土为安……”

只是看了一眼那具精美的寿材，杨超已然心中一惊……

北地风俗，老人都有为自己百年之后事预备寿材的习惯，有些穷门小户人家都已经穷得揭不开锅，却也都不敢拿着老人为自己准备的寿材去换些粮食求活，生怕老人在百年之后不能入土为安，子孙后代都要被人戳一辈子脊梁骨！

很有些犹豫地斟酌着措辞深浅，杨超吭哧着朝江老太公说道：“江老太公，您这一番心意，咱们八路军自然是领了，只是这……太贵重了……”

微微一摆手，江老太公轻轻叹了口气：“栗队长舍得杀身成仁，老朽又如何舍不得百年之后那点虚浮之事呢？此事……再勿多言！”

★ 第三十七章 有仇当报

被管家仔细搀扶着，江老太公先去见过了正忙着医治伤员、累得精疲力竭的韩老先生，再看着大武村的壮丁将翻山越岭运来的粮食仔细存放到了涂家村的公仓里，这才在涂家村中召开百村大会的那幢大屋子坐了下来，长长地叹了口气：“竟然……惨烈如斯……惨烈如斯啊……”

心有戚戚地点了点头，早已经被伤员的惨状吓得出了几身冷汗的管家应声说道：“当真是惨哪……咱们村子隔着何家大集这么老远，夜深人静的时候都能隐隐约约地听见枪声炮声的动静。村里派出去打听动静的壮丁，离着何家大集还有三十里，都能瞧见何家大集那边的天都打红了……这一回死伤了这好些人，这些八路军可算是伤筋动骨了……”

亲自端着一壶热茶送到了江老太公跟前，杨超眼见着江老太公脸上那明显的倦容，禁不住低声朝江老太公说道：“江老太公，咱们八路军跟鬼子打仗，有流血牺牲，那也是正常的情况！倒是您……这么老远的山路赶过来给咱们送粮食，可当真是辛苦了！您赶紧喝口热茶、好好歇歇，可千万不能累得损伤了身子啊！”

取过杨超送来的热茶啜饮了几口，早已经累得筋骨酸软的江老太公慨然叹道：“只恨老朽力薄，再不能多帮八路做些事情啊……”

话音未落，屋外却猛地闯进了一名八路军战士，急匆匆地朝着杨超叫道：“老杨，赶紧看看去吧——莫天留跟沙邦粹召集了清乐县武工队里那些还能动弹的同志，正在军械处闹着要领弹药，去杀鬼子给栗队长和牺牲的同志们报仇哪！”

猛地瞪大了眼睛，已经疲累得没了精神头的江老太公讶然惊叫道：“这却是……使不得吧？！如今八路军刚刚经历一场大战，颇有折损，更兼人困马乏，如何还能……”

同样讶然地瞪大了眼睛，杨超急声朝那名前来报信的八路军战士问道：“怎么这莫天留突然就来了这么一出？这一仗打下来，清乐县武工队里的老同志几乎都折损了，其他的同志差不多都是加入武工队不足一年的新同志啊？这时候出去跟鬼子拼命，这不是……走，看看去！”

都没等杨超朝着自己打声招呼，江老太公已经示意管家将自己从椅子上扶了起来：“老朽同去！这天留自幼顽劣，更兼胆大妄为，但从来明白个知恩图报的道理！他能有今日模样，得益于栗队长颇多！如今栗队长遭逢不幸，怕是这天留……”

同样是一脸着急的模样，仔细搀扶着江老太公的管家也是连声说道：“这天留性子独，打小就是个挨一巴掌要还人两脚的做派。更加上还护短，他身边的人要是被欺负了，他是想着法子也得帮人出头！如今栗队长……不在了，这天留八成得撒疯啊……”

尽管心头焦急，但看着江老太公执意要与自己一起前往军械处，杨超也只能耐下性子，搀扶着江老太公的胳膊，直朝着设立在涂家村中的军械处走去。人还离军械处老远，杨超与江老太公就已经听见围拢在军械处的人群当中，传来了莫天留与军械处长那都带着几分沙哑的声音：“甭跟我说那些个没用的！德造二十响的子弹、专门给机枪用的重弹、鬼子的手榴弹和地雷，还有炸药包……赶紧给我拿来，要不我可自个儿动手了！”

“想要东西可以，拿李司令批的条子来领！要是谁跑到我这儿，都是一张嘴就能领装备，我这军械处长就不用干了！”

“李司令现在正病着，我上哪儿寻他批字的条子去？！”

“那你就等李司令醒了再说！天留，我知道你心疼栗队长牺牲了，想着要给栗队长报仇，可你也不能由着性子胡来啊？！你们清乐县武工队就剩下这些人了，就是我给你们补充上武器弹药，你们出去跟鬼子厮拼，哪怕也会是肉包子打狗的下场啊！”

“少废话！给不给？！”

“不能给！没李司令批的条子，我不能……”

“棒槌，动手！”

即使是隔着人群，杨超与江老太公也看到了被沙邦粹双手抓着腰带高高举了起来的军械处处长。而在人群当中，更是响起了莫天留那沙哑着嗓门的吆喝声：“赶紧拿！专门给机枪用的重弹一定拿足了，还有手榴弹，每个人最少带五个……”

急匆匆地分开了围拢在军械处仓库门外的人群，杨超都没等挤到莫天留身边，已经亮开嗓门大吼道："住手！全都住手！"

吼声起处，堵在了杨超身前的八路军战士立刻让开了一条通道，几个闯进了军械处仓库的武工队员也不由自主地停了手，只剩下将军械处长高高举了起来的沙邦粹，瞪大了一双眼睛盯着冲到了自己面前的杨超，脸上全然是一副不达目的誓不罢休的倔强神色！

都不等杨超再次开口，被管家搀扶着挤到了沙邦粹身边的江老太公已然连声朝沙邦粹叫道："棒槌，你这是做什么？！还不赶紧把这位长官给放下来！这还有一点规矩了没有？天留，这里可是八路军军机要地，不是咱们大武村，可是由不得你任性胡来！"

或许是因为从小到大面对江老太公时未语先怕三分的习惯，沙邦粹扭头看了看铁青着脸一言不发的莫天留，泱泱地将高举在手中的军械处长放到了地上，却又不甘地朝着江老太公嘟囔道："太公，我……我们没胡闹！我们就是要领些要用的家伙什，去杀鬼子给栗队长报仇！"

抬眼看着那些身上或多或少带了些伤痕、满脸都是疲惫模样的武工队员，江老太公重重地叹了口气："栗队长遭逢不测，不说你们这些跟栗队长朝夕相处的后生们，就连我心里，也是……可凡事总要从长计议！正所谓君子报仇，十年不晚，眼下八路军征战多日，正是人困马乏的时候，这时候再贸然出战，气势就先弱了三分！万一……"

不等江老太公把话说完，站在一旁的莫天留却是幽幽开口叫道："咱们人困马乏，鬼子也不轻省！咱们快叫打散花了，鬼子也叫咱们折腾得快散了架子！这时候，比的就是谁能熬，看的就是谁能扛！君子报仇，十年不晚，可我不是君子……我等不了十年！太公，这事儿您就甭管了！无论如何，我也得替大当家的报了这个仇！大当家的坟前，要是没鬼子的人头当祭品，我怕大当家的走得不安生！"

微微皱起了眉头，杨超盯着脸色铁青的莫天留说道："要报仇没错，不光是为了牺牲的栗队长，也为了其他牺牲的同志和乡亲们，这个仇一定要报！可咱们要报仇就不能莽撞，要不然没能报仇，反倒把自己搭进去了！"

有些呆滞地转动着脖子，莫天留定定地看向了站在江老太公身边的杨超："大当家的不怕死，我也不怕！大当家的能死，我也能……豁出去一条命，怎么我也得咬下鬼子一块肉来！"

"就算你想要豁出去性命替栗队长报仇，那你总也得有个方向吧？就这么莽莽撞撞出山去打鬼子？上哪儿打？怎么打？你心里有谱吗？"

“就奔何家大集！鬼子叫过千的乡亲从背后捅了一刀，死伤不在少数，大雪封路的天气，一时半会儿的也撤不了那么快！只要我动手快、下手狠，肯定就能拿下鬼子的人头来！”

“何家大集周围聚拢了那么多鬼子，就算是你想抽冷子打鬼子个冷不防，可后撤的时候咋办？！杀敌一千，自损八百的事情，咱们不能干！也……再干不起了啊！”

“可大当家的这仇，不能不报，更不能等！杨超，你别拦着我，我今天无论如何也要……”

“谁说我要拦着你了？！”

“那你……”

“老话都说过，打蛇打七寸、打狼砸腰杆！咱们打鬼子，那也得找鬼子兵力最薄弱的地方下手，积小胜为大胜，不能盲目跟鬼子硬拼！”

“你的意思是……零打碎敲？柿子捡软的捏？”

“没错！天留，我同意你方才的说法——咱们的同志很疲惫了，鬼子也叫咱们折腾得不轻。有时候的战斗，真就是看谁能在最困难的时候咬牙多坚持最后五分钟！你要出山去打鬼子报仇，我不拦着你，可打鬼子的方式方法、进攻的路线和方向，你都得选好、想对了才行！”

“那你有啥说法？”

“我倒是觉得……咱们这时候应该去一趟清乐县城！”

“清乐县城？你是说……趁着鬼子一时半会儿的还没来得及撤回清乐县城，咱们去抄鬼子老窝？”

“这话说对一半！这回鬼子花费了这么大力气跟咱们厮拼，从兵力和武器装备上来判断，鬼子甚至从保定调集了兵力来参加这次战斗。既然鬼子兵能从保定来打这一仗，那打完了之后，保定来的那些鬼子兵不可能在清乐县长期驻扎，肯定还得回保定吧……”

★ 第三十八章 因陋就简

微微喘着粗气，一口气走了几十里地的莫天留抬手指点着眼前几百米处的一座青石桥，低声朝蹲在自己身边的杨超说道："就这儿！这附近几十里地，一共有六处过铁路的石桥，这座是最大的！怎么着？就这儿？"

放眼打量着石桥周遭的地形地貌，再看看那些飞快地隐蔽到了石桥旁有利地形处的八路军战士，杨超缓缓地点了点头："这附近地形不错，只要把鬼子的小火车给弄到桥下去，咱们只要有两挺机枪，差不离就能把闷在小火车里面的鬼子给收拾下来！安排装炸药吧……"

轻轻一摆手，莫天留朝着几个身背藤筐的八路军战士低声叫道："可千万要把炸药装好了！咱们这回把最后一点家当都拿出来了，黄瓜打锣——就这一锤子买卖，一定要弄出个响儿！"

郑重地朝莫天留与杨超点了点头，几名背着藤筐的八路军战士飞快地扑到了青石桥上的铁路旁，挥动着随身携带的铁锹，在铁轨下挖了个酒坛子大小的坑洞，小心翼翼地将仅有的炸药放进了坑洞中……

远远看着那些忙碌着埋设炸药的八路军战士，杨超倒是不放心地嘀咕起来："天留，我总觉着……那些个炸药的爆炸当量够不够啊？"

很是懵懂地瞪大了眼睛，莫天留诧异地看着杨超叫道："啥玩意儿？当……当啥？"

像是恍然大悟般地笑着摇了摇头，杨超低声朝莫天留应道："就是炸药的威力，我担心不是太够。这青石桥看着挺结实的，咱们的炸药估计能破坏铁轨，可不一定就能破坏桥身。到时候鬼子的火车要是没扎到桥底下，而是侧翻或是脱轨……就凭着咱们这些人和武器，怕是难以在最短的时间内达到全歼鬼子的作战目的啊！"

伸手抓了抓头皮，莫天留犹豫着说道：“该是……差不离吧？咱们一共也就剩下这点炸药了，有多少麦子磨多少面，能吃一口就赶紧下锅吧！”

重重地叹了口气，蹲在莫天留身边的沙邦粹闷着嗓门接应上了话头：“要是正光哥在……那肯定能把这桥给炸塌了！”

脸色骤然一黯，莫天留伸手在沙邦粹后脑勺上拍了一巴掌：“哪壶不开提哪壶！要是有正光哥配出来的炸药，咱们还用得着琢磨这些有的没的？打何家大集那一仗的时候，咱们就没打算留手，好玩意儿差不离全用上了！现在这点炸药，都是冀南军分区自己配出来的土炸药……他娘的，我这越说越觉着心里没底了！棒槌，带几个手榴弹过去，也填到那埋炸药的坑里！”

一把拉住了想要冲出去送手榴弹的沙邦粹，杨超摇头说道：“塞手榴弹也没大用，咱们现在剩下的日式手榴弹就那么几颗，晋造手榴弹都不多了，不能……”

话没说完，杨超猛地闭上了嘴巴，扭头朝着铁路一头看去。而在杨超身边，莫天留也是支棱起了耳朵，仔细聆听起来。不过是片刻的工夫过后，杨超与莫天留几乎同时开口叫道：“有火车的动静？！快撤回来，隐蔽！”

几乎是在杨超与莫天留喊声出口的同时，几名在铁路上挖坑埋放炸药的八路军战士也已经听到了远处传来的火车运行时发出的动静，甚至都感觉到了冰冷的铁轨上传来的震动。低头看了看还没来得及安放好的炸药，几名负责埋放炸药的八路军战士飞快地将炸药包从挖好的坑洞里取了出来。其中一名八路军战士更是亡命挥动着铁锹填埋着刚刚挖出来的坑洞，口中兀自大声吼道：“你们带着炸药先走，我得把这坑填上，不能叫鬼子瞧出来……”

彼此间对望了一眼，几名重新背上了炸药的八路军战士一声不吭地大步朝着莫天留等人隐蔽的方向冲来，而那名挥动着铁锹填埋坑洞的八路军战士，也是愈发加快了手上的动作。

只是眨眼的工夫，原本还只能隐约听见动静的火车已经骤然出现在莫天留等人眼前。远远看着火车头前面顶着的那个巨大的装甲车厢，莫天留顿时低声惊叫起来：“鬼子这火车……啥时候换成了装甲车打头了？”

阴沉着脸色，杨超闷着嗓门应道：“估摸着鬼子也怕运兵火车在半路上遭到袭击，所以弄了这么个装甲列车打头！这装甲列车车厢本身就很重，差不多就是被鬼子当了铁道清障车在使唤。再加上装甲列车车厢上的武器装备……打起来的话，鬼子的火车能扛、能跑，咱们占不到一点便宜！”

“豁出去本钱，上机枪重弹打他们那火车头呢？”

“估计也不行，火车不是汽车，打爆了轮胎、挖坑阻截，甚至是直接毙了小鬼子的司机都能管用。这火车一跑起来，自个儿想停下都得费上一番工夫，以咱们手里目前能有的武器装备来说，想要拿下鬼子的火车，还真是得靠炸药……”

话音未落，远远驶来的日军装甲列车上，重机枪扫射的声音已经猛然响了起来。伴随着机枪扫射声的响起，还没来得及返身撤回的那名八路军战士身边，顿时被机枪子弹打得雪尘四溅。

几乎是下意识地扑倒在地，那名还没来得及撤离的八路军战士只是在铁轨旁趴了一眨眼的工夫，便猛地跳起了身子，大步朝着莫天留等人隐藏位置相反的方向狂奔起来。

只是微微一个愣怔，莫天留顿时一巴掌拍在了自己膝头上：“他这是要豁出去自己一条命，也不让咱们藏着的地方被鬼子知道！鬼子怎么能看出来这么远？那火车离着这儿还那么老远，鬼子的机枪就响了……”

死死地盯着那在雪地上亡命狂奔，甚至都没有回头朝自己这边看上一眼的八路军战士，杨超也是重重一拳砸在了雪地上：“鬼子的装甲列车上有专门的瞭望手，再加上装甲列车的高度、铁路上也基本无遮无挡……唉……”

眼睁睁地看着那名刻意暴露了自己身形的八路军战士被重机枪子弹打得翻倒在地，沙邦粹痛苦地闭上了眼睛：“这还没动手，又折了一个……”

一把将沙邦粹的脑袋按得杵在了雪地里，脸色铁青的莫天留低声喝道：“鬼子的火车停下来了！别吭气，准备打……”

伸手轻轻按在了莫天留紧攥着德造二十响手枪的巴掌上，眼睛死死盯住了装甲列车的杨超用力摇了摇头：“不能打！也打不得！咱们只要一开火，方才牺牲的同志就算是白白牺牲！让大家慢慢退后，火车上的小鬼子应该还没发现咱们，咱们现在不能露头！”

话音刚落，缓缓停下的装甲列车上半圆形的机枪塔已经飞快地转动起来，黑洞洞的枪口直朝着莫天留等人隐藏的位置指着，眨眼工夫便喷涌出了长长的火舌！

挣扎着把脑袋从雪地里钻了出来，沙邦粹下意识地抓住了搁在身边的大铡刀：“鬼子看见咱们了！天留，冲上去拼吧？！”

一把将沙邦粹的脑袋重新按到了雪地里，脸色铁青的莫天留也紧贴着雪地趴了下来：“看见个屁！鬼子这就是在瞎咋呼，看着机枪打得凶，可子弹都飞得七零八落……老实趴着，等鬼子的火车过去之后，咱们再好好琢磨个打鬼子铁甲火车的法子！”

再次挣扎着从积雪中探出了头，沙邦粹狠狠地咬着牙低叫道："鬼子就是欺负咱们没大炮！要不然把大炮支起来，一炮就能把鬼子的铁甲火车打得趴了窝！"

眉头一皱，杨超一边看着装甲列车上的日军机枪手虚张声势地胡乱扫射，一边应声朝莫天留低叫道："咱们在何家大集……你不是弄了一门日军的山炮回来了？现在那山炮在哪儿？"

"被埋在何家大集里边了！当时大家伙准备突围的时候，那山炮压根都没法带走，也就拆开来埋在何家大集的寨墙下面了……你甭琢磨那山炮了，这么远的路，一路上还到处都是小鬼子，咱们这些人能钻到青石桥这儿，已经费了不少力气了。要是再拽上那门山炮，根本就到不了地头！"

"炮来不了，那炮弹呢？"

"炮弹？倒是还有几发，也埋在何家大集里边了。可没炮，光要炮弹有啥用？"

"咱们可以把炮弹也改装成地雷呀！鬼子的山炮炮弹是高爆弹，杀伤力不小。只要是用对了地方，击穿鬼子的装甲列车不成问题！"

"以往你这么干过？"

"我没干过，可理论上应该是不成问题！"

"啥玩意儿？啥……论？"

"就是道理上，应该是能办到的！天留，咱们手里的土制炸药肯定不够用，也只能用那些个炮弹来试试了！而且咱们还得快——鬼子的装甲列车只要是到了清乐县城外的火车站，装运兵员要不了太长的时间，咱们一定要抢在鬼子返回之前，把能炸了装甲列车的炮弹改装出来！"

狠狠一咬牙，莫天留盯着再次缓缓启动的装甲列车，闷着嗓子低叫起来："扯破龙袍是个死，打死太子也是个死，左右就是豁出去的活儿，咱们就赌一把——棒槌，寻几个腿脚快、力气大的奔何家大集，把剩下的炮弹全都搬运过来。别走大路，顺着上了冻的青蟒河用冰爬犁走，一路上多少还能避开些鬼子，应该能赶趟儿！"

★ 第三十九章　火燎烟熏

坐在摇晃的车厢里，白川勇一口喝干了杯中清酒，再用力裹紧了身上的军用大衣，恶狠狠地咒骂起来："简直是浑蛋！调动了这么多兵力的围剿，居然还是叫一些反日武装分子逃进了山林，皇军的部队甚至被一些支那农夫袭击、损失惨重……哪怕是面对支那正规军，恐怕也不会打出这样的战绩吧？"

同样将杯中清酒一饮而尽，坐在白川勇对面的南园平三赞同地点了点头："虽然是为了执行冈村阁下制订的治安战计划，但作为一个小小的丙种师团军官、担任的也是地方驻屯军职务，居然也能毫不客气地对保定驻军司令部直属的部队指手画脚，简直是……浑蛋！"

一把抓过了搁在手边的酒瓶，白川勇一边为南园平三斟酒，一边狠狠地低叫道："还有那些保定驻军司令部派驻的参谋军官，居然全部玉碎……猿太郎阁下，一定会很伤心的！对于这一次的作战行动，南园君想好了要如何汇报吗？"

微微点头向为自己斟酒的白川勇表示着感谢，南园平三几乎是毫不犹豫地应声答道："汇报的重点，自然是方才作战失利的部分了！大量的士兵玉碎，弹药也消耗得实在厉害……对于雪隐家的那两个浑蛋，猿太郎阁下，想必也是会有相应的处置吧！在汇报的时候，还希望白川君能够……"

话音未落，伴随着一声剧烈的爆炸声，原本只是有些摇晃的车厢猛地一震，骤然间朝着斜侧方猛地歪倒下去！

不由自主地在歪倒的车厢里翻滚着，白川勇与南园平三惨叫着摔了个鼻青脸肿。而在紧邻着白川勇与南园平三乘坐车厢的另一头，也传来了那些同样摔了个七荤八素的日军士兵惨叫的声音。

胡乱伸手摸索着，白川勇好不容易才在歪倒的车厢里站稳了身子，一边拉扯着摔断了一条胳膊的南园平三站立起来，一边扯开了嗓门叫嚷起来："敌袭！战斗准备……敌袭！做好战斗准备……”

杂乱的应和声中，一些还有行动能力的日军士兵，也在歪倒的车厢中挣扎着站起了身子。其中一些日军士兵忙着救助身边被摔得筋断骨折的同伴，而另一些抓到了随身武器的日军士兵却是蜂拥到了车厢门口，不由分说地合力打开了被摔得有些变形了的车厢大门，胡乱叫嚷着朝翻倒的车厢外跳了下去。

并没有像那些日军士兵一样着急跳出车厢，甚至都没着急打开略有些变形的车厢大门，搀扶着南园平三的白川勇小心翼翼地凑到了车厢门边，凑在裂开了足有一巴掌宽的门缝朝外看去……

很显然，足有八节车厢、已经明显超载了的火车遭遇到了埋设在铁轨下的炸弹袭击。作为打头护卫的装甲列车，甚至都被炸得开了个从车底到车顶的贯穿窟窿，歪斜着撞到了断裂的青石铁路桥下。

紧随其后的火车头显然也没能逃脱完全损毁的命运，几个巨大的车轱辘已经完全从车体上脱落下来，散落在已经被煤渣和泄漏的蒸汽污染得一塌糊涂的雪地上。一名日军火车司机的半截身子已经钻出了车外，但另外半截身子却是死死地卡在了变形的火车头中，显见得是再没了一点生机……

而在火车头后挂着的两节车厢中，惨叫哀号声不绝于耳。从破损的车厢缝隙中，一股股殷红的鲜血正在缓缓地流淌到雪地上，飞快地冻成了一摊摊令人触目惊心的血冰！

都还没等白川勇看仔细车厢外的情形，几名忙不迭跳出了翻倒车厢的日军士兵已经扯开了嗓门叫嚷起来：“都出来帮忙啊！”

“请一定坚持住，这就来救你们！”

“卫生兵到哪里去了？卫生兵……”

几乎就在那些忙不迭跳出车厢的日军士兵胡乱叫嚷的瞬间，从被炸断的青石桥两头，几枚嗤嗤冒烟的马尾手榴弹猛地被人扔了出来，全都不等落地，便在半空中炸裂开来。或许是知道那些马尾手榴弹的爆炸威力并不算太强，在那些被人扔出来的马尾手榴弹上，全都用粗布包裹着一些只有拇指肚大小的石子。伴随着爆炸声响起，那些着急慌忙跳出了车厢的日军士兵，顿时被四散迸飞的石子打得满头满脸鲜血，惨叫着趴到了地上。

爆炸声才刚刚响过，一阵排子枪的枪声接踵而来，顿时将几节车厢门口挤成了一堆的日军士兵打得纷纷从车厢门口摔落下来。而在排子枪枪声过后，两挺机枪的长点射，更是毫不客气地封死了几节车厢大敞开着的车门。

出路被封，即使是想要还击，都根本找不到一点射击角度。哪怕是有几名日军士兵号叫着冒死跳出车厢想要反击，却也是双脚刚一落地，便被早有准备的伏击者打倒在地！

顾不得摔断的胳膊上传来的剧痛感觉，同样从门缝中看到了这一幕的南园平三费力地用没受伤的左手摸出了挂在腰间的南部式手枪，扯开了嗓门吆喝起来："都是傻瓜吗？！不要从车厢大门朝外突击，砸开车厢……"

喊声方起，南园平三却又飞快地闭上了嘴巴……

为了保证运兵列车的安全，日军不仅仅是在车头安了一截装甲列车作为移动堡垒，就连普通车厢，也都用厚重的木板和密密麻麻的铁条进行了加固。即使是在没人打搅、拥有足够破拆工具的前提下，恐怕也要花上不少时间和力气，才能将车厢厢壁破拆开来。想要在遭遇袭击的状况下短时间内破拆车厢，这无异于痴人说梦！

狠狠咽了口唾沫，南园平三低声朝趴在门缝上观察动静的白川勇叫道："白川君，恐怕短时间内，是无法组织起有效的反击了！如果我们固守待援的话，会需要多长时间，才能等到援军到来呢？"

同样拔出了挂在自己腰间的南部式手枪，白川勇狠狠地咬了咬牙："一个小时之后，下一站见不到火车到达，就会打电话询问清乐县方向发车的情况。再加上组织援军赶来的时间……最慢三个小时之后，我们就能等到援军了！"

精神猛地一振，南园平三顿时松了口气："如果是依托着这些坚固的车厢坚守的话，三个小时也并不能算是艰难的任务呢！如果援军能够得力一些的话，或许还可以把这些伏击我们的反日武装分子全歼……"

就像是听到了南园平三与白川勇之间的对话一般，从断裂的青石桥两头地势较高的位置，一捆捆浇上了洋油之后再被点燃的麦草，被人用草叉子挑着接二连三地朝翻倒歪斜的车厢扔了过来。不过是眨巴眼的工夫，从那些燃烧的麦草捆子上涌出的烟雾，已经将那些翻倒歪斜的车厢裹了个严严实实！

说来也巧，连着刮了好些天的北风，此时此刻却全然平息下来，压根也没将烟雾吹散一丝一毫。而青石桥下的那一大块洼地，更是像个聚烟的锅底一般，将越来越浓厚的烟雾牢牢地存留起来，直熏得车厢里藏着的日军士兵睁不开眼睛，咳嗽的声音更是此起彼伏！

忙不迭地用衣襟捂住了嘴巴，被烟雾呛得涕泪交流的白川勇与南园平三对望一眼，彼此都从对方的眼睛里看到了一丝惊恐的神色……

即使是再坚固的、足以抵挡大口径炮弹袭击的战壕工事，在面临火攻或是烟熏时，也无法对隐藏在战壕工事中的士兵提供丝毫的掩护。而现在身处这些结实的列车车厢，在浓烟熏呛的攻势之下，也只会变成一个个坚固的巨大棺材！

唯一的活路，便是顶住早已经占据了有利地形的伏击者，冒死突击！

强忍着喉头被烟雾熏出来的撕裂般的痛楚，白川勇与南园平三几乎同时扯开了嗓门号叫起来："突击！全体突击……"

即使白川勇与南园平三不下突击命令，早已经被烟雾熏得无法忍受的日军士兵，也已经有人不管不顾地跳出了车厢，跌跌撞撞地朝着烟雾略微稀薄些的方向冲去。虽说压根就看不清伏击者藏在什么位置，每一个跳出车厢的日军士兵，也都举着枪朝伏击者大致藏身的方向扣动了扳机。有几名脑子还略有几分清醒的日军士兵，甚至朝着伏击者大致埋伏的方向扔出了手榴弹。但在杂乱的枪声与间接响起的手榴弹爆炸声中，伏击者掌控的两挺机枪，却始终不紧不慢地打着长点射，将一个又一个刚刚冲出烟雾、还没来得及看清方向的日军士兵打倒在地。

拖曳着断了一条胳膊的南园平三跳出了车厢，白川勇却并没有跟随着那些日军士兵盲目地朝着烟雾笼罩的范围外发起突击，反倒是忙不迭地趴在了雪地上，用衣襟包起了一些积雪捂在了口鼻处，使劲地呼吸着勉强经过了过滤的空气。

将手中的南部式手枪扔到了一边，有样学样的南园平三使劲吸了几口还略带着些烟雾味道的空气，这才朝着趴在自己身边的白川勇低声叫道："白川君，士兵们的突击像是并没能奏效，我们……"

伸手指了指翻倒车厢下一条勉强能容人爬过去的空隙，白川勇也下意识地压低了声音："在面临这种无法逆转的困境时，还是撤退吧……至少可以早一些把援军领来……"

虽说这逃命的借口着实荒唐，但耳听着那些急着要冲出烟雾笼罩的日军士兵不断发出的惨叫声，南园平三还是忙不迭地点了点头："的确是这样！白川君，我们赶紧撤离吧！身为武士，犬死的确是不可取的啊……"

如同惶惶丧家之犬，白川勇与南园平三连滚带爬地钻过了车厢下的那条空隙，几乎将身子贴着雪地匍匐了几十米的距离，这才算是爬到了被炸塌的青石桥另一侧。可都还没等白川勇与南园平三从雪地上站起身子，一条如同怒目金刚般的汉子，却是猛地从雪地中跳了出来，手中紧握着的大铡刀带着呼啸风声，在半空中划出了一道闪电："看你狗日的往哪儿跑？！"

★ 第四十章 再踏征途

“河山破碎，金瓯有缺。黎民哀苦，仇寇凶顽。幸有猛士，力挽天倾。持锐披坚，酣斗如狂。赴汤蹈火，死不旋踵……”

洋洋洒洒数百字的祭文恭诵完毕之后，江老太公又朝着面前一块高大的青石碑深深一揖，这才双手捧着那写着祭文的老宣纸，轻轻送入了青石碑前香烟缭绕的香炉之中。

眼看着主持祭奠的江老太公将祭文焚化，列队站在石碑前方的八路军战士，齐刷刷地抬起胳膊敬了个军礼，而那些从大武村中赶来运送粮食的壮丁，也都深深地朝着巨大的青石碑作了个揖！

红着一双眼睛，提着个巨大麻袋的沙邦粹大步走到了青石碑前，双膝重重地跪了下去，伸手将麻袋中装着的七八颗人头掏了出来，在青石碑前垒成了一座小小的京观。而在沙邦粹身侧，同样赤红着眼睛的莫天留却是站得笔直，抬手朝着青石碑敬了个军礼：“大当家的，你放心走吧！你交代下来的事儿，我活着，我就办到底！我死了，我就交代身边的兄弟办到底！老祖宗传给咱们的好玩意儿，咱们一定能守得住，还能传得下去！大当家的……队长，你放心去吧！”

慢慢垂下了胳膊，莫天留闪电般地一翻手腕，猛地拔出了别在腰后的德造二十响手枪，抬起枪口朝天打光了整整一个弹匣！

爆豆般响起的枪声之中，满脸病容的李家顺也是缓缓垂下了抬起敬礼的胳膊，沙哑着嗓门朝肃立在青石碑前的八路军战士说道：“同志们，已经牺牲的战友，我们要记得他们，更要把他们没走完的革命道路走下去，直到胜利到来的那天，我们才能告诉这些牺牲的战友，他们已经可以安心闭眼，他们豁出命去想要争来的公平世道，已经到来了！”

“想要干革命，不光要有革命到底的决心和信心，更要勇敢面对革命道路上的艰难和危险！眼下咱们冀南军分区刚刚经历了几场大战，无论是武器弹药还是兵员，都有着不小的损失，困难不用我说，大家都有眼睛，能看得见！有困难了，咱们该咋办？”

话音落处，在青石碑前列队的八路军战士齐刷刷地吼叫着应道：“克服困难，革命到底！”

习惯性地一挥手，李家顺满意地点了点头：“既然是要克服困难，那咱们也不能光是说大话、放空炮，得当真琢磨出个克服困难、革命到底的法子来！照着咱们部队的老传统，先民主、再集中，各班各排先召开各自的诸葛亮会，半个时辰之后，班排长把收集到的建议和意见总结一下，到司令部开会！刚担任班长职务的，第一次主持诸葛亮会，也不要紧张，先仔细记下同志们的意见就行！哦……各武工队队长，也……”

话说半截，李家顺脸色骤然一黯，扭头朝着站在青石碑前的莫天留叫道：“天留，清乐县武工队的诸葛亮会，你来主持！半个时辰之后，也来司令部开会！”

抬眼看了看屈指可数的几名清乐县武工队队员，莫天留顺手将枪口还在冒烟的德造二十响手枪别回了腰间：“就这么几个人苗子了，开会不开会，也就那回事……”

几乎是在莫天留话音刚落时，几个大武村中前来运粮的壮丁，却是争先恐后地开口叫道：“天留哥，你要是能收我，我这就跟你干武工队！”

“上回你来大武村招兵，我就想着要去投奔武工队来着！这回赶上了，天留哥，你可不能不收我呀！”

“这遂平、宫南两县，都已经叫鬼子祸害了个稀烂，说不定转眼就得轮到咱们清乐县！左右是要跟鬼子厮拼的事儿，天留哥，我真不怕死，就是不想落个窝囊死，叫我跟你干武工队吧！”

斜着眼睛瞟了一眼站在青石碑前的江老太公，莫天留刻意拧着嗓门朝那些闹腾着要加入武工队的大武村的壮丁叫道：“在这儿瞎吵吵管个啥用啊？可别到时候前脚收了你们进武工队，后脚村子里就有一帮子老老小小的来武工队要人，不是说家里庄稼没人种，就是喊地里麦子缺人收，哭着喊着要把人再领回去！再说了……武工队、八路军，那是要跟鬼子真刀真枪见仗的！这要是有个万一……”

都没等莫天留把话说完，站在青石碑前的江老太公抬手朝着莫天留招了招：“天留，过来说话！”

微微缩了缩脖子，莫天留才刚刚踮着脚尖挪到了江老太公身边，江老太公已经猛地伸手，在莫天留脑门上轻轻一拍："溜奸耍滑的性子，当真是从小到大都不改！原本我带来运粮的大武村的壮丁，也就没打算再让他们回去。只看是八路军中缺兵、还是武工队中少丁，一并叫他们投军保家，你倒还拿话来拘我？这些壮丁家中琐事，自有我大武村中江氏一族公中担保，哪里还用得着你费唇舌？！"

哭笑不得地看着在江老太公面前讪讪低头的莫天留，满脸病容的李家顺不由得微微叹了口气，自言自语地低声说道："唉……老栗子，你可是当真没看错人！只要好生敲打个几年下来，这莫天留……怕是冀南地面都装不下他了！"

像是压根都没留意到李家顺正看着自己连连摇头叹息，被江老太公不轻不重在后脑勺上拍了一巴掌的莫天留着急慌忙地拽起了跪在青石碑前的沙邦粹，压低了嗓门朝沙邦粹叫道："先紧着好手挑，把平日里咱们知根知底的，抢先都划拉到咱们武工队来！队长好不容易才在茶碗寨支起来的地盘，不能毁在咱们手里头！"

伸着胳膊擦了擦满脸的眼泪，沙邦粹瓮声瓮气地点头应道："说得是！天留，那你看都挑谁合适？来的都是村里的壮棒后生，哪个咱们都知根知底呀？难不成……全留下？"

轻轻一脚踢在了沙邦粹的小腿上，莫天留恨铁不成钢般地低叫道："说你胖你还真就喘上了！这么多大武村的壮丁，那就是全部叫咱们收拢进武工队，一时半会儿也没那么多家伙什给他们使唤呀！咱们先挑那胆子大、脑子活的拢过来……"

"敢在这时候投奔八路和武工队的，哪个胆子不大呀？要论脑子活……大武村里还有谁比你机灵？跟你一比，谁算是脑子活的呀？"

"你这脖子上头长的玩意儿是脑袋还是倭瓜？！先紧着猎户家里头出来的挑，摸过猎枪的人，耍弄大枪的时候上手快，打活物练出来的胆子，打鬼子见了血也不会太怵！领到茶碗寨里稍稍教个几天，立马就能派上用场！"

"猎户家里头出来的……有七八个！行，一会儿我就把他们都叫过来，还有呢？"

"腿脚快、跟着家里大人走村串寨做过小买卖的，也全都抓挠过来！这些人地头熟，嘴头子也算得上活络。以后跟着咱们朝清乐县城里混的时候，多半都能派上用场！"

"那这就能招揽二十几号了，还有呢？"

"力气大，心眼实，能吃苦的也要！还有个事儿，你一会儿悄悄去办了——涂家村里不是有好几个伤着了、以后再也不能跟人厮拼的爷们吗？好好上门跟人说话，把那些爷们，也都弄茶碗寨去！"

“这是为啥？”

“涂家村的双枪枪法地道，只要他们肯教、咱们肯学，往后打鬼子就能用得上！战场上的手艺不嫌多，那可是能救命的！”

“那要是这么说起来……天留，八路军里也有好几个重伤了的老兵，咱们是不是也……请回茶碗寨里伺候着？”

“嘿……棒槌，这回你倒是算开窍了？就这么办！”

“那这事情都是我办了……你干啥去？”

“我？我不得去军械处，赶紧踅摸些打鬼子要用的家伙什。咱们打小鬼子那装甲火车的埋伏，本来是能在报仇的时候，捎带着弄些小鬼子的家伙什回来的。可谁能想到，咱们都还没打利索，小鬼子又有一辆押运粮食的小火车冒出来了？闹得咱们就砍了几个鬼子的脑袋回来，家伙什也都没弄回来多少。不趁着眼下大家伙都闷在屋里开会的时候抢先下手，一会儿可就什么也得不着了……”

“那诸葛亮会咋办？李司令可是说了，叫咱们……”

“清乐县武工队里，要说我是诸葛亮，你们谁还能不服？你们这么多人扎堆到一块儿，脑瓜子估摸着都没我一个人好使！行了，我先去……”

话音未落，莫天留身后已经响起了杨超那不急不慢的话语声：“天留，话可不是这么说的！老话都说一人计短、二人计长，三个臭皮匠，顶个诸葛亮。咱们八路军里召开的诸葛亮会，那就是为了让大家集思广益，把一个聪明人的想法加以发展、堵上有可能存在的漏洞，这才能尽最大的可能，保证行动计划万无一失啊！”

扭头看了看站在自己身后的杨超，莫天留禁不住讶然低叫道：“杨超，你不是该在李司令身边待着等开会的吗？怎么反倒是跑到我们这儿来了？”

一本正经地朝着莫天留敬了个军礼，杨超正色朝莫天留说道：“李司令有命令，让我担任清乐县武工队的政治指导员，即刻上任！从今往后，咱们可就得在一条战壕里作战了！”

都没等莫天留回过神来，站在莫天留身边的沙邦粹已经压着嗓门在莫天留耳边说道：“天留，这杨超可是念过大书、有大学问的人哪！要论脑瓜子好使……怕是他也不比你差？咱们这诸葛亮会，是不是还得开呀？”

狠狠瞪了沙邦粹一眼，莫天留很有些赌气似的一跺脚：“跟这帮子生瓜蛋子掰扯打鬼子，能掰扯出个啥主意来？！不开！”

★ 第四十一章 鸡毛蒜皮（上）

“天留哥，你快去看看吧！小武村里参加咱们武工队的几个壮丁，跟大武村来的兄弟快闹起来了！”

“闹起来了？因为啥？”

“小武村来的那几个都是猎户出身，自然是想要得一杆好枪。可大武村里的几个兄弟，都是跟咱们从小过到大的，那咋也得照应着点儿啊？天留，这事儿我可真是没法一碗水端平了，你瞅瞅去？”

“行，我一会儿过去瞧瞧……”

“天留，青岩寨的乡亲送来了些粮食，粗粮细粮都有，可运来的时候混一块儿了。这样的粮食该咋办？”

“这你也用得着问我？大概把粗粮和细粮拣选着分一下，粗粮咱们吃，细粮留给伤员！”

“可那粗粮是硬糜子，细粮是软糜子，裹一块儿怎么分呢？”

“这……那就一锅熬了，大家喝糊糊！”

“黄草坡那边两个村子都来人了，说是想请咱们派人过去帮他们支应起民兵队，俩村子都瞧上了棒槌，都咬死了口要叫棒槌去帮着支应，咋办呢？”

“……跟他们说，让棒槌上半晌去一个村，下半晌再去另一个村，一碗水端平了，谁也别瞧着谁红眼！”

“啊？那俩村子可隔着小二十里地呢？叫棒槌两头跑，怕是不出三天，棒槌那两条腿都得跑细了？”

“这一时半会儿的，我也琢磨不出啥法子来……就叫棒槌先忙活几天，过几天等那两个村子的人心气都顺了，再跟人好好商量！”

“那咱们武工队里的刺杀训练怎么办？这还指望着棒槌教刀法对付鬼子的刺刀

阵势呢？”

“先停几天再说！”

“碾子村的乡亲也送了些细粮和鸡蛋来，给伤员补养身子。走半道一个不留神，鸡蛋被颠碎了一些，现在就剩下二十八个蛋……”

狠狠一拍桌子，从大早上就一直被各种琐事纠缠得分身乏术的莫天留，终于熬不住心头越积越浓的闷气，破口朝着前来向自己汇报工作的几名武工队员叫嚷起来：“我去他娘的二十八个蛋啊！这一天下来哪儿有这么多破事？！你们一个个长着脑袋都是当摆设的？屁大个事情也来问我？自个儿不会琢磨着办了？”

乍然间看见莫天留发起了心头的无名火，几个站在屋里的武工队员全都愣在了当场。有一名从小就跟在莫天留身后玩耍的武工队员，隔了好一会儿，方才小心翼翼地朝着莫天留说道：“这不是咱们都琢磨不出来处置这些事情的路数了，这才来找天留哥你拿主意？茶碗寨里这好些武工队的兄弟，一天两顿饭吃不到嘴里，那也没力气熬炼那些打鬼子的手艺不是？”

瞪了那吭哧着回应自己的武工队员一眼，莫天留没好气地哼道：“那你们就啥事都来问我？就不能去寻老兵问问以往的路数？”

“老兵一共就那七八个人，问了他们，他们也说这些事以往都是栗队长一手操持的，他们也闹不太明白！还有……这些事情以往都是老队长一手支应的。天留哥，如今你是队长，这些事不问你拿主意……还能问谁去？”

张了张嘴巴，被一些琐碎事情烦得心头火气十足的莫天留猛地眼睛一亮：“那不还有个政治指导员吗？这些事，你们去问杨超！我可听李司令说过，八路军的队伍里头，坐头把交椅的管打仗，这二当家的管吃喝拉撒睡的事儿！你们方才要问的这些事啊……该杨超管！”

朝着莫天留摇了摇头，一名武工队员低声应道：“天留哥，杨指导员天还没亮就出了茶碗寨……”

“出去了？他咋没跟我知会一声？”

“他倒是去你屋门口叫你来着，估摸着就是要跟你说他出门的事儿。可你那呼噜打得山响，他怎么叫你都不醒……”

“那他也该给我留个话不是？不吭不哈就不见了人，这清乐县武工队里，还有一点规矩没有了？！”

“倒是……跟我说了，叫我等天留哥你一醒过来，就赶紧告诉你。这不是天刚亮、你还没醒，茶碗寨里就来了这好些乡亲吗？一忙起来，我就把这事儿给扔脑袋后边去了……再说天留哥你……”

“我？我能有个啥？有话痛快说，别磨磨叽叽的！”

“天留哥，你平日里不也是说走就走，跟谁也不打个招呼的……杨指导员这么一走，我还想着你们这是一路的做派，我也不敢问哪……”

眼睛又是一瞪，莫天留半真不假地朝着那名武工队员抬起了巴掌：“好啊你……你这倒是憋着揭我的短？你看我不打你个……”

忙不迭地双手抱头蹲在了地上，那名开口搭腔的武工队员很有些委屈地叫嚷起来：“天留哥，你不能不讲理呀？！这可是你叫我说的……”

都还没等莫天留那高高扬起的巴掌落下，屋外却猛地传来了沙邦粹那瓮声瓮气的叫嚷声：“杨指导员回来了？这咋还带了这好些东西……”

耳听得杨超已经返回了茶碗寨，莫天留顿时一个箭步冲出了屋门，迎着杨超吆喝起来：“哎呀……杨指导员，你可是回来了！赶紧来把这些事情给料理了，这可都是些吃喝拉撒睡上的事儿，照着李司令的说法，该得是你来支应？！”

微微一个愣怔，杨超抬眼看了看那些从屋子里走出来的武工队员，和声朝着莫天留应道：“天留，这是出啥事情了？怎么大家伙儿都拢在你屋里呢？我可看见外头有不少乡亲，像是都在等着咱们拿主意、办事似的？”

鸡啄米般地点着头，莫天留回身朝那些跟着自己走出了屋子的武工队员叫道：“方才一个个喊得惊天动地，这会儿见着正经管事的了，反倒都哑巴了？！有事说事，外头乡亲们可都还等着咱们拿主意呢！”

眼见着莫天留开了口，几名武工队员略一犹豫，这才朝着杨超开口大致说明了各自遇到的情况。而在这些武工队员向杨超说明情况的同时，莫天留却拉着沙邦粹悄悄退到了一旁，压着嗓门朝沙邦粹叫道：“棒槌，杨超带了啥玩意儿回来了？”

抬手朝着不远处搁着的几架大车指了指，沙邦粹应声答道：“没啥值钱的玩意儿，就是些土硝、磺粉，和几口大锅、大瓮，旁的啥都没有！天留，这土硝、磺粉能派上啥用场？这杨超弄这么多土硝、磺粉回来干啥？”

眼珠子骨碌碌乱转，莫天留咂巴着嘴唇，像是自言自语般地低声嘀咕起来：“一硝二磺三木炭，杨超是打算自己造火药啊？可这样子造出来的火药，烧起来就是一股烟，没多大劲头，造了能干啥呀？”

懵懂地摇了摇头，沙邦粹憨憨地笑着应道：“说不定是要造爆竹，拿来扔到洋铁桶里当土机枪使唤？咱们手里现在不是没啥家当吗？也就靠这法子撑撑门面了？”

斜眼看了看满脸憨厚模样的沙邦粹，莫天留不屑地撇了撇嘴：“吓唬鬼子的玩意儿，一回两回还成，用的次数多了，傻子也都醒过盹儿来了！老评话里的诸葛亮，唱空城计也就唱了一回，哪能天天都靠着唱空城计糊弄事儿？旁的先不管，咱们先看看这杨超能不能支应明白了这茶碗寨里吃喝拉撒睡的那些事！”

诧异地看着那些围拢在杨超身边、七嘴八舌向杨超汇报着各种情况的武工队员，沙邦粹低声朝莫天留说道：“咋了？这吃喝拉撒睡的事儿，你还拿捏不下来？”

脸上骤然一红，莫天留很有些羞怒地瞪了沙邦粹一眼：“谁说我拿捏不下来？我这是……我这是专门留着这些事让杨超来支应，也好让他显显本事，免得往后在茶碗寨里说话不灵，没人听他的……”

用力摇了摇头，沙邦粹毫不犹豫地开口应道：“不对！天留，只要是你能拿捏下来的事情，从来都不用旁人沾手。但凡你拿捏不下来的事儿，你才会……哎呀……你踩我脚干啥？”

再次朝着沙邦粹瞪了一眼，莫天留脸上依旧是一副漫不经心的模样，可耳朵却早竖了起来，仔细倾听着杨超说出来的每一句话……

像是压根都没留意莫天留正在侧耳聆听着自己说话，杨超面对着围拢在自己身边提出问题的武工队员，几乎是片刻不停地说出了所有问题的解决方案：“粮食先全部运到茶碗寨里的粮仓去，找刚到茶碗寨的老费同志交割，同时也要记清楚是哪几个村子送来了粮食、都送来了些什么粮食，往后咱们再征集军粮的时候，也好按照这个记录的数字，来对各村进行酌情减免。”

“鸡蛋都送去伤员那儿，打碎的那些鸡蛋要是还在，蛋黄都留下给伤员吃了，蛋清格外弄个物件盛着，我一会儿就能用得上！”

“咱们八路军从来是能者上，不搞任人唯亲那一套！让大武村和小武村来参加咱们武工队的新同志进行一个小比赛，各自凭本事分发武器！要是有思想上一时想不通的同志，也不要着急，我一会儿过去跟新同志们见见面，好好说说咱们八路军的政策，相信大家都能理解！”

“黄草坡那儿的两个村子都想要成立民兵队，这当然是好事情。既然两个村子就隔着不到二十里，那么是不是可以请两家村子共同组建一支民兵队，由沙邦粹同志进行初步训练？这样的话，两个村子互成犄角之势，守望相助，而且兵力也增强了不少，对两个村子都有好处……”

眼见着杨超三言两语之间，便将一团乱麻般的各项琐事料理得有条有理，莫天留禁不住低声嘀咕起来：“这杨超……还当真有两下子……不白给呀？”

一瘸一拐地凑到了莫天留身边，沙邦粹伸着脑袋把莫天留自言自语的话听了个半截，禁不住再次开口问道：“天留，啥有两下子？什么不白给……哎呀……你咋又踩我脚……”

★ 第四十二章 鸡毛蒜皮（下）

与杨超肩并肩站在茶碗寨内粮仓外，莫天留看着从李家顺身边刚来茶碗寨的老费领着几名武工队员倒腾粮食，很有些不以为然地扭头看向了站在自己身边的杨超："这就是你专门跑了一趟李司令那儿，花了大力气请来的能人？"

飞快地点了点头，杨超低声朝莫天留应道："家有一老、如有一宝，老话说得可是一点不错！你看看各村乡亲送来的这些粮食，不过一个多时辰的工夫，就都料理得差不多了。就连那混在一块儿的硬糜子和软糜子，也都叫老费同志磨成了面，掺和上鸡蛋黄做成了细干粮，专供伤员吃……"

不屑地撇了撇嘴，莫天留低声哼道："这不还是个葫芦官断糊涂案的路数吗？粗粮细粮掺和到一块儿熬糊糊，那不也是照旧吃喝……"

话虽然说得很是轻巧，可莫天留心底里倒是明白，这粗粮、细粮掺和上鸡蛋黄做成干粮专供伤员的法子，比自己那熬糊糊的路数高明了许多。话说半截，也就住口不言。可杨超却是一本正经地看向了莫天留，郑重其事地朝着莫天留说道："天留，我知道你一心想着壮大咱们清乐县武工队的队伍，把能打仗的、有本事的人都搜罗过来，好去打鬼子，给栗队长报仇！"

"这想法倒是一点都没错，可咱们打仗，不光是要靠着战场上的本事、能耐，还得靠着后勤能顶得住啊！就拿你身边的沙邦粹同志来说，他是力大无穷，跟鬼子面对面厮拼起来，怕是十几个鬼子都不够他一个人拿铡刀劈砍的。可你要是叫他饿上几天，他还哪来的力气跟鬼子拼命？"

"那傻棒槌打小就没吃过几顿饱饭，饿着肚子跟鬼子厮拼也不是一回两回，还不照样扛过去了？再说了，你请了这老费回来，就能保证咱们茶碗寨里新添的这小两百口子人吃饱喝足？"

"老费同志是经历了两万五千里长征的老同志，一直负责的也就是部队后勤方面的工作。当年爬雪山、过草地的时候，咱们的部队普遍都断了粮，又不能违反政策去抢老百姓的粮食。亏了有老费同志想出来的法子……虽说大家伙还是饥一顿，饱一顿的，可好歹让大多数同志撑过来了！”

“这老费头……老费同志，能平地抠饼、撒谷成粮？”

“这个……往后日子长了，你自然就知道老费同志的本事了！天留，有了这么个靠得住的后勤干部，你打仗的时候，不也方便放开手脚跟鬼子干吗？”

“行！反正人都来了，就先在这茶碗寨里待着吧，反正咱们又不差他吃喝的那一碗糊糊！对了，你奔李司令那儿，除了弄回来个老费……同志，咋就没给咱们清乐县武工队弄点好货回来？眼下咱们手里头可啥都缺，把大当家的……老队长当年从牙缝里省出来的那点家伙什全掏出来，可也都不能让咱们清乐县武工队人人手里有带响的家伙什啊？！你弄几大车磺粉、土硝回来干啥？”

像是并没有留意莫天留改了对栗子群的称呼，杨超回头看了看已经分门别类摆放开来的磺粉、土硝，再看看一些已经扛着些柳树枝条回来的武工队员，这才朝着莫天留应道：“李司令那儿也快要唱开空城计了！咱们这回跟鬼子硬碰硬厮拼了好几天，人员损失巨大，枪支弹药的损失、消耗，也是个不小的数字。我去李司令那儿的时候，军械处门口围着要装备的各连、排干部，都快要把军械处处长抬起来给拆了，就连重伤的严大河队长，也都叫人抬着他去了军械处门口要装备……”

瞪大了眼睛，莫天留禁不住急声叫道：“你看看人家给自个儿家里攒家当的架势……这自古就是会哭的娃娃有奶吃，你不哭不闹，那装备肯定要不来！就是要来了，那也不如人家到手的好啊？到末了，人家拿了好货走了，就打发你这几车磺粉、土硝？”

微微摇了摇头，杨超低声说道：“军械处现在哪儿还有装备呀？我都趁着他们不留神的时候，跳墙进库房去看了。几间库房里满打满算，也就剩下两三箱子弹和一些马尾手榴弹，其他的啥也没有，耗子进去都得饿着出来……”

“那你就是倒腾点子弹来也成啊？！马尾手榴弹是不好使，可……总比没有强吧？”

回手指了指堆放在不远处的磺粉与土硝，杨超脸上微微泛起了一丝笑意：“能用上好东西，咱们干吗跟人去抢那不值钱的玩意儿？我就是在库房里瞧见了这些准备拿来配火药的原材料，这才赶紧趁着旁人还没琢磨明白，一股脑把这些原材料都要回来了……”

眨巴着眼睛，莫天留看了看那些磺粉、土硝，诧异地朝杨超叫道：“我知道你是打算拿这些玩意儿配火药，可用这些玩意儿配出来的火药也不好使啊？一点一股烟，做炮仗有时候都嫌炸得不响亮。”

看着那些从茶碗寨外砍伐了不少柳树枝条回来的武工队员，杨超脸上笑意不减，伸手朝着那些堆成了小山的柳树枝条一指：“土制火药的爆速达不到要求，自然威力就不大。而且……天留，你知道的火药配方是啥样的？”

“这还用问？一硝二磺三木炭呗？！”

“这配方上头首先就值得商榷！按照我念书的时候做化学实验得来的一点小经验，我觉得一硫二硝三木炭的配方，应该能提高不少火药的爆速！而且这碳粉，咱们要是能用上柳枝烧出来的炭，效果还能再加强一些！”

“这倒是……真不知道有这窍门？那咱们赶紧试试，看看做出来的火药能有多大劲道？要是能赶上晋造手榴弹的威力，也算你没白拿这么多东西回来！”

微微一点头，杨超一边与莫天留肩并肩举步朝堆放着各样材料的空场走了过去，一边继续朝莫天留说道：“解决了原材料上的提纯和优化问题，剩下的就是要想法子解决火药的颗粒化问题！这也是我在做化学实验时得来的经验，火药颗粒大小均匀的时候，爆炸的动能就能……”

“我说杨指导员，你能……能说利索话不？怎么你说了这半天，话里头好多词儿我都听不明白呀？”

略一愣怔，杨超顿时反应过来，带着几分歉然神色朝莫天留点了点头：“我这是……学究的毛病又犯了！简单些说，火药的材料咱们用好的，火药的颗粒大小咱们弄成一样，那做出来的爆炸物……就是手榴弹、炸药包什么的，威力就能比较大。起初我叫人格外留下的蛋清，就是打算拿来进行火药颗粒方面的处理的……”

忙不迭地一回头，莫天留扬声朝着身边经过的一名武工队员叫道：“赶紧去一趟伙房，让给伤员做病号饭的把鸡蛋清都留下，要派别的用场哪！”

一句话喊完，莫天留飞快地转过了身子，朝着杨超龇牙一笑：“还有啥，杨指导员你接着说？只要是能想法子倒腾出来能打鬼子的家伙什，你说啥我都听你的！”

浅浅一笑，杨超放眼望着茶碗寨里来往忙碌的武工队员，长长地舒了口气：“要倒腾出能用来打鬼子的东西……按照我的看法，光听我的不成，光听你的也不成，咱们得学着把大家伙的意见总结起来，把大家伙儿的能耐都施展出来才行！”

“大家伙儿的意见？这茶碗寨里的武工队员，差不离全都是庄稼汉子、猎户、手艺人出身，刚进了武工队没几天，能有啥意见？那还不是我……还不是我们俩吆喝着怎么打，他们就跟着怎么打？”

“鸡鸣狗盗的故事，听过没有？”

“……听过吧？记不太清了……”

也不戳破莫天留那显而易见的瞎话，杨超和声说道：“这故事其实也简单，就是春秋……就是早年间，有个大官要被人杀的时候忙着逃命，可城门不到天亮鸡叫的时候不开。眼瞅着就要没命的时候，他手底下养着的两个门客……就是帮闲、长工一类的人物，拿出了钻狗洞、学鸡叫的本事骗开了城门，这才让这大官逃得了一条性命！”

“鬼子穷凶极恶，咱们势单力薄，这种时候，那就得什么本事都能使上，什么人都用上，才能有打败鬼子的可能！甭瞅着顶针不起眼，可没了那铁顶针，纳鞋底就真费劲，扎一手血还干不出活儿！”

“这道理……倒是也对！所以你才从李司令那儿把老费……同志给招来了？”

“也是有这方面的考虑。毕竟你是军事干部，我是政工干部，对后勤这块的工作都不熟悉。没个老同志帮着掌舵，闹出来纰漏，说不定就得出大事！”

“明白了！鸡打鸣，狗看家，牛耕田，人种地，舀水用瓢、打猎使枪，老费同志管后勤，咱们就撒开了膀子去跟鬼子拼！”

“既然咱们都想明白了，那咱们在处理完这些制造火药的材料之后，也召开个诸葛亮会？让大家伙儿也都说说，该怎么打鬼子？”

“都听你的！”

“不，是听咱们大家的！”

★ 第四十三章 布置罗网

狠狠地将手中的大铡刀砍在了一棵烧得有些焦枯的大树上，跑得浑身大汗的沙邦粹双手抱头，猛地蹲了下去：“还是没赶上……”

站在沙邦粹身边，手中紧握着德造二十响手枪的莫天留双目喷火地看着几乎被焚烧殆尽的村落，也是愤愤地一跺脚：“他娘的……得了消息就奔这儿赶，翻山越岭抄近路地跑了小三十里地……别说是拦着鬼子祸害乡亲，那就是撵上鬼子给乡亲们报仇都办不到！咱们……白吃了乡亲们从牙缝里省出来的粮食了！”

蹲在地上仔细看着村口道路上留下的卡车轮胎印记，同样握着一把德造二十响手枪的杨超却是老半天没说话。直到几名前往村落中侦察情况的武工队员返回大队时，方才利落地站起了身子，迎着那几名打探情况的武工队员低声叫道：“怎么样？村子里啥情况？”

大口喘着粗气，冲在最前面的武工队员急促地朝杨超叫道：“指导员，村子里的乡亲应该都没事……”

微微松了口气，杨超应声说道：“乡亲们都撤了、人没出事就好，房子烧了咱们还能盖，家当毁了咱们也能慢慢攒……”

使劲摇晃着脑袋，进村打探情况的武工队员急声应道：“乡亲们都没撤，全叫鬼子关在村里祠堂哪！”

讶然瞪大了眼睛，莫天留很是吃惊地叫道：“鬼子没伤人？就只是把乡亲们给关起来了？”

“有几个乡亲让鬼子和二鬼子用枪托打伤了，可伤势倒也算不得太重！我们把乡亲们放出来的时候，也没顾得上细问……”

朝着杨超看了一眼，莫天留犹豫片刻，猛地朝着身后喘息未定的武工队员一挥手：“双岗双哨，机枪到高处架起来，万一响，你带上二十人担任警戒，其他人跟我进村！”

伴随着莫天留一声令下，所有的武工队员顿时飞快地行动起来。不过是眨眼的工夫之后，一明一暗两处岗哨已经部署完毕，而在村口附近的小高地上，两挺机枪也都架设起来。一旦开火，交叉火力足以阻挡想要从大路突入村口的敌军。

领着沙邦粹等人快步冲进了村子，都还没等莫天留仔细打量村子里被焚毁的房屋情况，几名急匆匆由村内祠堂方向奔来的乡亲已经急三火四地撞进了一间被烧得快要垮塌下来的屋子里。不过片刻的工夫之后，急怒交加的叫嚷声，已经从那间快要坍塌的屋子里传了出来：“狗日的小鬼子……这是要绝了咱们的活路啊！”

“全都烧了……这可咋办？全村的种子粮啊……”

眼瞅着那被火烧得快要垮塌下来的房子一副摇摇欲坠的模样，杨超赶紧叫上了几名武工队员，连拖带拽地将冲进屋里的几名乡亲拉扯到了街上。都没等那些顿足捶胸的乡亲在大街上站稳脚跟，身后的那间屋子便轰然垮塌下来……

心有余悸地用手扇了扇扑面而来的烟尘，杨超一把扶住了个两腿发软、眼瞅着就要瘫倒在地的老人：“大爷，甭管有啥事，您可千万别急坏了身子……”

抬眼看了看扶住了自己的杨超，双腿发软的老人一把抱住了杨超的胳膊：“后生，你们武工队……咋不早点来啊？！这屋里藏着全村人的种子粮啊！叫小鬼子一把火烧了，这一村人可都得饿死啊……”

话说半截，老人实在压抑不住心头哀苦，老泪纵横地哭出了声：“缺吃少喝都不怕，野菜都能当了半年粮！可没了种子粮……饿死爹娘，也不敢碰种子粮！没了种子粮，这可就是绝了从今往后的那点盼头啦……”

抬眼看了看身边几个脸色灰败的乡亲，杨超一边低声安慰着那哀哀恸哭的老人，一边朝着莫天留递了个眼色。

只一看杨超眼神示意，莫天留顿时大步走到了那老人面前，重重一拍胸脯：“大爷，您也甭着急！不就是种子粮叫鬼子给烧了吗？这十里八乡这么多村寨，一个村子给匀一点出来，怎么也凑齐了咱村要用的种子粮了！您放心，我这就安排武工队里腿脚快、办事稳当的人去办！也就三两天的工夫，一定把这事儿给您办妥了，耽误不了农时！”

招呼了几名武工队员安抚照应那些面色灰败的乡亲，杨超与莫天留不露声色地寻了个僻静地方，这才异口同声地开口说道：“这是第五个村子了！”

话刚出口，莫天留与杨超禁不住都看着对方低笑起来。伸手从兜里摸出了半盒香烟，莫天留先在自己嘴角叼上了一支烟，这才将烟盒朝着杨超递了过去：“你咋琢磨这事儿？”

轻轻推开了莫天留递来的烟盒，杨超微微皱起了眉头：“这几个村子遭遇的情况都差不多——鬼子基本上没伤人，只是把村子里的乡亲都关押起来，再把整个村子的房屋全部烧毁，农具和种子粮也都被毁了个干净。按照我的判断，鬼子这是打算变小村为大村！”

划了根洋火点燃香烟，莫天留很有些不习惯地抽了几口烟，咳嗽着朝杨超应道：“变小村为大村？啥意思？”

“我这也是在延安学习的时候，听老同志们说起的。鬼子在东北，为了让东北抗联的战士们没地方得到后勤补给，用大屠杀的办法‘洗村’，逼着当地的乡亲集中到几个大村居住，再用围墙把那些扎堆居住的乡亲们圈起来。进出围墙都要路条，下地干活施行十户联保。发现有人给东北抗联的同志输送物资，十户人家全都要杀头！”

瞠目结舌地看着杨超，莫天留禁不住讶然叫道：“把人关起来住着？这不就跟羊圈里养着羊一样吗？鬼子是打算用烧房子、农具、种子粮的办法，逼着这些乡亲去投亲靠友，慢慢扎堆聚拢到一块儿？”

轻轻一点头，杨超继续开口说道：“在东北，这样的大村就是被当地的乡亲叫作‘人圈’！因为扎堆住着的人实在是太多了，卫生条件根本就谈不上。一旦有人得了什么传染病，几天工夫就泛滥开来了，根本就控制不住，只能眼睁睁地看着人病死！有的时候，鬼子为了阻止传染病蔓延，甚至会……放火烧村，把得了病的乡亲一把火全都烧死！鬼子把这种手段叫作——消毒！”

惊讶得连嘴角叼着的香烟掉了下来都没察觉，莫天留瞪圆了眼睛叫道：“这……这他娘的……鬼子他娘的就不是人！咱们决不能让鬼子把冀南地面也糟蹋成这样！”

赞同地点了点头，杨超皱着眉头说道：“可咱们就靠着两条腿，哪怕是抄近路、玩命赶，也都快不过鬼子的汽车啊！天留，你注意到没有？这几次鬼子出来祸害乡亲，全都是利用卡车快速奔袭，在乡亲们都没来得及带上家当、粮食撤离的时候，就把村子给围了？”

“我倒是也看到村口的车轱辘印子了！可咱们……人马就这么多，家伙什也什么都缺，攒到一块儿都不敢说能跟鬼子硬碰硬厮拼，分散开来护着这么多村寨，那估摸着也派不上用场，闹不好还得赔本儿！”

狠狠一咬牙，杨超回头看了看那些在房屋废墟中帮着乡亲们收捡些家当物件的武工队员，闷着嗓门朝莫天留叫道：“不行！再这么下去，不光是乡亲们经不起这么大的损失，咱们武工队也会疲于奔命。到头来鬼子没打着，咱们倒是先叫拖垮了——咱们得加把劲，给各个村子都埋上地雷！”

“地雷？那玩意儿就是个瞎猫等傻耗子的玩意儿，不碰就不响，埋少了根本不顶事，埋多了……一来咱们手里就没剩下几颗鬼子的地雷，二来还怕炸着下地干活、出村办事的乡亲呢！”

“没有地雷，咱们可以自己做！威力都不必太大，只要能把鬼子炸伤了就成，作战效果会更好！至于说要预防误伤乡亲……天留，我记得咱们武工队在茶碗寨外头，布置了不少窝弓、地弩？”

只是愣怔了片刻，莫天留顿时眼睛一亮：“你是说……用布置窝弓、地弩的法子来收拾地雷？”

赞同地点了点头，杨超接口说道：“日军的地雷，差不多都是压发地雷。咱们制作的地雷，倒是可以用上窝弓、地弩的击发原理，制成绊发雷的样式！平日里见不着鬼子的时候，地雷先埋下，但是不挂绊发索，这样就不怕误伤乡亲。只要是看见鬼子一露头，马上把那些绊发雷挂上绊发索！”

“大路上咱们多安顿几个大地雷，专门炸鬼子的汽车！小路上用小地雷，密密麻麻地布置上几层，不信鬼子路过的时候撞不上！”

“用铸铁制造地雷外壳，咱们目前没这个条件，就算是制作出来的，数量上也跟不上！我觉着可以试试用石头制作地雷外壳，实在是急就章的时候，茶壶、瓦罐，甚至是夜壶也都能装上炸药当地雷使唤！当务之急，咱们必须赶紧制造引爆雷管，还要加大火药的制作量，这才能跟得上咱们需要的消耗量！”

“各村的民兵队、妇救会、儿童团，撒出去放哨的人还得更多一些，放哨的位置也还得朝外边挪！给地雷挂弦的人得专门选出来，免得到时候不赶趟儿……”

远远地看着杨超与莫天留聊得眉飞色舞的模样，正在帮着乡亲在废墟中拾掇家当物件的沙邦粹顿时开心地咧开了嘴，露出了个憨厚的笑容：“俩精豆子凑一块儿，怕是又琢磨出啥打鬼子的好法子了吧……”

★ 第四十四章 此消彼长

隔着一张小小的矮几跪坐着，雪隐太郎和雪隐次郎同时举杯喝干了一盅清酒，很有些感慨地同时叹了口气，各自拿起了放在自己身边的一叠报告文书。

朝着雪隐太郎晃了晃手中那足有半寸厚的报告，雪隐次郎低声说道：“哥哥，这一次的驱逐支那村民、实行集中居住的作战计划，还是没能达到预定的作战目的啊！”

“的确是这样！原本的作战目的，是要彻底消灭那些反日武装力量，同时也要叫那些同情、支持反日武装的支那人受到惩罚！可是……即使是在不断袭扰、焚毁房屋、农具和粮食的情况下，还是有一些反日武装人员帮助那些支那村民重新修建房屋，甚至帮他们完成了春耕的工作。在宫南县境内，曾经一度销声匿迹的反日武装人员再次出现，连续袭击了好几处疏于防御的据点。从这一点上来说……次郎，今后治安战计划的实施，恐怕会遇到极大的阻力呢！”

“可是这一切都不能叫保定的那些官僚们知道，否则的话，原本就对治安战计划抱有怀疑的官僚们，会借此大做文章的！即使是冈村阁下，恐怕都无法承受那些官僚们的指责？”

“所以在战后汇报的时候，应该怎么说，心里都明白吧？”

“实在是无奈之下才这么做啊……哥哥，一定要立刻返回宫南县驻地吗？虽然我们的驻扎地紧紧相邻，但是兄弟俩见面的机会，却是极少的！哪怕在清乐县停留一天也好吧？”

“虽然很想这么做，但是宫南县的情况，也并不乐观。如果不能尽快率领从保定派来的增援部队，返回宫南县驻地，恐怕会导致原本就有些空虚的防御，不堪重负啊！一旦被反日武装分子抓住了这样的机会进行反扑，保定方面……”

“说起保定方面的事情，那些从保定前来的援军，似乎并不愿意被派驻到保定以外的地区？”

“不仅仅是清乐、宫南两县，在整个支那华北地区，反日武装几乎到处都有！即使是保定那样的大城市，也经常出现反日武装分子活动的踪迹。如果没有足够多的驻军维持治安，恐怕会出大乱子的！相比之下，在保定驻扎，肯定要安全得多，条件也要优越一些啊！更何况……前方战事，也需要大批量的兵力！支那正规军在与皇军的长期作战中，也渐渐学会了一些作战方法。虽然在皇军雷霆一般的攻势之前，还是那么不堪一击，可是……作战也不是像以往那么容易了呢！”

“既然是这样的话，兵员派驻的重心，也就一定会向前方战线倾斜。冈村阁下制订的治安战计划，恐怕会在兵力与物资调配上，遭遇到不小的阻力？”

“保定的那些官僚们可不管这些！仅仅在何家大集作战后的几个月时间之内，宫南县守备部队战损的皇军士兵，已经达到了十分之三。可是请求增兵的报告，却没有一份得到同意！”

“清乐县的情况也一样很糟糕啊！那些反日武装分子，在各处村落大量埋设地雷，前往执行任务的皇军士兵，因此战损的数字，也几乎达到了清乐县驻军总人数的五分之一，而且出现了大量的伤兵！请求保定方面派出工兵的报告，也是迟迟得不到回复……”

“在这样艰难的环境之下，想要完成冈村阁下制订的治安战计划，恐怕不会是一件容易的事情呢！次郎，何家大集作战之后，残存的那些反日武装分子全部退进了清乐县境内的山林中。不过是短短的几天之后，这残存的反日武装分子便发动了针对返回保定的皇军士兵的袭击。有着这样坚强的作战意志，完全不计较所要承受的损失……次郎，这样的对手，恐怕真的不容易对付，一定要打起精神来，仔细应对才好呢！”

“的确是这样！宫南县反日武装力量死灰复燃，恐怕也跟这些逃入山林中的家伙脱不了干系！哥哥，还请千万小心！”

“次郎也是一样啊……”

几乎是在雪隐太郎与雪隐次郎两兄弟对坐小酌的同时，在茶碗寨内的屋子里，莫天留与杨超两人也坐在了桌子两头，一人手里抓着一块粗粮干粮就着白水大嚼，一边伸着手指头在一张地图上比画着，时不时地交谈几句，再由杨超用铅笔在地图上勾勾画画。

端着一大盆热腾腾的鸡汤，沙邦粹也没跟屋里两人打一声招呼，横着身板顶开了虚掩着的房门。人没进屋，那闷雷般的嗓门已经响了起来：“别喝那白水了！天留哥，杨指导员，赶紧来喝点鸡汤！喷香！”

抬头看了看沙邦粹捧在手里的一大盆鸡汤，莫天留与杨超几乎是异口同声地朝沙邦粹叫道：“有鸡汤送这儿来干吗？给伤员送去！”

轻轻将那一大盆鸡汤搁在了桌子上，沙邦粹一边把烫得生痛的手指头捏在了耳朵上，一边连声朝着莫天留与杨超应道：“这鸡汤人人有份！伤员那儿的病号饭早就送过去了，一人一大碗细粮鸡汤面条，每个人碗里都还卧着个鸡蛋哪！其他人也都喝上了，就你们俩这一盆鸡汤，是最后送过来的。老费说了，不叫伤员和大家伙先吃上，怕是你们俩都不会碰这鸡汤，还真叫他说准了！”

低头看了看那一大盆泛着黄澄澄油花的鸡汤，杨超不禁哑然失笑：“这不过年、不过节，又没打什么大胜仗，怎么老费同志开这么好的伙食呀？这鸡是哪儿来的？”

回手朝着屋外一指，沙邦粹应声答道：“江老太公家里的管家送来的！十只鸡、二百个鸡蛋，还有不少细粮和一大坛子香油哪！”

脸色微微一变，杨超也顾不上碰那一大盆鸡汤，抬腿便朝着门外走去：“这怎么能成？乡亲们家里养几只鸡不容易，就指望着能有几个鸡蛋换点盐巴、洋火什么的。都给了咱们吃了，乡亲们的日子不是得过得更苦？老费也是奇怪，平日里那么节省的一个人，怎么这回就豁开了手脚，一顿做了十只鸡……”

嘿嘿低笑着，沙邦粹张开了膀子拦住了杨超的去路：“管家早说了，这是江老太公的主意。进茶碗寨之前，先就把那十只鸡的脖子给拧断了，叫咱们不吃也不成！江老太公还有话——要是送来的东西叫咱们再给送回去，那他可就不给咱们再送旁的物件了……”

讶然张大了嘴巴，杨超急声问道：“已经送了这么多好东西了，江老太公还要给咱们送什么？”

“太公说了，村后头早年间有个半废了的土硝坑，这些天已经叫村里的壮劳力抽空给整治出来了，每天能出不少土硝。柳枝子炭也烧了能有小两千斤了，等再凑多点，一块给咱们送来，让咱们造火药用！”

眼睛一亮，站在桌边的莫天留顿时喜笑颜开：“这可真是瞌睡的时候来了枕头！指导员，咱们最近造了这么多火药去做地雷，正缺这土硝和柳枝子炭！这下可好，咱们当真不愁了！”

嘿嘿憨笑着，沙邦粹脸上也是一副喜不自禁的模样：“不光是大武村里送来了东西，青岩寨也来人了，一股脑地给咱们送来了五百多个石头地雷壳子！我都仔细瞧过了，到底人家是祖传的石匠手艺，那地雷壳子造得跟铁地雷的壳子一模一样，外边都刻着豆腐干大小的小方格！”

伸手抓过了杨超搁在桌子上的铅笔，莫天留在地图上一座村落旁重重地画了个圈：“再有五百颗地雷，那水杨村这块儿的豁口，就算是堵上了！从清乐县城里出来的鬼子，不管是想奔哪个村子祸害乡亲，也不管是走大路还是走小路，都躲不开咱们在整个清乐县境内撒开的地雷阵！”

回头看了看地图上密密麻麻用铅笔做出了标记的村落，杨超脸上也不由自主地浮现出了一丝微笑：“有了人民群众的支持，不管咱们做什么，那都显得事半功倍！从何家大集一仗之后，这才几个月的时间，咱们的队伍已经开始慢慢地恢复元气。依靠着乡亲们的帮助，还有大家伙群策群力，鬼子的活动范围，也在一点点地被咱们压缩下来！假以时日，咱们就能从稳步防御，变成大步突击了！”

很是兴奋地搓着巴掌，沙邦粹下意识地看了看门边搁着的两把经过了重新锻打、磨砺的大铡刀：“要出去打鬼子了？好事啊！我这两把大铡刀自从重新打造过之后，可还没当真开张哪！只是……天留，杨指导员，咱们手里的硬家什还是少了点啊，要是能想法子弄些硬家什来……那咱们打鬼子，可就更来劲了！”

微微点了点头，杨超伸手舀了一碗香喷喷的鸡汤递给了莫天留：“这倒也的确是个问题！冀南军分区军械处，这些天已经是开足了马力在赶制武器弹药，可一来原材料紧缺，二来工艺上也很难有新的突破……一时半会儿的，恐怕咱们还得靠自己想办法啊……”

喝了一大口鸡汤，莫天留一边吸溜着烫得生疼的嘴唇，一边含混不清地朝着杨超叫道：“缺材料？缺啥材料啊？”

“首先就得说是钢材！哪怕咱们不造枪炮、只是制造一些大刀、长矛之类的武器，那也需要大量的钢材啊……”

“缺钢材？咱们怎么就能缺了钢材呢？旁的地方不说，光是咱们清乐县境内，那不就满地是钢材？”

“满地是钢材？在哪儿？我怎么不知道？敌工科的同志也没侦察出来，哪儿能有大批量的钢材呀？”

“小鬼子的铁路上，那不就是大把的钢材？说干就干，这会儿带着人朝鬼子的铁路上摸过去，等天一黑下来，拆了鬼子铁路上的铁轨抬了就走！一来能叫咱们的军械处能有米下锅，二来还能断了鬼子运兵、运粮的路径，一举两得的大好事啊！杨指导员，要不这活儿……你来？”

略一思忖，杨超重重地点了点头：“这法子的确是不错！行，我这就集合队伍，马上派出侦察员，天一黑大队人马就行动！”

“也不着急这一会儿——喝碗鸡汤再说！”

目送着杨超三两口喝完了一碗鸡汤之后大步走出了门口，莫天留却是轻轻地搁下了手中的汤碗，朝着站在桌边的沙邦粹挤了挤眼睛：“棒槌，悄悄给我招呼几个人，要胆子大、身手好的，明天跟我走一趟清乐县城！”

讶然瞪大了眼睛，沙邦粹闷声应道：“明天去清乐县城？干啥去？”

“方才你不还说咱们缺了硬家什吗？明天咱们上清乐县城，找鬼子要去！”

“那……要不要跟杨指导员说一声？”

“没见杨指导员忙着要去搬弄鬼子的铁轨吗？这活儿也不难，就不用跟他说啥了！没准儿等咱们带着机枪回了茶碗寨，他还没从李司令那儿交割了钢材回来呢！就这么说了，赶紧准备着！”

★ 第四十五章 马不停蹄

“指导员回来啦……”

“杨指导员，这回咋是空手回来的呀？李司令就没给咱们武工队添点儿啥好家什？”

耳听着屋外响起了武工队员与杨超打招呼的动静，独自坐在屋里朝着栗子群的灵位说着心里话的莫天留赶紧擦干了泪水，急匆匆地迎了出去：“指导员，昨晚上你们的活儿练得咋样？”

抬手抹了一把额头上的汗水，杨超看着几名武工队员身边搁着的机枪和其他武器，不由得朝开门迎出了屋子的莫天留笑道：“天留，先不说我带着同志们去扒鬼子铁轨的情况，你这可也没在茶碗寨里等着我回来吧？这机枪……清乐县城弄来的？”

嘿嘿低笑着，莫天留戏谑地看向了杨超：“指导员，你咋就光猜我是从清乐县城弄来的机枪？从茶碗寨出去，一路上可有好几处鬼子炮楼呢。”

“这不明摆着的吗？要是你拿下的是鬼子的炮楼，武器装备肯定就不止这么些。再加上以往打鬼子炮楼的时候，咱们不都是请乡亲们出力、把鬼子炮楼给拆了吗？不等乡亲们安全撤离，你也肯定不会走！照着这到手的武器数量，还有时间上来判断……清乐县城城门口的鬼子岗哨，让你给下手端了吧？”

朝着杨超挑了个大拇指，莫天留笑着朝杨超说道：“到底是念过书的大学问人，都说秀才不出门、能知天下事，你可比那些个只会念书的秀才强多了！怎么样——你带人扒拉鬼子的铁轨，弄到手了多少钢材？”

接过了一名武工队员递过来的清水，杨超将满满一碗清水一饮而尽：“昨天后半夜动的手，加上临近铁路的几个村里民兵和壮劳力的配合，能把鬼子的铁轨拆了十里地！铁轨咱们拿走，枕木都叫乡亲们扛回去了！”

惊讶地瞪大了眼睛，莫天留打量着那些跟随杨超执行任务的武工队员，禁不住疑惑地皱起了眉头：“十里长的铁轨，就咱们这些人……不对……你们选的在哪儿动手？”

将水碗递给了站在自己身边的武工队员，杨超一边接过了老费递过来的一块干粮，一边微笑着看向了莫天留：“水杨村啊……咋了？”

嘿嘿坏笑着从老费手里接过了一块干粮，莫天留狡黠地朝着杨超挤了挤眼睛：“指导员，没想到你个读书人出身的，也会这偷奸耍滑的路数？扒拉了鬼子十里地的铁轨，就咱们带去的这些人，扛着铁轨根本就走不动，天一亮肯定就能叫鬼子给追上！你肯定就势把铁轨扔到水杨村旁边的河里了，然后空着手上李司令那儿报了功劳！等过几天鬼子找不出这铁轨究竟去了哪儿，李司令再想法子派人把铁轨从河里捞出来！又省力气、又得功劳……指导员，这可是平地抠饼、指山卖磨的奸商路数啊！”

大笑着点了点头，杨超一边大口吃着干粮，一边朝着莫天留含混不清地说道：“巧了——李司令可也这么说的我，捎带手还给了咱们个新任务哪！”

“啥任务？”

朝着莫天留晃了晃手里的干粮，杨超轻声说道：“盐！”

微微皱起了眉头，莫天留三两口吃光了手中的干粮，这才朝着杨超应道：“李司令那儿缺盐？”

把最后一点干粮塞进了嘴里，杨超点头应道：“何家大集一战之后，不少伤员洗伤口要用盐水，当时就把咱们根据地里存下的盐用得差不多了。再加上这几个月的正常食用消耗，根据地里早已经断了盐，只有伤员的饭里面能稍微撒点盐。人要是不吃盐，身上就没力气。别说是行军打仗，就是日常的一些训练也顶不住！我回根据地向李司令汇报工作的时候，已经见到了好些同志浑身浮肿，说话都有气无力的了！”

诧异地眨巴着眼睛，莫天留应声叫道：“这兵荒马乱的年景，盐巴的价钱是贵了些，可也不能花钱都买不着盐巴啊？李司令手底下不是有好几个敌工科的好手吗？他们也弄不来盐巴？”

重重地叹了口气，杨超压低了嗓门朝莫天留说道：“敌工科的几个同志已经想了很多办法去弄盐，可是咱们在逐步压缩鬼子的活动范围，鬼子也仗着守住了主要的城镇，卡住了咱们筹备物资的脖子，就这些天，清乐县城里能卖盐的商号都叫鬼子把盐巴抄走了，只允许鬼子开的商社里卖盐。每个去买盐的人还都得登记，购买的分量也很少……”

“那不是还有走村串寨的私盐贩子吗？多花几个钱，不还是能……”

“鬼子的炮楼、哨卡，现在每天也都盘查得很紧。有几个从宫南县过来的私盐贩子都叫鬼子抓住了，当场就砍了头！李司令的意思，是想看看咱们能不能想办法弄一些盐巴回来？毕竟咱们清乐县武工队的同志，大部分都是清乐县本地人，对地理环境和各处村寨、城镇的情况也都熟悉一些，执行这个任务，相对也方便一点？”

“先是想逼着乡亲们扎堆住在一块儿，把人关进人圈，瞧着这法子行不通，又想断了咱们吃喝用度上头的来路！小鬼子这招数可当真算是阴毒！棒槌，收拾收拾，咱们这就去清乐县城！”

眼见着沙邦粹答应一声便站起了身子，杨超赶忙伸手拦住了沙邦粹：“等会儿！你们这才刚把清乐县城门口闹了个底朝天，这又立马回去？万一叫鬼子和那些二鬼子认出来了呢？”

满不在乎地低笑着，莫天留伸手在腰间别着的德造二十响手枪上一拍：“咱带着的家伙什可也不是吃素的，认出来了就打呗！再说了，城门口的几个鬼子都叫我们给收拾了，剩下的那些个二鬼子也都吓破了胆子。就算是叫他们认出来了，怕是他们也不敢吭气！”

“不成，咱们不能冒这个险！尤其是沙邦粹同志，你看他这身量，不管怎么化妆改扮，他都要比一般人招眼，万一被鬼子盯上了，咱们这任务可就要出纰漏啊！就算是你要再回清乐县城，那沙邦粹同志也不能去！”

微微一个愣怔，莫天留犹豫着开口叫道：“棒槌不能去……那谁跟我一块儿去呀？”

伸着手指头朝自己一指，杨超信心满满地低声说道：“我陪你走一趟！”

上下打量着杨超，莫天留依旧是一副犹豫不决的模样：“你？我说指导员，这乔装改扮混进鬼子地盘的事儿，我和棒槌倒是干多了。你……成不成啊？你这模样也不像是个庄户人家出来的呀？”

“那你看着我像啥样的人？”

“我觉着吧……你身上还是有一股子书生的味道，怎么瞧都能挂着点斯文模样，怕是当真装不像庄户人家出身的！要不……我再寻旁人陪我去？”

“既然不像是庄户人家出身的，那我索性就不装扮成那副模样呗？天留，咱们茶碗寨里是不是还有些侦察时候用的衣裳呀？”

抬手朝着茶碗寨里一处屋子一指，莫天留应声答道：“以往倒是当真搜罗过一些乱七八糟的衣裳，就是不知道合适不合适你穿？”

陪着杨超钻进了那间存放着各样衣裳的屋子里，不过是片刻的工夫过后，重新收拾装扮了一番的杨超与莫天留出现在诸多武工队员面前时，顿时叫那些武工队员惊讶得瞪大了眼睛叫嚷起来：“指导员这打扮……看着倒像是个跑细货买卖（各种舶来品）的掌柜？”

“对！就是个跑细货买卖的掌柜！以往我在清乐县城卖山货的时候，就见过几个跑细货买卖的掌柜，跟指导员这打扮、架势一模一样！”

“天留哥瞧着……也像是个跑细货买卖的伙计？”

“有那么几分意思，可瞧着还差了点啥。”

“让开让开，叫我瞅瞅……缺了个箱子！跑细货买卖的伙计，手里头都提着个皮箱子，要不就是个柳条箱子，里头满满当当装着的都是各样的细货，还有不少大洋和票子哪！”

“你咋能知道人家箱子里装的是个啥？”

“嗨……几年前有几个跑细货买卖的，大白天就在清乐县城的大街上遭了盗匪。拿着箱子的伙计死活不松手，愣是跟那抢箱子的盗匪较着劲，把个箱子给撕扯开了，里面装着的东西撒了一地，我可就蹲在街边卖柴火，瞅得明明白白！”

整理着身上穿着一件八成新的长衫，杨超扭头看了看一身短打扮、一副浑身不自在模样的莫天留，禁不住低声朝着莫天留打趣道：“天留，这回可就当真是要委屈你，叫你充一回我身边的跟班了。”

拉拽着身上那件勉强还算得上合身的衣裳，莫天留一边顺手将别在腰后的德造二十响手枪摘了下来，一边颇有些抱怨地低声叫道：“这衣裳就是瞧着像那回事，穿身上哪儿都不自在，腰后头别着手枪，立马就能鼓出来一大块……这可还怎么把家伙什带在身边？只要一走上大路，立马就得招人眼，根本就藏不住！”

“既然招人眼，那索性……咱们就不藏了！”

★ 第四十六章 大旗虎皮

远远看着清乐县城城门口一片兵荒马乱的场面，打扮成做细货买卖商人模样的杨超扭头看了看跟在自己身边的莫天留：“好家伙……你这是闹了多大的动静啊？大早上收拾的鬼子，现在这城门口还是人仰马翻的动静……”

眯着眼睛，莫天留看着城门口忙乱成一团的日军和皇协军士兵，低声朝杨超应道：“我也就是在城门口放了话，早晚要亲手宰了雪隐次郎那王八蛋！临走的时候，还在城门口撂了点给鬼子添堵的玩意儿！我说指导员，瞅着鬼子和二鬼子忙着在城门口垒沙袋、增兵把守的架势，今天咱们怕是进不去城了吧？要不就在这附近找个村子歇歇，明天早上再来看看？”

伸手从衣兜里摸出个蓝色封皮的小本子朝莫天留一晃，杨超很有些得意地低笑起来：“没关系，我手里有刚从李司令那儿弄来的护身符，在鬼子那儿把这玩意儿一亮，那就是见官大三级，鬼子肯定不敢拦着咱们进城！”

很是好奇地拿过了杨超手里的那个蓝色封皮的小本子，莫天留一边翻来覆去地看着那小本子上的日文字样，一边低声朝杨超问道：“这是个……啥玩意儿？在小鬼子那儿能见官大三级？鬼子皇上赏的丹书铁券啊？”

伸手取回了那个蓝色封皮的小本子，杨超一边举步朝着城门口方向走去，一边低声朝莫天留说道：“这是敌工科的同志以前去保定侦察情况的时候，从一个盯梢的鬼子手里弄来的，是保定日军特高课的证件！”

“保定特……啥玩意儿？”

“就是鬼子的情报机构，负责刺探情报、破坏抗日武装、监视二鬼子高官的一个部门。权力很大，而且……特高课里出来的鬼子，都是杀人不眨眼的恶魔，连一般的鬼子官兵见了，心里也有几分害怕！”

“哦……那不就是咱们中国早年间的锦衣卫、血滴子之类的人物？敌工科的兄弟能把这蓝皮小本子拿到手……那鬼子叫他办了？”

“尸首都处理干净了，所以才会把这特高课的证件带回来，在需要的时候还能派上用场！天留，你的日语现在啥水平？”

“水平？就是能耐是吧？差不离的鬼子话都能说上来，听何龅牙说，已经带上了几分鬼子的口音，就是何龅牙当年去鬼子地盘念书的那地界，好像是叫仙……仙台？”

“行！一会儿你跟在我身边，尽量别开口说话！”

“为啥？”

“鬼子特高课的情况你不熟悉，一些细节上怕露馅！”

略略整理了一下身上衣裳，杨超与莫天留两人大摇大摆地顺着大路朝清乐县城的城门口走去。离着城门口还有老远，城门楼子上警戒的日军士兵已经看见了杨超与莫天留俩人，顿时扯开了嗓门大叫起来：“有情况！戒备！”

伴随着日军哨兵的叫嚷声，忙着在城门口搭建防御工事的日军和皇协军士兵，全都飞快地钻到了还没完全搭建成型的防御工事后，拉动枪栓推弹上膛的动静，更是响成了一片！

将夹在手指上的证件高高举过了头顶，杨超很有些不屑地扯开嗓门用日语吼叫起来：“简直是一群无能的废物！如果真要袭击你们的话，会在这么远的距离就暴露行踪吗？”

尽管听到了熟悉的日语，藏在掩体后的日军士兵也丝毫没有放松警惕。城门楼子上担任警戒任务的哨兵，更是扯开喉咙大叫起来：“表明你们的身份，放下随身携带的武器！”

压根也不去碰明目张胆挂在身上的德造二十响手枪，杨超朗声朝城门口那些藏在防御工事后的日军士兵叫道：“保定特高课，德川清兵卫！马上派人查验证件，还有很重要的工作需要处理，不能陪你们这些废物耽误时间啊！”

只一听特高课三字，藏身在掩体后的日军士兵顿时心头发麻，身上原本带着的凶悍之气也骤然弱了七分……

虽说特高课与日军部队并没有直接的从属关系，但特高课执行的任务，却有不少是与日军宪兵合作完成的，彼此之间的牵扯颇有些繁杂纷乱，甚至有了些你中有我，我中有你的架势。

再加上特高课的情报人员在执行任务时，历来是只求达到目的，不问手段如何，心狠手辣、舍得杀人，甚至是杀自己人的作风，早已经恶名远扬，不由得叫人心头发怵！

无可奈何地从掩体后站起了身子，一名负责城门前防御工事修建的日军军曹一手扶着帽子，一手捂着挎在腰间的南部式手枪，忙不迭地朝着杨超跑了过去。而其他藏身在掩体后的日军士兵，也都下意识地转动着枪口，微微避开了高举着证件站在不远处的杨超……

脸上带着明显的鄙夷模样，杨超很有些傲慢地将证件伸到了那名日军军曹眼前："真是个毛毛躁躁的家伙！哪怕是前来查验证件，也应该派出个三人小队才好啊！如果是敌军冒充我方人员，恐怕现在你已经被人胁持了呢！"

一迭声地答应着杨超的训斥，那名日军军曹双手接过了杨超递来的证件，只是粗粗扫过了一眼之后，立刻双手将证件递到了杨超眼前："实在对不起！因为今天早上，刚巧有反日武装分子冒充皇军士兵袭击了城门前的岗哨，所以才会……"

劈手夺过了证件，杨超语气中的傲慢丝毫不减："哪怕是没有出现敌方人员冒充皇军士兵的情况，也是需要认真查验证件的啊！早上遭受了袭击，现在还没有完善好简单的防御工事？你们是在偷懒吗？！"

重重地一鞠躬，那名日军军曹很有些慌乱地应声答道："实在是因为……"

粗鲁地一摆手，杨超看也不看那名想要朝自己解释些什么的日军军曹，自顾自地领着莫天留朝城门走去："借口和推脱的话就不必对我说了！"

忙不迭地答应着，那名日军军曹屁颠屁颠地跟随在了杨超身后，很是带着几分谄媚地应道："虽然不应该打听阁下的来意，但是为了阁下行动的方便，是不是可以……"

"立刻带我们前往清乐县驻屯军司令部！"

不徐不疾地跟在了那名殷勤带路的日军军曹身后，杨超一边装出了一副初来清乐县城、四下观察环境的模样，一边借着装模作样指点街景的由头，低声与莫天留交谈起来："天留，你是见过雪隐次郎的吧？"

微微一点头，莫天留低声应道："见过！上回领着乡亲们来清乐县城逼着鬼子派兵驻扎到各村的时候，跟那家伙打过照面！我说指导员，你干吗要去鬼子司令部啊？"

小心地看了看前头引路的日军军曹，杨超低声应道："鬼子卡咱们筹集物资上的脖子，不去找清乐县里最大的鬼子头儿，咱们需要的物资就算是弄到了手，恐怕也很难运出去啊！再说了，目前咱们的经费有限，哪儿还有那么多钱去采买物资？"

皱起了眉头，莫天留禁不住低声嘀咕起来：“见了鬼子头儿……就能弄着咱们要的那些东西？还能把那些东西给运回根据地？指导员，你这打的是什么主意？”

“我就是在来的路上琢磨出来的主意，能不能成还得两说。”

“啥路数？”

张了张嘴，杨超却又微微摇了摇头：“成不成还两说的事儿，说穿了就不灵了！我现在还没完全琢磨明白这里头的弯弯绕……天留，你记住一件事就成——你叫大久保贞次，祖上就是德川家的家臣，是德川家十六神将之一的大久保忠世的后人。作为保定特高课派到清乐县城来侦察反日武装人员情况的潜伏人员，已经来清乐县待了一年了！”

默默记忆着杨超交代的话语，莫天留很是好奇地开口问道：“这德川家家臣是个啥？”

“这个一两句话还说不清楚，差不多也就是咱们中国一些个土皇帝家的臣子武将吧？鬼子那边的风俗跟咱们不一样，他们那土皇帝家的家臣，差不多都是带着些奴仆身份的意思……”

“那不就是土财主家的长工头儿？这一辈一辈给人家扛活儿下来，差不离也就是大清国那时候王爷家里的家生子奴才了吧？我说，这些鬼子地界的风俗学问，也是你看书看来的？”

“这些知识在历史书和野史札记上都有，你这么个解释……也行吧！反正鬼子那边给土皇帝当长工的人，也都没觉着自个儿活得不自在，反倒是还觉着自己挺有面子的！就我方才报的这日本名字，祖上当年也算是日本挺有名的一个土皇帝了，身边的家臣也都在日本有一定的名望。一会儿咱们见了雪隐次郎，就靠着这俩名字说话呢！”

“雪隐次郎……怕这土皇帝家的后人？”

“这些土皇帝家在日本算得上是挺大的门阀，势力范围几乎无所不及，很少有人不怕他们的！咱们这事儿能不能成……一多半就在这上头了！”

“闹了半天，就是个托名假寄、拉大旗当虎皮的路数啊！行，鬼子跟前充大爷，咱们也牛一回！不过……鬼子可是有电话的，这要是鬼子见了咱们，为了查验咱们的身份，一个电话打到保定的鬼子那儿，咱们不就露馅了？”

“放心吧！今天清乐县的电话全都失灵了，一个都打不出去！”

“你提前预备着了？”

“李司令亲自安排了敌工科的同志动的手，按照时间来推算，现在从清乐县城出去的鬼子电话线，估摸着都叫砍断了不下二十处了！鬼子就是想派人连夜抢修，不到明天晚上也办不成——在不少被砍断了的电话线杆子旁边，敌工科的同志都会埋下地雷，说不定条件合适了，还能打修电话线的鬼子一个埋伏呢！”

“封眼拳加双风贯耳的路数，壮棒汉子挨了这两下，那也就只能抱头蹲着等挨打了！指导员，你这念过书的人，咋下手也这么阴毒的？”

“这叫对敌斗争策略，不叫阴毒！”

“一码事儿！甭管多阴毒的招数，用在鬼子身上就是好事！眼瞅着前头就要到鬼子司令部了，咱们是不是得把架势端起来呀？”

★ 第四十七章　新奇计划

大马金刀地坐在清乐县日军宪兵司令部的会客室内，杨超目不斜视地看着窗外渐渐西沉的太阳，很是有些经多见惯、气定神闲的世家子弟做派。而垂手站在杨超身后的莫天留，此刻也一改往日跳脱模样，沉默安静得如同一块岩石一般。

而在会客室门外，从门缝里偷偷观察着杨超与莫天留两人的雪隐次郎已经静悄悄地站了好一会儿，直到身后副官蹑手蹑脚地走了过来，方才轻轻后退了几步，低声朝蹑手蹑脚走来的副官问道："电话还是没有接通吗？"

轻轻摇了摇头，副官一脸疑惑地朝雪隐次郎应道："实在是奇怪，从中午开始，电话就始终都打不出去。派出去查线的通信兵也一直没有返回。阁下，是不是要增派一些兵力去查看情况？"

抬眼看了看窗外的夕阳，雪隐次郎毫不犹豫地朝副官摆了摆手："马上就要天黑了，即使派出兵力去巡查电话线，也很容易遭受那些反日武装力量的埋伏！命令各处城门的哨兵加强戒备，天黑之后，即使通信兵返回，也要严格检查之后，才能使用吊篮进城，绝不允许打开城门！"

低声答应着雪隐次郎的命令，副官却又伸手指了指会客室虚掩着的房门："那么这两位……的确是保定特高课的情报人员？"

扭头看了看虚掩着的会客室房门，雪隐次郎略一犹豫，低声朝副官说道："让门口站岗的人进来，然后……"

面露惊异神色地聆听着雪隐次郎的悄悄话，副官愣怔了好一会儿，方才犹豫着点了点头，转头便朝着日军宪兵司令部门外冲去。不过片刻的工夫之后，刻意加重了脚步的副官已经领着几名荷枪实弹的日军士兵冲了回来，一马当先地一脚踹开了会客室虚掩着的房门，扯开嗓门朝杨超与莫天留用生硬的中文吼叫起来："不许动！否则毙了你们！"

就像是全然没看见几名已经将手指搭在了扳机上的日军士兵将枪口对准了自己，杨超很有些无奈模样地微微叹了口气：“哪怕是要试探，至少让几个机灵些的家伙来做这件事情吧？”

凶相毕露地朝前迈了几步，副官几乎要将手中的南部式手枪枪管戳到了杨超的脸上，但说话却换成了一口日语：“以为会几句日语，就可以冒充特高课的情报人员吗？已经跟保定方面核实过了，根本就没有你们这样的情报人员前来清乐县！”

不屑地嗤笑一声，杨超慢慢地竖起了一根手指，轻轻地将几乎要戳到了自己脸上枪管拨了开：“与保定方面的联络，在今天中午就已经中断了！如果不是这样的话，我们也不会付出暴露自己身份的代价，前往清乐县城与你的上官进行接洽，直接部署下一步的行动！如果你们的通信兵真的已经再次联通了与保定方面的电话，那么马上带我们去打电话，会有人告诉你们该怎么做的！”

犹如倾尽全力的一拳砸在了软绵绵的棉花上，原本一副凶神恶煞模样的副官顿时一口气憋在了嗓子眼里，吭哧了好一会儿都没说出话来。而在会客室门口端着三八大盖瞄准了杨超与莫天留的几名日军士兵，也都下意识地垂低了枪口。

几乎就在几名日军士兵一恍神的瞬间，一直垂手站在杨超身后的莫天留却猛地朝斜侧方蹿了出去，闪电般伸出了双手抓住日军副官持枪的巴掌一抬一拧，顿时便将那名日军副官的胳膊拧到了身后。

尖锐的惨叫声中，已经将日军副官手中的南部式手枪抢了下来的莫天留毫不客气地加大了几分力气，只把日军副官拧在了身后的胳膊扭得听见了骨节摩擦发出的轻响，手中抓着的南部式手枪也毫不客气地顶在了日军副官的太阳穴上：“真是一群笨蛋！就因为你们的无能，清乐县的反日武装力量，居然能够在几个月内把皇军士兵的活动范围压缩到了极致！治安战计划交给你们这样的笨蛋来实施，恐怕再过几年的时间，也还会是一事无成吧？”

就像是没听到站在会客室门前的几名日军士兵声嘶力竭的吼叫恫吓，杨超索然无味地叹了口气：“大久保，松开这家伙吧！因为上官的命令而进行这种无谓的试探，恐怕他也早已经提心吊胆了呢！雪隐次郎阁下，如果看够了你手下的表演，是不是可以面谈了呢？”

话音落处，会客室门外立刻传来了雪隐次郎的话语声：“所有人立刻出去！没有得到召唤的话，谁也不许靠近会客室！”

如蒙大赦地答应着，几名日军士兵忙不迭地退出了会客室，而被莫天留松开了手腕的副官，也强忍着肩头传来的剧痛，返身接过了莫天留扔过来的南部式手枪，接连不断地鞠着躬倒退出了会客室……

大步走近了会客室中，雪隐次郎反手关上了会客室的房门，这才返身朝着始终端坐着的杨超重重一鞠躬：“实在是抱歉！因为与保定方面的电话联络中断，为了核实两位的身份，才不得已……”

不置可否地哼了半声，杨超回手指了指重新垂手站在了自己身后的莫天留：“大久保贞次，你们应该见过面了吧？”

如同说相声的捧哏演员一般，站在杨超身后的莫天留猛地拿捏出了一副可怜兮兮的庄稼汉模样，直着脖子朝雪隐次郎叫嚷起来：“皇军开恩哪……派兵驻村里吧……”

死死地盯着莫天留的面孔，雪隐次郎只是思忖了片刻，顿时便像是恍然大悟一般地开口朝莫天留叫道：“原来特高课的情报人员，早已经渗透到了那些反日武装分子当中？只是为什么……”

很是不耐烦地摆了摆手，杨超毫不客气地朝雪隐次郎叫道：“为了彻底实行治安战计划，必要的牺牲自然是不可避免的！也只有这样，才能在最短的时间之内，赢得那些多疑的反日武装分子的信任呢！”

嘿嘿干笑了几声，雪隐次郎的目光微微转向了杨超：“那么，阁下前来清乐县的目的，可否告知呢？”

朝着雪隐次郎竖起了一根手指，杨超低声朝雪隐次郎说道：“立刻征调一大批食盐、布匹、粮食和西药。除了西药之外，其他的物资，每一种至少要装满两辆大车，在明天天亮之前交给我带走！”

讶然瞪大了眼睛，雪隐次郎急声朝杨超叫道：“阁下，这些物资都是被严格管控起来的，目的就是……”

鄙夷地扫了雪隐次郎一眼，杨超毫不客气地打断了雪隐次郎的话头：“希望用控制物资的手段，来压缩反日武装力量的生存空间、恶化他们的生存环境，好将这些隐藏起来的反日武装力量困死、饿死？”

略带着几分惶惑地点了点头，雪隐次郎应声答道：“的确是这样！目前清乐县隐藏的那些反日武装人员，全都藏在深山里。即使是集中兵力进行清剿，恐怕也达不到预想的战果。为了稳妥有效起见，才会想到了这样的办法！”

冷笑几声，杨超话语中的讥讽含义显而易见：“即使是这样的办法起到了作用，那么最终达到作战效果，又需要多久呢？半年？一年？甚至是更长的时间？！”

重重一鞠躬，雪隐次郎低声应道：“的确是不能很快见到成效，但是冈村阁下亲自制订的治安战计划，原本就需要用较长的时间来执行，彻底地将支那人顺民化、皇民化，这样才能为帝国取得一个稳固的大后方！”

狠狠一拍椅子扶手，杨超猛地站起了身子，朝着站在自己身前的雪隐次郎低声喝道：“可是帝国现在就需要一个能够为帝国的征战提供资源的大后方！每天都待在这样的荒僻地方，对外面发生的事情几乎一无所知！即使是冈村阁下制订的高明计划，交给这样懵懂的家伙来执行，恐怕最终效果也要打了很大的折扣！”

尽管没有抬头，但面对着杨超的低声呵斥，雪隐次郎的话音里也带上了几分不服的语气：“虽然的确是孤陋寡闻了一些，但是在执行冈村阁下制订的治安战计划时，在下也是取得了一定的战果的！”

冷笑着伸手拍了拍雪隐次郎的肩膀，杨超毫不客气地应道：“是想说何家大集的那一次合战吧？即使是从保定调集了大量的兵力，最终却还是叫不少反日武装分子逃进了山林中呢！而在这其中，反日武装分子的首脑，几乎无一损伤！像是这样的战果，也值得拿出来夸耀吗？”

不等雪隐次郎再次开口分辩，杨超已经厉声低喝道：“原本这一次特高课将要执行的任务，并不应该由我来亲自出面办理！只是因为与保定方面失去了联系，为了尽快完成驱逐支那人集中居住的计划，所以才会破例！马上去征集我方才交代的那些物资，在明天天亮之前交给我带走！”

犹豫片刻，雪隐次郎很有些艰难地抬起了头：“要将这么多管控起来的物资带离清乐县城，那么……务必请阁下明示，究竟是要执行怎样的作战计划呢？！”

故作神秘地低笑着，杨超抬手指了指窗外已经黑了下来的天空：“想要让人感激的方式有很多种，但是没有哪一种方式，能够比得上给一个快要饿死的人一顿饭那么合适！躲藏在山林中的那些反日武装人员，因为缺少食盐、粮食、布匹和西药，挣扎得非常艰难！如果在这个时候，有人给他们送去了急需的物资……那么这个人，会得到怎样的尊敬与拥戴呢？”

紧锁着眉头，雪隐次郎沉默了好一会儿，方才像是鼓足了全部勇气一般，抬头看向了满脸都是神秘微笑的杨超：“既然是这样的话，在下会尽快按照要求，配合特高课执行行动计划！但是在与保定特高课取得联系之前，这些物资……请阁下原谅，实在是因为事关重大，在下无论如何也不能莽撞！”

仿佛对雪隐次郎的顾虑早有预料一般，杨超微微点了点头：“那么就按照你说的办吧——尽快筹备所需的物资，在与保定特高课取得了联系之后，我们要立刻带着那些物资离开！至于现在……听说清乐县城中有一家支那人的饭馆，做的羊肉很是不错？”

★　第四十八章　借酒传讯

大马金刀地坐在了百味鲜饭馆里，杨超就像是没看见陪在自己身边的日军副官一般，只顾着专心致志地品尝着滋味鲜美的羊肉，时不时地发出啧啧的赞叹声：“即使是在保定，也很难吃到这么好吃的料理啊！虽然还是不能与当年吃过的怀石料理相提并论，但总算是能用来解馋了！”

同样对陪在一旁的日军副官视而不见，莫天留一边用个精致的小白瓷酒盅喝着烫热了的衡水老白干，一边附和着杨超的话头：“上一次承蒙阁下关照，品尝了一次怀石料理，至今对那样的美味难以忘怀！真是希望这战争早一些取得胜利，就可以再次回到本土，品尝到那样的美食了！”

战战兢兢地站在了柜台后，百味鲜饭馆的大跑堂盯着莫天留那张熟悉的面孔，很有些诧异地看向了同样一脸震惊神色的账房先生：“这位爷……咱们可见过了不少回了吧？怎么今天……满嘴说的都是日本话？这算是唱的哪一出啊？”

犹豫着微微摇了摇头，同样心头震惊的账房先生压低了嗓门应道：“这年月……人心隔肚皮，当面是人，背后还不一定是个啥玩意儿呢？！说不定这位爷……那就真是日本人？要不然，怎么还有正经的日本当官的陪着吃喝呢？”

“那你说以往咱们当着这位爷出的那些个洋相，还有办的那些事……这要是追究起来，咱们可谁都落不着好啊？！”

“唉……左右咱们都是干的勤行买卖，笑脸迎客、低头伺候，谁来了咱也不能得罪！大不了……咱们做点准备？”

“啥准备呀？”

“甭管是哪家的天下，谁不也都喜欢……这个吗？”

看着账房先生把手藏在柜台下边，比画出了个大洋的手势，大跑堂忙不迭地点了点头：“没错！甭管啥世道，从来都是有钱能使鬼推磨！赶紧准备着……”

都没等账房先生小心翼翼地从柜台底下摸出藏着当买菜本钱的大洋，已经喝得有些上了脸的莫天留却是猛地在长凳上扭过了身子，带着几分醉意朝着大跑堂一指：“你，过来！”

下意识地一缩脖子，大跑堂犹犹豫豫地磨蹭出了柜台，强笑着凑到了莫天留身边：“这位爷，您有什么吩咐？”

挑着大拇指指了指自己，莫天留乜斜着眼睛看向了挂着满脸强笑的大跑堂：“你……认识我吗？”

下意识地点了点头，大跑堂应声答道：“认识，当然认识……您不就是那位……”

猛地一翻手，莫天留一耳光重重地抽在了大跑堂的脸上：“你他妈能认识我？！”

被莫天留重重一耳光抽得原地转了一圈，被打得眼冒金星的大跑堂一边下意识地捂住了火辣辣作痛的半张脸，一边忙不迭地扯着嗓门哀号起来：“哎哟……不认识，我不认识您……”

依旧是没等大跑堂把话说完，莫天留再又一耳光抽到了大跑堂的另外半边脸上：“你他妈连我都不认识？！”

眨眼的工夫便挨了重重两记耳光，被打得鼻歪嘴斜的大跑堂一屁股跌坐到了地上，哭丧着一张脸看向了满脸狰狞模样的莫天留：“这位爷……那我到底是该认识还是……不认识您呢？”

很是得意地怪笑着，莫天留也不搭理被自己打得跌坐在地上的大跑堂，反倒是笑嘻嘻地转头看向了坐在自己对面的杨超，用日语大声说道：“阁下，恐怕这个支那人到现在都还没有明白过来，我究竟是反日武装分子，还是特高课的情报人员啊！如果支那人都是这样的笨蛋，那么征服支那，会是一件很容易的事情呢！”

就像是没看见莫天留毫无来由地将大跑堂打得鼻歪嘴斜，杨超捏着自己面前的小酒盅，很是带着几分斯文做派地喝下了一盅烫热的衡水老白干：“征服支那之后，一定要回家痛饮白雪秘藏清酒！支那人酿造的酒虽然还算得上勉强能入口，但无论如何，也比不上本土酿造的各种清酒啊！”

眨巴着眼睛，莫天留顿时收敛了脸上的笑容，朝着杨超微微一点头：“的确是这样！阁下，现在喝的酒实在是太烈了，完全遮盖住了食物的本味！不过我记得……这家饭馆的厨师，私下倒是藏了一些还算得上不错的酒，味道也与清酒有几分相似。”

眉尖微微一挑，杨超像是被逗引起了兴趣一般，脸上不由自主地露出了好奇的神色："真的会有味道像是清酒的东西吗？那么，让这里的厨师拿出来品尝一下吧？"

满口答应着，莫天留微微一扭身子，刚还挂在脸上的谄媚笑容已经换成了横眉立目的凶狠模样，厉声用中文朝着兀自跌坐在地的大跑堂叫道："你们那做羊肉的厨子呢？叫他出来说话！"

连滚带爬地朝后退了几步，满脸都是惊惧神色的大跑堂都没等从地上爬起来，已经扯着嗓门朝后厨方向吆喝起来："余师傅……余锁柱，皇军叫你出来说话哪……"

喊声起处，后厨门口低垂着的门帘一挑，余锁柱已经大步走出了后厨，几步便跨到了莫天留面前站定，不卑不亢地朝着莫天留沉声说道："这位爷，您有啥吩咐？菜要不合口，我这就给您重做。酒要不热了，我立马吩咐徒弟给您另烫一壶？"

猛地站起了身子，莫天留几乎将脸贴到了余锁柱的鼻尖前面，阴沉着嗓门朝余锁柱低喝道："你……不怕我？"

身形纹丝不动，余锁柱的语气依旧不卑不亢："这位爷，我就是个靠手艺吃饭的厨子，来了客人凭手艺伺候着。手艺不地道，自然见谁都怕！手艺到家了，怕上门赏饭吃的主顾干啥？"

似乎是对余锁柱的回答很不满意，莫天留闪电般地翻手抽出了腰后别着的德造二十响手枪，狠狠地将枪口顶在了余锁柱的脑门上："现在呢？怕不怕？"

眼神丝毫不乱，余锁柱的话音依旧沉稳异常："这位爷，您要真想崩了我，我怕不怕您也都得开枪不是？"

很有些恼羞成怒地攥紧了拳头，莫天留狠狠一拳打在了余锁柱的胸口，直把身量很是健硕的余锁柱打得连连后退，口中兀自连声喝骂道："我叫你不怕……我看你怕不怕……我他妈的打死你……八嘎……"

连踢带踹，更兼得口中叫骂不休，才不过一眨眼的工夫，莫天留已经将余锁柱打得倒退着跌进了后厨中。偷眼瞧着作陪的日军副官并没有跟着自己过来，莫天留飞快地闪身冲进了后厨，一边接茬扯着嗓门叫骂，一边偷空断断续续地朝早已经一骨碌爬起了身子的余锁柱低声说道："锁柱哥，对不住了……情况紧急，赶紧想法子出城……去寻李司令……"

尽量简单扼要地将杨超与自己面临的情况告诉了余锁柱，莫天留正要转身走出后厨，余锁柱却是猛地伸手拉住了莫天留，重重地朝莫天留摇了摇头："鬼子打人，哪回是不见血就罢手了的？！你放心，明天天亮之前，我一准想法子把话带给李司令！"

也不等莫天留再开口说话，余锁柱已经顺手抄起一个搁在灶边的土陶盐罐，用力地砸在了自己的脑门上。伴随着余锁柱脑门上血花四溅，早已经蹲在了灶边的涂扣儿立刻扯开了嗓门哭喊起来："哎呀……可是打不得啦……怕啦……太君我们怕了啊……"

感动地朝捂着头上伤口、被盐蜇得脸上肌肉一个劲抽搐的余锁柱点了点头，莫天留返身撞出了后厨，骂骂咧咧地朝杨超走了过去："该死的支那人……不让他们受到惩罚的话，他们就敢在皇军面前装模作样……"

抬眼看着莫天留朝自己递来了个隐晦的眼色，杨超顿时冷声朝莫天留叫道："大久保，你又喝多了吗？以往出现的几次失误，几乎全都是因为喝酒才误事的吧？！如果不改掉这样的毛病，在这次行动结束之后，你还是申请调回特高课做一些文书方面的工作吧！"

猛地一个立正，莫天留就像是被杨超的话语全然震慑住一般，脸上再无半点张狂之意，连有些散乱的眼神也都变得清明了许多："实在是对不起！以后再也不会犯下这样的错误了！还请阁下一定原谅，多多关照！"

眼看着莫天留猛地朝自己来了个九十度的鞠躬，杨超冷哼半声，很有些悻悻地站起了身子："原本只是想品尝一下这里美味的羊肉，但是现在……已经完全没有继续吃下去的欲望了！"

也都不搭理同样站起了身子的日军副官，杨超只管自顾自地大步朝百味鲜饭馆门外走去。而在杨超身后，莫天留与日军副官也忙不迭地跟上了杨超的脚步，几人的身影不一会儿便消失在夜色之中……

捂着被打得生疼的面颊，大跑堂提心吊胆地凑到了饭馆门口探头张望了好一会儿，这才重重地嘘了口气："好家伙……伺候了这几位爷一桌好酒席，一个大子儿不给也就算了，我这儿倒是还饶了俩大嘴巴……我这倒霉的……"

话音未落，涂扣儿已经搀扶着走路都摇摇晃晃的余锁柱走出了后厨，尖细着嗓门朝站在饭馆门口的大跑堂叫道："大跑堂的，我师傅叫方才那人给打坏了，这可得赶紧出门寻大夫去啊……"

扭头看了看满脸鲜血的余锁柱，大跑堂顿时幸灾乐祸地怪笑起来："这年月，祸从口出的道理都还有人不知道，那可也怪不得要见红挂彩——赶紧去吧，一会儿可记着早些回！皇军可是有令，各家商铺买卖的伙计帮闲，天黑上板之前，都得由各家铺面的掌柜、管事点卯！要是点卯不到的，一律按私通反日分子论处！”

“可眼下清乐县城里就没个治红伤的大夫，怕是得出城走一遭！大跑堂的，眼下这城门可都关了，估摸着还得劳驾您走一趟？反正有您看着，咱们多少也有个旁证？”

“我？凭什么就是我去呀？你们自个儿折腾出来的事，自个儿想法子收拾去！我……我不管了，这就关门上板、蒙头睡觉！你们要是叫巡街、守城门的太君抓住了，可千万别赖上我！”

★　第四十九章　配合无间

轻轻推开了雪隐次郎办公室的房门，刚刚监视着杨超与莫天留返回了日军宪兵司令部的副官飞快地闪身溜进了雪隐次郎的办公室内，随手关上了房门。

屋里没有亮灯，从窗外微微透进的昏黄月光照射之下，端坐在办公桌后的雪隐次郎的身影，倒是像极了一尊隐藏在黑暗中的恶魔神像，散发着令人不安的诡谲意味。而在屋角搁着的一台座钟，也刚好响过了午夜十二点的最后一声钟鸣……

眼见着副官轻手轻脚地走到了办公桌前站定，雪隐次郎这才低声朝垂手站在办公桌前的副官说道："辛苦了！有什么发现吗？"

很有些无奈地摇了摇头，站在办公桌前的副官低声应道："遵照阁下的指示，监视着他们去了百味鲜饭馆。从他们的谈话中，并没有听出来什么有价值的东西。而且……阁下，从他们谈话中流露的对本土生活细节的熟悉情况判断，他们应该真的是……"

嘿嘿低笑着，雪隐次郎突兀地打断了副官的话语："看起来很像是日本人吗？"

"的确是这样！如果不是在本土有过长时间的生活，一般人是不会知道本土的风土人情的！而且从他们的对话中判断，或许他们真的是德川家和大久保家的后裔？"

"是啊……一般人没有在本土生活过的话，的确是不会知道一些本土的生活细节！可如果他们并不是特高课的情报人员……敢于直入宪兵司令部的人，肯定不会是一般人呢！"

"那么，要加强对他们两个人的监视吗？"

"没有这个必要了！身处宪兵司令部，虽然他们身上都携带着武器，也是不可能强行闯出宪兵司令部的！在电话线抢修完成之后，立刻就能核实他们的身份，到那个时候，做好相应的处置就是了！需要准备的物资，现在也就开始准备吧！"

"阁下，在没有最终确定这两个人的身份之前，就要开始物资的征集吗？万一他们不是……”

“万一他们真的是特高课的情报人员呢？虽然我也不喜欢那两个家伙趾高气扬的模样，但是耽误了特高课部署的行动，后果可是非常严重的啊！”

“完全明白了！阁下，我这就去准备需要的物资……”

眼见着副官转身要走，端坐在黑暗中的雪隐次郎却又再次开口叫道：“按照他们要求的物资数量，我们应该是要至少派出七辆大车，是这样的吧？”

下意识地点了点头，副官赶忙朝雪隐次郎应道：“的确是这样！阁下，还有什么吩咐？”

略作思忖，雪隐次郎微微朝副官摆了摆手：“从那些东北垦荒团出身的士兵当中，挑选一些人充当车夫吧！即使当真是特高课进行的秘密行动，至少也要叫我们知道大致的情况才好。否则的话，一旦出现了任何的意外，我们就会是最合适的替罪羊呢！”

“如果是这样的话，仅仅几个装扮成了车夫的士兵，恐怕还起不了什么作用吧？阁下，要不要在大车后面准备一支精锐的小部队呢？”

都不等雪隐次郎开口回答，摆在办公桌上的电话，却是猛地铃声大作，顿时便将雪隐次郎与站在办公桌前的副官吓了一大跳！

飞快地朝着电话机伸出了巴掌，雪隐次郎猛地抓起了电话听筒朝耳边凑去。但在电话听筒刚刚接触到了耳朵的一瞬间，雪隐次郎却又伸手将电话听筒递给了站在办公桌前的副官……

疑惑地接过了电话听筒，副官很有些不由自主地咳嗽着清了清嗓子，这才朝着电话听筒开口说道：“让您久等了，我是……”

几乎像是狂风骤雨一般，电话那头的叫骂声顿时将接电话的副官骂得断了话音：“浑蛋！你们这帮家伙是怎么回事？！电话全都打不通！遂平县是这样，宫南县是这样，清乐县也是这样！命令的传达出现了延误的话，这样重大的责任，即使是叫你们剖腹也不过分！简直是……”

声嘶力竭的臭骂声中，副官情不自禁地将听筒拿得离自己的耳朵远了些。直到那咒骂的声音总算是告一段落之后，方才再次将听筒凑到了耳边：“实在对不起，我是清乐县……”

恶毒而又粗鲁的喝骂声，再次打断了副官的话头：“现在这个时候，雪隐次郎那家伙已经睡着了吧？马上把那个只会偷懒的笨蛋叫来接电话！猿太郎阁下非常生气，如果雪隐次郎不想被猿太郎阁下勒令切腹的话，那就叫他跑得快一点！”

忙不迭地伸手将电话听筒递到了雪隐次郎面前，副官刚要开口说话，坐在黑暗中的雪隐次郎却是猛地站起了身子，朝着副官比画出了个噤声的手势，这才慢慢地接过了电话听筒，重新坐回了椅子上……

沉默着抬起了胳膊，雪隐次郎借着窗外朦胧的月色看着手腕上戴着的手表，直到时间过去了三四分钟之后，方才慢慢地将电话听筒凑到了耳边："我是雪隐次郎！"

或许是顾忌到雪隐次郎好歹也是一地驻屯军的指挥官，电话那头的声音总算收敛了几分粗鲁，但傲慢的意味却依旧显而易见："雪隐阁下，保定驻屯军司令部命令，近期将有保定特高课情报人员，前往你之驻地，执行秘密任务。你部须尽力配合其完成，不得推诿延误！"

习惯性地微微一欠身，雪隐次郎低声应道："像是这样特殊的命令，是由猿太郎阁下亲自下达的吗？"

很有些肆无忌惮地冷笑一声，电话那头的声音显得很是不屑："命令当然是由保定驻屯军参谋部进行下达，难道雪隐阁下连这点军律都已经忘记了吗？驻屯军的日子，看来过得很轻松啊？！"

"那么猿太郎阁下，对下官有怎样的训示呢？"

"雪隐阁下，你是不是忘记了自己的身份？！能够直接接受猿太郎阁下下达命令的人当中，恐怕还没有你的名字出现过吧？"

像是对自己尖酸刻薄的语气感到很是满意，电话那头的声音禁不住得意地大笑起来："雪隐家的人，好像都是这么不明白自己的身份呢？太郎是这样，次郎也是这样！地方驻屯军的干部，想要从地区驻屯军司令那里获得直接的命令，难道猿太郎阁下在本土的家臣当中，也有姓雪隐的人吗？"

直到电话那头的狂笑声乍然间变成了一阵夹杂着嘈杂电流声的忙音，雪隐次郎这才轻轻将电话听筒搁到了电话机上，长长地出了口气："看来……保定特高课的两个家伙，身份应该是准确无误了！"

显然是听到了电话内容，站在办公桌前的副官小心翼翼地开口问道："既然是保定驻屯军参谋部下达了命令，那么我们只要遵令……"

话没说完，坐在椅子上的雪隐次郎已经猛地站起了身子，伸手抓着电话机上的手柄猛地摇动了一阵，大声朝着刚刚接通的电话叫道："这里是清乐县驻屯军宪兵司令部，请立刻接通保定特高课值班电话，有重要情报，需要立即与保定特高课进行核实！"

很有些紧张地将电话听筒举在了耳边，雪隐次郎几乎是竖着耳朵聆听着电话听筒中传来的任何一丝声响。当电话那头猛地传来了个懒洋洋的、带着几分沙哑的问话声时，雪隐次郎立刻开口说道：“是保定特高课本部吧？这里是清乐县驻屯军宪兵司令部，现在有两名持有保定特高课证件的情报人员前来，要求我们配合他们执行一项任务！为了稳妥起见，这才冒昧地进行这次身份核实——这两人的名字分别是……山本涩、浅见泽，保定特高课，有这样的两名情报人员吧？”

耳听着雪隐次郎胡乱报出了两个名字，站在办公桌边的副官禁不住惊讶地瞪大了眼睛。而在电话那头，那个懒洋洋的沙哑声音，也骤然变得紧张起来：“没有这两个人！请立刻拘捕他们……”

不等电话那头把话说完，雪隐次郎已经急声叫道：“实在对不起！是我的错，把两名犯错士兵的名字随口说了出来——德川清兵卫和大久保贞次，是保定特高课的情报人员吧？”

只是停顿了片刻，电话那头已经传来了明显带有几分怒气的沙哑声音：“简直是……这么重要的身份核实，居然也会说错名字吗？请务必与德川清兵卫和大久保贞次紧密协作，拜托了！”

伴随着电话那头再次传来的忙音，雪隐次郎慢慢坐回到了椅子上：“看来……身份的确是不会错了！可是这到底是怎样的秘密行动呢？大批量的食盐、布匹、粮食和西药，都是那些反日武装分子急需的物资啊……”

几乎就在雪隐次郎沉吟思量的同时，满头大汗的何龅牙终于长长地出了口气，扭头看向了蹲在自己身边的李家顺：“李司令，我没说错个啥吧？”

满意地伸手拍了拍何龅牙的肩膀，李家顺朝着满头大汗的何龅牙挑出了个大拇哥：“老何，好样的！这回的行动成功之后，真要给你记上一大功！”

忙不迭地摇了摇头，何龅牙脸上蓦地浮现出了一丝苦笑：“李司令，我自个儿的事情，自个儿心里明白！就我这给鬼子干过缺德事儿的出身，现如今做的这些……说破天了就是个将功赎罪，哪儿还敢求个旁的什么？再说了，这要不是百味鲜饭馆的二位半夜用了苦肉计出城报信，李司令你也早早带着人摸到了清乐县城边，敌工科的诸位也把保定那边日本驻屯军司令部的情报摸得那么细，连这电话机都想法子踅摸了一台，我就是想装样也装不成啊……”

大手一挥，李家顺抬头看了看藏身的窝棚外隐约可见的清乐县城城墙，一本正经地朝何龅牙说道：“老何，过去是过去，如今是如今！以往犯了错也好，犯了罪也罢，改过来了就是能够接受改造、改正错误的好同志！老何，咱不拿你当外人，你也甭拿着自个儿不当回事！现如今，你可是咱们冀南军分区敌工科的对敌宣传干事，往后可还有不少工作等着你去做哪！”

★ 第五十章 浩荡潮流

缩着脖子、耸着肩头，站在清乐县城门口的几名皇协军士兵没精打采地看着在城门口过往的行人，却是压根都没对那些行人进行盘查的举动，全然是当一天和尚撞一天钟的惫懒做派。

眼瞅着已经快要到了正午时分，把守在城门口的几名皇协军士兵当中，一名带班的班长猛地打了个长长的哈欠，这才伸着懒腰吆喝起来：“行了行了啊……多少打起几分精神来，一会儿日本人可就要过来查岗了！要是见着咱们又在偷懒，怕是几个大嘴巴都得吃上！”

怀里抱着一支晋造三八式步枪，靠在城门口的一名皇协军士兵扭头看了看城里街道上的动静，爱搭不理地再次闭上了眼睛：“得了吧……班头，咱们打起了精神又能怎么着？以往披了这身皮，好了不敢说，一天三顿粗粮干饭总还能下了肚。可现如今……一天两顿稀的，窝头里边一多半还是麦麸！这要不是实在找不着地方混饭吃……谁还乐意替日本人扛了这活儿了？”

像是早在心里憋足了窝囊气，话头刚被挑起来，另外几名皇协军士兵顿时也打开了话匣子：“吃喝上头不济事也就不说了，三天两头还拿着咱们当猴儿耍着玩。今天清剿、明天扫荡，哪回都是叫咱们兄弟搁在前面趟八路军的地雷！就这个月……这才过了初十，又折了四个兄弟！听说后天又要去清剿，鬼知道又得有多少兄弟倒霉……”

“你当不去清剿就平安了？上个月白队长身边跟了好些年的两个老兄弟，刚还在百味鲜饭馆吃着饭，转眼的工夫就被人从饭馆里面给扔出来了。给他们收尸的时候，我悄悄瞅了一眼——好家伙，脖子全被人给拧折了，心窝那块儿的肋骨都叫打得凹下去了！”

“这都甭问，又是八路军清乐县武工队那个沙邦粹干的吧？这也就是白队长身边那俩老兄弟找死，人家莫天留都在清乐县城里贴了告示了，指名道姓地说要杀他们俩，他们还敢在外头露面……”

“为啥要杀这两位呀？”

“上个月清剿水杨村的时候不是没得手吗？回城的路上憋着一股子邪火，刚巧遇见个去水杨村走亲戚的小媳妇，这哥俩就把那小媳妇按野地里办了，把那小媳妇家的男人也给崩了！出事的第二天晚上，清乐县城里就见着了莫天留贴出来的告示。告示贴出来第五天，这哥俩就……”

“好家伙……这莫天留可都比得上阎罗王了？说叫人三更死，绝活不到五更天……”

“谁说不是呢？！你自个儿瞅瞅贴在城门前头日本人贴的那好些告示——原本悬赏捉拿莫天留是不论死活，五十大洋。不过一个月就涨到了活八十、死五十。都没等到麦收的时节，价钱都成了通风报信赏二百，死五百，活一千！我瞧着呀……等翻过了这个年关，怕是价钱还得朝上涨啊！”

“悬赏捉拿莫天留的价钱是见风就涨，可人家莫天留在清乐县城里贴出来的告示倒是从来一个价。一个日本兵一个大子儿，一个日本官儿二两粮食，最不值钱的还就得说是雪隐次郎——人家莫天留说了，谁也不许动雪隐次郎，他要亲自动手宰了……”

话说半截，正掰扯得起劲的皇协军士兵已经看见通往城门的街道上走过来了一小队日本兵，顿时闭上了嘴巴，端起抱在怀里的三八大盖朝着走到了自己跟前的一名行人吆喝起来：“站住！检查……”

装模作样地翻检着那名行人挑着的柴火，嘴里还半真不假地盘问几句，半弓着腰身的皇协军士兵用眼睛余光看着从城里走过来的几名日军士兵进了城门洞子，赶紧直起了腰身，朝着那几名日军士兵迎了过去：“太君，平安无事！平安无事啊！”

脸上挂着一副似笑非笑的神色，打头的一名日军士兵上下打量着迎到了自己面前的皇协军士兵，猛地扑哧一声笑了出来：“平安无事？你们要当真平安无事了，那这清乐县十里八乡的乡亲，可就该倒了血霉了！”

仔细打量着那满口冀南乡音的日军士兵，原本满脸笑容的那名皇协军士兵顿时没了一丝笑模样，嘴唇也不自觉地颤抖起来：“你们不是太君？你们是……武……武……”

“武……武……武了半天你倒是给我武出来个啥呀？这费劲巴拉的，看着都叫人觉着不利索！行了，看你这可怜样儿，我替你说了吧——老子是清乐县武工队，莫天留！懂规矩的，可都给我快着点儿！”

喊声方起，几名日军打扮的武工队员已经飞快地端起了手中的三八大盖，将枪口指向了城门洞中的几名皇协军士兵。也几乎是在这同时，城门洞中几个皇协军士兵全都双膝一软，干脆利落地跪在了地上，双手把各自拿着的晋造三八式步枪高高举过了头顶，口中兀自一迭声地叫道：“懂规矩！都懂规矩……缴枪不杀……”

满意地点了点头，莫天留扭头看了看通往城里的街道，这才扭头朝着避让到了城门洞附近的行人叫道：“乡亲们甭慌忙，该干啥还是干啥去！回家后在各自村里传个话，今天清乐县武工队又到清乐县城来了，宰了五个鬼子，缴了……连上这几个二鬼子手里的家伙，一共十条枪！甭瞅着鬼子现在还赖在咱们地盘上不挪窝，可只要咱们豁出去跟鬼子斗，那就总有打跑了鬼子的那一天！”

应和着莫天留的话语声，在避让到了城门洞附近的人堆里，猛地传来了个带着几分欣喜与颤抖的声音：“莫队长，以后各村要是有人给鬼子通风报信扯勾连，还是照着老规矩办吗？”

也不去看那传来话语声的方向，莫天留很是豪横地把手一挥：“还是老规矩！村口能见着的第一处水井，井台子上三块石头压个二指宽的条子！等咱们八路军武工队查明真相之后，三天之内见告示，五天之内见真章！”

“那要是……家里头有不孝顺的子侄，丢人败兴地穿了狗皮、当了二鬼子，八路军能饶了他一命不？他可真没干过啥缺德事啊……”

“咱们八路军有政策，这政策叫……指导员，你来给说说这政策？”

顺手将刚刚收缴来的晋造三八式步枪朝身边的武工队员一递，同样装扮成了日本兵模样的杨超摘下了脑袋上戴着的日军军帽，朗声朝慢慢往武工队员身侧靠拢的乡亲说道：“乡亲们，咱们八路军对迫于无奈参加了伪军的人，是有政策的！是个啥政策呢？那就是只问首恶、胁从不究！手里没有血债的，只要能自动脱离伪军的队伍，不再与人民为敌，那咱们八路军自然不会追究。要是回家进行农耕，或者是做个小买卖、当个手艺人，咱们八路军武工队，还要大力扶植呢！”

“这兵荒马乱的年景，就是逃回家了，怕也还得叫抓了壮丁啊！要是……拖枪投奔八路，你们收不收啊？”

“能投奔八路军，投入革命队伍的怀抱，那咱们八路军自然是大力欢迎的！在对其家属的待遇上，也会按照咱们八路军优待军属的规矩，一视同仁，给予优待！”

眼见着杨超有问必答且对答如流，不少闪避在城门洞附近的行人，禁不住交头接耳地低声嘀咕起来：“这人是谁啊？怎么瞧着武工队的莫队长，都挺器重他似的？这当众答话的事儿都交给他办了？”

“还能有谁呀？清乐县武工队，武有莫天留，文有杨超，这肯定就是清乐县武工队里的二当家杨超啊！”

“瞅着可还真是个白面书生的模样……当军师的都是这架势，错不了！”

“你可别真当这杨超就是个白面书生！听说小俩月之前，杨超领着武工队的一哨人马去青岩寨办事的时候，刚巧就撞见了有鬼子想要祸害青岩寨的乡亲。就是这杨超甩手一枪，当时就把鬼子挑着的那膏药旗给打断了旗杆哪！”

在众人的纷乱议论声中，已经将城门洞内几名皇协军全部缴械的莫天留再次回头看了看通往城里的大街，扭头朝着刚刚宣讲完八路军政策的杨超低声说道：“指导员，时间差不多！咱们要再不走，今天清乐县可就又得响枪封城了。”

微微一点头，杨超朝着城门洞附近聚拢的行人挥了挥手，与莫天留肩并肩地大步冲出了城门……

眼瞅着莫天留等人离开，几个跪在地上的皇协军士兵这才面面相觑地从地上爬了起来。其中一名皇协军士兵犹豫片刻，方才开口朝着带班的班长叫道：“我说班头，这事儿可……咋办？”

无奈地摇了摇头，皇协军带班的班长重重地叹了口气：“我他妈哪儿知道该咋办？枪没了，八路也跑了。一会儿日本人来了，一顿大嘴巴咱们谁也甭想跑！估摸着要是日本人心气还不顺……”

颇有些紧张地看着带班班长，另一名皇协军士兵低声叫道：“日本人心气还不顺……能把咱们咋样？”

“轻了几十军棍，重了……怕是要杀鸡儆猴！”

狠狠一跺脚，最先开口的那名皇协军士兵禁不住恨声叫道：“左右都得是个死……他娘的，老子死也不能落个臭名声！老子他娘的……投奔八路了！”

“你等等，我也跟着你投奔八路去！”

连声叫嚷之下，才不过眨眼的工夫，几名看守在城门洞中的皇协军士兵，已经全都拔腿朝莫天留等人叫嚷着急追而去。

眼瞅着身边人跑了个精光，再瞧瞧身侧周遭乡亲那或是犀利或是鄙夷的眼神，那名皇协军带班班长猛地伸手抓下了戴在自己脑袋上的皇协军军帽，重重地摔在了地上：“他娘的，老子也是个爷们！老子也投奔八路了！”

★ 第五十一章 欣欣向荣

热烈的掌声之中，李家顺端起桌子上搁着的大茶碗，一口气将已经有些凉了的茶水喝了个干净，这才扬声朝着坐在讲台下的诸多八路军指挥员叫道："行了！会开完了也都甭忙着回去，伙房今天给大家伙准备了饭，吃过了再走！可有一样——有多大肚子端多大碗，别跟上回开会的时候一样！好家伙，三十来号人，愣是吃了我十二筐荤油煮的地瓜，一多半人刚撂下碗就寻茅房！"

轰然而起的大笑声中，坐在讲台下的八路军指挥员们纷纷合上了各自手中捧着的小本子，三三两两地站起了身子。有那性子跳脱些的八路军指挥员，更是毫不客气地朝着李家顺叫嚷起来："李司令，你说的那是多少年前的老皇历了！当时咱们冀南地面上的各处部队都是刚开张，能有口麦麸面吃就不错了！乍然间看见你这儿能有个荤腥饭，那还不敞开了肚子朝里头塞呀？可现如今……"

不等那名性子跳脱的八路军指挥员把话说完，另一名八路军指挥员已经抢着接过了话头："现如今，咱们冀南地面上各处部队，早都已经把各个的根据地巩固起来了！有不少根据地都连成了片，哪怕鬼子发了疯似的到处挖封锁沟，咱们照旧能大晚上在鬼子炮楼前面过！老乡们跟咱们也都是一条心，不光是给咱们送军粮，有啥好吃的，宁可自个儿不吃也要送到部队上来。隔三岔五的，还能见着正经的荤腥饭哪！"

"光有口荤腥饭吃就得意的不行啦？老部队上各样的部门都支应起来了，不光是军械处能造出来枪炮子弹供应咱们打鬼子，卫生队能帮着咱们治疗伤员，宣传队还时不时地能来给咱们武工队唱上两场小戏哪！打了胜仗，吃着干粮，看着小戏……神仙过着的日子，怕也就是这样了吧？"

"照着这势头打下去，估摸着要不了多久，咱们就真能把小鬼子给打出冀南、打出中国地面去了！到时候咱们能过上的日子，肯定比这还要强！"

含笑看着自己麾下那些兴头十足的指挥员，李家顺脸上也禁不住浮现出了一丝宽慰的笑容……

经历了何家大集一场恶战之后，原本损失惨重的八路军部队非但没有因此挫了发展的势头，反而吸引了不少家破人亡、与日军有血海深仇的燕赵汉子加入八路军。在经历了短暂的训练和频繁的小规模战斗之后，新加入八路军中的这些燕赵男儿，也迅速地成长起来，逐渐成为八路军中新的骨干作战力量。

通过施行地雷战、地道战、麻雀战，再加上日益成熟的百村联防计划得到了贯彻实施，冀南地区的日军活动范围被有效地压缩到了一个相对狭小的范围之内。即使是在日军把控着的城市附近，也基本做到了白天日军耀武扬威，晚上八路一言九鼎的拉锯局面。

伴随着各处武工队逐渐发展壮大，原本还只局限于清乐县的冀南军分区根据地，已经逐步扩大到了周边数个县。扩编为一个满员独立团的主力部队在各县境内游击作战，已经能够做到以局部优势兵力，消灭或驱逐较大数量的日军部队。

在取得了战场上的胜利之后，冀南军分区各个相应的机关部门，也逐渐完善起来。从最初的敌工科、军械处两大部门蹒跚前行着支撑整个冀南军分区的运转，到如今的后勤处、卫生队、宣传队等部门一应俱全，还有一批从沦陷区前来根据地参加革命的学生，也在冀南军分区刚刚开办的抗校开始了学习……

眼见着冀南军分区抗日形势一片大好，如何不让李家顺喜上心头？

偷眼瞧着李家顺高兴的模样，莫天留赶忙从人群中挤了出来，飞快地凑到了李家顺的身边：“李司令，我……”

不等莫天留把话说完，李家顺已经收敛起脸上的笑容，朝着莫天留把脸一板：“没门！这事情没得商量！”

就像是没听见李家顺断然拒绝自己要求的话语，莫天留伸手从自己兜里摸出了几盒日本香烟，觍着脸塞进了李家顺的衣兜：“李司令，我也不跟你多要，就再给一挺机枪、一门迫击炮就成！只要你给了我这些物件，我保证——半个月之内，我肯定能打个漂亮仗给你瞧瞧！”

乜斜着眼睛看着莫天留，李家顺毫不犹豫地摇了摇头：“还是那句话——没门！就这么几盒香烟，就想从我手里抠好处？天留，你这小算盘打得倒是挺精明呀？你自己拍拍心窝子琢磨琢磨，就咱们冀南军分区下属的武工队，有哪家的装备能强得过你清乐县武工队？一场仗打下来，缴获的战利品你倒是交上来不少，可军械处一看你送过来的那些战利品，子弹是咱们自个儿二回装药的，步枪全都是晋造货！机枪上头的零件也都是叫你换过了的！天留，我也就是瞧着你慢慢学会了服从命令、听从指挥，队伍也带得还像是那回事，我懒得跟你计较。要不然……”

扭头看了看那些逐渐朝着伙房方向走去的八路军指挥员，莫天留神秘兮兮地凑到了李家顺的耳边：“李司令，这回我是真能打个出彩的仗给你瞧瞧！我保证，只要你给我那些家伙什，这一仗打完了的战利品，我绝不在里头悄悄伸手。除了补充清乐县武工队作战消耗的枪支弹药之外，其他的东西，有一根针我都送老部队来！”

疑惑地皱眉看向了凑到自己身边的莫天留，李家顺下意识地伸手朝着自己兜里的香烟摸了过去：“天留，你又看上哪个软柿子、打算伸手拿捏一把了？”

谄媚地帮着李家顺点燃了刚叼在嘴角的香烟，莫天留低声朝李家顺说道：“最近咱们清乐县武工队派出去的侦察员发现了个情况，鬼子的小火车在悄悄运兵！从保定府朝着各县跑的小火车，差不离都是没黑没夜地玩命跑！”

诧异地瞪大了眼睛，李家顺脸上顿时有了几分警惕的神色：“鬼子在用小火车悄悄运兵？！我说天留，你和杨超带着的清乐县武工队是干啥吃的？扒铁路、断铁轨的活儿，你们是歇下了不是？”

微微摇了摇头，莫天留应声说道：“李司令，鬼子这回学精乖了，压根都不用他们那铁甲火车开道，反倒是在他们的小货车里加了两截闷罐子车，里面坐着的全都是些走亲访友的乡亲！咱们要是还用原来那扒铁轨、炸铁路桥的法子，小火车上的乡亲也就都给裹进去了！”

“这小鬼子……想出来的法子是一回比一回阴狠！天留，你琢磨出啥应对的办法了？”

嘿嘿坏笑着，莫天留毫不客气地朝着李家顺伸出了巴掌：“一挺机枪、一门迫击炮……”

眼睛一瞪，李家顺佯装愠怒地举起了巴掌：“好你个莫天留！你居然还敢拿着这打鬼子的事儿来拿捏我？你看我不……”

装模作样地闪躲着李家顺高高举起、却压根就没落下的巴掌，莫天留连声朝李家顺叫道：“李司令，你这可得讲道理不是？琢磨出这法子，我可是费了老鼻子的力气了，好歹你给几个辛苦钱……一挺机枪！迫击炮不要了，就一挺机枪！要是机枪少了，我琢磨出来的这法子可就当真不灵了！”

悻悻地闷哼半声，李家顺垂下高高举起的巴掌，一边从上衣口袋里摸出了个小本子写着领取武器装备的命令，一边粗门大嗓地朝着莫天留叫道：“快说你那法子！要是我听着这法子派不上用场，别说给你一挺机枪，连你清乐县武工队上回私藏下来的那几具掷弹筒，你也给我交到军械处去！”

苦着一张脸，莫天留装模作样地叹息着把手伸向了李家顺刚刚写好的命令：“我跟杨超在铁路旁边趴了好几个晚上，还带着人马去清乐县城外的火车站盯了几天，这才瞧出来鬼子在小火车上从来都是一头一尾的车厢里边坐着鬼子，跟老乡们待着的闷罐子车紧邻着。中间几节车厢里又是坐着鬼子！所以我琢磨着……带上几个人，咱们也走一趟保定府、混进小火车里面去待着。等火车开到了半路上，咱们想法子把火车上的挂钩给摘了，最后那一节车厢里坐着的鬼子，不就让咱们给留下来了吗？”

“那要是前面坐着的小鬼子发现了这情况，把火车停下来回头增援被你们留下的那些鬼子呢？”

“这时候机枪就派上用场了呀！鬼子怕咱们打火车的埋伏，老早就把铁路两边的庄稼地和能藏人的荒地清理了个干净。只要咱们有几挺机枪先架起来，顺着铁路朝回冲的鬼子，一时半会儿根本就撞不过来！就算是鬼子想绕远了打咱们，等他们绕过来的时候，咱们也早把留下的那些鬼子给料理了！”

“整整一个车厢的鬼子，人数装备可都不少，想要尽快结束战斗……你打算咋办？”

“老法子——麦草、枯柴加洋油，堵着车厢烧他狗日的！”

“倒是个能用的法子……你们清乐县武工队先动手办一回，要是这法子当真管用，其他县的武工队也就都能用上这打鬼子的办法了！捎带手的，你们去了保定府之后，也要跟敌工科的同志配合一下，查清楚鬼子大规模运兵，到底打的是个什么主意？”

“左右不过是清缴、扫荡那一套！可眼下冀南地面上，咱们是兵强马壮，小鬼子想要张嘴咬下咱们一块肉，咱们一拳头过去，就能叫他吃不着肉，还得崩了一嘴牙！”

“天留，你还是不能小看了那些鬼子呀！狗急跳墙、兔子急了蹬鹰，小鬼子这么突然地朝冀南地面上调集兵力，恐怕图谋的不光是一两次清缴、扫荡！我倒是担心……”

“兵来将挡，水来土掩！哪怕就是鬼子派了再多的兵过来，咱们护着乡亲们朝山里一钻，了不起在深山里头多待上几天，怎么也都能把鬼子的扫荡给扛过去！自从何家大集一战之后，咱们在深山里边可没少建密营、藏粮食弹药，不就是防着鬼子这一手吗？”

“话是这么说，可我这心里……还是不把稳！派去保定的敌工科的同志，原本两天前就该有情报捎回来了，可到现在也……”

“李司令，这你就甭担心了！等我带人走一趟保定府，不就啥都明白了吗？”

★ 第五十二章 恶浪汹涌

赶了个大早，背着半筐白面的杨老汉轻手轻脚地出了家门，径直朝着村口大路方向走去。懂事的看家狗黑娃看见杨老汉出门时从门背后拿过了那根赶山、走远路用的枣木棍，也早已经一声不吭地跟在了杨老汉身后，吐着舌头亦步亦趋地慢跑起来……

仗着八路军武工队用地雷护住了村子周遭的各处路径，时不时地还派兵敲打一下村子附近炮楼里缩着的小鬼子和二鬼子，往年到了麦收时节就下乡抢粮的鬼子，去年只是在离村口还有十好几里的地方转悠了一圈，便在不断响起的地雷爆炸声中狼狈退去，一粒粮食也没能被鬼子抢走。

再加上一年下来，老天爷还算得上是开眼。地里打下来的粮食比往年还多了一两斗，交了军粮、留了种子粮和口粮之后，多出来的那点麦子，早叫杨老汉亲手用小磨磨成了面。借了村里仅有的铜丝筛罗细细罗过之后，得着的白面一口都没舍得吃，就等着今天派上用场！

自家那参加了村里民兵队的傻小子，今年也都快十八岁了，咋也该给说上个媳妇了！自个儿悄悄打听过了，那傻小子也算是个有眼力的，居然就能相中了隔壁大榆树村村长家的二丫头！

偷偷借着去大榆树村走亲戚的时候瞧过了那丫头，身量不算高，可身板倒是结实得很，在大榆树村里的妇救会中，还是个能说得上话、拿得了主意的角色。干起活儿来风风火火，得着口好吃的也知道孝敬爹娘。

能把这样的闺女娶进了自家门，不出三年，老杨家不说能发家，咋也能厮混出个殷实人家的场面！

趁着自个儿还不算老，多少还能给这小两口出把子力气。地里的活儿咬咬牙多干点，叫这小两口能有工夫赶紧折腾出个男孙……

一想到有个虎头虎脑的男孙在自家院子里疯跑着玩闹，人前人后还能扯着细嫩的嗓门叫自己一声爷爷，杨老汉的嘴角就止不住地朝着耳朵后边滑了过去，连眼睛也都眯成了两条细线！

自家那傻小子，也算得上杨村里出挑的好后生了。想来老榆树村的村长家，也能相得中这女婿。

再有这半筐白面做了见面礼，加上大榆树村里几个远房亲戚好生帮着说道说道，这门亲事……

咂巴着嘴唇，杨老汉的嘴里仿佛已经尝到了喜宴上烫热的老白干那暖人心脾的芳香！

估摸着是心里琢磨着近在眼前的好事、脚步也忘了放轻的缘故，还没等杨老汉走到村口第一处井台子旁边，从路边的一个巨大的麦草垛子里，已经传来了个压低了嗓门的喝问声：“谁？这么早出村要去哪儿？开了路条没有？”

被那突如其来的低喝声吓得脚下一个趔趄，杨老汉没好气地将握在手中的枣木棍在地上一顿，冲着那大得有些过分了的麦草垛子低声喝道：“谁？你亲爹！”

伴随着杨老汉没好气的答话声，麦草垛子中窸窸窣窣一阵作响，一个生得很是精干的后生抓着一杆晋造三八式步枪钻了出来，一边拂去了身上粘着的麦草碎屑，一边朝着杨老汉低声叫道：“爹，我在执行任务，就是看见了是您过来，我也得这么问哪！您咋就不配……配合我执行任务呢？”

微微举起了手中的枣木棍，杨老汉佯装恼怒地瞪着那生得很是精干的小伙子低声喝道：“手里拿着个七斤半，这就不认亲爹了？这要是给你拿上个二十响，我还不得管你叫爹呀？我打你个不孝的……”

半真不假地闪躲着杨老汉慢悠悠挥舞起来的枣木棍，那生得很是精干的小伙子连声朝杨老汉叫道：“爹！你别打……等我下了哨，回家叫你打还不成吗？爹……你这么早出村去干啥呀？”

气哼哼地将压根都没舍得落到儿子身上的枣木棍在地上一蹾，杨老汉半扬着脸看向了模样有些狼狈的儿子：“我还能干啥去？养了十八年的儿子不孝顺，我出去给自个儿寻个男孙养着去！”

“爹，我哪儿就不孝顺您了？您干吗还得出去寻啥男孙……爹，您说啥？”

很是得意地眯起了眼睛，杨老汉翻手拍了拍背在自己背上的半筐白面：“我就拿这半筐白面，去给你说个媳妇！等你成了亲、立了门户，我也就拍拍屁股跟你分了家过，也省得老了老了、啥也干不动了，还得在你跟前碍眼！”

惶急地朝着杨老汉连连摆手，杨老汉那生得很是精干的儿子急声低叫起来：“这……爹，您这不是乱来吗？说媳妇这么大的事儿，咋就能……来咱们村里的八路军宣传队可都说了，婚姻自主，不兴爹娘包办，更不能乱点鸳鸯谱！”

“哦……这么说，你觉着你爹应该要听八路的话？不给你去寻这门亲事了？”

“爹，我这还没满十八岁，您着啥急呀……”

“我这不是怕好姑娘都叫人先给抢了去吗？可你这么一说……也有几分道理？行，那我也就回去了，大榆树村村长家的二丫头，咱家也就不指望了，她爱嫁谁家都成……”

“哎呀……爹！爹你别走，我再跟你细说说……爹你别忙着回家……”

看着乍然间急得上蹿下跳的儿子，杨老汉很是得意地微笑起来：“咋？这时候不听八路的话了？知道你爹的主意拿得正了？”

嘿嘿憨笑着，杨老汉家儿子伸手挠着头皮，却是一句囫囵话也说不出来，老半天才朝着杨老汉讪笑着低叫道：“爹，起这么个大早，还得奔小三十里外的大榆树村，您这身上……您把我这袄披了去……”

一把推开了儿子从身上扒拉下来的大袄，杨老汉得意扬扬地抬腿朝村口走去：“踏实穿着你的！这天快亮的时候最冷，躲在麦草垛里也挡不住冷风朝骨头里钻！我这要是腿脚快些，下半晌的工夫也就回来了。你下了哨，回家里把灶下那瓦罐里存着的面给和了，今晚上烙饼！”

“哎……爹，那您慢着点儿……我可等着您回来听信啊……”

招呼一声在身侧周遭乱蹦的看家狗黑娃，杨老汉大步流星地奔了大路。不过是走出去七八里的模样，眼前便突兀地冒出来一道两丈来宽、一丈有余深浅的封锁沟。

抬眼看了看远处还隐约亮着灯火的鬼子炮楼，杨老汉狠狠地朝地上吐了口唾沫，这才一边顺着封锁沟朝不远处被八路军武工队挖出来越过封锁沟的豁口走去，一边自言自语地嘀咕起来：“狗日的小鬼子，好好的大路，愣是叫挖得到处是沟，叫人走道都走不轻省！这从古至今，哪儿就能有活人叫尿憋死的道理？你挖你的沟，我走我的道儿，你可拦不住我……”

熟门熟路地顺着一处并不起眼的豁口走下了封锁沟，杨老汉抬头看着站在封锁沟上不肯下来的看家狗黑娃，很有些纳闷地低声吆喝起来：“黑娃，下来咧……这上门求亲可不敢耽误了好时辰，咱们走到了地头再歇。等晚上回了家，新烙的饼也给你吃一块咧……你咋不下来咧……”

说来也怪，平日里很是乖巧听话的看家狗黑娃，此刻却全不搭理杨老汉的招呼声，反倒是低沉地闷嗥着摆出了一副戒备的架势，连脖子上的鬃毛都一根根地炸了起来！

下意识地回过身子，杨老汉双手握住了那根结实的枣木棍，很有些奇怪地嘀咕起来："是有啥野物不成？杨村附近，可也有年头没见着吃荤的大牲口了……哎呀……"

几乎就在杨老汉的眼前，几名全副武装的日军士兵猛地从封锁沟的拐角处冲了出来，挺着明晃晃的刺刀逼近了杨老汉。而在那几名日军士兵身后，更多的日军士兵如同潮水般地从封锁沟拐角处涌了出来，不一会儿便挤满了宽阔的封锁沟！

慌不迭地后退了几步，杨老汉下意识地朝着那几名挺着刺刀朝自己扑过来的日军士兵叫嚷起来："你们要干啥……我就是个庄稼汉……我给我儿子去寻媳妇……"

似乎是被自己喊出来的话语所提醒，杨老汉猛地一个激灵，原本踉跄后退着的脚步猛地一顿，翻手便摘下了背在背上的藤筐，将藤筐里用粗布袋子仔细装好的白面一股脑地朝着逼近了自己的日军士兵撒了过去！

骤然而起的漫天白雾之中，杨老汉狠狠将空了的藤筐朝压根看不清人影的前方砸了过去，双手再次攥紧了手中用来赶山的枣木棍，撕裂着嗓门大吼起来："你们是要来杀我儿子……我跟你们拼了！黑娃呀……跑咧……告诉我儿呀……娶媳妇……给我杨家添个男孙咧……男孙咧……黑娃呀……跑咧……"

语不成调的胡乱吼叫声中，杨老汉挥动着手中的枣木棍，毫不犹豫地扑向了一名刚从白雾中跌撞出来的日军士兵。而在一阵狂吠之后，站在封锁沟上的看家狗黑娃，也利箭般地扑下了封锁沟，狠狠地朝着另一名从白雾中跌撞出来的日军士兵撕咬起来……

也就在杨老汉的怒吼与看家狗黑娃的狂吠声中，从封锁沟中涌了出来的成百上千日军士兵飞快地跳出了封锁沟，列成了一字长蛇阵的模样，黑压压地朝着远处勉强能看清房屋轮廓的村庄压了过去。

而在更远些的地方，更多的日军士兵，也纷纷从封锁沟中蹿了出来，在广袤的冀南大地上列成了一道道交错纵横的长蛇阵。如同一道道厚实得令人发指的城墙一般，将冀南军分区掌控的所有根据地，牢牢地围拢起来……

★ 第五十三章 请缨赴死

密密麻麻的蓝色箭头形成的包围圈，在地图上将冀南军分区的所有根据地死死地包围在了当中。而在那些蓝色箭头前方，一个或是两个红色的箭头很是孤单地摆放着，叫人一看就觉得势单力孤。

算不上太大的指挥室内，李家顺狠狠地嘬了几口快要烧到了手指头上的烟屁股，狠狠地将烟屁股朝地上一摔，扭头朝着几名参谋叫道："还没联系上？"

下意识地站直了身子，几名在指挥室中忙碌不休的参谋全都摇了摇头。其中一名鼻梁上架着眼镜的参谋更是低声朝李家顺说道："李司令，从昨天起就一直跟上级和其他军分区联系，可一直都联系不上！按照我们现在掌握的情报来分析，恐怕上级机关和其他军分区，也遇到了跟咱们相同的情况，正在转移途中，所以没开电台……"

很有些烦躁地冲着那名戴着眼镜的参谋挥了挥手，李家顺闷声吼道："都到了这要命的时候了，那些个摆道理、讲原因的话就别掰扯了！一个钟头之内，必须与上级和冀南军分区附近的友军单位联系上！要不然……老子可是要执行战场纪律了！各处武工队的情况汇总了没有？"

"除了清乐县武工队之外，冀南地区几个县的武工队，已经全部派人回来送信了。从他们传达的情报上来分析，鬼子这回摆出来的架势跟以往都不一样，兵力也完全超出了冀南地区日军驻军数量，摆出来的是个铁桶阵！"

"老子管他铁桶、尿桶？你就告诉我，各县的武工队，开始保护乡亲们转移了没有？"

"都是在发现情况的当下，就组织了各县武工队的同志们跟鬼子硬顶上了，且战且退地掩护着乡亲们转移。可是……李司令，现在的问题是，咱们能让乡亲们从哪儿转移？眼下冀南地面上的鬼子，形成了三道巨大的包围圈，几乎连个衔接的地方都找不到。以往咱们组织乡亲们进山躲避，或是从鬼子包围圈的缝隙里钻出去的法子，都用不上了。现在乡亲们还能朝着没发现鬼子踪迹的地方撤，可等鬼子把包围圈缩小了……除了硬拼，咱们就没别的路可走了！司令员，我建议……现在就集中大部队和其他所有能够动员起来的武装力量——突围！”

眼睛一瞪，李家顺拧着脖子厉声喝道：“现在就突围？咱们的部队倒是能撕开个口子冲出去，可身后那么多乡亲咋办？留给鬼子祸害？！就算是想突围，可咱们能护着乡亲们朝哪儿突围？现在咱们根据地四面都被鬼子围了，咱们就是个两眼一抹黑的架势！万一选错了突围的方向，一脑袋扎进鬼子的口袋阵里……赶紧联系，不管你用啥法子，必须在一个钟头之内，跟上级和其他友军单位联系上！要不然……提头来见！”

估摸着也是被李家顺那颇有些不讲道理的说话口吻激出了火气，戴着眼镜的参谋也不自觉地提高了嗓门：“李司令，这通信就不是能蛮干的事儿！上级不开电台，友军单位不开电台，你就是现在就执行战场纪律枪毙了我，也还是联系不上！”

眼瞅着李家顺与那戴着眼镜的参谋就要争执起来，其他几名参谋正准备上前劝阻，一直坐在电台旁的通信兵却是猛地大声叫嚷起来：“通了！联系上总部了……都别吵……”

伴随着那年纪轻轻的通信兵一声大喝，指挥室里的所有人全都静默下来，连呼吸都放轻了许多，每个人都竖起了耳朵，聆听着电台中传来的那细微而又时断时续的轻响。

紧锁着眉头，通信兵一手按着扣在耳朵上的耳机，一手捏着一支铅笔，飞快地在电报纸上记录着收听到的每一组信号。而在通信兵身边，译电员也神色紧张地看着电报纸上越写越多的字符。几乎是通信兵在电报纸上写下了最后一个字符的瞬间，译电员已经迫不及待地抢过了那张电报纸，毫不迟疑地朝李家顺朗声说道：“李司令，上级命令我们组织部队向南突围，务必要尽最大的努力，保护乡亲们冲出鬼子的三道包围圈，安全地转移到鬼子包围圈外的深山里去！上级机关直属部队，也会配合我们凿穿日军的封锁线，争取在最短的时间之内，尽量在日军包围圈上撕开个最大的口子！友邻部队在各自突围的同时，也会尽量配合我们分散日军兵力！”

大步走到了桌上摊着的地图旁，李家顺低头看着地图上寥寥可数的几个红色箭头，顿时紧紧皱起了眉头：“朝南边打？咱们知道南边有大山，鬼子肯定也防着咱们要朝山里突围！就凭咱们手里这点人马，撕开鬼子的包围圈倒是能办到，可是要开出个足够大的口子，还得留出时间叫乡亲们从这个口子里冲出去……”

推了推架在鼻梁上的眼镜，方才还与李家顺争得差点要动了真火的参谋也凑到了地图旁，沉吟着摇了摇头说道：“咱们兵力不足！就算是现在把所有的武工队、民兵都集中起来，也难保在撕开鬼子的包围圈后，还能保证撑住足够的时间，让乡亲们转移！闹不好……这一仗打下来，冀南军分区独立团，就得准备烧铺草了！[1]”

很是烦躁地挥了挥手，李家顺看着地图上的山川、河流、道路走向，喃喃自语般地低叫道：“烧铺草就烧铺草！出来干革命，脑袋早就别在裤腰带上了！可这么大一块地方，这么多撤下来的乡亲，那就是走大路、没人拦着也得走好几天啊……实在不行的话……”

眼看着李家顺的手指慢慢移向了两个彼此相邻的红色箭头，戴着眼镜的参谋顿时心领神会地低声说道：“李司令，你是想……声东击西？”

重重地点了点头，李家顺指点着那两个彼此相邻的红色箭头说道：“咱们得想法子把鬼子的兵调开！鬼子现在的兵力，差不多能拢住咱们冀南军分区的所有根据地，但肯定能找出兵力薄弱的地方。可越是缩紧包围圈，鬼子的阵势就越厚实。到时候咱们能撕开鬼子的一两道包围圈，第三道也肯定没力气冲过去了！就算能冲过去，护住豁口的后劲也不足！咱们只能先选个相反的方向佯攻，想法子把鬼子的兵力吸引过来，然后再掉头朝回打！利用少部分的兵力吸引住鬼子，大部队护着乡亲们撤离……”

“那留下吸引鬼子的少部分兵力不就……”

“十有八九，就得被鬼子给吞了！可要是不这么干……”

看着李家顺脸上那左右为难的神色，戴着眼镜的参谋犹豫片刻，方才朝着李家顺轻声说道：“李司令，这丢车保帅的路数，从来都是不得已而为之！咱们冀南军分区的大部队和各县的武工队，全都是你一手拉拔出来的，让谁去执行这种任务都不忍心，毕竟……手心手背都是肉！可是……时间紧迫、形势逼人，李司令，你得

[1] 当年我党抗日武装条件艰苦，绝大多数指战员连被褥都没用，只能在地上铺点稻草或是麦草睡觉。遭遇大战、恶战之后，牺牲的指战员睡过的铺草也都会被烧掉。当年陈毅元帅麾下有整整一个营的悍猛战士，出征前表决心，全都说做好了烧铺草的准备。战后陈毅元帅过问该营，得知该营指战员全部牺牲，心痛得半晌无语，并亲自下令必须用白布包好该营指战员遗体下葬。

尽快做出决定才行啊！”

都没等一脸犹豫模样的李家顺开口说话，指挥室外猛地传来了莫天留那带着几分油腔滑调的声音：“这出头露脸的差事，哪儿还能轮得着别人？李司令，甭管是佯攻打头阵，还是殿后挡鬼子，我清乐县武工队，包打包唱了！”

猛地一抬头，李家顺惊讶地看着满头大汗走进了指挥室里的莫天留，禁不住指着莫天留急声叫道：“天留，你怎么这时候来涂家村了？”

撩起衣襟擦了擦额头上的汗水，莫天留顺手抄起了桌子上的一碗凉水喝了个痛快，这才重重地喘了口气：“不光是我来了，指导员和棒槌他们一会儿怕是也要到了！李司令，鬼子这回怕是把河北地面上的鬼子全塞到冀南来了吧？我们今天天没亮就出了茶碗寨，还没等走到清乐县城，就看见前面黑压压一排鬼子撵着乡亲们过来了！指导员当时一琢磨，说鬼子怕是兜底翻出了人马家当，要朝着咱们下死手！这么，我过来跟李司令你讨这打先锋外加殿后的差事，指导员和棒槌回茶碗寨叫人去了……”

“叫人来涂家村？这眼瞅着就要打大仗了，你还把你清乐县武工队的人马拉到涂家村来干啥？”

“搬家当啊！李司令，眼瞅着就要打大仗了，手里家伙什要是不够用可不行！”

看着莫天留那一副满不在乎的模样，李家顺不禁放低了声音朝莫天留说道：“天留，这回要打的仗可有些不一样！我也不瞒着你——要护着那么多乡亲冲出鬼子的三道包围圈，留下断后的同志们，很有可能……就回不来了！”

把脸微微一扬，莫天留脸上依旧是那副吊儿郎当的坏笑模样，可话音里却骤然多了几分刚硬的意味：“回不来就不回来了呗！老话都说过——哪儿的黄土不埋人？就算咱们殿后的兄弟跟鬼子拼了个精光，可活着冲出去的乡亲们，四时八节断不了给咱们烧纸钱上供！人活一辈子，求不着个生前扬名，那怎么也得捞个死后立万！再说了……我可是见着清乐县的鬼子头儿雪隐次郎也在包围咱们的小鬼子队伍里！我老早就在清乐县城里贴过告示，这雪隐次郎我非杀不可！正好，一口锅里熬杂合面粥，就着火旺烧滚了，一口喝了就成！”

“可是这任务……实在是太艰巨了！除了你清乐县武工队里的人马，我再从老部队给你支援些人马……”

“李司令，你这是信不过我能完成任务啊？只要你把家伙什给我们配足了，人马的事儿……我自个儿就有法子！咱们大部队的人马本来就不多，还得留着到当真撕开鬼子的包围圈时用，就不必再分兵给我了！”

狠狠一咬牙，李家顺猛地扬声叫道：“军械处长，等清乐县武工队的同志们来了之后，打开库房、所有装备、弹药……不管是啥，只要是他们瞧得上的玩意儿，任他们搬走！”

“那咱们佯攻的方向呢？”

“打仗讲究的就是个天时、地利、人和……佯攻方向，就选在清乐县！”

★ 第五十四章 临阵点兵

大武村中，不见了往日里宁静祥和的景象。肩膀上背着晋造三八式步枪的民兵散布在大武村中的各处路口，按照早已经订下的撤离计划，指挥着扶老携幼的乡亲们前往村里祠堂集中。而妇救会的那些姑娘大嫂，也都在胳膊上戴了个红色的袖箍，挨家挨户地朝着院子里高声叫喊。在确保了院子里再没留下的人丁之后，方才用捏在手里的白灰块在门框或是进院的台阶上画个圈儿作为记号。

儿童团也早早地撒了出去，在大武村外各处高地上拄着红缨枪四下瞭望。每一处高地的消息树旁，也都蹲着个半大不小的孩子，只要发现有日军出现在视野中，就能在第一时间放倒了消息树！

拄着一根摩挲得油光水滑的枣木拐杖，江老太公也早早地在管家的扶持下站到了祠堂门前，有条不紊地朝着会聚到自己身边的各房主事人物下达着号令：“二房当家的，再把村里各处分散埋放粮食的地方走一遍！问问那些当了民兵的孩子，要是时辰还够，那就再把粮食分散了些埋藏！就算是丢了几处，也没什么大碍！”

“五房主事的，你那一支的人丁咋就来了这么些？叫上两个腿脚快的后生，赶紧去帮着妇救会的人催促去！就说是我的话，这时候谁家要是再舍命不舍财、拖累了大家伙儿，八路军能饶了他们，我江家的家法板子，也饶不了他们！”

“三弟，我记得你家那一支可是有做小买卖的，存了不少麻布？那物件狼夯沉重的，也都带不走。埋在地下要不了多久也都沤烂了，索性都拿出来，叫村子里当了民兵的后生送去给八路军救治伤员使唤？要是怕小本生意会有担不起的亏空，这笔账目就走江家祠堂的公账吧！”

眼看着江家各方主事人物毫不迟疑地领命而去，伺候在江老太公身边的管家这才小心翼翼地朝江老太公说道：“太公，这回……怕是不同往常情形了吧？”

眯着眼睛打量着祠堂门前越聚越多的江家族人，江老太公脸上丝毫没有忧虑神色，但话音里却是明显地多了几分沉重的意味：“天留素来胆大，但心思却也细密。能叫他派人回村紧急传讯的事情，怕是……山雨欲来风满楼，凡事做好万全的准备吧！”

轻轻地点了点头，管家抬眼看着祠堂旁不远处江老太公家的宅子高挑的飞檐，禁不住叹息着说道：“这兵灾匪劫的日子……可要到啥时候是个头儿啊！日本兵要是真的打到了大武村，也像是对付其他那些村子一样放火，咱家的宅子可就……好几辈子人的心血呀！”

微微一摆手，江老太公低声应道：“身外之物，此刻也就顾不得那许多了！吩咐下去，叫村里人的动作再快上一些。狼夯粗重，或埋或弃。细软金银，也都就近藏匿起来。除了粮食、衣物、牲畜，旁的东西，也就不必……”

话还没说完，远处人群中已经传来了一连串惊讶的叫嚷声：“天留回来啦！”

“还有棒槌……带了好些打仗的家伙什呢！”

“这是咋回事？武工队的人咋全到村里了……”

伴随着那些惊讶的叫喊声，原本聚拢在祠堂门前空地上的人群顿时让开了一条通道。也不过就是眨眼的工夫，跑得浑身大汗的莫天留已经疾步奔到了站在祠堂门前的江老太公面前，大口喘着粗气地朝江老太公说道：“太公，我……”

将手微微一抬，江老太公低声朝着莫天留说道：“天留，如今你也是为将的人物了！每逢大事，心中应有静气才是！村中老幼，早已经做好离村避难的准备，你……大可不必惶急如斯！”

朝着江老太公张了张嘴，跑得气喘吁吁的莫天留犹豫片刻，这才从善如流地站到了江老太公身侧，直到喘匀了气息，方才朝着江老太公低声说道：“太公，这回……”

扭头朝着莫天留微微一笑，江老太公低声朝莫天留说道：“既为将才，临阵之时，自当一言而定乾坤！天留，想要做如何安排，只管放手施为就好，不必诸多顾虑！”

感激地朝着江老太公再一点头，莫天留深深吸了口气，扬声朝着祠堂前鸦雀无声的人群叫道：“大武村里的诸位叔伯长辈、婶子大娘，还有跟我从小耍弄到大的兄弟姐妹，小鬼子要打过来了的消息，大家伙儿早都知道了，也都做好了朝着山里撤退的准备！可是这回，情形跟以往不一样了，跟咱们大家伙能料想到的，也不一样了！”

“连番吃亏、四处挨打，小鬼子这回怕是叫咱们八路军打得疯了心，豁出去调集了老多的鬼子，把咱们整个冀南的地面，都给包围起来了！眼下，正一步步地四面合拢，想要把被包围起来的八路军杀个干净，把被包围起来的各处乡亲，也害个干净！朝着山里撤、躲过风头再回来的这条路，已然是走不通了！”

“既然是被围了，也没地方可躲，那咱们就没别的道路好走，只能是豁出去在鬼子的包围圈上撕开个口子，跳到鬼子的包围圈外面去，大家伙才能有条活路！就在我回大武村之前，八路军冀南军分区的李司令，已经做好了战斗部署，八路军冀南军分区独立团，有一个算一个，全都打算好豁出去跟鬼子厮拼到底了！”

“可咱们八路军的兵实在是太少了！冀南地面这么大，有这么多要冲出包围圈才有活路的乡亲，光靠着一个冀南军分区独立团，压根就不成！眼下冀南地面上的各县武工队，都已经抢先跟鬼子交上了火，护着乡亲们朝后退。只有咱们清乐县仗着百村联保的措施得力，各村的乡亲都撤得比较快，暂时还没跟鬼子交上火！”

“李司令安排的作战计划，我这儿一两句话也说不清楚。拣紧要的来说，那就是咱们冀南军分区独立团，先就要在清乐县地面上跟鬼子打上一仗，撕开鬼子的一两道包围圈之后，把鬼子的大部分兵力骗过来，再掉头从另一个方向打出去！也只有这样，咱们冀南地面上的乡亲，才能尽量多地冲出鬼子的包围圈，才能有一条活路！”

“我也不瞒着大家伙儿，这回跟鬼子见仗，最险要的两个任务，我都抢到了手里！先要跟着大部队一起打冲锋，再要留下来阻截鬼子的追兵！就这两件任务，哪一件都是玩命的！提着枪囫囵个儿的出去，都还不知道能不能全须全尾地回来！一个闹不好，收尸都寻不着地方！”

“大家伙也都知道，咱们清乐县武工队一共也就那些人和枪！打冲锋的时候暂且不论，断后拦住鬼子追兵，咱们清乐县武工队的人马肯定就不够！所以我今天回来，就是想要招人进咱们清乐县武工队。就是想当着大家伙的面儿问一句——咱大武村里，有不怕死的爷们没有？有敢去死的爷们没有？有跟我们清乐县武工队的兄弟一样，为了能护住乡亲、抢着去死的爷们没有？”

几句裂帛的吼叫声中，聚拢在祠堂前的人群之中只是静默了片刻，顿时传来了海潮般汹涌的怒吼声：“都是裤裆里带把的，死就死了吧！我去！”

“豁出去这百十来斤，十八年后，老子又是一条好汉！”

“给枪不给？只要给枪，算我一个！”

眼看着一个又一个大武村中的壮丁从人群中站到了自己眼前，莫天留很是满意地点了点头：“好！大武村里的爷们，就没一个孬种！照着以往加入武工队的规矩，民兵优先、会使枪的优先，身上功夫能撂倒两个对手的优先，都去棒槌那儿排队领枪啊！”

再次轰然而起的应诺声中，站在莫天留身边的江老太公却是将手中的枣木拐杖高高一举，不徐不疾地开口说道：“且先不忙，听我说一句！”

虽说江老太公话音不高，可伴随着江老太公身边管家亮开了嗓门吆喝过几声之后，原本喧闹起来的人群，立刻再次安静下来……

微微吸了口气，江老太公环顾着眼前大武村中族人，依旧是不徐不疾地开口说道：“既然是要交兵见仗，大武村中壮丁义勇可嘉，旁人自然也不该落于人后！忝为大武村中江氏一族族长，老朽今日……也就独断专行一回！大武村中各房各支人丁，除老幼妇孺之外，全部留在村中，倾全族之力，支应八路军、武工队粮秣、辅工之用！”

讶然瞪大了眼睛，莫天留忙不迭地朝着江老太公开口叫道：“太公，这可千万使不得啊！咱们八路军、武工队豁出去性命跟小鬼子厮拼，那不就是为了护着乡亲们能有条生路吗？还是赶紧叫乡亲们集中起来，准备撤离吧！”

朝着莫天留摆了摆手，江老太公却是抬眼看向了不远处自家宅院高挑的飞檐：“垂垂老矣，更兼故土难离！与其在逃难时倒卧沟渠，甚或拖累旁人，倒不如……守土保家，略尽绵薄！天留，大战将至，再勿多言！你且专心应对征战，其他一应粮草调拨、伤患救助之事，江氏一族，责无旁贷！”

★ 第五十五章 故布疑阵

即使莫天留再三劝诫，甚至连随后赶到的杨超与李家顺都说破了嘴皮子，江老太公却还是不由分说地坚持着自己的主张，调动着大武村中的江氏族人，将大武村中飞快地安顿成了个前沿补给基地的模样。

各样从涂家村中紧急调运来的药材，被押送着药材一同回到了大武村中的韩老先生分门别类地准备停当。好几大捆麻布也都被扔进了巨大的铁锅里用开水煮过，再撕成了布条晾晒起来。祠堂门前的空地上排开了三排大灶，能寻着的大铁锅里全都熬上了黏乎乎的杂粮粥。平日里根本就舍不得吃的腌肉、咸菜，也不要本钱般地切好了扔进锅里，煮得香气四溢。

原本已经封门闭户的各家院落之中，全都重启门户支起了烙干粮的小灶。各家过节都舍不得拿出来打牙祭的细粮，此刻也一股脑地取了出来，由各家当家的女人烙成了干粮，集中交到了妇救会统一调派。

儿童团全面撤回了村中，帮着在村中来回跑腿，传递消息、搬运各样物件，忙得不亦乐乎。而村中原本维持撤离秩序的民兵队，此刻却全都远远地撒了出去，直把哨探放出去了小二十里才罢休。

除了原本就已经埋在大武村周遭附近的地雷都被挂上了绊索之外，从茶碗寨中运来的一些地雷，也全都埋放在了通往大武村的各处道路上。甚至连一些比较容易翻越的山坡上，也都布置上了些用地雷和手榴弹组成的雷阵。马尾线制成的绊索在灌木和杂草之间密布起来，活像是一张张等待着猎物上钩的蜘蛛网。

眼看着天色将晚，李家顺在渐渐降临的暮色中打量着喧闹不休的大武村，很有些感慨地叹息道："这就是群众的力量啊……这才一天不到的工夫，整个大武村差不离就成了个大堡垒。不但能够给马上要上阵的战士们提供吃喝后勤，哪怕就是依托着大武村跟鬼子厮拼，咱们心里也能有底气！"

抓着一块卷了腌肉的干粮大嚼着，站在李家顺身边的莫天留倒是很有些遗憾地叫道："可惜咱大武村靠山，地下挖不到三尺就全是各样的石头，实在是不适合到处挖地道。要不然……光凭着布满了地道的大武村，我也能拖死不少鬼子！李司令，咱们啥时候开始佯攻啊？"

抬起手腕看了看手表，再瞧瞧已经吃饱喝足、斗志高昂的独立团战士，李家顺沉声朝莫天留说道："天一黑透，咱们就出发！天留，清乐县武工队的同志们，都做好了打阻击战的准备了吗？"

朝着李家顺连连点头，莫天留毫不迟疑地应道："早就做好准备了！大武村周遭的地势，咱们清乐县武工队的兄弟就没有不熟的。眼下鬼子的人马离大武村还有小三十里。估摸着鬼子也是怕连夜推进，让咱们钻了夜战的空子，已经在小三十里外的瘌痢岭下扎了营。听回来汇报情况的侦察员说，鬼子隔开五十米就点一堆篝火，不管听见点啥动静，立马就是机枪招呼过来了！李司令，咱们天黑透了就出发……天快亮的时候打响？"

欣慰地伸手拍了拍莫天留的肩膀，李家顺的话音里明显地带上了褒奖的意味："到底是历练出来了……鬼子要防着咱们趁夜突围，晚上肯定都瞪大了眼珠子防备着。就算鬼子仗着人多、轮班看守，到了快天亮的时候，估摸着也都熬不住瞌睡了！咱们天黑透了出发，尽量朝着鬼子近前摸过去待着。等天快亮的时候，咱们歇好了，鬼子也正是疲沓的时候，这时候打响……估摸着五分钟之内，就能撕开鬼子第一道包围圈的那层乌龟壳！天留，这附近的地形你熟悉，你对佯攻突围的计划，还有啥要补充的没有？"

略作思忖，莫天留蹲下身子用手指在地上草草画出了个瘌痢岭的地形图："瘌痢岭上全是石砬子地，也就稀稀拉拉长了些灌木，就跟人长了个瘌痢头似的，这才得了这瘌痢岭的名字。从地势上看，面朝着咱们这边的山势比较陡峭，可翻过了山头，倒是一片缓坡。鬼子现在背靠着瘌痢岭扎营点火，那他们布置的主要兵力，肯定就扎在瘌痢岭上。咱们要是仰攻瘌痢岭，地形无遮无挡，山势又很陡峭，火力也比不过鬼子，估摸着刚开始打鬼子个冷不防的时候还好说，等鬼子明白过来之后，立马就得吃亏！"

伸手在莫天留画出来的瘌痢岭草图上一指，李家顺沉声应道："这一点咱们也考虑到了！瘌痢岭山势不算太高，可刚好就卡在个路口旁边。不拿下瘌痢岭，咱们就是撕开了鬼子的包围圈，通道也会叫瘌痢岭上的鬼子用火力封死！所以……这硬碰硬的仗，也难打出来个技巧。只能是集中所有的重火力，先抢下瘌痢岭再说了！”

“咱们独立团的重装备一共也就那些，豁出去砸开瘌痢岭虽说是没大问题，可大部队扭头朝后突围的时候，怕是手头的家伙什就不够用了！李司令，我琢磨着……咱们能不能先不管瘌痢岭？”

“说说具体的想法？”

“抢下瘌痢岭下的路口朝外冲，只要咱们动作快，抢在瘌痢岭上的鬼子明白过来之前，差不离大部队就能冲过路口了！然后……”

“杀鬼子个回马枪、抢占瘌痢岭？”

“也对也不对！我是觉着两面夹攻更把稳！大部队杀个回马枪，我带上清乐县武工队从正面攻上去，叫鬼子两头都顾不上！”

不知何时，杨超也悄悄走到了莫天留与李家顺身边，盯着地上瘌痢岭的草图插口说道：“我倒是觉着可以三个指头捏田螺！冲过了路口的大部队从瘌痢岭后方杀回马枪，天留和我带着清乐县武工队从正面攻击，最后一批冲到了路口的部队横过来打！三管齐下，瘌痢岭上的鬼子就是火力再猛、人数再多，也不得不被迫分散火力应对！到时候咱们每一个攻击面上受到的火力压制都不算太大，应该可以在最短的时间内结束战斗！”

赞同地点了点头，李家顺指点着地上那幅瘌痢岭草图说道：“攻下了瘌痢岭，大部队继续向前做出突围的架势，一定要完全撕开鬼子的第一道包围圈，争取打乱鬼子的第二道包围圈，然后后撤！在这段时间里……天留，瘌痢岭就交给你了！这可是咱们大部队的退路，一旦被第一道包围圈上赶来增援的鬼子合围，重新封闭了路口……”

伸手重重一拍胸脯，莫天留毫不犹豫地朝李家顺应道：“李司令，我现在就在这儿给你立个军令状——只要我清乐县武工队还有一个人，瘌痢岭就肯定在咱们手里！”

再无其他言语，李家顺伸出双手与莫天留、杨超两人重重地握了握，转头朝着等候在自己身边的通信员大声喝道：“传我的命令，部队出发！”

伴随着李家顺一声令下，所有冀南军分区独立团的战士立刻行动起来，排列着整齐的队伍，顺着早已经标记出了地雷位置的大路朝瘌痢岭方向开进。而在大踏步前进的大部队后面，莫天留却是迟迟不下达跟随大部队出发的命令。直到大部队走得只能影影绰绰看见个人影，这才朝着站在自己身边的杨超挤了挤眼睛：“指导员，这会儿……你在琢磨个啥？”

淡淡一笑，杨超毫不客气地将巴掌伸到了莫天留面前：“先给支烟！”

诧异地看着杨超，莫天留一边伸手摸出了口袋里的烟盒，一边朝着杨超问道：“你不是……不抽烟、喝酒的吗？平日里没事，还一个劲说这抽烟喝酒是啥……陋习？”

就着莫天留划燃的火柴点上了香烟，杨超轻轻嘬了一口捏在手指间的香烟，慢悠悠地吐出了一丝丝烟雾：“眼看就要打打仗了，我得打起了十二分的精神，抽支烟提提神也好！毕竟……就咱们清乐县武工队这么几个人，想要装出个主力部队的样子，当真不好操持啊……”

就像是叫人戳破了戏法的孩子般，莫天留顿时蔫巴巴地耷拉下了脑袋：“这念过书的人脑瓜子就是快……你啥时候琢磨出来的？”

抬手指了指不远处被七八名武工队员推动着前行的九二式步兵炮，杨超微笑着朝莫天留应道：“咱们要打的是突围战，讲究的就是个动作迅速，这九二式步兵炮一共也就那么几发炮弹，打光了之后就成了摆设，带在身边是个累赘，扔给鬼子又舍不得。你特意让人从涂家村把这门九二式步兵炮拉了来，还不就是想让日军觉得有炮的部队就是主力，死死盯着咱们不放，好叫大部队能更快地冲出包围圈？”

“那你咋就不猜我是要靠着这门炮在阻击战的时候，跟鬼子厮拼到底呢？”

“方才不是说了吗？一共就几发炮弹，打光了就啥用都没有了，压根就靠不住，只能拿着吓唬鬼子！天留，等炮弹打光了之后，可千万记得要把炮给埋起来，实在不行就把它给炸了！要不然，咱们这装成八路军冀南军分区主力部队的主意，可就得叫鬼子看破了！”

“哈……总算也有你个读书人琢磨不出来的事儿！放心吧，炮弹有的是，管保把鬼子打得拿咱们当了主力部队！前后加起来八门大炮，整个河北地面上，这样的部队不叫主力，那就没部队能叫主力了！”

“八门大炮？咱们哪来的……”

“炮没有，可咱们有大车轱辘不是？正叫村里的木匠照着这九二式步兵炮的轱辘修整着哪！等咱们在瘌痢岭打够了朝后撤的时候，满地我都给鬼子留下轱辘印子，不怕鬼子不上钩！”

“那炮弹呢？”

“……这个不能说，说了就不灵了！指导员，时候也差不多了，咱们也出发吧！”

★ 第五十六章 天公作美

几乎都不必前出侦察的尖兵沿途标明行进方向，才从大武村中走出去不到小半个时辰，远处已经能瞧见几乎连成了一条火龙的篝火带，一路绵延着伸展开来，几乎都要碰到了天边上一般。

仔细打量着那延绵不绝的篝火，走在了队伍中间的李家顺禁不住低声说道："这狗日的小鬼子……仗还没打起来，这声势倒是折腾得挺像是那回事。真要是遇见个胆小怕事的主儿，说不定都能被这铺天盖地点着篝火合围的架势吓尿了？"

推了推鼻梁上架着的眼镜，始终紧随在李家顺身边的参谋也赞同地连连点头："下午打开电台跟上级和友邻部队联系的时候，友邻部队的根据地就出现了一些小股地方武装和土匪被鬼子吓住、主动投降的情况！可鬼子这回根本就没打算收编向他们投降的地方武装和土匪，去跟鬼子交涉的那些投降分子全都被当场砍了脑袋！"

诧异地皱了皱眉头，李家顺一边大步朝前走着，一边扭头看向了跟在自己身边的参谋："鬼子这回下手这么干脆，一点都不顾忌他们那狗屁治安战的路数规矩了？"

苦笑着摇了摇头，参谋应声答道："李司令，这还真得说咱们的情报工作有待加强！鬼子在华北地区施行的治安战计划，压根就没取得任何的成效，反倒是叫乡亲们都看清了鬼子的嘴脸，越来越多的乡亲踊跃参加八路军，更多的乡亲同情、支持八路军。各处的根据地不断地扩大，抗日形势……"

颇有些不耐烦地挥了挥胳膊的李家顺闷声低叫起来："说些谁都知道的事儿干吗？说说我不知道的？！"

无奈地低笑着摇了摇头，参谋低声朝李家顺说道："鬼子见治安战计划没有达到效果，也就制订了另外的一个作战计划。鬼子管这个计划叫——铁壁合围！利用在交通工具和条件方面的优势，在短时间内调集大量的兵力，对鬼子划定的所谓治安重灾区进行围剿。不求快，只求稳，步步为营，同时施行‘杀光、烧光、抢光’的三光政策，把鬼子所谓的治安重灾区变成无人区，逼迫我军主力不得不与火力、兵力都占有绝对优势的日军进行决战！”

冷哼一声，李家顺狠狠地咬了咬牙：“软的不行就来硬的，骗不过乡亲了就动刀子，鬼子也就这点出息了！能琢磨出这铁壁合围鬼主意的鬼子……脑瓜子倒也还算得上好使！跟咱们斗巧斗不过，那就用上一力降十会的笨办法！”

“琢磨出铁壁合围计划的鬼子，就是那个推行治安战计划的冈村宁次！这老鬼子在中国厮混了多年，很多鬼子都管他叫中国通！”

“中国通？我看是不一定！至少他就有一样不通！”

“哪一样？”

“中国人玩命了有多厉害，这一点他就不通！传我的命令，部队加速前进，尽量靠近鬼子点燃的篝火。不许说话、不许咳嗽，不许有一丁点动静冒出来！凌晨四点发起攻击，把所有的掷弹筒、迫击炮都给我挪前面去，第一个照面就得给我在鬼子的防线上炸开一条路！所有机枪一律配备两名副射手，只要人没死光，机枪就不能停！”

“是！”

伴随着李家顺的命令传达到了每一名八路军战士的耳中，大步急行的队伍愈发地加快了前进的速度，还不到半夜的工夫，先头部队已经抵达到了离日军篝火只有小两里地的位置。

压抑着急促的呼吸声，快速赶到了先头部队潜伏位置的李家顺，紧盯着那些不断在篝火中添加柴火的日军士兵看了好一会儿，方才招呼着几名前出观察地形的八路军指挥员扭头朝后退出了老远距离，朝着几个聚拢到一起的八路军指挥员低声说道：“鬼子的篝火前后都是一大片平地，咱们打响了之后，动作一定要快！要不然，光在这一大片平地上，咱们就得先吃个亏！”

紧锁着眉头，一名八路军指挥员应声答道：“李司令，方才我大概看了一眼，鬼子选这地界来点火照亮、防着我们夜袭，估摸着也是动过了脑筋的！篝火前后这一大片开阔地差不多有五里地，咱们的战士就算是动作再快，怕是也难得一口气冲过去！真要是硬撞……多了不说，少算就得撂下一个连！”

无奈地摇了摇头，另一名八路军指挥员也是低声应道：“这也是没法子的事情！就算是咱们把手里的掷弹筒和迫击炮都用上，最多也就是起到个遮挡鬼子耳目的作用——根本就瞧不见鬼子布置在篝火后面的工事，尤其是机枪工事在哪儿，咱们这就是蒙着眼睛瞎比画！捞着了算运气，捞不着……只能认倒霉！”

用力攥紧了拳头，一名生得五短身材的八路军指挥员猛地开口说道：“估摸着也没旁的法子了！李司令，咱们还是照着老办法来，组织突击队吧！豁出去突击队拼光，最少也能观察出来鬼子的火力情况，到时候再上咱们的重火力，好歹也就能打个八九不离十了！”

扭头看了看不远处熊熊燃烧的篝火，李家顺犹豫了好一会儿，方才艰难地点了点头：“组织党员突击队！”

话音才落，莫天留与杨超已经佝偻着腰身，飞快地摸到了李家顺与那些八路军指挥员聚拢的地方。也都来不及喘上一口气，莫天留已经急声朝李家顺低叫道：“李司令，明天早上有大雾，肯定会有大雾！”

讶然看着满脸是汗的莫天留，李家顺一把抓住了莫天留的胳膊：“明天一早会有大雾？你咋知道的？出发之前我可仔细瞧过天气，这么大的风，天上连云彩都留不住一片，哪儿会有啥大雾？”

也顾不得李家顺把自己的胳膊抓得生痛，莫天留顺手便从地上捡起了一个拳头大的石块，递到了李家顺的眼前：“李司令，这瘌痢岭周遭有些古怪，不知道是咋回事，反正每年春天和冬天，差不离是天天早上要起雾，一直要到大暑的节气才会好些，尤其是这地上石头返潮的时候，第二天早上天不亮，雾气肯定就起来了！”

伸手接过了莫天留递到了自己眼前的石块，李家顺轻轻一捻石块上隐约可察的湿润尘土，顿时眼睛一亮：“天留，这可关系到咱们的佯攻计划能不能成功，千万不敢出错啊！”

异常坚定地点了点头，莫天留低声应道：“肯定没错！这一路上走过来，我就一直琢磨着像是忘了个啥事儿，方才到了地头之后朝路边石头上一坐，这才想起来了！”

几乎是异口同声地，几名八路军指挥员在莫天留话音刚落时便开口低叫起来：“强攻改偷袭！还是组织突击队，趁着大雾摸过去！”

伸手在莫天留肩头重重一拍，李家顺也顾不得再与莫天留多说些什么，回头便与几名八路军指挥员商量起了更改作战计划的具体事宜。

长长地舒了口气，莫天留一屁股跌坐在了地上，朝着蹲踞在自己身边的杨超低声叫道：“好险哪……虽说等大雾起来之后，李司令肯定也能琢磨出这强攻改偷袭的路数，可毕竟是临阵磨枪，肯定会有不尽如人意的地方！现在……可算是放心了！”

赞同地点了点头，杨超也慢慢坐了下来：“不光李司令和大部队的同志要更改作战计划，咱们朝瘌痢岭突击的计划，是不是也得改改？”

懒洋洋地朝杨超摆了摆手，莫天留低声应道：“你不就是想着让咱们武工队的兄弟，也趁着大雾的天气朝瘌痢岭上摸过去吗？”

“这计划可行吗？”

“估摸着是不成！瘌痢岭上到处都是碎石，人上去走不几步就得滑一下。哪怕是再小心，谁也不敢打包票能不弄出一点动静！再说到时候大部队已经动了手，瘌痢岭上的鬼子肯定也都加了十二分的小心，偷袭肯定是不成了！”

“那……咱们还是强攻？”

“大部队那边枪一响，咱们立马也得动手！可咱们只打枪、人倒是不急着朝上冲！等把瘌痢岭上布防的鬼子火力都吸引过来之后，大部队从瘌痢岭后边和侧面进攻时，自然就轻省多了！”

“照着你这意思……咱们就只需要虚张声势，等着捡现成的战果？”

“唱戏有生旦净末丑、狮子老虎狗，可从来也没这些角儿一下子全冲到台上去比画的道理！只要是能从鬼子手里把瘌痢岭给拿下来，咱们少受点损失……这便宜自然是要捡的！”

“天留……你跟以往，真是不一样了。”

“不一样？哪儿不一样了？”

“原来你有点好大喜功，人前喜欢出风头，凡事也都想着要高人一头！可现在……你已经开始学着从大局着眼，为全局打算。自个儿能不能得着功劳，倒是真没怎么算计了！”

“我说指导员，你这话是夸我呢还是……骂我呢？”

都没等杨超开口答话，莫天留却是猛地蹲下了身子，仰着脸微微闭上了眼睛：“觉出来没？雾气上来了！”

有样学样地照着莫天留摆出来的架势感受着空气中渐渐浓厚的湿气，杨超的嘴角上也禁不住泛起了一丝微笑：“这还不到半夜的时候，雾气就已经开始上来了……等到进攻的时间，怕是这雾气能浓得伸手不见五指？这下子，咱们抢占瘌痢岭、突破鬼子阵地的任务，算是有了七分把握了！”

★ 第五十七章 应变之道

浓厚的雾气之中，清一色配备了大砍刀和德造二十响手枪的党员突击队静悄悄地爬出了攻击准备阵地，直朝着隐约可见的微弱火光爬了过去……

与莫天留所说的完全一致，才不过半夜两点时分，丝丝缕缕湿漉漉的雾气便贴着地皮凝结成型，再慢悠悠地升腾起来。不过一个时辰过后，浓厚得如同纱帐般的白雾，已经完全笼罩了瘌痢岭附近老大一片范围。哪怕是那些被日军士兵不断添加着干柴的火堆附近，浓厚的雾气也渐渐侵袭而至，将篝火能照亮的范围压缩到了一个极限。

借助着这浓厚的雾气遮掩形迹，八路军的攻击准备阵地再次向前推进了两三百米的距离。离日军最近的地方，距离一堆篝火不过百米远近，甚至都能清晰地听到日军士兵巡逻时的脚步声和在篝火中添加柴火时的交谈声。

虽然身上的衣裳早已经被湿漉漉的雾气浸透，冷得人接连不断地打着寒噤，但潜伏在日军鼻子底下的八路军战士都用衣襟捂住了口鼻，甚至是在嘴里咬上了一块石子，连一点动静也没发出，更没有一点多余的动作。直到同样身处最前沿的李家顺猛地抬起了胳膊，狠狠地朝着日军所处的方位劈了下去……

被浓厚的雾气遮掩着，即使是身处最前沿攻击准备阵地上的李家顺竖起了耳朵，也只能听见不远处连连不断发出的、刀锋入骨时独有的轻微脆响。微闭着眼睛，李家顺直等到那刀锋入骨的轻微脆响渐渐远去，这才再次挥了挥胳膊，亲自率领着手持机枪的第二波突击队员朝浓雾中摸了过去！

如同静默而又汹涌的潮水一般，大批八路军战士竭尽全力放轻了脚步声，飞快地冲过了在浓雾中熊熊燃烧着的篝火，以第一波突击队员们砍翻的日军士兵尸体作为路标前进。直到浓雾中终于传来了第一声清脆的三八大盖的枪声时，始终憋着一口气冲在前边的李家顺方才猛地侧转了身子，朝着紧随在自己身后的八路军战士厉声吼道："独立团，跟我冲啊！"

几乎是在同一时刻，静默突击中的八路军战士发出的怒吼，与隐藏在浓雾中的日军机枪扫射声同时响起来。而最早发起攻击的那些八路军突击队员，也纷纷在浓雾中掷出了手榴弹，为身后的大部队指出了正确的突击方向。

在接二连三响起的爆炸声中，被爆炸产生的冲击波搅动的浓雾，如同一个个扭动着身躯的幽灵一般，在瘌痢岭下反复盘旋。而在紧贴着瘌痢岭下的方向，几乎听不出射击间隙的机枪扫射声，也玩命地响了起来。一时之间，瘌痢岭附近的日军预设阻击阵地上，枪声炮响与厮杀呐喊声，几乎要震得整个大地都翻转过来。

蹲在一块巨大的山岩下，莫天留一边将一串刚刚点燃的鞭炮扔进了白铜大茶壶里，一边扯着嗓门朝同样蹲在了巨大山岩下的沙邦粹叫道："还有没有了？再给拿点过来，咱们这儿的动静不能断，一定要叫瘌痢岭上的小鬼子腾不出手来用火力封锁路口！"

胡乱在一个巨大的包袱里翻找了几下，沙邦粹无奈地朝着莫天留摊开了双手："没啦！大武村里能寻着的爆竹都在这儿了！天留，实在不成的话，我带人朝瘌痢岭上冲吧？"

抬手指了指头顶上被日军机枪打得碎石四溅的山岩，莫天留扯开了嗓门朝沙邦粹叫道："鬼子的机枪打得这么紧，你带人上去是送死呀？光听见咱们这土机枪的动静，就能大概摸准了咱们的位置……瘌痢岭上驻扎着的，肯定是打过多年仗的老鬼子！冒冒失失朝上冲，这亏本买卖不能干！"

瞪圆了眼睛，沙邦粹急声朝莫天留叫道："那要是咱们这儿没了动静，瘌痢岭上的鬼子不就腾出手来了？！李司令那边的枪声响得这么紧，肯定是跟鬼子打成了个硬碰硬顶牛的架势。瘌痢岭上的鬼子要是拦腰再下黑手，李司令那边会吃大亏的……"

捻起一块碎石砸到了沙邦粹的身上，莫天留没好气地朝沙邦粹叫道："你直着脖子瞎喊什么？他娘的……原本还想着靠土机枪吓唬鬼子、轻省便宜伸手就捡了！可现在……又得花血本啊……"

一把抓起了搁在自己身边的两把大铡刀，沙邦粹蹲踞着身子看向了莫天留："下血本就下血本！天留，我这就带人上去！我仔细听过了，鬼子朝着这边打的有三挺机枪，只要砍翻了两挺机枪，你再带人冲上去，差不离也就能把瘌痢岭拿下来了？！"

"就这满是碎石的陡坡，走一步滑半步，你还没冲出去三十步，怕是就得被鬼子的机枪打成个血葫芦！要下血本了啊……心疼死我了……”

很有些感动地看着半蹲着身子、一脸心疼模样的莫天留，沙邦粹情不自禁地软下了嗓门：“天留，老人不都说傻人有傻运气吗？我这辈子就没聪明过，运气该是不错，鬼子的枪子肯定绕着我飞！我这就带人上……”

猛地抬起了头，莫天留瞪着一副跃跃欲试模样的沙邦粹叫道：“你冲个屁！你当我说的下血本是要叫你上？我是心疼……一共就五发炮弹了呀……我是打算留着打阻击战的时候再派上用场的，可现在就得用上了！指导员……指导员，赶紧推炮上来呀！”

顶着四处乱飞的流弹，杨超与几名推着九二式步兵炮的武工队员飞快地从浓雾中冲了出来，将九二式步兵炮架在了莫天留藏身的巨大山岩旁。

一边指挥着几名武工队员固定住了炮身，杨超一边转头看向了莫天留：“天留，真的就只打一发炮弹？这怕是吓不着鬼子、吸引不了鬼子的火力呀？”

瞪圆了眼睛，莫天留满脸心疼模样地大叫起来：“还就打一发？要是鞭炮能管够，这一发炮弹我都舍不得打！就开一炮，剩下的活儿……棒槌，赶紧准备着，那些个带着长绳子的炸药包也都预备好！等这边炮响过后，你就把那些炸药包豁出去给我朝远了扔！”

一屁股坐到了巨大的岩石后，沙邦粹气呼呼地将手中紧握着的两把大铡刀撂到了一边，拧着脖子闷声吼道：“你不是下了血本、动了心头肉吗？咋还用得上我来给你出力气、撑场面？有能耐的，你跟你那宝贝大炮商量，叫它帮你扔炸药包去！”

诧异地看着一副气冲冲模样的沙邦粹，杨超一边蹲到了九二式步兵炮的护盾后、尽量将炮口对准了浓雾中闪动着的机枪枪口焰位置，一边朝着莫天留低声问道：“这是怎么回事？刚才不还好好的，怎么眨眼就闹开别扭了？”

转悠着眼珠子，莫天留飞快地明白过来了沙邦粹发这通脾气的来由，顿时觍着脸凑到了沙邦粹身边：“棒槌，哥说错话了……说错话了还不成？心里有啥不痛快的，等打完了这一仗，咱们占下了瘌痢岭，哥再好好听你说道说道，哥一样样给你赔不是还不成吗？可这会儿正打着仗，那你就是舍得瞧见哥在人前没脸，你也不能叫李司令当真吃亏吧？来……赶紧预备着……”

连哄带劝拉扯着沙邦粹站起了身子，莫天留这才转身朝着杨超心疼肉疼地点了点头：“打吧！就一炮……”

狠狠一拽拉火绳，早已经装填上了炮弹的九二式步兵炮炮口，顿时喷发出了不大的一团火光。伴随着炮弹出膛后发出的尖啸声，瘌痢岭上顿时响起了一声略有些喑哑的爆炸。

只一看飞快地被雾气重新裹住了的硝烟，莫天留顿时像泄了气的皮球般跌坐到了地上：“北平城里的三不沾——什么也没打着啊！棒槌，动手啊……”

闷着嗓门答应一声，沙邦粹同时拉开了两个炸药包上的导火索，抓起拴在炸药包上的绳索将沉重的炸药包挥动了几圈之后，抬手便将炸药包朝山坡上闪动着机枪枪口焰的位置扔了出去。可也就在沙邦粹扔出去的炸药包刚刚脱手的瞬间，一声沉闷得像是龙吟般的巨响，猛地在瘌痢岭上日军机枪阵地旁响了起来，而爆炸所产生的震动，更是叫莫天留等人全都从地上跳了起来，再重重地摔到了地上！

双手护住了脑袋，莫天留一边忍受着从天而降的碎石砸得胳膊和脊梁生疼，一边朝着傻呵呵站在原地的沙邦粹劈头大叫道：“棒槌，你扔出去的是个啥玩意儿？咋连山都叫你炸塌了半边似的？”

脑袋上被从天而降的碎石砸出了个老大的疙瘩，沙邦粹一脸懵懂地摇头应道：“我也不知道啊？炸药包里的炸药是指导员配出来的……指导员，你做的炸药里头倒是搁了多少鸡蛋清啊？这么大劲儿？”

一边拖曳着几名被震得摔在地上的武工队员站起了身子，杨超一边偷眼看了看彻底没了动静、连漫天雾气都被爆炸气浪冲开了的瘌痢岭：“应该不是炸药包的问题！恐怕是方才打的那一炮，炸飞的炮弹皮凑巧砸到了鬼子的弹药上面，结果引起了殉爆……天留，咱们的机会来了！”

依旧是高举着胳膊护住了脑袋，莫天留大声朝被震得东倒西歪、刚刚才从地上爬起来的武工队员们叫道：“有便宜不占王八蛋——鬼子叫指导员一炮给整蒙了，粗笨家什一概扔下，大家跟着我冲啊……”

仰天大吼一声，沙邦粹猛地弯腰抓起了搁在身边的两把大铡刀，撒开两条长腿冲在了最前面。不过是一眨眼的工夫，凛冽刀光便在重新聚拢的雾气与未散的硝烟中，卷起了一片血浪！

★　第五十八章　加速备战

眼睁睁看着瘌痢岭上被炸出来的那巨大的坑洞底部缓缓沁出的泉水，再瞅瞅瘌痢岭上几处临时挖掘出来的坑洞中储存的弹药，莫天留高兴得合不拢嘴，使劲拍着站在自己身边的杨超的肩膀："发财了啊……指导员，咱们发财了……"

满脸都是硝烟染黑的痕迹，杨超也兴奋地连连点头："真是没料到，鬼子居然想把瘌痢岭作为一个进攻支撑点，以瘌痢岭上储存的弹药作为鬼子包围圈中一部分兵力的后勤依托，逐步向咱们的根据地推进……天留，幸亏咱们动手的时候选的好，要是再叫鬼子朝前推进个二十里，这块肥肉咱们就吃不上了！"

拎着两把砍出了豁口的大铡刀，沙邦粹喘着粗气凑到了莫天留与杨超身边："天留，指导员，李司令那边配合咱们打瘌痢岭的人马已经撤下去追佯攻的部队了。李司令有命令，让咱们抓紧时间修工事，准备挡住鬼子的反扑！"

微微扭转了身子，杨超伸手将挂在沙邦粹肩膀上的一块碎肉弹飞了老远："李司令交代了没有，给咱们多久时间？"

直愣愣地朝着杨超伸出了一只巴掌，沙邦粹应声朝杨超答道："最少五个钟点，多了也不过七八个钟点，大部队就得从瘌痢岭下的路口返回去！听传令的那参谋说，鬼子的包围圈布置得挺厚，光是凿穿瘌痢岭下的鬼子包围圈，咱们差不多就折损了一个连……"

只是略一估算八路军战损人数，莫天留顿时使劲摇了摇头："不成！咱们不能照着五个钟点的时间来布置工事……传令下去，叫大家伙儿一定要在三个钟点之内，把瘌痢岭上给我布置成个铁桶阵势！咱们带来的地雷，一个不剩全给埋到瘌痢岭下的大路上去，再专门留出来五个精细些的兄弟埋伏着，等咱们大部队全都退回来之后，立刻挂上弦儿！万一响……万一响……"

怀里抱着一挺压根就没开过火的机枪，万一响三蹿两蹦地从莫天留身侧一处洼地蹿了出来，迎着莫天留大声叫道：“我在这儿哪……”

“给你二十个人，自个儿选地方给我挖机枪工事！两个钟点之内，最少要在瘌痢岭上挖出来三十个机枪工事！要是还有多余的工夫，那就再挖些交通壕，把所有的机枪工事都给我用交通壕连接起来！”

讶然瞪大了眼睛，抱着机枪的万一响顿时朝着莫天留叫嚷起来：“三十个机枪工事？天留，咱们一共也就六挺机枪，用得上预备那么多机枪工事吗？”

“三十个还多？我还觉着少呢！咱们要挡着的鬼子太多，手里的家伙什肯定也不会少！估摸着咱们的机枪最多打出去一个弹匣，鬼子的炮弹追着就下来了！不多预备几个藏身的地方，六挺机枪……怕也就是一个照面，就得被鬼子的大炮给炸个干净——把你抱着的机枪搁下，眼下还不到你要弄机枪的时候！”

“不让我用机枪？天留，你这是又琢磨出啥来了？”

“打仗就跟做买卖一样，咱们本钱小，得算计着来才能打得长久！我问你，这老长时间了，我叫你调教的那神枪队，你调教得咋样了？”

“还成！连我在内，有七八个猎户出身的兄弟，枪法都还算是能看上眼，百十米内抬枪就有！”

“把这七八个人都抽调出来，俩人一队给我分散布置出去。告诉他们，旁的不用他们管，专门给我挑鬼子当官的打！要是能够得着，那鬼子的机枪手和摆弄掷弹筒的，也都给我敲了他！机枪手也都给我嘱咐一声，别打红了眼就忘了挪动地方。勤挪动着点儿，这才能叫鬼子摸不准咱们到底有多少家伙什，也能保证自个儿的安全！韩文青，咱们的土大炮支起来没有？”

从离莫天留不远处的一个挖了一人多深、一米多宽、三米长短的壕沟里探出了头，韩文青朝莫天留挥了挥手中的镐头：“这就算支起来一个了！天留哥，这瘌痢岭上的土里全是石砬子，刨起来实在是太费劲了！能多给我点人手不？”

“自己选好了地方、划好了方圆大小，给你三十个人，一个钟点之内必须把咱们的土大炮给支应起来！可别忘了在那支应土大炮的大坑里面挖几个鸡窝洞防炮！其他人，全都给我铆足了劲儿挖各自藏身的工事！先挖个一人深的直筒子洞藏身，再朝着各自旁边的兄弟挖好的洞子横着掏，一定要在三个钟点之内，把工事连成一片！不许偷懒照直了挖，全都给我拐着弯掏！来五个人跟着指导员，先把咱们那宝贝炮要用的炮位收拾出来！”

轰然而起的应诺声中，原本就随身携带了土工作业工具的武工队员们，立刻按照莫天留的命令在瘌痢岭上挖起了防御工事。才不过两个小时的工夫，第一道位于山脚附近的防御工事已见雏形。

捧着一大罐子热腾腾的鸡汤，沙邦粹小心翼翼地追上了在各处工事之间查看情况的莫天留：“天留，赶紧喝口鸡汤，吃完了这顿热乎饭，下一顿还不一定是啥时候呢！”

顺手接过了那还很有些烫手的瓦罐，莫天留才刚喝了口鸡汤，却是猛地抬头看向了站在自己面前的沙邦粹：“这哪来的？”

抬手朝着瘌痢岭下一指，沙邦粹闷着嗓门应道：“大武村里妇救会的婶子们给送来的！太公说了，自家子弟在前面打仗，那就没有叫咱们饿着肚子跟鬼子厮拼的道理！村里妇救会的婶子们推着架子车，给咱们送来了好些热吃食，还有好些村里的老爷们也来了，正帮着咱们修工事呢！”

把刚喝了一口的鸡汤朝着地上一搁，莫天留顿时急了眼：“这不是瞎胡闹吗？咱们这是在准备打仗，可不是在田间地头抢收麦子，咋还闹出来叫各家女人给送饭、隔壁邻舍过来帮忙的路数了？赶紧让他们都回去，万一鬼子这时候卷过来了，那可就真要出大事了……”

摇晃着脑袋，沙邦粹低声朝莫天留叫道：“劝了，那些妇救会的婶子们都不走！指导员过去劝的时候，差点还叫妇救会的那些婶子们给挤兑得没了词儿！天留，要不你去……”

都没等莫天留再开口说话，几个大武村妇救会的姑娘大嫂已经挎着藤条篮子，顺着山脚附近蜿蜒的防御工事走了过来，一边给那些正在忙着修整工事的武工队员们分发着热腾腾的各样食物，一边脆亮着嗓子朝那些原本就熟悉的武工队员们絮叨着：“大栓子，你咋弄得跟个泥猴儿似的？这要叫小武村里的小翠瞧见了，兴许人家就嫌弃你埋汰，再不乐意跟你在山神庙后面拉话了呢？”

“慢着点儿吃！这打小就是见了鸡子儿就没命的样儿，如今都要长成人了，咋还这么个吃不饱、咽不够的模样呢？来，再给你俩鸡子儿……”

“滚热的干粮就朝着怀里揣，你也不怕烫着心口？只管敞开了吃，婶子这儿带着的干粮要不管饱，你家隔壁秀芹妹子怀里可还揣着俩白面窝头哪！一会儿你们俩寻个没人的地儿，叫你秀芹妹子敞开怀了给你管饱？秀芹妹子，你咋还不过来……”

“三婶子，你再胡说……再胡说……”

眼瞅着原本都带上了几分肃杀之气的阵地，转眼间便叫妇救会的一众姑娘大嫂搅闹得笑骂声四起，莫天留顿时又急又气地疾步冲了过去。人还没冲到那些笑闹着拧成了一团的姑娘大嫂身边，吆喝声已经远远地传了过去：“你们这可都是在干啥？要打仗了，你们上来干啥？还不赶紧回村去……”

被莫天留乍然一喝，拉扯着扭成了一团的那些姑娘大嫂们顿时止住了笑闹。脸嫩些的大姑娘倒还有几分羞怯怯的模样，而那些个平日里就很有些泼辣的妇女，反倒是毫不在意地朝着急奔而来的莫天留叫嚷起来：“哎呀……这不是天留吗？这当了武工队队长了，本事见长，脾气可也见长了啊？咋？忘了你小时候偷婶子家鸡子儿，叫婶子揪着你那小鸡子儿满村溜达的样儿了？”

“不就是个交兵打仗吗？你们爷们不怕，咱老娘们也不虚！逼急了老娘，豁出去老娘这赛碾盘的屁股，我压死他小鬼子！”

“你们武工队杨指导员来村里给咱们妇救会上课，那不都说妇女能顶半边天吗？今天咱们妇救会的就是来撑住这半边天的，你们老爷们忙你们打仗的事儿去，旁的你甭管……”

眼见着这些妇救会的姑娘大嫂很有些油盐不进的模样，莫天留一时间也没了主意，只能朝着那些站在工事里傻呵呵跟着乐的武工队员咆哮起来：“一个个的都傻呵呵看啥？不把工事修好了，鬼子上来的时候，你们真要让妇救会的姑娘婶子们替你们挡炮弹啊？干活儿！”

话音刚落，派出在山顶上放哨的哨兵猛地打响了两声信号枪，扯着嗓门朝瘌痢岭上忙碌着挖掘工事的武工队员们叫嚷起来：“鬼子来了……鬼子来了……”

猛地拔出来别在腰后的德造二十响手枪，莫天留扯开了嗓门厉声吼道：“清乐县武工队，准备战斗！来几个人，把这些个姑娘大嫂和来帮忙的村里爷们，都护送到能躲避的地方去！”

也不去看那些被武工队员们护送着急急忙忙朝山腰上刚挖好的防炮洞跑去的妇救会成员，莫天留猛地扑到了刚刚挖掘好的掩体中：“都给我打起了精神预备着！鬼子知道咱们占了瘌痢岭、护住了山下的路口，肯定是冲过来玩命的！咱们要是顶不住鬼子这劈面三板斧，李司令和大部队的后路就要被鬼子给截断了！咱身后的那些个姑娘大嫂，那就更会……都是裤裆里带把的，是英雄好汉，还是狗熊屃蛋，刀枪上面见真章吧！”

★ 第五十九章 阵前立威

没有炮火准备，甚至都没有在进攻前进行最基本的队形整理，最先到达的那些朝着瘌痢岭方向扑过来的日军士兵，几乎是依仗着平时积累的作战经验组成了若干个进攻小组，毫不迟疑地朝着瘌痢岭发动了进攻。而在那些第一时间投入战斗的日军士兵身后，更多的日军士兵也在次第赶来。站在瘌痢岭山顶上放眼望去，几乎就像是看着一波又一波黄色的恶浪，在亡命地扑向了兀立在海中的礁石一般！

趴在最前沿刚刚挖好的战壕中，莫天留只露出了两只眼睛，死死地盯住了几十名形成第一攻击波次的日军士兵，口中也是连声吆喝着：“不许开枪！放近了再打……再放近一点……”

手里端着已经上膛的三八大盖，一名刚刚加入武工队的大武村民兵眼瞅着已经能清楚地看到了日军士兵的面目神色，搭在扳机上的手指禁不住有些哆嗦起来，颤抖着声音朝趴在自己身边的莫天留叫道：“天留哥，这都能瞧见鬼子眉眼了，打吧……”

看也不看趴在自己身边的那名新加入武工队的民兵，莫天留狠狠地摇了摇头：“别着急！送上门来的头一批鬼子，一个都不能叫他们回去！第一拳不把鬼子打疼了，鬼子就能接二连三地朝上涌！到时候咱们连喘气的工夫都没有，肯定要吃亏……你瞄准了鬼子了？”

很有些紧张地点了点头，趴在莫天留身边的民兵艰难地咽了口唾沫：“瞄准了……就那个刺刀上还挑着个膏药旗的鬼子……”

“你瞄着他哪儿了？”

“瞄着他心窝子哪！”

“跟你打个赌——你要是能一枪崩飞了那鬼子的脑袋，我给你俩鬼子造的手榴弹！”

“成！我试试……”

扭头看了看身边那凝神静气瞄准日军士兵的民兵，莫天留扯开了嗓门大声吆喝起来：“都给我听好了！能瞄准了鬼子脑袋的，全都给我照着鬼子的脑袋下手！这头一锤子砸下去，鬼子就是个铁核桃，老子们也得砸出他的脑瓜仁儿！”

或许是因为没有遇到丝毫的抵抗，原本还依靠着作战经验形成了战斗小组队形的那些日军士兵，接二连三地从猫着腰交替跃进的身姿，转换成了端着枪大步前冲的架势。尤其是在目光所及之处，看见了武工队员们刚刚挖掘好的战壕后堆积的湿润泥土后，夹在日军进攻队列中的一名日军军官更是猛地一挥手中的指挥刀，扯着破锣般的嗓门大吼起来：“突击！全体突击！”

伴随着那声突击的命令，刺耳的号叫声顿时在日军士兵中响了起来。可都没等那些日军士兵吼上一秒钟时间，莫天留的吼叫声，也猛地从刚刚挖掘好的战壕中响了起来：“给我打！”

就像是只有一声格外脆亮的枪声响起，才刚刚拉开了突击架势的几十名日军士兵，几乎全都被骤然射来的子弹打飞了头盖骨。有几个运气实在太好的日军士兵，更是被好几支三八大盖重点关照，整个脑袋都被打得只剩下了个血淋淋的下巴！

如同凑巧躲过了雷击的野兽一般，参与了第一波进攻的日军之中，仅存的一名日军士兵目瞪口呆地看着自己身侧周遭倒卧了一地的无头尸体，当时便停下了朝前冲击的步伐，难以置信地瞪大了眼睛叫嚷起来：“怎么会……怎么会是这样的……”

与那名呆愣着停下了脚步的日军士兵一样，乱哄哄冲到了瘌痢岭山脚下的许多日军士兵，也都被眼前这令人震惊的一幕震慑，不由自主地停下了脚步……

在弹雨横飞的战场上，各种各样稀奇古怪的战伤或是战死现象早已经不再稀奇。只要是上过了几次战场的老兵，更不会被身边出现的古怪战死、战伤景象分了心神，只会专注地应对着自己该做的一切。

可是……

仅仅是一声有些过分的枪响，第一批次冲上去的几十名日军士兵就全都齐刷刷地没了脑袋？

这算是怎么回事？

难道……抢占了瘌痢岭的这些反日武装分子，手里有了什么古怪的犀利武器吗？

也不知是已经被平日里的训练造成的习惯驱使，抑或是实在无法压抑心中的惊恐，孤零零站在武工队阵地前的那名日军士兵犹豫了片刻，却是猛地发出了一声根本不似人声的嘶喊，再次挺着刺刀跌跌撞撞地朝近在眼前的战壕冲了过去！

抬手抬高了身边民兵瞄准了那名日军士兵的枪口，莫天留冷眼看着那怪叫着朝战壕冲撞过来的日军士兵，狠狠地咬了咬牙：“找死还真是不挑日子……都别开枪！棒槌，给我出去砍了这鬼子！”

紧握着两把早已经再次磨得雪亮的大铡刀，沙邦粹虎吼一声，猛地从战壕中跳了出去。双脚才刚在战壕外站稳，手中紧握着的两把铡刀已经盘旋着舞弄出了一团巨大的刀花，呼啸生风地直朝着那名孤零零的日军士兵卷了过去。

只是眨眼的工夫，那团巨大的刀花已经毫不客气地撞到了日军士兵还没来得及刺出的三八大盖上，硬生生将那日军士兵握在手中的三八大盖绞成了好几截。借着盘旋舞动两把大铡刀时带起的重力，沙邦粹再次吐气开声，如同霹雳般地吼叫起来：“杀！”

如同砍瓜切菜，早已经被沙邦粹那一往无前的气势吓得破了胆的那名日军士兵，几乎都没做出任何闪避的动作，整个身子便被沙邦粹手中舞动的铡刀斜劈成了三块。顺手将两把大铡刀劈砍在了泥土中固定起来，沙邦粹俯身抓起了连着脑袋的一截日军士兵残尸，高高地举了起来：“小鬼子，来啊！爷爷先杀个样子给你们看看，来啊……”

浑身浴血、吼声如雷，宛如魔神降世般的沙邦粹高举着手中那截日军士兵的残尸站在阵地前的模样，不仅让冲到了瘌痢岭下不远处的日军士兵觉着心头发怵，就连趴在战壕中的武工队员们，也都颇有些暗自胆寒——从小到大，这沙邦粹从来是一副憨憨傻傻、任人欺负的模样，却不想被激发了杀性、凶性之后，倒是这样一副阿修罗临世般的凶悍尊容？

眼见着沙邦粹在阵前立足了威风，莫天留赶忙朝着沙邦粹低声吆喝起来：“棒槌，差不多够意思了，赶紧回来！棒槌，给我回来！”

连喊几声，高声狂吼的沙邦粹方才听见了身后莫天留的吆喝声。随手把举在手中的残缺尸体朝着地上一扔，沙邦粹弯腰抓起了劈砍在泥土中的两把大铡刀朝两侧肩头一扛，大大咧咧地转过了身子，朝着趴在战壕中的莫天留龇牙露出了个笑脸：“这鬼子压根就不经打！天留，下回你多给我留下几个，我保管……”

话没说完，一声尖利的枪响骤然从山脚下的日军士兵之中传了过来。原本扛着两把铡刀大步朝阵地方向走来的沙邦粹猛地身子一抖，脸上的笑容也不见了踪影，很是艰难地摇晃着脖子朝莫天留叫道：“天留，鬼子打……打黑枪……”

只一看到沙邦粹脸上没了笑模样，脚步也变得有些趔趄起来，莫天留顿时觉得浑身鲜血都冲到了头顶，连眼珠子都变得通红一片，不管不顾地跳出了战壕，拖曳着脚步有些趔趄的沙邦粹朝战壕方向扑了回来，口中兀自厉声喝道：“万一响，给我崩了那打黑枪的！”

话音落处，一声尖利的枪响，也从武工队挖掘的战壕后方响了起来。伴随着那尖利的枪声响起，举枪朝着沙邦粹打了黑枪的一名日军士兵顿时仰天便倒。几乎就在那名打黑枪的日军士兵倒下的同时，爆豆般的枪声，也猛地从瘌痢岭山脚下越聚越多的日军之中响了起来。

连滚带爬地拖曳着沙邦粹扑进了战壕中，莫天留顾不得自己身上好几处地方摔得生疼，已经拽着同样摔得龇牙咧嘴的沙邦粹摸索起来：“打哪儿了？他娘的鬼子的黑枪打你哪儿了？”

很有些懵懂地伸手摸着后脑勺，沙邦粹嘟囔着在战壕中蹲踞起了身子：“打脑袋了……生疼……”

大惊失色地一把将沙邦粹的脑袋按在了自己怀里，莫天留看着沙邦粹后脑勺上明显凸出来一块的肿块，惊异地大叫起来：“还真是打脑袋了……可咋就打了个包啊？子弹没打进去？棒槌，你这脑瓜皮得有多厚啊？子弹都打不穿？！”

同样一脸惊讶的神色，原本趴在莫天留身边的那名大武村民兵捡起了沙邦粹扔在了身边的两把大铡刀看了看，顿时便拉扯着莫天留大叫起来：“天留哥，棒槌可当真是命大！你看看这两把大铡刀……”

只是朝着那两把大铡刀看了一眼，莫天留顿时抽了口冷气——其中一把铡刀上有个圆溜溜的窟窿，而另一把铡刀上，一颗已经变形了的子弹头赫然在目，生生地镶嵌在了那把铡刀厚实的刀身上！

长长地舒了口气，莫天留伸手拍了拍兀自懵懂地摸着自己后脑勺的沙邦粹：“棒槌，幸亏你方才把铡刀扛在俩肩膀上，刚巧就护住了后脑勺。要不然……傻人有傻福，这话用在你身上，那可是再合适也没有了！”

★　第六十章　仗势欺人

缩在战壕侧面挖掘出来的防炮洞中，莫天留使劲摇了摇脑袋，再伸手拍了拍嗡嗡作响的耳朵，这才朝着斜侧面刚刚钻出防炮洞的杨超大声叫道：“小鬼子这是疯了啊？两个时辰不到的工夫，攻了四次了！炮打得一次比一次紧……这是要活吞了咱们的架势啊？”

同样用力摇晃着脑袋，被炮弹震得头昏眼花的杨超也是大叫着朝莫天留回应道：“小鬼子打的主意就是要重新封死瘌痢岭下的路口，把咱们大部队的回头路堵上，最后再围歼咱们大部队！不下点血本，他们打的如意算盘就得彻底落空了！等着吧——鬼子聚拢到瘌痢岭的部队越来越多，火力也会越来越猛，咱们得抓紧时间抢修工事！尤其是山顶上的环形工事，一定要抢修出来！”

伸头从战壕边缘看了看前沿阵地上并没有进攻的日军，莫天留一屁股跌坐到了地上：“就这么屁大一座山岭，都已经让咱们刨成了到处是沟的模样。山顶上那环形工事怕也是用不上吧？真要是叫鬼子攻上了山，那路口差不离就算是丢了……”

“那工事一半是修来给大家伙防炮，一半就是修给鬼子看的！”

“是想叫鬼子觉得咱们要死守瘌痢岭？”

“咱们阵地上来了这好些大武村的乡亲，鬼子肯定也都早瞧见了，正好是歪打正着，让鬼子以为咱们要从这条路上让乡亲们撤退！只要咱们把架势拉足了，鬼子被吸引来得越多，大部队就越轻松！”

“包子流油招狗来——干！大家伙儿，除了在前面放出的警戒哨，其他人都给我上山顶上挖工事去！场面闹得越大越好哇！棒槌你留下，时不时给我在阵地上露个头，逗逗小鬼子！”

抓起了两把大铡刀，沙邦粹艰难地从比寻常防炮洞大了许多的掩体中钻了出来：“为啥叫我留下？”

伸手捡了个土疙瘩砸向了沙邦粹，莫天留笑嘻嘻地朝着沙邦粹叫道：“方才你当众砍了个小鬼子，现在不知道多少小鬼子恨你恨得牙痒痒。只要你在阵地前面晃悠，鬼子只要发动进攻，肯定就是冲着你这边来，别的方向自然就不用放那么多兵力预备着了……”

“这就是叫我当靶子来招鬼子的枪子儿？！天留，你咋又坑我……”

“胡说！这叫革命工作分工不同……你自个儿也当心着点儿，可别被鬼子再打了黑枪！”

话还没说完，蹲在战壕中的杨超猛地皱起了眉头，朝着莫天留做了个噤声的手势：“仔细听！”

竖起了耳朵，莫天留聆听着风中隐约传来的枪炮声响，不过片刻工夫便朝着杨超开口叫道：“大部队朝回打了！听着这枪响的动静，怕是身后跟着咬的狗还不少？！”

抬起手腕看了看手表上缓缓移动的指针，杨超面色凝重地点了点头：“比原本预计的大部队后撤时间提前了快两个小时……鬼子的兵力已经被咱们调动了！现在挡在大部队前面的鬼子，怕是不在少数……天留，咱们也得做好接应大部队的准备了！”

话音刚落，趴在战壕旁的沙邦粹已经压着嗓门叫嚷起来：“天留，鬼子动了……好多鬼子朝上扑啊！”

返身扑到了战壕上，莫天留与杨超看着视线可及之处那些全然没了进攻队形，只顾着亡命朝瘌痢岭上扑来的日军士兵，几乎是异口同声地开口叫道：“鬼子也得着咱们大部队在后撤的消息了，这是要玩命堵住咱们大部队的后路啊！”

翻手抽出了别在腰后的德造二十响手枪，莫天留挥舞着手枪大吼起来：“准备战斗！大部队能不能安全撤回来，就看咱们能不能顶住鬼子的撕咬了！韩文青，土大炮预备好了没有？”

从山腰上一处凹坑中探出了头，韩文青扯着嗓门朝莫天留回应道：“早预备好了，就等你号令了！”

盯着那些猫着腰朝阵地前沿扑来的日军士兵，莫天留默默计算着那些日军士兵冲击的步伐速度，猛地抬手一枪撂倒了一名冲在了最前面的日军士兵：“土大炮，给我轰！”

伴随着莫天留一声令下，隐藏在土坑中的几具木制投石器长长的吊臂猛地挥舞起来，将几个足有箩筐大小的炸药包飞掷上了半空。伴随着那些嗤嗤冒烟的炸药包在阵地前沿半空中炸响，雨点般的碎石如同夏日骤然袭来的暴雨般倾斜而至，顿时便将阵地前猫着腰冲击的日军士兵打倒了一大片。而像是出于报复的目的，日军的炮火也几乎在同一时刻轰鸣起来，顿时将瘌痢岭上炸得烟尘四起……

连踢带踹地将沙邦粹重新踢进了防炮洞中躲避，再吆喝着叫其他的武工队员们也全都钻进了防炮洞中，莫天留从口袋里摸出了个不大的竹哨叼在嘴角，一边趴在战壕中观察着那些几乎是踩着炸点朝上突击的日军士兵，一边有节奏地吹响了口中叼着的竹哨。

虽然日军炮火袭击的爆炸声响成了一片，但竹哨那独有的尖锐声音，却有着无与伦比的穿透力。依据着竹哨声响起的快慢缓急，藏身在安置着土大炮的掩体内的韩文青打起了十二分的精神，扯着嗓门朝那些操控投石器的武工队员们吆喝起来：“一号、三号上加三成分量碎石子的炸药包！六号……六号上小包的炸药！引线给安长一尺，一定要让那些小炸药包落地再炸！”

如同平时在田间地头劳作一般，那些刚刚加入了清乐县武工队的民兵们飞快地按照韩文青的指示搬弄起了各样大小不同的炸药包。伴随着投石器的吊臂一次次地挥舞起来，震耳欲聋的爆炸声也在不断地响起。探头从壕沟边缘看了看前沿阵地上炸出来的大片硝烟，一名刚加入武工队的民兵兴奋得直起了腰身，扭头朝着蹲在投石器边的韩文青笑道：“文青哥，这打鬼子也没啥难的呀？咱们就蹲在这地窝子里边，一通炸药包扔出去，鬼子连咱们的面儿都没见着，就给炸得……”

话没说完，一发流弹已经击中了那名直起了腰身的民兵头部！眼见着方才还朝着自己喜笑颜开的那名民兵一头栽倒在投石器上，正在摆弄着炸药包的韩文青禁不住急声叫道：“都他妈的别露头！这是在打仗，不是他娘的过年看社戏，怎么伸长了脖子瞧热闹都行……快跑，鬼子炮弹下来了！”

喊叫声中，韩文青猛地拽住了一个蹲在自己身边的民兵，一头朝着凹坑旁的闪电形交通壕内扑了过去。俩人才刚刚扑进交通壕，剧烈的爆炸却又将两人震得从地上跳了起来。

张嘴吐出了一口鲜血，韩文青也顾不上看一眼身边同样被炮弹爆炸的威力震得吐血的民兵，返身再次扑进了装置着投石器的凹坑中，口中兀自大声喊道：“你们没事……”

艰难地爬起了身子，被震得口鼻流血的那名民兵看着韩文青呆愣在交通壕口的身影，嘶哑着嗓门朝韩文青叫嚷起来：“文青哥，他们没事吧……”

返身扶起了被自己拽进了交通壕中的民兵，韩文青脸色铁青地摇了摇头：“没事……他们都没事……”

“那咱们接着打啊？文青哥，你拽我去哪儿啊……”

“土大炮被炸坏了，咱们换个地方跟鬼子打！”

“土大炮都被炸坏了？那他们……”

狠狠地咬了咬牙，韩文青努力不再去想凹坑中被炸得全然看不出人形的那些民兵凄惨的模样，只是一个劲地拖曳着自己救出来的唯一的民兵，朝着另一处安置着投石器的凹坑冲去：“他们没事……歇歇就好了……他们没事……”

依仗着在炮火方面的绝对优势，瘌痢岭下的日军炮兵像是发了疯一般朝着瘌痢岭上倾泻着各种口径的炮弹。一些操控着掷弹筒的日军老兵，甚至抱着掷弹筒抵近了战斗锋线附近，以最快的发射速度，朝在硝烟中时隐时现的战壕发射着榴弹。此起彼伏的各种口径炮弹爆炸声中，不过是一壶茶的工夫，武工队在瘌痢岭山脚附近挖掘成的战壕，已经被炸得全然没了模样。有些被多枚炮弹命中的地方，甚至都被炸得形成了巨大的凹坑，将原本连接在一起的战壕彻底隔断开来……

扑进了一个还有些灼热的弹坑之中，浑身上下早已经被硝烟熏黑的莫天留，眼睁睁看着那些踩着炮弹炸点朝前突进的日军士兵离战壕位置越来越近，再回头看看山腰位置好几处安置投石器的凹坑冒起的浓烟，无奈地一拳砸到了灼热的泥土上：“他娘的……这就是欺负老子没正经大炮……撤，都朝后撤啊……”

连喊了好几声，莫天留这才想起在炮弹的爆炸声中，自己喊破了喉咙也没几个人能听见。忙不迭地从口袋里摸出了又一枚竹哨，莫天留憋足了气力，将那枚竹哨吹出了一连串短促的哨音。而在那哨音响起之后，隐蔽在第一道战壕中的武工队员们，方才从各自藏身的防炮洞中钻了出来，三三两两地顺着闪电形交通壕朝第二道工事撤了过去……

★ 第六十一章 急中生智

“折了多少？”

将一名刚刚包扎好伤口的武工队员扶着靠在了掩体上，杨超默默地朝着大口喘息着的莫天留伸出了两只巴掌，来回翻动了两下：“伤了二十二个，大部分是重伤，五个轻伤员勉强还能上阵。牺牲了二十个，大部分是没躲开鬼子的炮弹才……”

很是焦躁地看着撤回到第二道战壕中的武工队员，莫天留低声叫道：“这才打了几个时辰的工夫，小四十号人就算是折进去了！这么打不成……咱们本钱本来就小，跟鬼子耗不起！”

无奈地摇了摇头，杨超低声朝神情焦躁的莫天留应道：“咱们本来就不具备跟鬼子打阵地战的条件！可现在咱们是不得不打……只能是死扛到底了！”

“土大炮还剩下几架？”

“没了！全都被鬼子的炮火给炸毁了，韩文青正组织人把炸毁了的土大炮上能用的部件拆下来，看看能不能拼凑出来一具土大炮应急！”

“那门九二式步兵炮呢？”

“藏得还算是严实，可炮弹就四发，起不到太大的作用！天留，眼瞅着大部队就要退回来了，咱们得想想法子，不能让鬼子把咱们堵在瘌痢岭上打，得想办法把鬼子给搅乱了才行！”

从战壕里伸头看了看瘌痢岭下的大路，莫天留犹豫片刻，方才朝着杨超说道：“实在不成的话……只能组织人马硬冲了！要是再让鬼子把咱们朝山顶上逼着退，咱们就没法保住山下大路的安全！指导员，你在这儿把着场面，我选几个不怕死的，带他们冲下去，试试看能不能毁了鬼子的炮！只要能把鬼子的炮先给毁了，咱们守住瘌痢岭的把握，可就又能大不少了！”

毫不犹豫地摇了摇头，杨超低声朝莫天留叫道：“这肯定不成！鬼子的炮兵阵地布置得那么远，哪怕是咱们聚拢全部人马朝瘌痢岭下冲，还没冲到鬼子的炮兵阵地，人马就都得折损完了……”

“这也不成，那也不行，难不成咱们就在这儿等死？现在鬼子已经占领了咱们的第一道阵地，说话就要继续朝着咱们攻过来了！左右是个拼死的场面，倒还不如痛快一回！行了，就这么定了……万一响，抱着你那宝贝机枪跟我走！棒槌，还能耍得动你那大铡刀吗？”

根本不顾杨超的劝阻，莫天留一迭声地吆喝着，将清乐县武工队里几个身手拔尖的武工队员召集到了自己身边，闷着嗓门朝那几名武工队员叫道：“鬼子现在是压着咱们打，就算是一时吃不下咱们，可也能让咱们再也护不住山下的大路！你们几个打仗的手艺，在清乐县武工队里都是拔尖的。怎么样，有胆子跟我去冲一回鬼子的阵地吗？只要能把鬼子的炮兵给端了，咱们就算是死光了，这笔买卖也算是赚了！”

毫不迟疑地点了点头，杵着两把大铡刀的沙邦粹立刻开口应道：“我没二话，天留，你说咋打就咋打！一会儿冲下去的时候，我给大家伙打头阵开路！”

脑袋上扣着一顶不知道啥时候拣来的日军钢盔，抱着机枪的万一响随手将那钢盔从自己脑袋上摘了下来，扣到了沙邦粹的脑袋上：“棒槌，你耍刀的功夫要近身了才管用，这开路的活儿还是我来吧！等冲进了鬼子堆里，那时候才是你显本事的时候！这钢盔戴好了，防着小鬼子打你黑枪……”

忙不迭地将万一响扣在了自己脑袋上的钢盔摘了下来，沙邦粹抬手便将那钢盔朝莫天留脑袋上扣去：“我用不着这个！天留，你从来都是靠着脑瓜子吃饭的，这钢盔你戴着，好好护住了你的脑瓜子……”

沙邦粹的话才说半截，莫天留却是猛地瞪大了眼睛，一把攥住了沙邦粹递过来的钢盔：“棒槌……我的傻棒槌啊……你还真是憨人有憨福气啊……”

乍然间见着莫天留莫名其妙地大笑起来，围拢在莫天留身边的武工队员们顿时面面相觑地愣在了当场。尤其是手里还攥着个日军钢盔的沙邦粹，更是一迭声地朝着莫天留叫嚷起来：“天留，你没事吧天留？你可别急出个好歹……咱们有事慢慢商量着来办呢？你可别吓唬我啊……”

抬手擦了擦笑出来的眼泪，笑得上气不接下气的莫天留使劲朝着沙邦粹摇了摇头，一把抢过沙邦粹手中的钢盔扣到了自己的脑袋上：“你们看我这样子像个啥？”

呆愣愣地看着戴上了日军钢盔的莫天留，沙邦粹懵懂地摇了摇头：“还能像啥……那不还是你原来的样子？”

“那要是再穿上一套鬼子的军装呢？”

眼睛一亮，原本极力劝阻莫天留冒险对日军发起反冲锋的杨超顿时回过神来：“天留，你是打算冒充日军，混到鬼子的炮兵阵地去？”

飞快地点了点头，莫天留急声说道：“一会儿鬼子进攻的时候，咱们照旧是把鬼子放近了再打，然后顺势来个反冲锋，跟鬼子搅和到一块儿去！到时候挑拣几个懂鬼子话的，跟着被咱们打退的鬼子一块儿朝山下撤，肯定就能混进鬼子堆里去！”

只是略一琢磨，杨超也飞快地点头应道：“人多了不行，可也不能太少，要不然怕是难得搅动鬼子的炮兵阵地！我琢磨着……五个人？”

很是兴奋地朝前凑了凑，沙邦粹连声朝莫天留叫道：“算我一个，只要叫我混进了鬼子堆里，我肯定能……”

一把将沙邦粹凑到了自己跟前的脑袋扒拉到了一旁，莫天留毫不犹豫地叫道：“你当山下的鬼子还有几个不认得你这身量的？一会儿鬼子上来的时候，你给我把手里那家伙什反过来用，用刀背砸死几个鬼子，好歹给我捞几套能穿的鬼子衣裳来就成！万一响，把你手里机枪搁下，算你一个！再算上……”

朝着莫天留抬了抬手，杨超低声说道：“我也去！眼下咱们这些同志里面，也就你我的日语比较流利。要是有个特殊情况，咱们也好应对！”

“你我都去？那这瘌痢岭上的指挥交给谁？唱空城计可不行啊……”

“瘌痢岭上的防御基本上已经布置好了，哪怕咱们俩不在，同志们也都能支应得下来！”

“可咱们要去收拾鬼子的炮兵阵地！就算是成了，怕是咱们也……回不来了！清乐县武工队，一定得有个能拿主意主事的人物！”

“这话有道理！那你留下，我去！”

“凭什么啊？李司令可早就说过，我管军事、你管政工，眼下这活儿是打仗，肯定就该是我管！就这么定了！万一响，再招呼几个懂鬼子话的兄弟，做好准备！”

也不等杨超再多说什么，趴在战壕后观察着日军动向的一名武工队员，已经急声低叫起来：“鬼子上来了！”

三两下扒拉下了身上的衣裳，甚至连穿在脚上的鞋子也都脱下来扔到了一边，莫天留顺手抓过身边一名武工队员手里的三八大盖，抬头朝着沙邦粹叫道："棒槌，这可就全看你的了！记住了，别再把鬼子砍得七零八落的，囫囵个的弄死几个回来扒衣服！"

低头看了看手里攥着的大铡刀，沙邦粹索性把两把大铡刀朝着战壕旁一搁："天留，你就放心吧！还有……你可千万要回来……一定要回来啊！"

眼瞅着日军士兵已经朝着战壕方向蜂拥而来，杨超也着实顾不上再多说些什么，只是伸手用力抓住莫天留的巴掌摇了摇，这才猛地跳起了身子，扬声朝战壕内做好了战斗准备的武工队员们叫喊起来："把鬼子放近了再打！鬼子不到二十米内，谁也不许开枪！神枪手做好准备，一定要把鬼子的军官全都撂倒！"

几乎是在杨超下达命令后眨眼的工夫，列成了攻击队形的日军士兵已经扑到了离战壕只有四五十米的地方。或许是看着近在眼前的战壕中并没有什么动静，，一名夹在日军攻击队伍中的军官猛地挥舞着手中的指挥刀，声嘶力竭地号叫起来："突击……"

疯狂的吼叫声中，朝着战壕方向发起了突击的日军士兵全都加快了脚步，踩踏着被炮火炸得酥软了的碎石朝上仰攻，转眼间便冲到了离战壕只有二十米远近的距离。但也就在那些日军士兵自以为可以再次突破武工队阵地的瞬间，伴随着一声尖利的竹哨声响，从战壕中翻身而起的武功队员们齐刷刷地将各自手中的武器架在了战壕上，整齐地朝着近在眼前的日军士兵打出了一个排子枪！

只有二十米远近的距离，即使是没有经受过任何训练的新兵，恐怕也能命中几乎挤成了一团的目标。伴随着几十名日军士兵惨叫着瘫软在地，打出了一个排子枪的武工队员们不等冲过来的日军士兵据枪还击，却又再次缩回了战壕中，翻手朝着战壕外扔出了一排晋造手榴弹！

轰然而起的爆炸声与日军士兵此起彼伏的惨叫声中，尖利的竹哨声再次响了起来。也就在这几乎能穿云裂帛的竹哨声中，杨超的吼叫声也猛地响了起来："同志们，跟我冲啊！把鬼子压下去……"

吼声方起，早已经按捺不住心头杀意的沙邦粹已经闪电般地扑出了战壕，几个箭步便冲到了一名日军士兵眼前，狠狠一拳砸在了那名日军士兵的面门上……

★ 第六十二章　破腹掏心

眼看着又一具日军士兵的尸体被沙邦粹高高地抛进了战壕，已经换上了全套日军军装的莫天留顺手把自己的德造二十响手枪朝着怀里一揣，看着其他几名同样打扮成了日军模样的武工队员，脸上微微泛起了一丝笑容：“兄弟们，咱们揽下了这活儿，怕是就回不来了！还有啥话要说的，趁着现在赶紧说！有啥事儿要办的，等打完了这一仗，活着的兄弟，肯定也就能替咱们办了！”

扭头看了看刚刚退回了战壕、蹲踞在众人身边的杨超，万一响很是干脆地摇了摇头：“原本以为这辈子就是靠打猎、种地混到头儿，只盼着能隔三岔五吃上顿饱饭就行。可现如今……打鬼子都打出了名头，十里八乡都知道我万一响的名号！活着有人夸奖，死了有人念叨，这辈子……值了，实在没啥要说的了！”

木讷地朝着杨超露出了个笑脸，另一名穿上了日军军装的武工队员低笑着说道：“没啥了……家里地有村里人帮着种，弟弟也加入了儿童团……没啥了……”

“我家两兄弟，我哥在何家大集没了，我也就到今天了……家里都没人了！就是想告诉小武村里翠花一声，别等我了，寻个合适的嫁了吧……”

“指导员，家里爹娘，还得请村里人多照应了，旁的也没啥了！”

伸手在杨超肩头一拍，莫天留利索地站起了身子：“替我照应着点儿棒槌！告诉李司令，我先去陪老队长了！往后四时八节，老队长灵前的香火不能断了！”

也不等杨超再多说些什么，莫天留猛地翻身跳出了战壕，领着几名换上了日军军装的武工队员一路翻滚着朝瘌痢岭下蹿去，不过眨眼的工夫便溜到了被武工队员逼得节节后退的日军士兵之中。

装模作样地挥舞着刺刀与一名武工队员厮拼着，莫天留扯开了嗓门叫喊起来：“后退吧……实在是无法支撑了啊……退却吧……”

有样学样地大声吆喝着，几名换上了日军军装的武工队员边喊边退，甚至是在后退的同时，刻意撞击着那些还在挥舞着刺刀与武工队员们搏斗的日军士兵，顿时搅闹得原本就有了溃败之势的日军士兵阵形大乱。而在几名武工队神枪手的重点照顾之下，参与进攻的日军基层军官已经全部被击毙，这就更让处于劣势的日军士兵无所适从，只能眼睁睁地被越战越勇的武工队员们逼得朝瘌痢岭下退了回去……

挥动着手中的三八大盖，莫天留轻轻架开虚张声势朝自己进攻的武工队员捅来的刺刀，压着嗓门朝那名武工队员叫道："差不多了，赶紧朝后撤！再朝前冲就撞进鬼子布置好的机枪火力里面了！"

飞快地点了点头，与莫天留装模作样厮拼了好一会儿的武工队员顿时扯开嗓门大叫起来："撤退！队长有命令，赶紧撤退！"

顺手扶起了一名被捅穿肚子、连肠子都流出来了的日军士兵，莫天留用三八大盖当成了拐杖支撑着身体，一步一滑地朝着瘌痢岭山脚下日军进攻准备阵地上走去，口中兀自大声叫嚷着："无论如何，请再坚持一下啊……这就带你去卫生兵那里，请一定坚持住啊！"

眼看着众多武工队员交替掩护着、搀扶着伤员朝后撤去，换上了日军军装的几名武工队员也纷纷搀扶起了受伤倒地的日军士兵，大呼小叫地跟上了莫天留的步伐："一定会让你得到救治的……"

"拜托了，哪怕是痛苦得无法忍受，也要坚强啊！"

胡乱吆喝声中，莫天留等人搀扶着几名日军伤兵，混在一大批撤下来的日军士兵中返回了攻击准备阵地。一边将自己搀扶着的那出气多、进气少的日军伤兵交给了迎上前来的日军卫生兵，莫天留一边偷眼打量着远处日军炮兵阵地上的情形。当看到几辆满载着弹药的日军卡车缓缓停在了炮兵阵地附近时，莫天留顿时眼睛一亮，猛地扯开了嗓门大叫起来："炮兵的弹药运过来了啊！诸位，如果有炮兵的全力攻击，那么再来一次突击的话，也就能拿下眼前被敌军驻守的阵地了吧！大家都去给炮兵帮忙搬运弹药吧！早一点拥有足够的火炮压制，也就能早一点达成作战目标啊！"

疲惫地跌坐在地上，几名刚刚从攻击锋线上退下来的日军士兵一边举着水壶大口喝水，一边爱搭不理地看向了莫天留："真是个叫人讨厌的家伙！难道在经历了一次艰难的进攻之后，还不能叫这家伙感觉到疲倦吗？"

"炮兵的浑蛋们已经够轻松的了，搬运弹药这样的事情，不正应该是他们自己去办吗？不管别人怎么想，在上官下达命令之前，我可是不愿意再动弹了！"

装出了一副异常踊跃的模样，莫天留大呼小叫地带领着几名武工队员，拔腿便朝着日军炮兵阵地方向跑去，不一会儿便冲到了那几辆运送弹药的卡车旁。

扛起了一箱沉重的炮弹，莫天留很有些谄媚地朝着站在卡车旁点算弹药的一名日军军官叫道：“阁下，应该把弹药搬运到什么位置呢？”

很有些诧异地看着主动前来帮忙搬运弹药的莫天留一眼，那名负责点算弹药的日军军官犹豫了片刻，方才朝着莫天留点了点头：“辛苦了！这些是迫击炮炮弹，集中搬运到甲号屯集点就可以了！方才的进攻，你也参与了吧？”

忙不迭地点了点头，莫天留很是恭顺地应道：“实在是抱歉，还是没能克敌！没有了炮兵队诸位的支援，想要达成作战目标，的确是很艰难的啊！”

颇为自傲地点了点头，那名负责点算弹药的日军军官随口应道：“也还是需要步兵队的诸君共同努力才好啊！等炮弹补给完成之后，下一次的进攻，应该就能达成作战目的了吧？！”

忙不迭地答应着，莫天留与几名扛着弹药箱的武工队员转头朝着日军炮兵的弹药屯集处大步走去，眼睛却是四下打量着日军炮兵阵地的部署情况。来回走了两趟之后，再次扛上了一箱子炮弹的万一响悄悄凑到了莫天留身边，压低了嗓门朝莫天留说道：“天留哥，鬼子这炮兵阵地布置得挺宽敞，屯集炮弹的地方离那些大炮也都挺远的。想要一下子毁光了鬼子的大炮……不好办呢！”

朝着几个聚拢在一起修理着掷弹筒的日军炮兵努了努嘴，莫天留低声说道：“那玩意儿你使唤得咋样？”

犹豫着点了点头，万一响低声应道：“还凑合！不敢说抬手就有、指哪儿打哪儿，可多少也能有个八九不离十！”

“那就成！我看着那些鬼子炮兵已经修好了两三具掷弹筒了，另一处鬼子的弹药库里也存了些掷弹筒专用的榴弹！一会儿咱们抢两具掷弹筒，直奔鬼子的弹药库！”

“奔鬼子弹药库？那鬼子只要朝着咱们一开枪，咱们不就……”

“我估摸着鬼子一时半会儿不敢朝弹药库开枪！咱们要是能抢在鬼子愣神的工夫，用掷弹筒干掉鬼子那些炮就最好，实在是不成……好歹毁鬼子一些弹药，也算是能给瘌痢岭上的兄弟抢到点时间！只要鬼子的大炮哑了火，指导员带着其他的兄弟，自然能……”

都没等莫天留把话说完，通往瘌痢岭下路口的方向，已经传来了激烈的枪声。伴随着那激烈枪声的响起，两名日军士兵飞快地朝着日军进攻准备阵地方向跑来。人还离着老远，声嘶力竭的叫喊声已经隐约传到了莫天留等人的耳朵里：“敌袭！

大队敌军……敌袭……”

耳听着狂奔而回的日军士兵传来警报，已经点算完所有弹药的日军炮兵军官立刻飞奔着朝炮兵阵地上冲了过来，口中兀自大声叫喊着：“炮兵转移阵位！预设炮击标尺，准备炮火封锁……”

此起彼伏的答应声中，所有日军炮兵全都行动起来，将原本对准了瘌痢岭方向的火炮移动着炮口，对准了路口方向。一时之间，倒是再没人注意到扛着弹药箱站在炮兵阵地当中的莫天留等人。

而在日军进攻准备阵地上，同样得到了警告的日军步兵也开始了紧急调动。其中一部分日军士兵依托着进攻准备阵地上临时构筑的工事，对瘌痢岭上的武工队员摆出了防御的架势。而另一部分日军士兵则是飞快地集结起来，朝着瘌痢岭下路口处狂奔而去，似乎是想要依托着路口附近原有的一些残破工事来阻挡骤然袭来的八路军大队人马。

看着忙成了一团的日军士兵，莫天留转悠着眼珠子看向了一门刚刚掉转了炮口、位置处于日军炮兵阵地最角落处的九二式步兵炮：“真他娘的是瞌睡的时候来了枕头！大家伙跟我抢下那门炮，能不开枪就先别开枪！”

低声答应着莫天留的命令，万一响等几名武工队员顿时扛着弹药箱，撒腿朝着那门被莫天留看中的九二式步兵炮冲了过去。

大步冲在了最前面，莫天留一边放下了扛在肩头的弹药箱，一边朝着几名操控着九二式步兵炮、将炮口对准了瘌痢岭下路口位置的日军炮兵喘息着叫道：“炮弹送来了！诸位，一定要加油干哪！”

很是感激地朝着莫天留等人点了点头，一名日军老兵忙不迭地开口叫道：“实在是太感谢了！还请诸位赶快回归本阵吧！接下来的战斗，恐怕会更加艰难，诸君一定要努力啊！”

扭头看了看几名已经各自贴近了一名日军炮兵的武工队员，莫天留猛地一翻手腕，从袖子里抽出了自己惯用的长匕首，狠狠地捅进了那名日军老兵的心窝：“老子还真是要努力杀鬼子……就从你这儿开张！”

★ 第六十三章 抗命分兵

脑袋上胡乱包扎着一块麻布，莫天留一口气喝干了整整一壶水，方才艰难地吐出了憋在胸口的一口带着血腥味的闷气……

抢下日军的那门九二式步兵炮之后，都还没等莫天留等人把炮口指向离自己最近、威胁也是最大的另一门九二式步兵炮，几名发现了情况不对的日军士兵已经朝着莫天留等人开了火，当时便将一名武工队员打成了个血葫芦的模样。

没有多想、也压根来不及多想，莫天留只能在万一响等人的配合之下胡乱开了几炮。在炸毁了两门日军火炮之后，莫天留等人所处的炮位也同样被日军炮火击中，莫天留更是被爆炸的气浪掀得飞出去老远！

强自忍受着胸口的烦恶感觉，莫天留抬眼看了看半跪在地上扶着自己的杨超，沙哑着嗓门朝杨超叫道："大部队……"

朝着莫天留用力点了点头，杨超低声朝莫天留说道："大部队安全通过了！幸亏你抢下了鬼子的一门炮，让鬼子的炮兵阵地乱了营，对路口实行拦阻炮击的时间也被耽误了！大部队……有些伤亡，可还是都冲过来了！"

"那万一响他们……"

"就活了你一个！万一响和其他几个同志都牺牲了！"

惨笑一声，莫天留眯着有些发花的眼睛看着一片狼藉的日军炮兵阵地，哑着嗓门朝杨超说道："这要心思、动心眼的活儿，一回两回的还能成，要弄多了……咱们武工队呢？啥情况？"

"为了配合大部队冲过瘌痢岭下的路口，咱们武工队也主动发起了进攻。伤亡……也不小！天留，李司令命令咱们弃守瘌痢岭，后退到铁屏山一带设防，节节阻击日军，确保乡亲们和大部队能有足够的时间冲出鬼子的包围圈！"

挣扎着直起了身子，莫天留抬眼看着瘌痢岭上忙碌着打扫战场的武工队员，用力摇了摇头："瘌痢岭不能丢了！要是现在就把瘌痢岭给丢了，鬼子肯定就能醒过盹来，知道咱们从清乐县方向突围是佯攻！鬼子有电话、有汽车，调动兵力要比咱们快得多！要是让鬼子把兵力再调到大部队前头去阻截，咱们这一仗可就算是白打了！丢了的这么多兄弟……也就都白白牺牲了！"

扶着莫天留站起了身子，杨超紧锁着眉头应道："这个我也考虑过，可是……李司令下达这样的命令，也是不得已而为之！就在咱们攻占瘌痢岭的时候，另一个方向包围过来的鬼子钻了封锁沟、抄了近路，估计是想要抄咱们的后路，可误打误撞地堵住了一些从宫南县逃过来的乡亲。宫南县武工队严大河队长豁出了命去，也只是暂时挡住了那股鬼子的势头，还有不少老乡和一些去宫南县慰问部队、宣传抗日的进步学生都被鬼子给裹住了！要是咱们不去设立下一道阻击线……那些老乡和进步学生可就都要被鬼子给祸害了！咱们的部队还是人马太少，实在是抽不出兵力……"

不等杨超把话说完，莫天留已经哑着嗓门打断了杨超的话头："咱们还剩下多少人？"

"满打满算，连轻伤员都算上，一共也就三百来人。其中一多半还是刚从大武村里召集来的民兵和猎户……"

"你带一半人走！老武工队员你全都带上，机枪你也拿走一半，去救那些被鬼子裹住的乡亲和进步学生！剩下的人我带着，就扎在这瘌痢岭上了！"

"原本咱们兵力就不够，要是再分兵作战，怕是两头都落不着好！这绝对不行！"

用力咳嗽了几声，莫天留喘息着朝搀扶住了自己的杨超挤出了个笑脸："不行……也得行啊！仗都打到这个份上了，身边兄弟拼死了这么多，不能……不能让他们白死！指导员……老杨，都到了这个时候了，我也就不跟你掰扯啥我管军事、你管政工的闲话了！老队长没了的时候，我就发过誓——鬼子不杀绝，我莫天留永不封刀！见一个鬼子，我就得杀一个鬼子！我说话……得算数！"

"可李司令是下了死命令的，咱们必须执行！"

"李司令下这命令的意思，你还不清楚？还不就是想着能给咱们清乐县武工队留个种子？老杨，要是你能见着李司令，帮我捎句话，就说我莫天留从参加武工队到如今，违抗老队长的命令、违抗李司令的命令，也不是一回两回了！这一回……是最后一次，以后我一定改！"

不等杨超再开口说些什么，莫天留已经深吸了一口气，扬声朝着正在忙碌着打扫战场的武工队员们喝道："手里的活儿都撂下，除了哨兵之外，全部过来集合！"

虽说莫天留的声音已经沙哑异常，但在拼尽全力吼出了这一嗓子之后，所有忙碌着打扫战场的武工队员，却还是相继聚拢到了莫天留面前，列成了个并不算是太整齐的方阵。

抬眼打量着站在自己面前的这些满身硝烟痕迹的武工队员，莫天留踌躇片刻，方才抬手朝着站在自己面前的武工队员们敬了个军礼："弟兄们，你们当中跟着我时候短的就不说了，跟了我好长日子的……怕是也没见过我正儿八经敬过军礼？"

"可今天，我得给大家伙敬个军礼！不为别的，就为了大家伙都是我见过的最勇猛、最顽强的八路军战士！不光是我，这清乐县十里八乡的乡亲，提起了你们这些好兄弟，也都得高高挑个大拇指夸一声——好汉子！跟你们在一块儿打鬼子，我觉着痛快，从来没有过的痛快！"

"掰弄着手指头数算过来，在这冀南地面上，咱们清乐县武工队，从来都是人马最多、家伙什最好、打起鬼子来最狠的！所以就在方才，李司令留下了命令，叫咱们放弃瘌痢岭上的阵地，退到铁屏山附近，一方面是要掩护着被鬼子裹住的一些乡亲和进步学生，一方面……也是不想咱们清乐县武工队当真打了绝户仗，跟鬼子厮拼到底之后，一个人都剩不下来！"

"照着部队上的规矩来说，咱们清乐县武工队上下，自然是应该服从命令、听从调遣，立马赶到铁屏山一带建立阻击阵地。能打鬼子，还能给咱们清乐县武工队留下点种子。可回头仔细想想，要是咱们现在撒丫子就走，鬼子只要上了瘌痢岭一看咱们阵地上留下的那些打仗的痕迹，立马就能算计出来这瘌痢岭上根本就没多少兵驻扎。大部队当真发起突围的时候，鬼子就能仗着他们有电话、有汽车，飞快地调兵遣将，把大部队死死堵在包围圈里！"

"铁屏山那边的阻击阵地，咱们不能不去建立，要不然被鬼子裹住的那些乡亲和进步学生，就都得被鬼子给祸害了！可瘌痢岭这边咱们要是不守，大部队就很有可能被鬼子堵住突围的路！为难啊……不瞒大家伙说，我是当真为难！"

"我琢磨了好半天，也就琢磨出来个笨办法——咱们得兵分两路！一路由指导员领着，这就直奔铁屏山一带建立阻击阵地，去救那些被鬼子裹住了的乡亲和进步学生！剩下的人跟着我，就扎在这瘌痢岭上了！能把鬼子拖多久就拖多久！咱们在瘌痢岭上撑住的时间越长，大部队也就越安全！"

"丑话说在前头，为了保证能救出那些被鬼子裹住的乡亲和进步学生，指导员身边带走的，全都得是跟鬼子见过几回真章的武工队员。留在瘌痢岭上的，也就只能是刚刚加入咱们清乐县武工队的民兵！这一仗打下来，指导员带着的人马，怕就是个九死一生的场面。留在瘌痢岭上的兄弟，估摸着就是老话本里说的那句话——十死无生！趁着眼下妇救会的姑娘大嫂们还没回大武村，有啥要给家里带的话，就托了他们捎回去吧！当真要有舍不得家里人的……我也不拦着，搁下枪，跟着妇救会的姑娘大嫂回村就是！”

几乎是鸦雀无声地聆听着莫天留嘶吼出来的一番话语，站成了方阵的武工队员当中，猛地传来了一个沙哑的声音：“爹娘给这百十来斤的身子，今天就算是交待在这儿了吧！天留哥，我就问一句——咱们这些刚从大武村民兵队选出来的兄弟，如今该算是清乐县武工队的兵了吧？”

重重地点了点头，莫天留毫不迟疑地应声叫道：“能站在这儿的兄弟，全都是我清乐县武工队的兵，全都是八路军的兵！”

仿佛是长长地松了口气，那沙哑的声音如释重负地低笑起来：“那就成！民兵民兵，听着总觉着不是那回事。这回……算是有了个正经名头了！”

几步从队列中跨了出来，手中提着两柄大铡刀的沙邦粹紧盯着莫天留的眼睛，闷着嗓门大声叫道：“旁人我不管，可我不走，我就跟着你！”

略一犹豫，莫天留的脸上蓦地浮现出了一丝苦笑：“你个傻棒槌……估摸着你这辈子离了我也当真不成……留下吧！跟着指导员走的老同志，马上带好各自的武器装备，准备出发！其他的武工队员，加快速度打扫战场，打仗能用上的家伙什全都给我拾掇起来，搬运到瘌痢岭上去！咱们就算是十死无生，那也得拉上更多的小鬼子，给咱爷们跪坟头！”

★　第六十四章　金刚涅槃

蜷缩在瘌痢岭山顶位置的环形工事里，莫天留抬眼看着顺着被炸得只有齐膝深浅的战壕爬到自己身边的沙邦粹，嘶哑着嗓门朝沙邦粹叫道：“还剩下多少人？”

朝着莫天留伸出了三根手指，沙邦粹的声音也是嘶哑异常：“三十个，人人带伤！”

“重伤员呢？”

“没重伤员！方才鬼子攻上来的时候，重伤员都抱着炸药包从战壕里滚下去了……”

从快要被炸平的战壕里伸头看了看战壕前沿几个巨大的坑洞，再抬头看了看暗淡下来的天色，莫天留苦笑着将最后一个弹匣塞进了德造二十响手枪里：“就凭着咱们大武村里这些兄弟，愣是把这么多鬼子在瘌痢岭拖了一整天——值了！”

跌坐在了莫天留身边，沙邦粹朝着莫天留咧了咧嘴，露出了个无声的笑容：“估摸着这时候，大部队已经撞开鬼子的包围圈了吧？也不知道指导员那边把乡亲和那些学生救出来没有？”

“管不了啦……狗看家、牛耕地，各忙各的活儿吧！棒槌，还有力气再跟鬼子厮拼一场不？”

伸手拍了拍坚实得像是岩石般的胸口，沙邦粹毫不迟疑地应道：“旁的没有，力气管够！就是我那两把大铡刀，都被鬼子炮弹给炸废了，这瘌痢岭上也寻不着个合适的大树当家伙什……”

再次探头看了看山腰上忙着修缮工事的日军士兵，莫天留不无遗憾地叹了口气：“这仗打得……家伙什都打光了，连给你寻个趁手的兵器都办不到……凑合吧——等天再黑一点，咱们就朝山下冲！”

讶然瞪大了眼睛，沙邦粹低声朝莫天留叫道：“朝山下冲？咱们可一共就这三十号人马，连子弹都不多了，再朝着山下冲……”

抬手指了指快要被炸平了的环形工事，莫天留苦笑着说道：“鬼子也知道咱们快没子弹了，肯定在准备着天黑之前再攻一次，好把咱们一锅全烩了。留在这快要被炸平了的工事里，鬼子再来一顿炮弹，咱们剩下的这点人马就全都得叫砸进去。左右是个死……索性拼一把，死也死个痛快！跟大家伙儿说，再把战场仔细打扫打扫，能用上的家伙什全都用上！天一傍黑，咱们就朝山下冲！也不拘冲到啥方向、啥地方了，能多杀一个鬼子，就多杀一个鬼子！”

话音刚落，瘌痢岭下通往铁屏山方向的道路上，却是猛地传来了激烈的枪声。猛地翻身趴在了战壕边缘，莫天留只是举起望远镜看了一眼，顿时便惊讶地低叫起来：“撞了活鬼了……指导员带人杀回来了！正跟鬼子厮拼呢！”

同样翻身趴在了战壕上，沙邦粹抢过了莫天留手中的望远镜举在了眼前，朝着枪声骤然响起的方向看去，也是颇有些惊讶地叫喊起来：“指导员带走的人马差不离都在……天留，指导员回来救咱们来了！”

毫不犹豫地掰开了手中德造二十响手枪的击锤，莫天留扯开了嗓门吆喝起来：“全体集合，做好突围准备！”

吼声起处，山顶环形掩体中仅存的三十名武工队员全都飞快地顺着战壕爬到了莫天留身侧附近，一个个紧紧攥着各自的武器，目光炯炯地看向了莫天留！

耳听着山下枪声响得越来越密，莫天留也顾不上再多说什么，只是翻手朝着枪声响得最紧的方向一指：“照着指导员攻过来的方向冲，能跟指导员会合就是胜利！到了这节骨眼上，也都不用说啥旁的——咱们原本都该是死定了的人，这时候就豁出去了吧！跟我冲啊！”

如同平地响起的一声闷雷，三十名全都带了伤的武工队员从几乎要炸平的战壕中一跃而起，如同下山饿虎一般，朝着山腰上那些正准备朝山顶发起最后一次攻击的日军士兵冲了下去。或许是因为瘌痢岭上的山石早被日军的炮弹炸得酥松异常，又或许是鏖战之下，所有的武工队员身上早没了力气，才刚刚冲出战壕，不少武工队员脚下一闪，整个人连滚带爬地顺着山势朝日军阵地上撞了过去，却恰巧躲过了日军几挺机枪的拦阻射击！

几乎是横着身子滚进了日军刚刚修缮好的战壕中，莫天留仰面朝天地看着一名日军士兵举着刺刀朝自己扑了过来，顿时翻手朝那名日军士兵扫出了一梭子子弹。也都不去看一眼那被德造二十响手枪的大威力手枪弹打得血肉横飞的日军士兵，莫天留一骨碌爬起了身子，一把抢过了那名日军士兵撒手扔下的三八大盖，挺着刺刀再次跃出了战壕，吼叫着朝山下日军占领的第二道战壕冲了过去：“跟着我冲！别跟鬼子纠缠，冲啊……”

吼叫声中，几乎紧随着莫天留滚进了战壕中的沙邦粹狠狠一拳打断了一名日军士兵的脖子，抢过了那名日军士兵手中的三八大盖，呼号着紧随莫天留跃出了战壕，几个大步便抢到了莫天留前面。手中舞动起来的三八大盖呼啸生风，轻而易举地便将一名拦在自己面前的日军士兵抽打得塌了半边身子。

再次抢过了一支三八大盖，沙邦粹都还没来得及再朝前扑出几步，前方战壕中已经反应过来的日军士兵，已经操控着机枪朝从山顶狂冲而下的武工队员们扫射起来。闷哑得像是干咳般的枪声之中，几名武功队员顿时被打得血肉横飞，一头摔倒在地！

狂冲几步，莫天留腾空飞起一脚，狠狠地将压根都没打算闪避日军机枪扫射的沙邦粹踹倒在地，自己也重重地摔在了地上，扯开了嗓门大叫起来：“都趴下！别朝鬼子机枪上撞……”

几乎就在莫天留大吼出声的瞬间，又有一挺日军机枪加入了对武工队员的拦阻射击当中，顿时便将冲下山来的武工队员压制到了山腰上一处只有齐膝深浅的洼地之中，根本就没法抬起头来！

丝毫不顾子弹擦着自己的头皮飞掠过去，莫天留打量着洼地外不断顺着山脚工事涌来的日军士兵，一把抓住了身边沙邦粹的胳膊：“棒槌，这回得靠你了！你身量大、容易招眼，你打从这儿蹦出去之后，直奔着左边那条旱沟去！只要鬼子机枪追着你一打，咱们这儿三支枪一块儿冒头，一准儿能叫鬼子的机枪哑巴了……”

眨巴着眼睛，沙邦粹定定地看着被硝烟沾染得满脸漆黑的莫天留，呲着一口白牙无声地笑了起来……

很有些疑惑地伸手抹了一把脸，莫天留诧异地朝沙邦粹叫道：“看着我干啥？还不赶紧的……”

微微摇了摇头，沙邦粹哑着嗓门笑出了声：“天留，你又蒙我……打从这儿奔那条旱沟，足足有小一百步远近无遮无挡，我只要跳出去，跑不出三十步就是个死！”

盯着沙邦粹的眼睛看了好一会儿，莫天留猛地低下了头：“棒槌，要再不把鬼子的机枪端了，咱们剩下的这些人全都得交待在这儿！咱们差不离身上都带着伤了，也就你能跑得快点、跑得远点，旁的人出去……怕是不出十步就得躺下……棒槌，我对不住你！”

嘿嘿低笑着，沙邦粹伸手从莫天留腰间抽出了最后两个手榴弹，撕扯下身上一截衣襟仔细绑扎起来："对不住我的事儿，你可是从来没少干！小时候咱们合伙儿偷人喂羊的苜蓿，你蒙我吃杆儿、你吃芽尖，坑得我好几天都拉不出屎，你还记得不？"

"我记得……"

"我去替江老太公打半葫芦酒，你蒙我闭眼等你变戏法把酒葫芦装满、趁着我闭眼的工夫把酒偷喝了大半，还朝着酒葫芦里撒尿，害得我挨了管家一顿臭揍？"

"我记得……"

"领着我去军分区李司令屋里偷子弹，结果生生被李司令撞见，你把子弹塞我嘴里，闹得我生生咽下去七颗手枪子弹……"

"我记得……"

"还有……"

猛地按住了沙邦粹的肩头，莫天留撕扯着嗓门朝沙邦粹叫嚷起来："棒槌，你别说了！这回……我去！"

就像是拿捏着一根稻草般，沙邦粹毫不费力地将莫天留劈头盖脑按在了洼地中："天留，其实我啥都明白！打小到现在，你差不离一天坑我一回，我都由着你坑、任着你蒙，可我……我不傻，我都明白！"

"打小我身量就大、又是小姓人家，村里头孩子都管我叫大傻子，合着伙儿欺负我，没人乐意跟我玩闹，也就是你……"

"你跟我说话，你领着我满山转悠寻野果吃，你帮着我教训那些欺负我的孩子……打从我跟着你，村里孩子就再没人敢随便欺负我，我记你的好……"

"你领着大家伙儿打鬼子，你让十里八乡都知道莫天留，也都知道莫天留身边有个沙邦粹，能活活摔死鬼子的沙邦粹！"

"天留，我不瞒着你，小蒋村豆腐坊那姑娘，我真喜欢，她……也喜欢我！每回咱们打从豆腐坊过，她给我的那碗豆腐脑里头，都悄悄搁了糖！她说了，等打完了鬼子，就叫我上门去寻她爹提亲！能嫁给杀鬼子出名的沙邦粹，她脸上都光彩！"

"天留啊……替我跟她说，我没给她丢人！要有下辈子，我娶她！指定娶她！"

"天留啊……下辈子咱俩再做弟兄，你可别再蒙我了……"

猛地松开了紧紧按在莫天留身上的巴掌，沙邦粹单手抓起了洼地中的一块足有半个八仙桌桌面大小的巨石架在肩头，另一只手提着捆扎妥当的手榴弹，豁然从洼地中站起了身子。

都来不及吐出口中塞满的泥沙，莫天留眼睁睁地看着沙邦粹半侧着身子，迎着鬼子狂扫不止的机枪撞了过去。尽管鬼子机枪子弹打得沙邦粹架在肩头的石块碎屑迸飞、火花四溅，却依旧没能阻止沙邦粹狂奔的步伐！

像是被战场上骤然出现的、犹如巨灵神般的身影震慑，在短短一瞬间，几乎所有鬼子的枪口都对准了狂冲不止的沙邦粹。当沙邦粹冲出壕沟四五十步远近时，一朵又一朵的血花，猛地在沙邦粹的腰腹与腿脚上绽放开来……

趔趄着又强冲了几步，颓然跪倒在地的沙邦粹无力地扔下了扛在肩头的巨石，用门牙猛地撕扯下了另一只手中集束手榴弹上的导火索，却并没有着急将手中冒着股股青烟的集束手榴弹投掷出去，只是回头朝着趴在壕沟边看着自己的莫天留龇出了一口白牙，如同往日里被莫天留蒙了之后，却又恍然大悟时那样，憨憨地微笑起来……

猛地闭上了眼睛，莫天留紧咬着的牙关已然沁出了缕缕鲜血！

当那声本该惊天动地，但在莫天留耳中听来，却像是遥远得细微不可闻的爆炸声响起时，猛然睁开了眼睛的莫天留大张着满是鲜血涌出的嘴巴，吼出了一声连他自己听来都陌生无比的凶狠嘶号：“压过去！杀光鬼子啊！”

一声……

又一声……

所有的声音，战场上所有的尖细或粗豪、洪亮或沙哑的声音，终于汇聚到了一起：“杀光鬼子啊……杀光鬼子啊……”

★ 第六十五章 抬棺而战

或许是害怕追击莫天留与杨超等人时会踩进八路军大部队的埋伏圈，又或许是觉得稳扎稳打地将八路军裹在包围圈中更为稳妥，在瘌痢岭下围困莫天留等人的日军部队，并没有对会合到一起的杨超与莫天留等人穷追猛打……

没有人说话，所有人只是在莫天留与杨超的率领下狂奔。除了担任后卫的武工队员时不时地用简短的口令汇报着身后并无追兵的情况之外，百十来人的队伍当中，只能听见沉重的脚步声响起。

抬眼看了看暮色笼罩下的山道，始终跑在莫天留身边的杨超犹豫片刻，方才朝着莫天留低声说道："天留，前边……可就快到大武村了……"

很有些茫然地抬起了头，莫天留平日里灵动异常的眼睛里，此刻却全都是一片茫然："到了……大武村？这……不能去大武村……不能去啊……"

看着莫天留下意识地停下了脚步，杨超一边挥手示意队伍止步，一边朝着莫天留低声说道："天留，我知道……牺牲了这么多同志，连沙邦粹都……可大武村里还有那么多乡亲，咱们不能因为……"

重重地叹了口气，莫天留似乎在片刻之间便苍老了数十岁般，很有些颓然地摇了摇头："他们都没了，可我还活着……为啥就不是我去死呢？为啥……就不是我去死……"

一把抓住了莫天留的胳膊，杨超的话音里少有地带上了几分严厉："牺牲了的同志，活下来的同志会记得他们，人民也永远不会忘记他们！天留，你自己也说过，鬼子不绝，永不封刀！现在鬼子可还没杀绝，就在咱们身后不远的地方，说话就要来祸害乡亲们了！现在可不是咱们胡思乱想的时候！"

或许是由于杨超情急之下、说话的声音提高了不少的缘故，从远处暮色笼罩着的山道旁，一个略带着几分尖细的问话声，骤然响了起来："是天留哥？天留哥，你带着队伍回来了？”

诧异地抬眼望去，莫天留赫然看见一个扛着红缨枪的半大小子从山道旁的一棵大树后闪了出来，蹦跳着直朝自己跑来。

定睛看了看那直朝着自己跑来的半大小子，莫天留很是诧异地开口叫道：“小牛子，你怎么从村里跑出来了？还跑出来这么远？！”

抱着比自己还高的红缨枪，小牛子蹦跳着跑到了莫天留面前，一本正经地朝着莫天留叫道：“天留哥，你们在瘌痢岭打仗，给你们送饭去的婶子们回来都说了，那仗打得凶得很！村里大人们一合计，说一时半会儿也没法帮得上你们，只能让儿童团把哨放远点，村里再备足了吃喝用度的玩意儿。只要能打听着你们的消息，村里也就能赶紧支应上你们用得着的东西！天留哥，你都带着队伍回来了，那赶紧回村吧！走啊……”

拉着莫天留的巴掌，小牛子不由分说地拽着莫天留朝回村的山路上走去。而在莫天留的身后，杨超也默不作声地挥手招呼着队伍，跟上了莫天留的步伐……

跌跌撞撞地在山路上被小牛子拖曳着行走，莫天留只觉得脚步越来越沉重。而拉扯着莫天留一路小跑的小牛子却是兴奋异常，才走了不过二里山路，便将一个竹哨子塞到了嘴里，用力吹出了一串脆响。

接二连三，竹哨的脆响在山道间传递开来。伴随着那哨音的传递，每朝前走出一段距离，便会有个藏在山路边放哨的半大小子猛地从大树或是巨石后闪了出来，兴高采烈地跑在了莫天留等人的前面。当大武村村口牌楼赫然在目时，跑在了最面前的那些半大小子已经急不可待地叫喊起来：“天留哥回来啦……天留哥回来啦……”

喊叫声中，从大武村村口的牌楼后边，立刻涌出了一大片黑压压的人群，直朝着莫天留等人迎了过来。有些嘴快些的大武村乡亲，人还没走到莫天留面前，高门大嗓的吆喝声已经传了过来：“天留回来啦？我家二顺子呢？好着呢吧？”

“栓子……大栓子，妈在这儿哪……”

“天留，我家二小呢？咋没见我家二小啊？”

伴随着从村口涌出的人群离莫天留等人越走越近，终于有大武村中的乡亲察觉到了异常，朝着莫天留问话的声调，也渐渐地透出了几分焦急与凄惶。

惨白着一张脸，莫天留眼睁睁看着那些不断朝着自己询问家人的大武村乡亲，嚅动着嘴唇，却是一句话也说不出来……

低沉的哽咽，渐渐地在围拢过来的乡亲之中响了起来。不过是片刻的工夫，那哽咽便成了号啕大哭的声音……

几乎就在那号啕之声汇聚成河之时，一声很是清冷的断喝，在大武村中牌楼下响了起来：“壮士出征，血战而归，征尘未洗、战伤未裹，你们一个个倒是只顾摆弄出这悲悲戚戚做派，成何体统？！”

伴随着那喝声响起，拄着枣木拐杖的江老太公，已经在管家的小心扶持下，顺着人群中让开的道路，走到了莫天留面前。

不由自主地双膝一软，莫天留重重地跪在了江老太公面前：“太公，我……”

轻轻伸手抚在了莫天留的头顶，江老太公微微吸了口气，方才缓缓朝莫天留说道：“瓦罐不离井上破，将军难免……天留，我大武村中子弟……折损几何？”

艰难地抬起了头，莫天留涩声朝江老太公应道：“大武村里民兵队，加上原本就加入了武工队的，一共也就回来这些……太公，我对不住乡亲们，我没能照应好……”

不等莫天留把话说完，江老太公已经抢先说道：“保家守土、死不旋踵，真义烈之士也！江氏宗祠之中，当永奉义烈之灵位！天留，你且起身……”

抬手示意莫天留站起了身子，江老太公这才环顾着围拢在莫天留与自己身边诸多乡亲说道：“江氏一族，素来耕读传家，与人无怨，与世无争！然则日寇犯境，杀我亲眷，毁我稼穑！此等深仇……不共戴天！自今日始，而至仇寇尽皆伏诛之日，我江氏一族，当人人奋勇争先，守土逐寇！老朽虽年迈昏聩，亦愿为八路军中马前一卒！”

很有些惊讶地看着喊出了这一番话的江老太公，紧随在江老太公身边的管家略一犹豫，也是放开了嗓门吆喝起来：“太公都要跟小日本豁出去拼了，我……我也算上一个！”

狠狠地伸手拭去了满脸的眼泪，一个挤在人群中的半大小子，也是尖细着声音吆喝起来：“我哥没了……我要给我哥报仇！算我一个，我也要去打日本！”

猛地一跺脚，人群中一条颇为壮实的中年汉子一把扒拉开了紧紧抓着自己胳膊的女人，吼叫着举起了紧握的拳头：“豁出去了，跟鬼子拼哪！是个爷们的，都站出来吧！”

纷纷响起的怒吼声中，如林的手臂，在莫天留眼前高高地举了起来……

忙不迭地抢前几步，杨超迎着江老太公低声说道：“太公，乡亲们有这么高昂的抗日激情，这自然是再好不过的事情！可是……咱们也不能盲目跟鬼子硬拼哪！眼下咱们武工队回到大武村，主要还是想补充些存放在大武村中的武器弹药，然后再跟鬼子……”

朝着杨超微微一摆手，江老太公和声朝杨超说道：“一应粮秣弹药，早已经准备停当！若要招兵入伍，我大武村中壮丁，也只管点去！”

“可这实在是……太危险了！大武村里的民兵队员，基本上都在这一仗拼光了！再要是把没经过训练的乡亲征召入伍，那岂不是叫乡亲们白白牺牲？太公，这可当真使不得啊！”

缓缓地转过了身子，江老太公抬手朝着村口牌坊后一指：“杨家后生，你且看看，那是什么？”

顺着江老太公指点的方向看去，杨超顿时惊讶地瞪大了眼睛——在大武村村口牌坊后，竟然整齐地排列着上百口棺材。

拄着手中的枣木拐杖，江老太公颤巍巍地回身朝着村口牌坊位置走去：“古有名将庞德，抬棺而战关帝。虽因浪高舟覆而为关帝所擒，却也得关帝敬重其刚毅威武，虽身死而名不堕！而今……与日寇血战，兵甲不如其犀利、粮秣不如其丰厚、军卒不如其众多，杨家后生，你且说说，吾等取胜之道何在？！”

没等杨超开口说话，江老太公已经自顾自地说了下去：“唯不畏死尔！”

“古语有云——民不畏死，奈何以死惧之！若我燕赵之地，民皆不畏死，日寇纵然凶顽，又能奈我何？如今我江氏一族效法古之勇者，抬棺而战。丧身一人，十人复进；殒命百人，千人奋勇。若我中华大地，处处如此，区区日本，不过蕞尔小国，又如何挡我泱泱中华、亿兆子民之怒火？”

“原本以为，效法元亮公（陶渊明）笔下之桃花源，避居深山，便可求得清净一世，却原来……是老朽想得差了……杨家后生，老朽此生，怕是见不到元亮公笔下描绘之清平世界了。儿孙后辈，可否得一安宁天下，也就都交托到你们这些后生手上了……”

★ 第六十六章 漫卷红旗

背靠着大武村，补充了武器弹药的清乐县武工队成员在铁屏山上再次摆出了阻击日军前进的阵势。在大武村中几乎全村动员的情况之下，几十名算是多少摸过几回枪的大武村壮丁理所当然地加入了武工队的作战序列，而其他那些大武村中的乡亲，也全都扛上了各种各样干农活时才用得上的家什，点燃了松明火把，连夜抢修出了好几道工事！

眼看着天色渐明，莫天留与杨超肩并肩地趴在了刚刚挖掘出来的、还泛着泥土湿润气息的堑壕中，各自举着望远镜观察着缓缓朝大武村方向压了过来的日军队伍，几乎是同时低声说道："好家伙，这怕是得有上千鬼子了吧？"

话音落处，莫天留与杨超全都垂下了举在眼前的望远镜相顾莞尔……

毫无意外，朝着大武村方向压来的日军已经聚拢了足够的兵力，连重炮也都顺着崎岖的山路拖了上来，摆足了一副不达目的誓不罢休的架势。仅就双方兵力和火力对比而言，把守在大武村前的清乐县武工队已经毫无胜算，只看能将这股汹涌而来的日军拖多久罢了。

仰面朝着堑壕胸墙上一靠，莫天留眯着眼睛看向了还没被硝烟污染的湛蓝天空："怕是……就到这儿了？我说指导员，把你那点私房家当拿来吧？"

一边伸手在自己衣兜里摸索，杨超一边明知故问似的朝莫天留叫道："啥玩意儿？"

"李司令亲自给你的那二十发德造二十响的子弹！跟李司令分开的时候，我看得清清楚楚，李司令亲自交到你手里的。瞅着你在大武村补充武器弹药的时候一点都不着急的架势，你肯定还没把那些子弹用了！"

从衣兜中摸出来个包裹得异常仔细的小布包，杨超却没着急将那小布包递到莫天留摊开的巴掌里："那你也拿来吧？"

“我身上能有啥你用得着的玩意儿？”

狠狠白了莫天留一眼，杨超脸上被鬼子刺刀挑开的深可见骨的伤口顿时一阵抽搐，疼得倒吸着冷气朝莫天留叫道：“我看着你在瘌痢岭下，从鬼子尸体上摸着了两个桥夹的三八大盖子弹！”

很有些恋恋不舍地从腰后挂着的牛皮子弹盒中摸出了两桥夹锃亮的子弹，莫天留心疼肉疼地将子弹重重地拍在了杨超手中：“可说好了，不兴放空枪，打完了记着收弹壳！”

“这规矩还是我教你的，你这会儿倒是来嘱咐我？”

嘿嘿坏笑着，莫天留又从那牛皮子弹盒里摸出两根日本烟卷儿，将其中一根朝着杨超递了过去：“这可是我教你的吧？”

接过莫天留递来的那支皱巴巴的日本烟卷儿，杨超从身上摸索出一盒火柴，小心翼翼地用手拢了个灯笼模样，替莫天留与自己点燃了香烟，半靠在刚挖好的堑壕上狠狠抽了一口：“可真是不敢想……念书的时候，总以为抽烟喝酒是陋习，操爹骂娘是粗俗，可现如今……烟酒骂人一样不缺，全齐备了！”

与杨超肩并肩靠在堑壕上，莫天留很是不屑地吐了个眼圈：“可拉倒吧……燕京大学出来的学生，那也得吃喝拉撒睡不是？我说，冀南军分区宣传队的那女干事，我瞧着她每回瞅着你的时候，眼睛里可都泛着浪花儿呢？你是真不知道啊……是装不知道？”

脸色骤然一沉，杨超犹豫了片刻，重重地叹了口气：“她……没冲出去……”

猛地一惊，莫天留像是被蝎子蜇了般弹起了身子，瞪着杨超叫道：“军分区宣传队不是就跟那些进步学生一块儿出去搞宣传了吗？严队长挡着鬼子，你还过去搭了把手，她怎么能冲不出去？你去救那些叫鬼子裹住的老乡和进步学生的时候，怎么就没把她救下来？”

“估摸着他们是在路上遇见了一些老乡要跟着队伍走，全都是拖家带口、背筐提篮的，走不快，就被小鬼子给围了！我们到了的时候，已经……晚了…….”

“那宣传队和那些个进步学生……”

“一个都没冲出去，护着老乡死成了一堆！她……身上挨了十几刺刀，手里头攥着的钢笔上，还挑着个鬼子的眼珠子……”

“这娘们……这同志，是个好样的！哎呀……这些老祖宗可是打哪儿冒出来的？！”

把手中只抽了半截的烟卷儿匆匆掐灭后塞进衣兜，莫天留从堑壕中猛地跳了出去，迎着十几个手中抱着各样乐器，年岁都奔七十上下的老人迎了过去，口中一迭声地叫嚷起来：“我的个老祖宗们，你们这是要干什么呀？不都说了让你们跟着村里的老人、女眷和孩子躲在祠堂下面的暗窑里吗？鬼子要是冲进村了，还能有个活路！你们这是……还都带着家伙什，这时候是你们能唱秦腔找痛快劲儿的时候吗？”

气喘吁吁地朝着迎上前来的莫天留摆着手，走在最前面的老卒头喘息了好半天，方才扯着一口半辈子都没改过来的陕西腔调朝莫天留嚷道：“那暗窑里头就藏不下那许多人！我们商量过了，老的都出来，只留下江老太公和管家陪着那些妇道人家和嫩娃娃，村里壮丁也都各自去寻能用得上的家伙什了，说话的工夫也就能到这儿！你们且放心打、只管打，老家伙们虽说是不中用，可这回也要楞充一回先锋官，好生杀杀鬼子的狗胆！”

拍打着手中已然有了年头的乐器，另一个喘息刚定的老人飞快地接过了老卒头的话茬：“我们都老了，旁的本事也都没有，只有用手里的这些家伙什，替你们这些不怕死的后生们助威了！我说老伙计们，到这些娃娃后头寻个宽敞地界，我们这就热闹起来呀！”

也都不等莫天留与从堑壕中跳出来的杨超说话，好不容易爬上了铁屏山的这些陕西老人，已然自说自话地在山顶的环形堑壕范围内寻了块略微平整的地方，驾轻就熟地拉开了阵势。

半空中，迫击炮炮弹的呼啸声却在此时骤然响起，雨点般的炮弹炸出的沙尘碎石，顿时将那些老人的身影遮掩起来……

压根都没有被那剧烈的爆炸声干扰，伴随着一名须发皆白的老人手中月琴三响过后，一声几可裂帛的秦腔调门，已然从老卒头的口中响了起来：“军校，备马！”

老人们轰然而起的应和声中，老卒头的秦腔愈发响亮：

“将令一声震山川
人披衣甲马上鞍
大小儿郎齐呐喊
催动人马到阵前
头戴束发冠
身穿玉连环
胸前狮子扣

腰中挎龙泉
弯弓似月样
狼牙囊中穿
催开青鬃马
豪杰敢当先
正是豪杰催马进
前哨军人报告一声……”[1]

几乎听不出间歇的爆炸声中，那凛冽如酒的秦腔却是丝毫不乱，更没有片刻的中断。但渐渐地，月琴的声音在爆炸声中骤然停顿下来，板胡也在几声散乱的奏鸣之后不闻声息……

当莫天留从弥漫在堑壕周遭的尘土中勉强抬起头来时，身后已经只剩下了老卒头那倔强得如同钢铁般的反复吟唱：“催开青鬃马，豪杰敢当先……”

狠狠地扳开了手中德造二十响的击锤，莫天留瞄准了一个在烟尘中鬼鬼祟祟朝堑壕摸了过来的鬼子，沙哑着嗓门吼叫起来：“给我打！”

略带着几分凌乱的枪声之中，原本只是打算对拦路的阻击阵地进行试探进攻的日军飞快地撤了下去，就连被击毙的几名日军士兵的尸体也都被拖走。也都没等莫天留开口招呼那些压根还算不得战士的大武村壮丁节省子弹、听令射击，天空中已经再次传来了重炮炮弹呼啸而至的怪啸声！

毫不犹豫地在战壕中弯腰狂奔着，莫天留拼尽全力嘶吼着，让那些被骤然而来的炮击吓得抱头不敢动弹的大武村壮丁钻进离他们最近的防炮洞中，或是将那些胡乱在阵地上奔跑的大武村壮丁拖曳着钻进战壕中。当日军炮火开始延伸射击的瞬间，主动担任了观察哨的杨超也是撕裂着嗓门叫喊起来：“准备战斗！鬼子上来了，准备战斗！”

抱着仅存的两挺机枪，武工队中的机枪手迅速扑进了两个还没被炸毁的机枪工事中，朝着根本没了进攻队形，只是如同蚂蚁般涌来的日军士兵扣动了扳机。而那些老练的武工队员们，也都各自拉扯着一两个大武村壮丁，趴在战壕上朝日军士兵射出了一发又一发子弹！

显然是对这次进攻势在必得，朝着武工队构筑的阻击阵地狂冲的日军士兵，几

[1] 唱词摘自秦腔《将令一声震山川》。

乎连猫腰闪避的动作都没有，全都是竭尽全力加快冲击步伐，不过眨眼的工夫便突破了武工队那单薄得可怜的火力拦阻，挺着刺刀闯进了战壕之中！

抽出了惯用的长匕首，莫天留一刀捅翻了从自己身边扑进战壕的日军士兵，这才龇牙朝已经打空了步枪里所有子弹，正摆出了一副白刃战架势的杨超笑了起来：“指导员，打到这份上，可就顾不上旁的啦！”

大笑一声，杨超索性一个箭步跃出了战壕，直冲着一名撞到了眼前的日军士兵挥着刺刀捅去：“顾不上就他娘的顾不上吧！专心杀鬼子吧……”

无须号令，每一个身处战场上的武工队员和大武村壮丁，全都与冲到了自己眼前的日军士兵搏杀起来，就连几名机枪手，也在打空了最后一发子弹之后砸毁了机枪，抽出别在腰后的刺刀，与扑进机枪掩体中的日军士兵抱在了一起，一刀接一刀地朝着被自己抱住的日军士兵捅去！

只在眨眼的工夫之间，武工队员们构筑的防御阵地，已经被蜂拥而至的日军士兵所淹没。在遍地身穿土黄色军装的日军士兵当中，那些挥动着各种武器甚至是赤手空拳与日军士兵搏斗的武工队员们，就像是一块块身处汪洋大海中的石头般，一次次被铺天盖地的浪头淹没，却又一次次执拗地冒出头来……

挥刀割开了一名日军士兵的喉咙，莫天留刚好地撞到了杨超的身侧，喘息着朝身上再次带了两处伤口的杨超笑道：“指导员，你宰了几个了？”

盯着在自己正前方结成了拼刺阵势的三名日军士兵，杨超也是大口喘息着应道：“两个……你呢？”

紧握着长匕首站到了杨超的身边，莫天留跃跃欲试地盯住了一名日军士兵的喉咙：“比你强点，我干掉三个……这就是咱们人太少，要不然，拼刺刀也得把鬼子拼下去！”

“那下回咱们多带点人马来！”

猛地一个箭步朝站在自己对面的日军士兵扑了出去，莫天留长声大笑道：“带上棒槌……万一响……还有满仓和有田哥！”

同样一个标准的突刺动作，杨超也是大笑着朝自己对面的日军士兵扑了过去：“还有老队长！韦正光……还有那些个打累了、先去休息的同志……咱们一起杀鬼子啊！”

似乎是天地有灵，在杨超吼声出口的瞬间，从几乎布满了阵地的日军士兵正前方，一片如同怒涛般的咆哮声，惊天动地地响了起来：“杀鬼子啊！咱们一起杀鬼子啊……”

故意卖了个破绽，莫天留在闪过了对面日军士兵一记突刺之后，狠狠一刀捅进了那名日军士兵的心窝，这才扭头朝着呐喊声响起的方向看了过去，口中顿时惊讶地大叫起来："是乡亲们……大武村的壮丁都上来了……"

用眼角的余光看了看那些挥舞着各样武器甚至是用农具朝日军扑来的大武村中壮丁，杨超挥动着手中的刺刀格挡开对面两名日军的刺杀："怕是不光有大武村的乡亲，你看他们身后……"

连挥几刀，莫天留与杨超联手逼退了两名日军士兵，这才忙里偷闲地回头看了一眼："是……红旗？是咱们八路军的红旗！"

像是在回应着莫天留那惊喜的叫喊声，嘹亮的冲锋号声，也从红旗招展的方向响了起来。伴随着那嘹亮的冲锋号响彻云霄，一面又一面的红旗，就像是星星点点的燎原之火一般，不断地从莫天留与杨超目光可及之处跃然而出。而在那红旗之下，数以千计的八路军战士，山崩海啸般地朝着战场直扑而来……

★ 后记

书写到了这里，也就该到了结束的时候了。

可能会有书友觉得不爽，这故事像是没讲到结尾就收场了呢？

或许有书友早就看出来了，本书描述的故事，真实历史背景就是当年的冀南突围战。

鬼子在华北地区实施的治安战计划不成，于是偷偷调集兵力，实施铁壁合围、囚笼战略的打法，以绝对优势将八路军根据地团团围困起来，妄图将八路军根据地中的反日武装力量彻底剿灭！

于是就开始了那场艰苦的冀南突围战……

我无意再去赘述那些在网络搜索引擎上随手便可搜到、但几乎都没什么人去搜索的真实战争史料。同时我也认为，哪怕是天下最好的妙手文章，也无法描绘出那场惨烈突围战的万分之一！

所以我只是写了个当时在冀南地区随处可见的农民，在那场惨烈突围战发生前和发生时经历的一些事情。

至于这故事真正的结尾，我想大家都知道——我们有了个崭新的共和国！一个当年有无数先烈为之憧憬着、奋斗着、牺牲着的强大国家！

或许这国家还有这样或那样的不足之处，但这个国家里的人民，可以吃饱穿暖，可以堂堂正正做人！

可以在这个奉行丛林法则的世界面前，骄傲地抬起头！

对于那些赐予了我们这一切的先烈，借用《那年那兔那些事》里的一句话来说吧！

——我们，幸福并感激着！

谨以此文，献给那些为了伟大的祖国和中华民族奉献了一切的先辈和先烈们！